中世和歌史論

新古今和歌集以後

村尾誠一 著

青簡舎

緒　言

本書は、おおけなく言うならば、文学史的な展開の中で中世和歌とは何かを考えようとするものである。できるだけ作品や事象に即した形で具体的に論じてゆきたいと思う。本論では、世紀で言えばおおよそ十三世紀から十五世紀まで、源平の合戦の終焉から応仁の乱まで、歌人としては後鳥羽院から正徹までを取上げることになる。

中世の全体像をつかむためには、十二世紀および十六世紀についても論ずるべきだと考えるが、現在私の力の及び得る最大限の範囲取りにはなったと思う。中世和歌が確立し、次の時代へ向けての決定的な変質期に入って行く直前までを、何とか論述の対象となし得たという自負はある。とは言え、その範囲の中でも論じていないことは少なくない。

すでにある大きな蓄積を、二度と来ることのない宮廷が本当に宮廷らしかった時代に積み重ねられてきた成果を、自分たちの創造の基盤と意識する古典主義が、その持ち続けられる創作理念の基本であった。その上で意外に広い振幅でもって展開するのが中世和歌であった。そのあたりの具体相が少しでも明らかにできれば、本書の課題はひとまずは果たされたことになろう。

方法ということで言えば、特定の理論的枠組みからの立論はなさなかったつもりである。作品自体や、当時の言説を発端として、それが何を言おうとしているのかを、できるだけ虚心坦懐に聞こうとすること、あえて方法を意識化すれば、そのようになるであろう。その時代の中で理解するという、一見自明に見えながらも、ほとんど不可能であることこそが自明な方法である。だからといって古典を学ぶ以上は、そこに一歩でも近づくことを放棄することは許されないと確信するからである。

楽天的に過ぎるにせよ、文学研究である以上、その確信に拠る他にはないと私は思う。文学が言葉による構築物であり、その言葉はいかに我々から異質なものであるにせよ、学ぶことにより、言葉を通して感情を共有し得る回路が開かれると考えること。本当の共有であるかは懐疑しつつも、自己の内部で共感や美的な感動が成立していること。それを前提にして得られた如上の確信を基に文証を拠とした客観的な認識に練り上げてゆく作業。以下の文章は少なくともそうした志向で書いてきたものを纏めるものである。

やや筆を走らせた嫌いがあるが、以下序章に至る前に、本書の凡例的な記述を行っておきたい。

一、本書において頻繁に引用した以下の古典本文は、特に断わらない限り、下記の書による。

万葉集　新編日本古典文学全集『万葉集』（小学館）
八代集　新日本古典文学大系（岩波書店）の当該書
新続古今和歌集　『和歌文学大系　新続古今和歌集』（明治書院）
拾遺愚草（員外・員外之外を含む）　久保田淳『訳注　藤原定家全歌集』（河出書房新社）
草根集　『私家集大成　中世四』（明治書院）

その他の勅撰集・私撰集・私家集・定数歌・歌合等々の和歌作品は『新編国歌大観』（角川書店）による。私家集については『私家集大成』（明治書院）によることも多いが、その場合は注記する。

伊勢物語　新潮日本古典文学集成『伊勢物語』（新潮社）
源氏物語　新編日本古典文学全集『源氏物語』（小学館）
徒然草　新日本古典文学大系『方丈記　徒然草』（岩波書店）

俊頼髄脳　新編日本古典文学全集『歌論集』（小学館）
古来風体抄　新編日本古典文学全集『歌論集』（小学館）
詠歌大概　新編日本古典文学全集『歌論集』（小学館）
近代秀歌　新編日本古典文学全集『歌論集』（小学館）
毎月抄　新編日本古典文学全集『歌論集』（小学館）
後鳥羽院御口伝　日本古典文学大系『歌論集　能楽論集』（岩波書店）
詠歌一体　中世の文学『歌論集一』（三弥井書店）
和歌庭訓『日本歌学大系　第四巻』（風間書房）
正徹物語『歌論歌学集成　第十一巻』（三弥井書店）
その他の歌論書・歌学書は『日本歌学大系』（風間書房）による。

明月記『明月記』（国書刊行会）、必要に応じて冷泉家時雨亭叢書の写真版を参照したが、大きく改めた場合は注記する。

一、和歌の場合、私意により清濁を分かち、適宜漢字をあて、特に必要のない限り歴史的仮名遣いに統一した。万葉集・勅撰集については、『新編国歌大観』による歌番号を付す。

一、万葉集の場合、必要に応じて西本願寺本の訓、あるいは原文で掲出したが、その場合は注記した。

一、他の作品についても、特に必要のない限り、私意により清濁を分かち、句読点を付し、適宜漢字をあて、歴史的仮名遣いに統一した。

一、漢文の場合、私意により返り点、送り仮名を付した形で掲出するのを原則とするが、白文のままの場合もある。

目次

序章

和歌史における中世――その始発期をめぐって

中世という時代

歴史学における時代区分としても、中世をどの範囲と定めるかは自明ではない。そもそもが「中世」という術語自体、西洋史からの援用だとするならば、名称の適応性すらもが揺らぐ。とは言え、大きく捉えるならば、宮廷と幕府とが併存する、よく用いられる比喩を使えば、二つの中心を持つ楕円のような時代は、前後の宮廷・幕府をそれぞれ一つの中心とする円のような時代の間に一つの時代の形を示している。その楕円で描かれる時代を中世と称するならば、比較的明瞭に、鎌倉幕府の成立から室町幕府の消滅までの、十二世紀の終りから十六世紀までの四百年間を切り出すことができる。無論、両幕府の性格や統治構造は大きな差違を持ち、それぞれの展開過程も一筋縄ではない。さらに前史的な面や残響的な面も無視し得ない。しかし、楕円として切り出された部分を一つの歴史的なまとまりとして考えることは順当であろう。

鎌倉幕府の成立は、平家の滅亡した文治元年（一一八五）の源頼朝による守護地頭の設置を考えるのが通説で、先に見たまとまりの始発はそこに求めてよい。しかし、それに至る前史の部分、そこに至る歴史の変化の節目として、保元の乱の起こった保元元年（一一五六）を考える場合も少なくない。[1]その時代を政権の中核に近い所で生きた慈円

の同時代認識、『愚管抄』[2]巻四に示された、

保元元年七月二日、鳥羽院ウセサセ給テ後、日本国ノ乱逆ト云コトハヲコリテ後ムサノ世ニナリニケルナリ。

の重みを考えるからである。当然のことながら、「ムサノ世」の出来の条件は一気に整ったわけではなく、その兆しの探求はどこまでも遡逆が可能であろう。しかし、当時の一流の歴史家の発言にも裏付けられる節目には重きを置いてもよいであろう。本稿でも、楕円の時代を中核に、このあたりから歴史上の中世が始まったという大枠を考えておく[3]。

過去の重荷

保元の乱が起こったからと言って、文学が一斉に新しい時代を迎えるなどということはない。時代の動きがずっと早くから先取りされている場合もあれば、何年たっても、というより終ぞほとんど変化を見せない場合もあり得る。和歌はどちらかと言えば保守的であり、時代の影響は受けにくいと考えた方がよいかもしれない。

和歌の場合、その時点で数百年の蓄積がある。七世紀から起算しても五百年を越えた長きにわたる。その間に膨大な作品が残されている。成熟したジャンルであり、その内部でも自立した展開が史的な層をなしている。『万葉集』を経て、『古今和歌集』を最初とした十世紀の勅撰和歌集、三代集により宮廷和歌の典型が完成し、十一世紀には古典的完成からの新たな展開がはじまっている。ごく大枠で整理するならば、このように見通せよう。

十一世紀からはじまる和歌の展開の中に、いわばジャンルの中での自立した歴史の中から、新しい動きがあらわれ、そこに時代の劃期が生じるという観察も可能である。例えば上野理が示した「褻の歌」から「晴の歌」へという

和歌史認識[4]もその一つである。応徳三年（一〇八六）成立の『後拾遺和歌集』前後の十一世紀を、和歌が生活詩から創作詩へと変化してゆく節目であると認識する。その認識のメルクマールとしての「晴」と「褻」という概念をめぐっては必ずしも無批判には踏襲できないが、大きな流れとしての創作詩への傾斜は、中世和歌への変遷ということで、すでに基本認識をなしていると言えるであろう。[5]

創作詩としての和歌の在り方の集約的な成果としては、十二世紀初頭に当たる長治二年（一一〇五）から翌年にかけて成立した『堀川百首』に早くから注目されている。例えば久保田淳は、

> これまでも屏風歌や歌合などの方法によって、王朝和歌における創作詩的契機は必ずしも乏しくなかったが、『堀川百首』の試みはその傾向を著しく推し進めたのであった。それは日常の人間関係での贈答歌を基調とした王朝和歌よりも、日常とは遮断された次元に詩的世界を求めようとする中世和歌の世界に近いものであると言えるであろう。

と位置づけている。[6]

無論、ここで和歌史における中世が始まると認識するわけではないが、題詠による創作詩の一つの規範を成立させたこの百首をこのように位置づけることは至当であろう。しかし、久保田も指摘するように、王朝和歌における創作詩的契機は乏しくない。『古今和歌集』に関する最近の研究[7]も、その歌集を生活詩と見ることを、むしろためらわせると言ってもよい。特に藤原克己の、伊東静雄が『古今和歌集』と二十世紀のドイツ詩人リルケを「譬喩的精神」という言葉で重ねた議論から、集の作品の比喩的構造をリルケの「景物は触知しうる世界の重みから解き放たれている」という言葉と重ね、「存在の範疇を異にするものの間のその差異の消滅と融即として、いわば存在論的《オントロギッシュ》な詩趣《ポエジー》」を共通項として把握する議論[8]などに接するならば、むしろ創作詩的契機の詩的本質論的な広がりをこそ思考すべきこ

とも知らされる。

しかしながら、これらの時代に、十一世紀の終りから十二世紀のはじめにかけての時代に、中世和歌への胎動が和歌史の内部から生じていたとする認識は、それこそ先に見た歴史の上での中世の初頭から見られる。藤原俊成の『古来風体抄』では、「下、後拾遺よりこなたざまの歌」と言い、後鳥羽院の『後鳥羽院御口伝』では、「近き世の上手」として源経信・俊頼の父子から語りはじめる。中世の人達にとっても、このあたりの時代に和歌の史的変化のきざしを認め、「我々の時代」として意識している。現代の研究上の認識でも、彼等のそうした意識も念頭に置かれるのは当然である。創作詩へという流れもその中の認識の一つである。

歴史上の中世にやや先行するこの時代の和歌史の変化の中で、私に最も注目したいのは、源俊頼の次の言説である。十二世紀初頭の成立と推定される『俊頼髄脳』の、冒頭に置かれた序文的な部分で、神代以来和歌が絶えず詠まれ続けているという文言を受けて、

おおよそ歌のおこり、古今の序、和歌の式に見えたり。世もあがり、人の心も巧みなりし時、春夏秋冬につけて、花をもてあそび、郭公を待ち、紅葉を惜しみ、雪をおもしろしと思ひ、君を祝ひ、身をうれへ、別を惜しみ、旅をあはれび、妹背のなかを恋ひ、事にのぞみて思ひを述ぶるにつけても、詠みのこしたる節もなく、つづきもらせる詞もみえず。いかにしてかは、末の世の人の、めづらしき様にもとりなすべき。

と言う。先に述べた和歌の蓄積、基本的にはそれほど広い範囲には及ばない主題を繰り返し詠み続けてきた蓄積が、自分たちの前にある。おおよそ総ての可能性は試し尽くされてしまったのではないか。過去はとてつもない重荷として自分たちを圧している。自分たちに残された可能性は何もないのではないか。この意識に注目したい。

「末の世」という認識は、歴史認識の上では常数的な物言いとも言えるのだが、すでに延喜・天暦という理想時代、

聖代の認識は定着し、道長時代も憧憬の対象となっている。三代集の時代はおおよそその時代に重なり、すでに戻ることのない良き時代に和歌は完成をもたらされ、優れた作品が蓄積している。そうした完成の後の百年の展開のなかで、すでに和歌は飽和に達してしまったのではないかという意識。そうでありながらも新たな和歌を作り続けなくてはならない時に問題は生じる。すなわち、過去の蓄積は重荷となるのである。(9)

例えば大伴家持が「山柿の門」という言葉で人麻呂等の先人をすでに意識していたように、或いは表現の形成史のかなりに早い時点から、過去の優れた達成と無関係に和歌は詠まれるという時代はなかったと言うべきかもしれない。しかし、作品蓄積の飽和故の重荷というのは、やはり和歌史の劃期をなす認識であり、飽和から抜け出す新たな方策が文学の方法として必要とされる。その新たな方法こそが、和歌史をその内部から中世たらしめるものだと言ってもよい。

こうした自覚のもとでの俊頼自体の模索をどのように定位していったらよいかは、一筋縄ではいかない。彼自身が極めて様々な面を見せる歌人だからである。しかし、しばしば指摘されるように、三代集的な範囲では詠まれたことのない俗語を採り入れたり、忘れられていた万葉語を復活させるなど、いわば隙間の部分から重荷を動かして行くという志向も見られないわけではない。また、『百人一首』にも採られる代表歌の一つである

うかりける人をはつせの山おろしよはげしかれとは祈らぬものを

が『後鳥羽院御口伝』で、「もみもみと、人はえ詠みおほせぬやうなる姿」と評され、定家の庶幾する世界との親近が指摘されるように、中世和歌に繋がる、複雑な要素を飛躍をも伴いながら構成してゆくという志向も見られる。

『俊頼髄脳』の歌論の内部では、先の文言のある序論に当たる部分は、「あはれなるかなや。この道の目の前に失せぬる事を」という和歌衰退への危機感で終わっている。しかしながら危機を前提とした新たな方法の提示というより

も、むしろ三代集的なるものへの連続を保つことに力点があると言うべきだろう。歴史や社会に動きがなかったとは言えないにせよ、和歌史の内部の危機を増幅するような大きな断続を意識させる動きは、いまだ生じていないと考えてよいのだろう。

古典主義へ

ここで新たな方法というのは、過去の重荷を規範性を持った資産、すなわち古典として意識し、そこに立脚することにより新たな創造を生み出そうとする古典主義である。その最も端的な表明としては、藤原定家の『詠歌大概』における次の文言をあげておくのが適当であろう。

情《ハ》以《テ》レ新《シキヲ》　為《シ》レ先《ト》、詞《ハ》以《テ》レ旧《キヲ》　可《シ》レ用《フ》、風体《ハ》可《シ》レ効《フ》ニ堪能《ノ》先達之秀歌《ニ》一

かなりそっけない一文であるが、その含むところは大きなものがある。

すでに何度も言及されている文言であるが、「詞以旧可用」を改めて見るならば、割注に、「詞《ハ》不レ可《カラ》レ出《ヅ》ニ三代集先達之所《ニ》レ用《フル》。新古今《ノ》古人《ノ》歌同《ジク》　可《シ》レ用《フ》レ之《ヲ》」とあるように、和歌に用いるべき「詞」は、単に「旧」いだけではなく、すでに一度作品の形成要素となったことのある「詞」であるという点が肝心なのである。すなわち、文学を形成し得る要素であることが確認された言葉であり、必然的にすでに作られた作品と無関係には存在しない。まさに、過去に蓄積された規範となる作品の上に立った「新」しい作品の創作なのであり、古典主義という方法が明快に語られた一文であるといってよいであろう。そして、その具体化された方法としての本歌取もすでに確立しているのである。『詠歌大概』の言葉で言えば、

於《テ》二古人《ノ》歌《ニ》一者多《ク》以《テ》二其《ノ》同《ジ》詞《ヲ》一詠《ム》レ之《ヲ》、已《ニ》為《リ》二流例一である。

『詠歌大概』の成立に関しては諸説が見られるのであるが、承久の乱以後、承久三年（一二二一）以後の成立とする通説に従っておきたい。定家も成熟し、中世初期の中での和歌史も成熟し、椿円の時代としての歴史も成熟している。俊頼の文言から百年余で、ここの地平に和歌は至るのであるが、ここに至るまでの、すなわち古典主義の確立に関して、最も重要な役割を果たしたのは藤原俊成である。定家はその父の後継者であり、そのめざしたものの最も先鋭的な確立者という見方にしたがってよいであろう。

　俊成の方法を俊頼と同時代人であるその師藤原基俊まで辿って追うことも可能であろうが、新たな様式、すなわち中世和歌全体の基本となる様式の逸早い達成者、中世和歌はこのようなものであるということを知らしめる逸早い基準を示した作品を詠み得た人となれば、やはり彼自身であるとしてよいだろう。そして、その作品は次の一首であると言ってよかろう。

　　夕されば野辺の秋風身にしみてうづらなくなり深草の里

あまりにも有名な作品である。鴨長明が『無名抄』の中で、俊恵からの聞き書きとして、俊成自身がこれを自讃歌と考えていたことが記されており、さらには俊恵による批判もなされていたという興味深い同時代証言がこの歌には残されている。以後の享受史や現代に於ける研究による言及をも含めて、中世和歌の逸早い典型として、この作品を考えることの妥当性の厚みが形成されていると言ってもよかろう。

　俊恵の批判は、「身にしみて」という言葉による作者の主情性のあからさまな表出にあった。早くは南北朝時代の頓阿による指摘もあり、現代の研究でも検討が重ねられ、「身にしみて」の主語は第一には「鶉」であり、俊恵の批判が必ずしも的を得てないことが明らかにされている。なぜなら、この歌は『伊勢物語』一二三段、以下に引く小さな物語を背景にしていることは明らかだからである。(10)

むかし、男ありけり。深草に住みける女を、やうやうあきがたにや思ひけむ、かかる歌をよみけり。

年を経て住みこし里を出でていなばいとど深草野とやなりなむ

女返し、

野とならば鶉となりてなきをらむ狩にだにやは君は来ざらむ

とよめりけるにめでて、ゆかむと思ふ心なくなりにけり。

言葉の重なりを測数的にも定式化させる後の展開からすれば、本歌取という方法に当たるかは問題になるにせよ、この作品が『伊勢物語』のこの段の世界の上に立って新たな作品世界を展開していることは確かであると言えよう。

この作品は、久安六年（一一五〇）崇徳院の久安百首における一首である。保元の乱まで六年という、乱へと繋がるはずの政治や社会に内在した変化を、なぜ現実にではなく古典の世界に立脚点を置いて作品世界を形成するのかの根拠とするのは無理がやや大きいであろう。古典主義を乱世という社会現実を遮断することにより、王朝以来の美的世界に連なる主体を確保する営為として説明することは、時代の進行に随い説得力を持つことになるにせよ、この時点に関する説明としては苦しい。俊成自身の芸術家としての感性や個性に拠る部分も大きいと言うべきだが、先に触れた俊頼により自覚された和歌史的な状況、すでに規範が成立して、そこからの展開も飽和的な閉塞状況にあるという事態の共有を考えておきたい。過去の重荷を、その重さ故に、自分達の新たな創作のための資本である、資産であると再認識するのである。

久安六年の段階での三十七歳という俊成の年齢は、後に五十年以上の和歌活動を行う彼にとっては、やはり早い時期であるとすべきであろう。後の五十年はまさに「ムサノ世」であり、保元の乱から源平合戦までを経験することになる。そうした中で十世紀を中心とした資産となるべき作品の詠まれた時代はますます遠のき、当代との落差を大きくして行く。鎌倉幕府もすでに成立を遂げた後の建久八年（一一九七）に式子内親王と思しき貴顕に奉った歌論書が『古来風体抄』であった。(11)

この書で俊成は、「歌の本体には、ただ古今集を仰ぎ信ずべき事なり」と立言し、『古今和歌集』に対して信仰にも近い規範意識を表明している。無論自分達の時代は「末世」と認識されるが、新たな武家政権により宮廷政治が相対化される故の王朝時代への憧憬という論理が明確に語られるわけではない。むしろ、「この集（後拾遺和歌集）どもの歌を見るに、歌の道の、少しづつ変はりゆける有様は見ゆるものなり」という和歌史自体の変転の歴史を重視する。さらには、

必ずしも錦縫物のごとくならねども、歌はただよみあげもし、詠じもしたるに、何となく艶にもあはれにも聞こゆることのあるなるべし。

という、詩的言語に対する深い思考に基づく和歌原論を背景にしている。そもそも、この書の主旨は、十世紀を中心に形成された和歌に詠まれるべき内実である「本意」を古人の作品を参照しつつ繰り返し詠みながらも、新たな作品に至る道筋を示すのが目的である。明示的ではないながらも、やはりそうした論理の背後に、時代的な影響は不可避であると認識すべきなのであろう。俊成の直面した時代の変化はやはり大きい。(12)

俊成の多くの作品の中から、建久六年（一一九五）藤原良経の主催する五首和歌会で詠まれた

またや見む交野の御野の桜狩花の雪散る春のあけぼの

の一首を俊成の「自讃歌」と見据える渡部泰明の探求は慧眼とすべきであろう。(13)長寿の人とは言え、すでに八十二歳

に達している俊成の老いの感慨が強く読み手の心を打ちながらも、この作品が『伊勢物語』八二段の惟喬親王を囲む業平等の交野における鷹狩りを口実にした桜見物を背景にし、景自体はその世界を再現することで、非在の美を実現し得た、基本的には鶉の歌と同様な方法による優れた達成である。『新古今和歌集』にも入集することになる秀作である。渡部は、「桜狩」という歌語にこだわることにより交野が嵯峨天皇時代の鷹狩の地であることに注目する。嵯峨を中心とした漢詩文による君臣和楽の記憶と、「臣」の代表である九条家という作品の詠まれた場を結び、作品の背後にある王権との関わりを指摘する。私に敷衍するならば、これは宮廷人俊成の歴史意識であろう。王権の全盛時代への距離感と連続感ということになるまいか。

渡部の俊成論は、戦略的に王朝的な世界と自分達の世界を結ぶ人としての俊成の姿を見据える所に勘所があると言えよう。それが特に歌論や判詞の研究の中で「姿」や「ふるまひ」などの語に注目し、身体論的視野も絡めながら生き生きと論究されていると思う。本書で述べようとする古典主義も、多くは重なる部分を持つのだと思う。

そもそも古典主義は、規範となるべき古典時代が過去のものとして断続が意識されなければ成立しない。一方では、その古典時代に連なることが自分達にとって意味あるものと意識され、またそれが可能であると意識されなければ芸術の理念として唱えられることはない。俊成の論と実作には、その両者が備わっていると言ってよい。古典を資産として、自らの作品の形成の上に、なくてはならないものとして踏まえる。このことを方法として極めて意図的に実践した人が彼である。彼の作品を中世和歌の典型を作り上げたものと考える所以である。俊成の開いた地平の上に展開する古典主義の時代が中世和歌の時代となる。王朝への連続と断続の意識のさざめき合いが、先ずは様々な位相を出現させることになる。

模索と確立

先にも述べたように、古典主義は俊成の息定家の手により確立するに至ったと考えてよいであろう。その定家の時代への関わりをよく示す、訛え向きとも言える言葉が日記『明月記』の若き日の記事に残されていることはあまりに有名である。十九歳の治承四年（一一八〇）九月、頼政の挙兵にはじまり、頼朝・義仲の挙兵と続く中、

世上《ノ》乱逆追討雖《ヘドモ》レ満《ツト》レ耳《ニ》不レ注《セ》レ之《ニ》。紅旗征戎非《ズ》二吾事《ニ》一。

日付なしの記載である。

この文言については文献学的にも問題があり、その内容をめぐっても考えるべき点がないわけではない(14)。しかし、『明月記』の前後に散らばる記事、夜に誘われるように歩いた若き定家が寝床で梅花の余香に懊悩する姿や、福原遷都で古都となった京都で、夜半に天空の光物に恍惚とする様など(15)、武士の時代がやって来るという現実に背を向けて、文学の世界にのめり込もうとする芸術至上主義者の貌を定めるものとして、定家伝の入口としての意味を失うものではない。無論その伝に一歩踏み入れるならば、かなりにしたたかに武士の世となった時代を泳いでゆく、定家の貌に出会うことも知っている。しかし、和歌の創作者としては先の言葉に見合う顔は示されていよう。

具体的な作品との対応で言えば、芸術至上主義というのはかなり粗い概念であろう。一般的にこうした志向で考えられる生活的なものからの乖離は、この時代の和歌としてはむしろ当然の在り方である。定家の場合、特に若き日々に実際に見られるこの志向は、観念の過多、詠み込もうとする内容の複雑さ、そしてそれが難解さをあえて避けないといった表現実態でもって作品上に顕現していると見てよいであろう。「新儀非拠達磨歌(16)」という定家に対する同時

代の批評もそれを語っていよう。強い創作意欲が、平凡な穏当さにはとどまらせないのである。

例えば、治承五年（一一八一）四月に二十歳で詠まれた最初の作品のまとまり「初学百首」においても、

天の原思へばかはる色もなし秋こそ月のひかりなりけれ

のような作品を詠んでいる。晩年に『新勅撰和歌集』にも自撰され議論の多い作品である。天空には何の変化もないように見えるが、秋の月光は格別に目立つという常識的な内実を、意表を突くような上句の疑問と、語順を転倒させたかのような下句で、読み手の理解を一々阻止するような難解な貌で表現する所に、定家自身の並々ではない表現開拓者としての意欲が反映していると言えよう[17]。若年の定家の作品の際立ちは、むしろこうした面が強いように思える。

源平の合戦が終わり、和歌界においても九条家の活動が活発化する。貴顕であるこの家を中心とする和歌活動には、様々な側面が見出だされる[18]。しかし、中世和歌史の展開ということで概括するならば、定家的な過剰な表現意志を受け入れ、さらにそれをあおるように、アクロバティックな条件・制約が要求されたりする実験的な場であった。その集約とも言える建久四年（一一九三）の六百番歌合で定家は次の一首を詠んでいる。

年も経ぬ祈るちぎりは初瀬山尾上の鐘のよその夕暮

これも観念過多な作品と言うべきだろう。初瀬の観音に長い間恋の実現を祈願した。しかしそれは不首尾に終わる。寺の鐘の音が聞こえる。夕暮を告げている。夕暮は自分以外の恋する人にとっては特別に待たれる時間なのだ。しかし自分の前には空虚さしか広がらない。おおよそそうした意味内容を三十一字の中に押し込めようとしている。分かりやすい歌ではない。俊成も判詞において「心にこめて詞に確かならぬにや」と苦言を呈するに近い発言をしていることもよく知られている。

先行作品との関係では、すでに『後鳥羽院御口伝』で近さが指摘された、俊頼

うかりける人を初瀬の山おろしよはげしかれとは祈らぬものを

との作品上の具体的な関係も指摘されている。近似した内容が詠まれているが、改めて比較するならば俊頼歌といえども定家のものよりはずっと分かりやすい。俊頼の作品を踏まえた上での作品であるが、その上に立って世界を展開させてゆくというよりも、むしろ参考にしながらも凌駕すべき対象だともなっていよう。俊頼の難解さをも抱え込もうとする志向のさらに先に行ったと言ってもよい。この歌合では、俊成の古典主義の名言とも言うべき「源氏見ざる歌詠みは遺恨の事なり」が見られるが、定家の志向はやや方向を異にした所にむしろ向いていたと言えよう。内容の極度な複雑さを志向した突出したものを抱えながらの模索が、それはそれで大きな魅力を持ちながら進められようとしていたのだと考えてよいだろう。

だからといって、古典主義へと向いてゆこうとする作品がなかったわけではない。父俊成の方法は明らかにその歌人としての始発から分かち持たれていたことは、あらたに辿るまでもない。建久九年（一一九八）の御室五十首で詠まれた

春の夜の夢の浮き橋とだえして峰にわかるる横雲の空

は、『新古今和歌集』の代表歌であることは、その魅力の上からも不動であろう。この作品は、『古今和歌集』恋二の壬生忠岑の

風吹けば峰にわかるる白雲の絶えてつれなき君が心か

から「峰にわかるる（雲）」という言葉を取り込んだ、明示的な本歌取という方法による古典主義を代表できる達成であると言ってよいであろう。むしろそこに過剰であろうとするほどの定家の創作意欲が発露され、二句目に『源氏

物語』末尾の巻の名が響き、峰を離れる雲には、『文選』の「高唐賦」の巫山の神女のイメージが強く働くなど、全体の印象があまりに過多故の拡散をきたすことも確かである。藤平春男が「朦朧体」として定家の本領ではないと位置づけたのも、定家自身の晩年の評価も勘案された上での認識であり、肯首すべき点は少なくない。[19] しかし、定家の表現上の冒険と古典主義の結び付きの上では、確実な成果を結んでいると言ってもよい。少なくとも古代の和歌には見られない文学的な達成が実現している様は見ておいてよい。

定家が若手と呼ばれてもよい最後の年齢三十九歳に達した正治二年（一二〇〇）、後鳥羽院の主催する応制百首、正治初度百首に加わる。その出詠の事情については本論の最初で問題にするが、そこで次のような一首を彼は詠んでいる。

梅の花にほひをうつす袖の上に軒もる月の影ぞあらそふ

すでに中世和歌の逸早い典型として何度か言及した俊成の「深草の鶉」の歌と、方法的には相似な作品である。『伊勢物語』の、ここでは第四段が全面的に踏まえられている。

又の年の正月に、梅の花ざかりに、去年を恋ひて行きて、立ちて見、居て見、見れど、去年に似るべくもあらず。うち泣きて、あばらなる板敷に、月のかたぶくまでふせりて、去年を思ひいでてよめる。

月やあらぬ春や昔の春ならぬ我が身ひとつはもとの身にして

とよみて、夜のほのぼのと明くるに、泣く泣くかへりにけり。

この物語の上に立ち、登場人物の立場に立って詠んでゆくという方法は相似である。しかし、俊成があからさまとも見紛う形で自らの思いを表出したのに対して、定家は手がこんでいる。涙にぬれた男の袖の上に、嗅覚と視覚との交錯を鮮明な観念風景で描き出す。[20] そこに男の悲しみを収斂させ、作者の思いをも投影させる。実際に表現されるのは美的な景だけに感情への回路は飛躍を含み、一種の象徴性を帯びることになる。古典主義による詠作の一つの完成形態を見てよいであろう。

『新古今和歌集』春歌上には、この歌を先頭にして、

百首歌たてまつりし時　藤原定家朝臣

44梅の花にほひをうつす袖の上に軒もる月の影ぞあらそふ

藤原家隆朝臣

45梅が香に昔を問へば春の月答へぬ影ぞ袖にうつれる

千五百番の歌合に　右衛門督通具

46梅の花たが袖ふれしにほひぞと春や昔の月にとはばや

皇太后宮太夫俊成女

47梅の花あかぬ色香も昔にておなじ形見の春の夜の月

と四首の歌が並んでいることはよく知られている。何れも『伊勢物語』第四段の世界の上に立ち、ほぼ同様な方法で詠まれた作品である。古典主義が時代の様式として確立していることを端的に示している好例と言えよう。

後鳥羽院

ところで、「ムサノ世」、保元の乱以後にも、すでに勅撰和歌集は編まれている。言うまでもなく他ならぬ俊成を撰者とする『千載和歌集』である。寿永二年（一一八三）二月に後白河院の命を受け、源平の動乱をまたぎ、文治四年

（一一八八）に奏覧された。この経過だけでも、まさに歴史の変節点そのものの中で編まれた歌集であることが知られる。和歌史の中世の始まりのメルクマールとしてこの歌集を観察するならば、それを語るに価する様々な作品を見出だすことも可能である。事実、中世和歌の逸早い典型として考えた俊成自身の作品も自撰されている[21]。

しかし、和歌史の様式の変化という面から見るならば、まだ十分な変化を示しているとは言えないだろう。古典主義的な様式の作品は、周辺的な時代の雰囲気、さらには背景的な変化というレベルからするならば、かなりの広がりで捉えることはできる。だが、それを自覚した方法での作品と言うことで見てゆくならば、未だ俊成周辺の個人様式に限られることになるだろう。古典主義が個人の様式を越えて、時代の様式として定着していることを示すのは、やはり『新古今和歌集』であろう。先にも一端を示したように、この歌集の持つ様式的な統一感は圧倒的なものがあると言ってよいだろう[22]。

『新古今和歌集』は元久二年（一二〇五）源通具・藤原有家・藤原定家・藤原家隆・藤原雅経の五人の撰者[23]により一応の完成がなされたが、下命者である後鳥羽院の意向が強く働いた院親撰とでも言うべき性格が、早くから指摘されている。小島吉雄の論は、その最も顕著な集約であろう。『新古今和歌集の研究　続編[24]』では、『新古今和歌集』がいかに後鳥羽院の好尚により統一されているかが論じられている。この論については、後に再び言及することになるが、後の歌壇史的な研究[25]によっても、俊成・定家の拓いていった新風和歌の在り方を、後鳥羽院の手により歌壇全体の在り方として統合した所に新古今歌風の基盤が見据えられている。

後鳥羽院は治承四年（一一八〇）の生まれであり、先に定家の名言で触れた多難な年であった。平家の都落ちにより京都を去った安徳天皇の後を受けて寿永二年（一一八三）四歳で天皇として践祚する。やがて鎌倉幕府の始まりの年の天皇となるのであり、かなり遅れた任命となった建久三年（一一九二）七月の源頼朝に対する征夷大将軍の詔勅は後鳥羽天皇の名によるものであった。ただし、当時の通例としての幼少の天皇であり、その政治意志はほとんど問題になるまい。

建久九年（一一九八）一月の退位は、唯一の上皇となった後鳥羽院の実質的な治天の始まりとなった。強い復古主義の政治理念は、直ちにその輪郭を示すことになる。和歌史の中で成熟してきた古典主義の様式は、そうした政治の理念とも結びつきやすいことは明白であろう。政治上の聖代である延喜・天暦の時代が『古今和歌集』『後撰和歌集』の時代であることは今更に言うには及ぶまい。究極の復古としての鎌倉幕府の精算を、当初からの政治上のプログラムとして置くのは、政治史的な分析としては安易にはなし得ないことは当然だろうが、結果論としては承久三年（一二二一）承久の乱による倒幕の失敗という帰結に至る。『新古今和歌集』は、その治世のごく当初に行われた文化事業とも位置づけられるのである。

文化事業ということでは、後鳥羽院が幼少の時代から、古都南都において、目に見える形で大規模な復古事業が行われていた。奇しくも院の生まれた年の末に平重衡の手により焼き討ちされ回禄した東大寺・興福寺の二寺の復興再建である。天平時代に建てられた堂塔や諸像を、かの時代に復することを念頭にしながらも新たな様式でもって再建してゆく事業が粘り強く続けられていた。十一世紀以来の藤原美術の様式から新たな鎌倉時代の様式へと変ってゆく、時代様式の転換が、やはり古典主義的な手法で大規模に進行していた。復古により新たなものが生み出されるという文化上の実践がすでになされており、それが時代の精神のようなものにもなっていよう。少なくとも和歌における中世の始発と共通する所は大きいのである。(26)

元久二年の『新古今和歌集』の完成は、竟宴という形での完成披露が、やや強引に行われたのであり、『古今和歌集』以後五度目の「乙丑」の歳の完成としたかった故である。後鳥羽院の年齢で言えば二十六歳であり、上皇として治天に従ってからも七年に過ぎない。和歌への本格的な参入は正治二年（一二〇〇）であるから、さらにそこからの年次の経過は小さくなる。建仁元年（一二〇一）七月には和歌所が設けられ、その十一月には撰集の下命がなされている。『新古今和歌集』を中世和歌の本格的な始発を告げるものと考えたい旨は先にも述べた。「新古今和歌集以後」は、古典主義が先端的な個人様式にとどまらない、ほぼ和歌界全体を包み込む、まさに中世和歌の時代と捉え得ると考えるからである。この歌集の文学史的な意義は限りなく重い。その撰集に後鳥羽院が深く関与した所以は、彼自身がやはり突出した歌人であり、天皇であることを越えても重要な作家だからでもある。しかし、改めて驚かなくてはならないのは、撰集の過程の性急さとともに、その歌人としての熟成の速さである。

後鳥羽院に関するそのあたりの問題から、本書の本論は始まることになる。

注

（1）文学史を記述するために中世という時代を考える場合も、例えば、久保田淳「中世文学史論」（『久保田淳著作選集　第三巻』岩波書店・二〇〇四年、所収）でも、そこが起点とされている。

（2）岡見正雄・赤松俊秀校注『愚管抄』（日本古典文学大系・岩波書店・一九六七年）による。

（3）中世の終わりについては終章で改めて考えてみたい。

（4）上野理『後拾遺集前後』（笠間書院・一九七六年）

（5）例えば、井上宗雄「「心を詠める」について―後拾遺・金葉集にみられる詞書の一傾向」（『中世歌壇と歌人伝の研究』笠間書院・二〇〇七年）のような詞書の分析も、事態の変化を具体的に印象づける。

（6）久保田淳「中世和歌への道」（『中世和歌史の研究』明治書院・一九九三年・三頁）なお、注（1）も参照。

（7）例えば、鈴木宏子『古今和歌集表現論』（笠間書院・二〇〇〇年）に見られる、見立てや比喩の表現構造の分析は、その時代の歌人達の精緻な詩的な創作力を考えさせるしかないであろう。

（8）藤原克己「古今集歌の詩的本質について―伊東静雄とリルケと古今集歌―」（『国文学』四五巻五号・二〇〇〇年四月）

（9）「過去の重荷」という概念は、英語の burden of the past に拠るものである。十八世紀末のヨーロッパ世界には、すでに文学における創作はし尽くされていて、自分たちの前に残されたものはなにもないという意識が問題にされていたそうである。高山宏『二つの世紀末』（青土社・一九八六年）他に学ぶ所が多い。

（10）このあたりの研究史は渡部泰明『中世和歌の生成』（若草書房・一九九九年）の「久安百首について」の節に的確に整理された上で、ハッピーエンドに終わる物語と悲恋を詠む俊成歌との相違に関しても卓見が示されている。

（11）以下『古来風体抄』に関する見取り図は、藤平春男『新古今歌風の形成』（『藤平春男著作集　第一巻』笠間書院・一九九七年、所収）に示されたものに拠っている。その後前掲の渡部論や、安井重雄『藤原俊成　判詞と歌語の研究』（笠間書院・二〇〇六年）等々による新たな観点の提示も行われているが、論の骨子に関する藤平の把握は有効だと思う。

（12）例えば、『平家物語』巻七に語られる忠度都落での有名なエピソードなどは、俊成の時代への直面を（若干の虚構はあるにしても）象徴していよう。

（13）注（10）の書における「俊成自讃歌について」の節。

（14）早くは辻彦三郎『藤原定家明月記の研究』（吉川弘文館・一九七七年）での指摘がある。『明月記研究』第四号（一九九九年十一月）では、天理図書館蔵定家自筆本を底本に治承四年記に注釈がなされていて、そこでもこの文言の行間補筆が指摘されている。このことについては同誌の櫻井陽子「「紅旗征戎、非吾事」再考―『明月記』治承四五年記の書写と加筆に関する再検討―」で詳細な検討が加えられ、十九歳の定家の感慨として読むことに、資料上も内容上も問題がないことが指摘されている。この問題に関して櫻井には、同誌五号（二〇〇〇年十一月）に「「征戎」と「征戍」―『白氏文集』『和漢朗詠集』の書写受容から―」もある。

（15）このあたりの事情は、早く唐木順三が『中世の文学』（筑摩書房・一九五五年）において、印象的に語っている。

（16）この言葉は定家の『拾遺愚草員外』の「堀河題百首」の序文に付された「自《リ》二文治建久以来一称《シ》二新儀非拠達磨歌《ト》一為《ニ》二天下貴賤《ノ》一被《レ》レ悪《マ》已《ニ》欲《ス》二棄《テ》置《カレント》一」に拠る。久保田淳『新古今歌人の研究』（東大出版会・一九七三年）で、文治・建久期の定家等新進歌人の台頭を「新儀非拠達磨歌の時代」としているのも妥当な時代認識だと思う。

(17) 久保田淳『訳注藤原定家全歌集』（河出書房新社・一九八五年）での、陶淵明の「四時」における「秋月揚グ二明暉ヲ一」の影響の指摘はこの歌の形成を考える上で重要だが、基本的にはこのように考えてよいだろう。

(18) 谷知子『中世和歌とその時代』（笠間書院・二〇〇四年）では、九条家の持つ史的な存在としての面からこの家の歌会の在り方が問い直されている。

(19) 藤平春男「新古今の方法」（前掲『新古今歌風の形成』所収）

(20) ともすれば聞き慣れた陳腐な技術に見えなくもないが、それは、このような形でのこの作品への言及が何度も繰り返されている故であり、作品故ではないと思う。

(21) 『千載和歌集』の中世的な性格についても、『谷山茂著作集三　千載和歌集とその周辺』（角川書店・一九八二年）所収の谷山の論をはじめ、渡部泰明『中世和歌の生成』（前掲）所収の諸論等々、様々に論じられている。

(22) 『新古今和歌集』に第一の入集数を持つのは西行であるが、西行の和歌様式をどのように考えるかの問題は大きい。古典主義的な様式の統一性とは異なる作品群と言えそうだが、このあたりをどう分析すべきかの問題は本書では触れ得ていない。

(23) 当初は途中で病没した寂蓮を含む六人であったが、『古今和歌集』の四人、『後撰和歌集』の五人を勘案すれば、六人という数の意味は小さくなかったと思われる。

(24) 小島吉雄『新古今和歌集の研究　続編』（新日本図書・一九四六年）

(25) 例えば、有吉保『新古今和歌集の研究　基盤と構成』（三省堂・一九六八年）、藤平春男『新古今歌風の形成』（前掲）など。

(26) 東大寺の再建は、治承五年（一一八一）藤原行隆を造仏造寺の長官に、重源を勧進職に任じてなされるが、その時の宣旨を、天平時代の聖武天皇の大仏造営の「本歌取」であると見て、南都復興のエネルギーと新古今時代を結びつける、久保田淳「本歌取の意味と機能」（『中世和歌史の研究』明治書院・一九九三年）での分析は示唆的である。

第一章　後鳥羽院における新古今和歌集とそれ以後

第一節　後鳥羽院正治初度百首と勅撰和歌集への意志
――『正治和字奏状』の再検討を発端に――

はじめに

正治二年（一二〇〇）秋、後鳥羽院は二十三人の歌人からなる百首歌を召す。正治初度百首とよばれる応制百首の催行である。これは本格的な歌人としての始発であり、歌壇の主宰者としての出発でもある。この年、院は二十一歳の弱年であり、何かと制約の多い天皇を退位して上皇になって二年に満たない。突然という印象は免れず、歌人としての活動が熟した上での事ではない。

そこに至るまでの後鳥羽院の和歌活動の様相も少しずつ明らかにされてきた(1)。近臣達を中心とした私的な規模の小さな歌会が痕跡として残されている。この百首の催行の経緯については早くから詳細な検討が加えられている(2)。従来の検討を総括するならば、近臣達との間で零細な和歌活動を続けていた後鳥羽院に、影響力の強い源通親が働きかけて、その近くにいる歌道家六条家の歌人達を中心に応制百首を企画した。実施の過程で、六条家に相対する御子左家側では藤原俊成の院への直訴もあり、定家を始め若手歌人達の新規加入に成功する。この百首の結果、特に定家の作品との出会いを契機にして後鳥羽院の歌壇活動は加速化し、その中から勅撰和歌集撰進の意志、すなわち、

『新古今和歌集』編纂のことが性急に具体化する、ということになろう。この百首が詠進されて一年にも満たない建仁元年（一二〇一）七月二十七日には、和歌所が設置され、『新古今和歌集』の撰進作業へと動いて行く。そして、元久二年（一二〇五）、『古今和歌集』から五回目の「乙丑」の年の三月二十六日の完成披露である竟宴へと至っている。

つまりは、結果論はともかくとして、この百首の企画は後鳥羽院の『新古今和歌集』編纂の意志とは切り離して考えるのである。しかしながら、この性急なスケジュールの始発として、この百首を置いてみたくなるのは当然であろう。正治初度百首を、応制という形で後鳥羽院の意志として行うことは、勅撰和歌集の撰集を下命することを前提としたものと考えてみたいのである。本節で論じようとするのはその問題であり、そのように状況を理解していたと思われる文言の見られる、先にも述べた俊成による直訴である『正治和字奏状』の再検討から始めてみたい。

一　『正治和字奏状』

『正治和字奏状』は、正治初度百首の成立過程で大きな役割を果たすことになった、藤原俊成の手により後鳥羽上皇へ宛てた女房奉書である。子息である定家を詠進者の一人に加えることを直訴するための書状である。定家の優秀さをアピールするとともに、彼の進出を阻もうとする六条家の歌人達へのあからさまな批判もなされている。様々な意味で興味深い内容であるが、ここで注目したいのは、俊成はこの百首を勅撰和歌集を前提とした試みだと理解していたと思われる点である。

定家は次のように推挙されている(3)。

それに定家は既に四十にちかくまかりなりて候。歌の道におき候てはこゝろやすくみ給候へば、入道まかりかくれ候なんのちは、歌の判にも候へ、もしは撰集にも候へ。もし我君もこの道御沙汰候はゞ、さりとも折りふしのめしにはまかりいり、めしもつかはれ候なんとこそ思給候つるを、このたびの御百首のめしにまかりいらずなり候にける、思はざるほかのうれへなげきに候なり。

定家の推挙は、この百首のみにとどまらず、今後続けられるであろう後鳥羽院の歌壇活動を視野に入れたものであった。そして、「入道まかりかくれ候なんのちは、歌の判にも候へ、もしは撰集にも候へ」と、自らを継ぐ者として、歌合判者、そして何より、勅撰和歌集の撰者となり得る力を強調している点は注目すべきであろう。仮定の形とはいえ、後鳥羽院の百首応制のすぐ先には、勅撰和歌集の撰進下命がすでに見据えられているのであると考えてよいのではなかろうか。だからこそ、この百首に加われるか否かは、直訴にも値するような大問題なのである。

定家の推挙の文言は続き、「おほかたさたの判も集もえらび候はんずることも、我歌をよくよみてのうへの事に候」とした上で、その水準に至らない同時代の歌人達と定家とを対比している。ここでの「集」もまた勅撰和歌集と考えることが妥当だろう。さらに偉大な先人達にも触れた後に、「この先達となのり候ものどもは、歌をよく心えて候はゞこそ判をもつかまつり集をもせんじ候はめ」と繰り返している。そして、清輔も手伝ったとする『拾遺古今』の批判に及び、歌を読み誤り撰集に瑕疵が生じたことを語り、清輔の『続詞花集』についても同様の批判を行い、勅撰和歌集になり得なかった所以としている。さらには、勅撰和歌集である『詞花和歌集』についても批判がされている。こうした批判を通して俊成がアピールしようとすることは明白である。定家の勅撰撰者としての適格性に他ならない。そうした言挙げをする俊成の中では、この百首は来るべき勅撰和歌集にしっかりと結びついていると考えられるのである。

そもそもこの書状は、後鳥羽院の手による百首の応制を喜ぶ文言からはじまる。その中で、ならの東大寺つくらせおはしまし候聖武天皇の御時、万葉をえらばれて候。又このみやこをば延喜の御時どもはまづこのみちおこることに候を、かく御さた候ことかぎりなくおもひ給候。

と、後鳥羽院による応制がなされたことを、聖武天皇の時代、醍醐天皇の時代に重ねている。その時代が理想時代と意識された故ではあるが、何より『万葉集』、『古今和歌集』の時代である。言うまでもないことだが、当時の認識としては『万葉集』は聖武天皇の勅命による勅撰和歌集と考えられていたと推測してよいであろう。こうした時代に重ねて言祝ぐ以上は、後鳥羽院による勅撰和歌集下命という事態が来たることを意識していたと考えるのが順当だろう。

細部の表現を見るならば、「延喜の御ときども」の「ども」は村上天皇の『後撰和歌集』以下の勅撰下命の天皇を念頭に置いてのものであろう。「まづこの道おこることに候を」は、勅撰和歌集を撰び得るような時代には、先ずは和歌が興ること、すなわち和歌活動が活発化することを言うのではないか。だから、「かく御沙汰候こと」というこの百首の企画が、「かぎりなくおもひ給候」なのである。つまりは、勅撰和歌集に連なる和歌の隆盛を開く端緒として百首の企画を捉えているのである。

これに続いて、

それにとりて百首の御歌候はゞ、まづそのうち、よろしく候歌のあまたいでき候こそ、当時もするゑの代もいみじき事候へば、能歌よみいでぬべきもの〻、むねとめさるべき事候を、老たるものをめされ候べきやうに御沙汰候て、

と述べ、以下この企画を四十歳以上の歌人に限定した意図への批判に展開してゆく。「それにとりて」は、勅撰和歌集を撰び得る時代の復古に結びつけて事態を認識することを受けての文言であろう。その端緒となるはずのこの百首

で「まづ」秀歌が得られることは、来るべき勅撰和歌集への当代歌人の作品提供という事態を想起していよう。それが勅撰がなされた「当時」と同様に、「するの代」である当代においても「いみじき事」なのだという発言と読んでよいのであろう。つまりは、勅撰和歌集に至る和歌隆盛の時代の出発点となるとともに、そこに載せるべき歌の供給源としての百首という性格をも俊成は考えていたのではないかと思われる。

繰り返しになるが、『正治和字奏状』で見るならば、俊成は、正治初度百首という応制百首を、勅撰和歌集に連なる営為であると考えていたと言ってよいであろう。そこで秀歌が詠まれれば入集につながることも考えていたのだと思われる。だからこそ、自分の業を継ぐべき者である定家は是非とも員数に加わる必要があるのである。このような直訴にも近い女房奉書を草した俊成の意図もそこに求められるであろう。

二　『正治和字奏状』と百首の企画

正治初度百首の詠進の経過は、ほぼ専ら『明月記』の記事に従い考察されてきた。定家が強い期待でもって員数に加えられることを望み、それが挫折しそうになると、激烈とも言える口調で弾劾を行っている。先に見た俊成のこの百首に対する意識は、定家にも合わせ持たれていたと考えるならば、それらの記事は理解しやすい。逆に、これから見て行きたい、現在知り得る範囲で、どこまでこの百首の企画が勅撰和歌集と結びついていたかを考える検証には干渉しよう。しかし、それ以外の外部資料を求めることができない以上、そのことを自覚した上で、あらためて勅撰和歌集を前提とした企画であるのかという観点から、その成立過程を辿り直してみたい。

何度も言及されるように、この百首の事が『明月記』に最初に登場するのは、正治二年七月十五日の条である。要所を書き抜けば、以下の如くである。[4]

巳時《ノ》許《ニ》内供来臨《ス》、宰相中将有《リ》二示送《ノ》事等一、其《ノ》内院有《リ》二百首《ノ》沙汰一、其《ノ》作者《ニ》可《キノ》レ被《ルル》レ入《レ》由、頻《リニ》執《シ》申《ス》之由也、若《シ》為《サバ》二実事《ト》一者、極《テ》為《ス》二面目本望《ト》一、執奏之条返々畏《レ》申《ス》之由返答《シ》了《ヌ》

この記事の末尾には「昨日《ノ》百首《ノ》事僻事也、全《ク》不《レ》レ被《レ》レ入二其《ノ》人数《ニ》一、是存《ズル》之内也」という文言があり、「昨日」の解が問題にされている。ここに記されているのは巳時（午前十時頃）に定家妻の兄弟である内供公暁が来て、宰相中将藤原公経からの情報をもたらしたという形なので、公経の院への申し入れは「昨日」十四日の事と解するのが自然だと思う。結果が十五日の夜までに知らされた故ということになろう。

しかし、ここで確認しておきたいのは、「院百首沙汰」と、すでに院の応制ということが定まっている点と、員数に入るためには「執奏」すべきものと意識されている点である。少なくともこの時点では、院による応制という形で、宮廷での議論に上っているのである。定家の「極為面目本望」、「返々畏申」という姿勢も、それに応じたものであろう。

無論、この時点でも、院自らの企画ではないことも、早くに有吉保の論[5]によっても明らかにされている。院の百首として宮廷に浮上してくる以前にかなりの人選も練られていたと思しい。源通親を中心に、俊成・定家の御子左家に対抗する歌道家である六条家の歌人達の主導によってなされてきた。そのあたりを示すのが、七月十八日の以下の記事である。

早旦内供来臨《ス》、依《リテ》レ請《ニ》也、院百首《ノ》作者《ノ》事、為《ニ》レ相二尋《ヌル》相公羽林《ニ》一也、昨日以《テ》二消息《ヲ》一示《ス》レ之《ヲ》、返事云《ニ》、事《ノ》始御気色甚《ダ》快《シ》、而《ルニ》内府沙汰之間、事忽《チ》変改《ス》、只撰《ビテ》二老者《ヲ》一預《ラシム》二此《ノ》事《ニ》一云々、古今《ノ》和歌堪能、撰《ブ》レ老《ヲ》事未《ダ》レ聞《カ》事也、是偏《ニ》眄《シテ》二季経《ノ》賂《ニ》一、為《ニ》レ弃《テ》二置《カンガ》予《ヲ》一所二結構《スル》一也、季経経家彼家《ノ》之人也、全《ク》非《ズ》二遺恨《ニ》一、更《ニ》不レ可《カラ》レ望《ム》

改めて公暁により公経（相公羽林）のこの件に関する返報がもたらされている。やはりここでも「事始御気色甚快」と、後鳥羽院が決定権を一応は有しているらしいことは注目される。しかし、内府源通親による年齢制限があるはずであるという注意で撤回を余儀なくされている。そして、通親家に出入りする藤原季経・経家という六条家の歌人の黒幕的な存在が意識されている。つまりは、院に親しい権門である通親のイニシャチブが大きく、歌道家としては六条家の関与のもとに企画された百首であることは、こうして見てきても再確認されよう。

こうした状況から、定家を百首の員数に加えることに成功したのが『正治和字奏状』による俊成の直訴である。先に見たように、この書状では定家を勅撰撰者を継ぐ者として推挙していることはほぼ明らかであろう。やや強引に推測するならば、企画を進めた勢力からの反対を押し切るだけの理由がこの書状から後鳥羽院に読み取られたということになろう。無論、この書状はそのことを第一の理由として定家を推挙するという形ではない。しかしながら、いわば今までの企画の進行を覆すような決断を下す背後には、大胆に推測すれば、後鳥羽院自身もこの百首の後の事をも考えていたからだともできようか。

定家が員数に加わることが実現したのは、八月八日のことであったようだが、その詳細は定家の知り得た範囲で、『明月記』八月十日条に次のように書かれている。

家隆隆房卿又給《フ》レ題《ヲ》云々、是《レ》皆入道殿《ノ》令《メ》レ申《サ》給《フ》旨也。五六度付《シテ》二頭中将《ニ》一達《セシム》二内府《ニ》一、人数被《レ》レ定《メ》、難《キ》レ加《ヘ》之由答《フ》レ之《ヲ》、仍《チ》被《ル》レ進《ゼ》二仮名状《ヲ》一、出御之間、使《チテ》持二書状《ヲ》一参入之間、以《テ》二上北面《ヲ》一直《ニ》召《シ》取《リ》御覧《ゼラル》、即《チ》被《ル》レ加《ヘ》二三人《ヲ》一、不《ゼ》レ論二親疎《ヲ》一被《サ》レ申二

道理《ヲ》一云々

この条によれば、何とか通親を動かそうとして彼に対して執拗な運動が繰り返されたことが知られる。子息である頭中将通具を通してであるが、「五六度」という度数にしても、通親の持っていたこの企画への発言力の大きさを物

語っていよう。しかしながら、印象的なのは後鳥羽院の即決力である。多少の誇張はあるにせよ、俊成の書状に目を通すやいなや、今までの条件を直ちに撤廃して、作者の増員を決断したことになる。院がこの百首に関して発揮し得る力の大きさは印象付けられよう。応制という体制になった以上、最終的な決定力は院にあったのである。

結果としては、定家の詠出した百首が院の目にとまり、昇殿を許されるという事態にまで至る。定家と後鳥羽院との文学上の出会いという、『新古今和歌集』の文学的世界の形成の一つの出発点とも認識される。『明月記』では八月二十六日の条である。

頭弁送《リテ》二書状《ヲ》一云《フ》、内《ノ》昇殿《ノ》事只今所二仰《セ》下《サルル》一也者、此《ノ》事凡《ソ》存外、日来更不二申《シ》入《レ》一、大驚奇《ニ》、夜部《トナス》歌《ノ》之中有二地下《ノ》述懐《ニリ》一、忽有《チル》二憐愍一歟、於二昇殿《テハ》一者《ニ》、更非レ可レ驚《ニズキニク》、又非二懇望《ズ》一《ニモ》、今詠二進《スルニ》百首《ヲ》一、即被レ仰《チルルセ》之条、為二道《スノ》面目幽玄一《ト》、為二後代《スノ》美談《ト》一也、自愛無レ極《シマリ》、道之中興最前、已預二此事《ニルノニ》一

深い感激でもって、この昇殿の決定を喜んでいる。専ら歌の力による結果を強調しているのも自負のみではない。八月二十八日の条「今度《ノ》歌殊叶《ニフ》二叡慮《ニ》一之由、自二方方《リ》一聞《コユ》レ之《レ》、道之面目、本意何事《ニカ》過《ギンヤ》レ之乎《レ》」でも繰り返されるように述懐の歌だけではなく、総ての歌が院の詩心と共鳴したことには違いない。(6)

しかし、一番直接的に働きかけたのは「地下述懐」の歌である。具体的な作品は、「鳥」題中の、

君が代に霞をわけしあしたづのさらに沢辺のねをや鳴くべき

である。この歌が、文治元年（一一八五）の狼藉により昇殿を停められた折の俊成と藤原定長の贈答、『千載和歌集』雑中の巻軸に載せられた、

あしたづの雲路まよひし年暮れて霞をさへやへだてはつべき
あしたづは霞を分けて帰るなりまよひし雲路けふや晴るべき

を意識するとともに、『正治和字奏状』の末尾に据えられた

和歌の浦の葦辺をさして鳴くたづもなどか雲居に帰らざるべき

を意識しているという久保田淳の指摘(7)は改めて考えておかなくてはならない。俊成には、宮廷和歌の指導者として、そして何より、勅撰和歌集の撰を預かったことのある今健在である唯一の者としての、自らの後継者としての定家が意識されているのである。それを定家も十分意識しているのであり、それが、後鳥羽院の目にとまったということになる。

『明月記』の文言「道之中興最前、已預此事」は、今まさに始まろうとする和歌の道の「中興」に参加できる喜びである。「中興」は単に和歌の隆盛の意味ではあるまい。やはり、聖代である延喜・天暦の時代が意識され、当然そこには勅撰和歌集の撰集が意識されよう。定家の喜びもそこに向かっていると考えてもよかろう。当然といえば当然なのだが、定家の『明月記』でも、俊成の意識と近い形でこの百首の企画が捉えられていたと考えてよいだろう。そこから見える百首の企画推進には、やはり通親のイニシャチブと六条家の関与は重いことが知られる。しかし、応制という体制になった以上は、後鳥羽院の意志が大きく反映できる体制であったことも確認できた。それが、勅撰和歌集を向いているという所までも明示する事実は見えてきたわけではないが、何よりも俊成の願いを受け止めた事実からも、それと遠くはない意志を想像することまでは許されるかと思う。

三　中納言得業信広の作品から

そもそもが、応制による百首歌と勅撰和歌集との結び付きは、どのように考えるべきなのだろうか。百首歌が勅撰

和歌集撰進の前提として、そこに撰入すべき当代の歌の新詠を目的として催行されるようになるのは、宝治二年（一二四八）藤原為家に下命された『続後撰和歌集』を前にした宝治百首からとされている。[8] 十三世紀中盤以後の現象である。

しかしながらも、堀川百首と『金葉和歌集』、久安百首と『詞花和歌集』『千載和歌集』という、制度としては確立しないながらも、実質的な結び付きはすでにある。俊成の中でもそれは念頭にあったと考えてよいだろう。『正治和字奏状』の中では四十歳という年齢制限の先例とすべきではないというロジックで語られるのではあるが、両百首を継ぐものという意識はある。それは、企画の側でも同様である。無論、制度体制としての応制百首と勅撰和歌集の結び付きをここに持ち込むわけにはいかないが、歌人達の期待への働きかけとしては、それにも近い効果は考えておいてよいのではないか。

では、百首の作品に、そのような期待は表現されているであろうか。表現の問題としては、すでに指摘されているように、俊成のこの百首には祝言性が横溢している。久保田淳は、それを万葉集の古風の影響下になることと共にこの折の作品に見られる俊成の二傾向の一つとしている。そして、感激過多な作品であり、宮廷歌人の迎合性が表現を安易に押し流す面も指摘している。[9] 山崎桂子はそれを受けて、俊成の作中に「うれし」の語が頻出することから、「うれし」の作品であると述べている。[10]

例えば、「秋」題の

うれしさぞなほかぎりなき君が代に和歌の浦路の月を見るごと

「祝」題の

敷島やみちをばことに住吉の松もうれしと千代をそふべし

両者共に後鳥羽院の時代が和歌の隆盛の時代となることを限りない喜びとして捉えている。そこには、勅撰集を直接に指し示す言葉や、それを暗示する言葉も見えない。しかし、後鳥羽院の治世が和歌の時代となるという喜び「うれし」には、先に見てきたような俊成の意識を加味するならば、勅撰へと向けて動きだして行く事への期待を、十分に読み取ることができるのではなかろうか。

こうした表現であれば、

君が代を雲ゐになれしたづもみな和歌の浦にて千歳をやへん（隆信・祝）

君が代は八雲の空のはじめよりよむともつきじ和歌の浦波（寂蓮・祝）

などにも見られる。隆信の歌の「雲ゐになれしたづ」は廷臣達を指す表現であろうが、彼等が歌人として千歳を経るという表現には、宮廷をあげての和歌の時代が到来する期待を読めるであろう。寂蓮は、和歌の原初である「八雲の空のはじめ」から尽きることのない伝統が、この宮廷に継続する様を読む。無論これらが俊成と同じ認識で勅撰集への道筋を捉えるかは、保留を要しよう。

しかし、そうした表現で注目されるのは、中納言得業信広という署名で詠まれた百首である。その末尾は「祝」題の次のような二首で歌い収められている。

津の国のなにはのしわざみことのり皆住吉の神や守らむ

敷島の道もとだえじいそのかみふるまふ名をば御代にそへつつ

前の歌の「なにはのしわざ」は先例を見つけることができない表現であるが、和歌の祖の一つとされる難波津の歌に由来して、歌道を指す表現と考えてよいのではなかろうか。「住吉の神」は和歌の神として崇敬される存在であることは言うまでもない。そうであれば、歌道とともに神が守るであろう「みことのり」は、和歌に関係するものと考えるのが順当であろう。この百首自体が応制であるからそれを指すのだと考えることも可能だろうが、わざわざ言挙げするのは、一歩先に具現が予想される勅撰和歌集下命のことではないだろうか。

後の巻軸の歌もわかりやすい作品ではない。和歌の伝統が途絶えないことを歌うが、「いそのかみふるまふ名」が難解である。「石上布留」との掛詞であることは明白だが、単に「古い」を導く修辞にとどまるのかは問題である。興味深いのは『新古今和歌集』仮名序の結語に次のような表現が見える点である。

目をいやしみ、耳をたふとぶるあまり、石上ふるき跡を恥づといへども、流れをくみて、源をたづぬるゆゑに、富緒河のたえせぬ道を興しつれば、露霜はあらたまるとも、松吹く風の散りうせず、春秋はめぐるとも、空ゆく月の曇なくして、この時にあへらんものは、これをよろこび、この道をあふがんものは、今をしのばざらめかも。

結語に当たり撰集への自負を謙遜と共に語る部分である。文脈が複雑だが、「石上ふるき跡」は、『万葉集』以来の和歌伝統を指していると考えてよいであろう。(11) 本序では「かの万葉集はうたの源なり」というが、先述のように当時の通例として勅撰和歌集の源泉と考えていたとしてよいであろう。この表現とあわせて考えるならば、信広の歌の「いそのかみふるまふ名」は、『万葉集』を意識したもので、それ以来の勅撰和歌集の伝統を言うものと思われる。南都の地名を詠み込むのは単に修辞の構えではないであろう。

なお、信広の作品には「鳥」題の

和歌浦のしほみつ世にもあしたづのよる方もなみ鳴きまよふらん

のような、謙辞の形をとりながらも、この時代の和歌の隆盛を言祝ごうとするような作品も見られる。

ところで、中納言得業信広という人物は当時の歌人に該当はなく、誰かの隠名であると考えられてきた。その問題に劃期をもたらしたのが久保田淳の論である。(12)久保田は信広は南都興福寺の僧であり別当も勤めた雅縁であろうと推測する。第一の証とされるのは『楢葉和歌集』所収の次の一首である。

新古今エラバレケルコロ、堀河院御時ノ花林院権僧正ノ例ニヨリテ、百首ノ歌タテマツリケルツイデ

ニクハヘ奏ケル　　　　前大僧正雅縁

ニホヒナキソノコトノハトオモヘドモ花ノハヤシノアトヲコソオヘ

であり、堀川百首の永縁の先例に倣い雅縁が、後鳥羽院の百首に追唱したという詞書である。「百首」は、後鳥羽院の他の百首にはこうした問題は存在しないので、正治初度百首と考えてよいわけである。雅縁は興福寺別当に建久九年（一一九八）に任じられて建永二年（一二〇七）に辞すも以後三度環任している。後鳥羽院とも親しい関係が知られる。さらに、彼は源雅通の子であり、この百首の推進者である通親の兄であることが明らかにされている。(13)百首の作品の上でも、村上源氏の出生にふさわしい表現や、南都の歌枕を詠んだ作品などが指摘されている。

この見解は山崎桂子によっても踏襲され、雅縁の伝記や作品の検討がなされている。(14)また、雅縁が範とした堀川百首における永縁の営為についても、竹下豊の検討があり、彼が南都の僧侶歌人を代表するような立場にあったことが明らかにされている。(15)雅縁が永縁同様に南都歌人を代表し得るような立場にあったかは問題であるが、彼が、後鳥羽院・通親と密接な関係にあり、南都の文化と院や土御門家をつなぐような立場にあることは近本謙介の論によっても明らかにされている。(16)作品の始まりも

今朝よりは空ものどかに都人霞や春をいはひこむらん

と、外から都の春を思いやるといった歌い出しとなっており、南都からの唱和であることを強く意識したものであろう。なぜ中納言得業信広という筆名なのかの問題は残されるが、現在の所このように考えることは、妥当だと考え

る。

そうであれば、企画者の通親と応制の主体である院との企図の中で、堀川百首の先例を踏襲しながら、南都の力を取り込むような形で、雅縁の詠進が追加されたと考えることができよう。いわば特別な立場での詠進なだけに、この百首の意図に敏感な作品を加えることになったと想像できないだろうか。

その時代にあって、南都は特別な文化的な活力を持つ場であった。最も大きな目に見える文化事業として平家の焼き討ちで灰燼に帰した南都寺院の復興事業が着々と進んでいたことは序章でも述べた。雅縁の興福寺別当という地位はその地を代表するにふさわしいことは言うまでもない。先に見たように『正治和字奏状』でも、勅撰和歌集の事業を聖武天皇の事跡から語り出し、そもそも結実としてなった『新古今和歌集』が『万葉集』からの採歌を特記し、吉野・香具山の立春で集を開くなど、南都との関わりは小さくない。南都の力を取り込むというのは時代からしても意識的であると考えられるであろう。

特別な立場については、やや迂遠な補助線かもしれないが、後鳥羽院による第三度目の百首、千五百番歌合に最終的には結実する建仁元年に応制として行われた百首歌の例が想起される。この年の七月の和歌所設置に前後するように催行された百首歌だが[17]、その中には、和歌所の開闔の要職を占める源家長の次のような作品が見られる。

梨壺の昔のあとにたちかへり和歌の浦わに波の寄り人

この百首には時期的に考えても、和歌の隆盛を言祝ぐような表現は多く見られ、定家にも

わが道をまもらば君をまもるらんよはひはゆづれ住吉の松

などの歌もある。しかし、家長のように直接的に『後撰和歌集』の例にしたがって和歌所の開設されたことを歌い、勅撰和歌集の出発を言祝ぐような例はない。やはり和歌所開闔という特別な立場が歌わしめるのではないだろうか。

雅縁の場合も、南都から追和するという特別な立場からの歌なのだと考えられないだろうか。特に追和に当たって、企画者と応制の主体との意を汲むような、この百首の意図に関わる歌を特に詠むのだと考えられないだろうか。それは行事としての百首の締めくくりにもふさわしいであろう。

四　後鳥羽院の意志と百首の企画

正治初度百首を、勅撰和歌集撰集の意志と重ねてみたいとするのは、後鳥羽院自身が持ち得る意志として十分妥当だと考えるからである。後鳥羽院は勅撰和歌集の下命者であるとともに、一流の歌人である。文学的な営為に他ならない撰集の意志も、歌人としての成長、或いは本格的な歌人となろうとする文学的なきっかけの存在からであると議論したくなるのは当然である。しかし、一方では為政者としての立場からも、序章でも触れたように、その意志を強く持つに至る動機は十分に存在すると考えるからである。

建久三年（一一九二）七月、源頼朝は征夷大将軍の地位を得るが、時の天皇は後鳥羽天皇であるに他ならなかった。十三歳の天皇の政治意志や主導権は問題にならず、むしろ、この年の三月に没した後白河院以後の宮廷の政治力学の問題である。具体的には藤原兼実の意向が大きく、棚上げとなっていた将軍宣旨の問題もそこに求められるであろう。しかしながら、宣旨は後鳥羽天皇の名により発せられたことは疑いなく、その意味は小さくないであろう。

建久九年（一一九八）天皇を退位し上皇となって以後、歌人としても為政者としても後鳥羽院が主体的に動き出すわけであるが、何度も指摘されるように、復古こそが院の理念であった。既定路線の追認にすぎず、彼自身の意志とはほとんど関わりないにせよ、幕府というもう一つの日本国の中心を天皇時代に公的に追認してしまったことは、院のこの姿勢と無関係ではないであろう。その復古の理念が延喜・天暦時代の再現にあり、醍醐天皇・村上天皇がそれぞれ『古今和歌集』『後撰和歌集』の下命者であることは言うまでもない。こうした聖代の再現のプログラムとして勅撰和歌集の下命があることも当然である。『新古今和歌集』の仮名序にも「延喜のひじりの御代には、四人に勅して古今集をえらばしめ、天暦のかしこきみかどは、五人におほせて後撰集をあつめしめたまへり。」とし、「古今、後撰のあとを改めず、五人のともがらを定めて、しるしたてまつらしむるなり。」と記すことも、改めて引くまでもあるまい。

正治二年の段階でも、そうした後鳥羽院を駆りたてる動機は十分に存在する。本格的な和歌のキャリアも無きに等しい二十一歳の院にとっても、『古今和歌集』の延暦五年（九〇五）から五度目の乙丑は五年後である。後鳥羽院自身が決断し、周囲にいる人々が決断に向けて働きかける条件も十分に存していると言えよう。決して時期的にも勅撰和歌集を構想するのに早すぎることはないのである。

『後鳥羽院御集』に残されている和歌事跡で、改めて注目しておかなくてはならないのは、正治二年の「七月北面御歌合」「七月十八日御歌合」「八月一日新宮歌合」などであろう。初期の後鳥羽院の和歌資料が「熊野類懐紙」と呼ばれる一連の懐紙から得られることは早くから注目されてきたが、すでに述べたように、田村柳壹により詳細な整理と検討とが加えられ基本的な視野は開かれている(18)。すなわち、近臣とを中心とした私的な営みの性格が見えてくるわけであるが、仙洞とその周辺を詠歌の場とする動きが、この年の秋には見えていることにも改めて着目しておくべきだろう。

誰にでも見える形での勅撰和歌集の始動は、翌建仁元年（一二〇一）七月二十七日の和歌所設置である。その直前の建仁元年前半の後鳥羽院の和歌活動は、急激な意志の形成を想像させてもおかしくない程に、それ以前とは全く異なった頻度と総量を見せているし、様々な試みもなされている。正治初度百首の成果、特には藤原定家との出会いが、その意思形成の大きな要因になったという文学史のドラマは魅力的である。しかしながら、すでに百首歌を召すという段階で勅撰和歌集への径路が見据えられていたと推測するのも空理ではなかろう。

無論、正治初度百首をそのように考えた場合、源通親の大きな力が見てきたように問題になる。さらには歌の家としての六条家の関与が問題となり、やがて実現する『新古今和歌集』にも及ぶであろう。

実は、そこでも通親の影は薄くはない。撰者として選ばれた当初の六人の中の源通具は通親の息であり、その代理人という性格を持っていた。撰者としては常に筆頭に記されるように、官位の上では最上席であり、唯一の公卿である。かつて、田中喜美春の論で、(19)各撰者が撰び出した歌を持ち寄る撰歌過程において、通具の撰が台本として用いられ、その上に他の撰者の撰を重ねる形でなされたのではないかと、撰者名注記を読み取ったことも想起されよう。それは撰者としての通具の位置を考える上で重要な示唆となろう。

六条家を代表する藤原有家は次席である。「和歌賞」により大蔵卿に任ぜられ、すでに注目されているように、(20)定家は『明月記』建仁二年（一二〇二）七月二十四日条に、

有家、自《リ》二叡慮《ニ》一付《サル》レ之《ヲ》云々、和歌《ノ》賞云々、幸運不レ及《バ》二左右《ニ》一、生而遇《ヒ》二斯《ノ》時《ニ》一、見《テ》二和歌《ノ》賞《ヲ》一独《リ》遺身《ヲ》耻《ヅ》、雖《ドモ》レ顧《ルト》二宿運《ヲ》一猶廻《ラス》二吾道《ノ》名《ヲ》一、慟哭而《テ》有《リ》レ余《リ》

と、大きな羨望と対抗意識を見せていることにも改めて注意されるであろう。

だからといって、集の歌風は、六条家の方向へ行くことはなく、俊成・定家を中心とした御子左家の方向を時代様式として採用することで性格付けられた。やはりその方向を推進してきた九条家の良経や慈円を一方では政治的にも重用してゆく後鳥羽院の姿勢も反映する。後鳥羽院歌壇は包括的であり、その中での時代様式の確立である。必ずし

も当初の企図の勢力がそれを規定したわけではないのである。

おわりに

藤原俊成の手になる『正治和字奏状』の記事を手がかりに、正治初度百首の応制の背後には、勅撰和歌集撰集の意図があったのではないかということを見てきた。十分な文証が得られたわけではなく、推測の段階を出ない結論であるが、後鳥羽院歌壇や『新古今和歌集』の性格を考える上では、重要な論点になり得るのではないかと思う。本百首については、作品の内実をも含めて、考えるべき問題は多く残されているといえよう。

注

（1）久保田淳「後鳥羽院の歌壇形成（一）（二）」（『藤原定家とその時代』岩波書店・一九九四年）、田村柳壹「後鳥羽院歌壇前史―熊野類懐紙の総合的検討と和歌史上における意義をめぐって―」（『後鳥羽院とその周辺』笠間書院・一九九八年）など。

（2）有吉保『新古今和歌集の形成』（明治書院・一九六八年）、久保田淳『新古今歌人の研究』（東大出版会・一九七三年）、山崎桂子『正治百首の研究』（勉誠出版・二〇〇〇年）などに詳論されている。

（3）『正治和字奏状』の本文は静嘉堂文庫蔵本による（『歌学資料集成　静嘉堂文庫所蔵』所収のマイクロフィルムを利用）。井上宗雄・松野陽一「静嘉堂文庫蔵　正治二年俊成卿和字奏状（翻刻と解説）」（『和歌文学研究』一五号・一九六三年七月）、井上宗雄校注「正治二年俊成卿和字奏状」（『中世の文学　歌論集一』三弥井書店・一九七一年）も参照した。

（4）なお、以下引用する『明月記』の記事は、注（2）であげた諸論でも詳細な検討が加えられており、ここでもその成果の上に立つわけであるが、煩を避けるために、特に必要がない限り先行する検討への言及は行わなかったことをお断りしておく。

（5）有吉保、注（2）前掲書。この論では六条家と御子左家との歌道家同士の対立を重視する。

（6）佐藤恒雄「正治二年九月十三日定家長房勘返状」（『藤原定家研究』風間書房・二〇〇一年）によれば、この昇殿をめぐる定家側の事前の運動や周囲の様々な思惑の存在も知られる。

（7）久保田淳『藤原定家』（『久保田淳著作選集　第二巻』岩波書店・二〇〇四年、所収、一〇一～一〇二頁。原著は集英社・一九八四年）

（8）例えば、深津睦夫『中世勅撰和歌集史の構想』（笠間書院・二〇〇五年）第一編第二章「応製百首」では、その問題を総括的に論じようとしている。

（9）久保田淳、注（2）前掲書（八二六～八三四頁）

（10）山崎桂子、注（2）前掲書（二一七～二一九頁）

（11）新日本古典文学大系『新古今和歌集』（岩波書店・一九九二年）脚注では、「「ふるき跡」は勅撰集の先例の意で、本集が万葉集に遡って選歌したことを異例と認め「恥る」という。」とする。

（12）久保田淳「興福寺別当大僧正雅縁―『正治初度百首』の中納言得業信広との関わりにおいて―」「僧侶歌人二、三について」（『中世和歌史の研究』明治書院・一九九三年）

（13）前掲「僧侶歌人二、三について」では、先の巻軸歌の触れ、『新編国歌大観』の「とだえし」は「とだえじ」であるべき事を指摘する。またこの歌を、南都にいる自らの追進により名を添えたことを喜ぶものと解し、『楢葉和歌集』の詞書との照合に触れる。なお、「ふるまふ名」に関しては本稿と解釈を異にする。

（14）山崎桂子、注（2）前掲書（「中納言得業信広をめぐって」「作者点描・正治二年前後」「中納言得業信広の歌」の節）

（15）竹下豊「永縁と『堀川百首』―堀川百首研究（三）―」（『女子大文学』三八号・一九八七年三月）

（16）近本謙介「南都復興と治承がたり」（『軍記と語り物』四三号・二〇〇七年三月）

（17）この百首の詠進の時期については明らかでない面が多い。定家の詠進は六月のことと資料的に詰められるが、他の歌人については不明な点が多い。

(18)　田村柳壹、注（1）前掲の論。

(19)　田中喜美春「新古今集の精撰方法」（『岐阜大国語国文学』一二号・一九七六年二月）

(20)　久保田淳、注（2）前掲書（八九七頁）

第二節　建仁二年の後鳥羽院
――歌風形成から中世和歌へ――

はじめに

「歌風」という言葉を副題の最初に付したが、これは研究上の用語としては、やや古い概念というべきかもしれない。ある歌人の歌風と言った場合、和歌としての良さという価値判断を含んだ上での、その歌人の特性を全体的に把握し認識するものであった。作品を構成する諸要素を統合的に捉え、場合によっては一首一首の持つそれぞれの特質には目をつぶり、全体の傾向を感性的に印象的に把握するということにもなりかねない。語られる認識も追証を拒むような主観性に陥る場合も無かったわけではない。

むしろ、現在の作品論的研究は、表現を構成する諸要素を分解し、それぞれについて可能な限り客観的に分析を行う方向にあるだろう。あるいは、表現をそうたらしめている内的外的な要因の分析に向かう場合もある。それらは、おそらく歌風研究への批判が契機としてあるであろう(1)。

それでもあえて、歌風という言葉を持ち出そうとするのは、後鳥羽院の作品に対する研究上の言及が、それをそれたらしめている帝王であることから来る特性の議論に傾いているように思えるからである。序章や前節でも述べたように、後鳥羽院が帝王であることは、紛れもない事実であり、その文学を考える上でも極めて重要であることはいまさら言うまでもない。(2)和歌史の中でも、後鳥羽院が帝王であることは忘れられていることはない。しかし、作品が一首の和歌として享受される時、必ず帝王の特性がつきまとうというような限定的な作品だけを残しているわけではない。

歌風という言葉をあえて使う所以は、後鳥羽院の和歌をできるだけ「作品」という範囲で考えてみたいと思うからなのである。その文学上の特性を考えてみたいということで、様式論ということにもなろうか。だからといって帝王であることから完全に離れることはできないだろうし、その必要もない。また、歌風といっても新たな審美的な視野を開くことまでは意図していない。

一　建仁二年という断面と小島吉雄の論

後鳥羽院は、中世初期を代表する歌人であり、『新古今和歌集』の下命者である。一般に勅撰和歌集を下命した至尊は、実際の撰集作業には関与しないことが多いが、院の場合はそれに深く関わった。後鳥羽院の手による集だと言っても過言でないほどの関与である。また、この集に同時代の成果を提供する母体となった歌会の開催も、院を主催者として精力的に行われている。それだけに、後鳥羽院自身がどのような特性を持った歌人であったかを考える意味は大きい。

ここで、問題にしたい建仁二年（一二〇二）という時点では、『新古今和歌集』の編纂は着実に進んでおり、撰集の本部である和歌所の設置と、撰者の選任と、何より撰集の下命はすでに前年に終えている。一応の完成は三年後の元久二年（一二〇五）であり、その後十年ほどの改稿期間を置くが、まさにその渦中である。この集との関わりでは極めて重要な一年である。

後鳥羽院は二十三歳であり、六十年の生涯のほんの初期に過ぎない。歌歴ということでも、本格的な詠作活動の始発は正治二年（一二〇〇）であるから、三年目という時点に過ぎない。しかし、主催した三度の百首歌に自らも作者として加わり、前年建仁元年には、伊勢神宮の内宮・外宮にそれぞれ百首歌を奉納しており、四季・恋・雑を基本構造として、和歌世界の全体に及ぶ小全集的な性格を持つ百首歌だけでもすでに五度経験したことになる。さらに、二度の五十首歌と多くの歌会の経験を積んでいる。若い歌人として完成した段階にいると考えるのが妥当だろう。

実は、この年の作品は多く知られるわけではない。現在知られるのは『後鳥羽院御集』に収められた四十八首に過ぎない。だが、ここに見られる作品は、それ以前に比べても質的な高さが見られると思われ、以後の作品に比しても、すでに基本的な達成はなされていると思われるのである。のみならず、この年の後鳥羽院は、和歌の批評という側面へも精力的に目を配っている。六月に行われた水無瀬釣殿六首歌合は、藤原定家と二人だけの会の形だが、自ら判者となり、判詞を残している。九月十三日に行われた水無瀬恋十五首歌合からは、若宮撰歌合・桜宮十五番歌合と、秀歌を精選した撰歌合を改めて編成している。その若宮撰歌合は後鳥羽院の判であり(3)、判詞が残る。千五百番歌合も、判を付す作業はこの年のことと思われ、後鳥羽院は、判定を折句にした和歌で判詞に替えている。さらに、三月に行われた三体和歌は歌を三つの歌体に分けて詠めという企画であり、自らも試みている。

この建仁二年の時点で、後鳥羽院はどのような歌風を形成したのか、それはどのような方法に支えられているのかを問うことが、本節の目的である。

かつても、後鳥羽院の歌風の把握がなされてこなかったわけではない。というより、序章でも触れたように、『新古今和歌集』に関する研究の先駆的業績の一つである小島吉雄『新古今和歌集の研究　続篇』(4)においてもすでに本格的になされている。この研究書は、全体がこの歌集とその時代が、いかに後鳥羽院の力によって領導されていたかを論じようとするのであるが、特に第四章は「新古今和歌集の歌風と後鳥羽上皇」として、歌風の問題を論じている。この歌集の歌風が、後鳥羽院の心性・見識・人格からもたらされたものであるという形で議論が集約され、院の好尚に基づく物である以上、自身の和歌においてもその歌風は当然ながら実現しているとするものである。結論的な部分を引けば以下のようである。

新古今集を特色づける歌風的特色を他の勅撰集との比較に於て探求すると、それは、感傷的情緒を物語的構想のもとに具象化し情趣化する構想的歌風の歌を多数入集してゐることであり、そして、それら構想歌の表現にあたつては、象徴的表現手法を採つてゐることである。

感傷的情緒・物語的構想・構想的歌風・象徴的表現手法といった把握は、現代においても用語を変えながらも、『新古今和歌集』の特質として語られ続けているのだが、それが、後鳥羽院に由来するのだというのが、小島論の主旨である。

実は後鳥羽院に関しては、先にも言及したように、帝王であるということが不可避の問題として存在する。小島の論にもそうした視点はあるのだが、より顕著な先駆は保田與重郎(5)ということになろう。時代的な制約が大きな議論であり、様々な意味で現在にまでの継承は不可能な点が多い。むしろ現在においては、丸谷才一(6)の影響力も大きいであろう。政治性や好色の文学伝統、その上に定家らの展開する超絶的な表現技法をも飲み込んでしまう、余裕を持った「帝王ぶり」が問題にされた。

必ずしも丸谷の影響のみというわけではないが、最近の後鳥羽院論では、この帝王であることの問題が中心課題をなしているといっても過言ではないだろう。例えば、現在の後鳥羽院研究の牽引役である寺島恒世の論にもその傾向が顕著である。[7]後にその内実については触れるが、帝王であることによって作り出す特異な「場」をめぐる問題に議論が集中しているといえようか。その必然性は否定すべくもないが、あえて別の方向で論じてみたいとする意図は前述の通りである。そのためにも、小島吉雄の論はもう一度念頭に置きたかったのである。

二　『新古今和歌集』入集歌からの検討

この年の後鳥羽院の作品からは、四首が『新古今和歌集』に入集している。それ以前の時期からの入集はやや特別な位相を持つ作品だけであり、その意味でも、この年には歌風が形成されたという見方ができよう。最初にそれらを検討することで、論の展開の端緒としたい。先に引いた小島論では、後鳥羽院の個人様式としての歌風と時代様式としての歌風が重ねられる所に論の眼目があったわけだが、そのあたりについての吟味も顧慮したい。

さて、詠歌順に検討を加えるが、最初は二月十日影供歌合の作品である。この歌合は散佚してしまい、どのような判を受けたかは知ることはできない。『新古今和歌集』では春上所収の作品である。

18鶯の鳴けどもいまだ降る雪に杉の葉白き逢坂の山

題は「関路鶯」[8]であり、関所の道で鶯を聞くことを詠むのが求められる。鶯は春を告げる鳥であり春浅くから鳴く。関所の代表である逢坂の関は山路であり、春が至ることも遅く、残雪を見ることもある。基本的な構図は題意の伝統的な解釈からなし得るものであり、家集にこの歌合の歌が知られる他の歌人達も同様な構図を採ることが多い。この歌の眼目は、四句目の「杉の葉白き」に見られる緑と白との映発関係と言うことになろう。このことは『八代集抄』(9)にもすでに触れられている。
この歌は、

5梅が枝にきゐるうぐひす春かけて鳴けどもいまだ雪は降りつつ

という『古今和歌集』春上・読人不知の歌を本歌としている。言葉も十分に重なり本歌取であることは明白であろう。詠出された世界も雪中の鶯ということでは重なりながら、庭の梅から、逢坂山へと舞台は大きく変えられ、本歌からの継承と展開の関係は十分保たれている。本歌取という時代様式を支える技法の面では、典型的ともいえる手法によっている。

久保田淳『全評釈』では、「鶯は鳴けどもいまだふるさとの雪のした草春をやはしる」（建久九年守覚法親王五十首・定家）、「吉野山ことしも雪のふるさとの松の葉白き春のあけぼの」（正治二年初度百首・良経）の二つの近い時期の先行作品を「無関係であるとは考え難い」と指摘する。藤原定家の本歌の取り方と、草の緑と雪の白との対比、藤原良経の山の松の緑と雪の白との対比、「松の葉白き」という表現など、後鳥羽院の作品の重要な要素が先行しており、これらからの影響は顕著と言えよう。何より杉と雪との映発関係の描写に個人的な感性の発露が見つけ出せるはずだが、「松の葉白き」という先行表現はその独自性を相対化させよう。さらに『新大系』では、「降る雪に杉の青葉も埋もれてしるしも見えず三輪の山本」（金葉集・冬・皇后宮摂津）を参考としてあげる。これも「杉の葉白き」という表現に個性を見ることを躊躇わせよう。

同時代の歌人達が、表現をいわばやり取りし、相互に影響を受けながら歌を作りあげて行く様態は、この時代の恒常的な現象である。むしろそれが新古今時代と呼ばれるこの時代の歌人集団の特質でもある。そうでありながらも、後鳥羽院の場合、一般的な表現のやり取りという範囲を越えて同時代の歌人達から模倣にも近い摂取を行っている様子は、すでに院の和歌の顕著な特質であることは共通の知見である。『新古今和歌集』入集歌という、同時代の、そして何より後鳥羽院自身の価値判断を経て良しとされた作品にもその特質が見られることは、まず押さえておくべきだろう。

次に検討するのは、五月二十六日城南寺影供歌合の一首である。京都南郊の城南離宮の中で行われた歌合で、伝本は伝わるが判詞は記されていない。『新古今和歌集』では、恋四所収の作品である。

1271忘らるる身をしる袖の村雨につれなく山の月は出でけり

歌合での題は「遇不逢恋」であり、忘れられ通いの絶えた女の立場で様々な思いを展開させる歌題である。歌合における他の歌人の作品も託す思いは様々である。涙に濡れた袖を詠出するのは、考えやすい素材による展開であるが、他の歌人も目立ってそうしているわけではない。

この歌も本歌取の作品である。『古今和歌集』恋四所収の在原業平の

705数々に思ひ思はずとひがたみ身をしる雨は降りぞまされる

が本歌である。これは『伊勢物語』一〇七段にも収録されるが、藤原敏行が業平の家にいる女に懸想をした時、その女に代わって詠んだ作品を語った話の中の一首とされる。物語で引くと、

男、文おこせたり。得ての後のことなりけり。「雨の降りぬべきになむ見わづらひ侍る。身さいはひあらば、この雨は降らじ」といへりければ、例の男、女にかはりて詠みてやらす。

というものであった。その結果、

と詠みてやれりければ、蓑も笠もとりあへで、しとどにぬれてまどひ来にけり。

と、この歌が男の気持ちを引き留め得た歌徳説話としての収束をしている。しかし、後鳥羽院の歌では、物語の状況

とは異なる、忘れられ一晩中我が身を嘆きながら明かす女の姿を描いている。物語に寄り添いながらも、それが孕んでいるかもしれない、他の結末を想像して展開させている。本歌の展開のさせ方としては巧みであろう。

この歌では、その悲しい女の姿を、村雨の晴れ間から見えた月を眺めることで印象付ける。「身を知る袖の村雨」と、涙に濡れる袖を、雨に濡れるのではなく村雨に濡れるのだと捉えて、村雨故の雲の晴れ間から月をのぞかせる。その月と自分を対照させて、「つれなし」と見させるのである。待ってもいないのに出てきた月でもある。『新大系』は本歌として『後拾遺和歌集』恋二・読人不知の

704忘らるる身をしる雨は降らねども袖ばかりこそかはらざりけり

を指摘する。『全評釈』もその関係を認めるように、「身をしる袖」の雨という影響関係は注目される。しかし「村雨」ではない。

『八代集抄』などは、「村雨」は涙の比喩であり、天象の現象とは解していないが、短い時間に変化をもたらすこうした天象への興味は、同時代にも顕著なものがある。『新古今和歌集』でも秋上・宮内卿の「422月をなほ待つらんものか村雨の晴れ行く雲の末の里人」のような作品も見られる。村雨と月との関係にも深い興味と抒情の在り所を共有している。「村雨」は機知的な展開の要ともいうべきだが、そこにとどまらない時代的な好尚の背景もあろう。

三首目は、六月の水無瀬釣殿六首歌合の作品である。この歌合は前述のように藤原定家の歌と番えたものであり、自らが判詞を書いている。負けとするのが原則の自判であるが、唯一勝とした作品であり、定家の側でも『明月記』に称賛の言葉を残している。(10)丸谷才一も極めて印象的に取り上げられている。『新古今和歌集』では恋一に収められる。

1033思ひつつ経にける年のかひやなきただあらましの夕暮の空

歌合の題では「久恋」であり、久しい間恋人への思いを秘めている様子を歌う設題であろう。『新大系』では女の立場とするようだが、やはり男の立場で読むべき歌であろう。『八代集抄』でも男の歌と解している。

この歌も本歌取であり、『後撰和歌集』恋六・読人不知

1021思ひつつ経にける年をしるべにてなれぬる物は心なりけり

が本歌である。「なれぬる物は心」すなわち、心に思い続けるだけで逢うことができないまま月日を経てしまったという本歌の状況をそのまま引き継ぐ。そのような日々を送ることを「かひやなき」と詠嘆し、「ただあらましの夕暮の空」と、心の中で想像するだけで、行動できない嘆きを夕暮れの空の広がりで印象付ける。空穂『完本評釈』は、この空を「含蓄のある」空として、「かひやなき」と疑問の「や」により一脈のあこがれを残す表現による艶で複雑な心情が示されていることと合わせて、一首の焦点としている。

建久四年（一一九五）の『六百番歌合』夕恋には、藤原有家の

あらましに心はつきぬ今夜とて待たばと思ふ夕暮の空

が見出される。そもそも有家歌は女性の立場である。が、それを反転すれば状況も重なり言葉の重なりも大きい。夕暮れに収束させる抒情の手法も重なる。この歌の強い影響も考えるべきであり、やはり同時代の一般的な表現交流以上の強い影響関係ともいえよう。無論、細部について見るならば空穂が分析したような繊細な抒情が形成され、やはり空穂が空を見つめながら「感傷している状態」を指摘するような強い感情を印象付ける効果では、模倣といえない達成を見てよいだろう。

最後に検討するのは、九月の水無瀬恋十五首歌合の一首である。『新古今和歌集』恋四に収められている。

1313里は荒れぬをのへの宮のおのづから待ちこしよひも昔なりけり

この歌についてはかつて詳論したことがあるが[11]、改めて見ておきたい。水無瀬恋十五首歌合では判者藤原俊成に「尾上の宮のおのづから、ことにめづらしくみえ侍る」と評され勝ちになり、自判の若宮撰歌合でも、「雖《ヘドモ》レ無《シト》ニ指《シタル》難一、無《ケレバ》ニ殊《ナル》咎一、いささかの勝にて侍りなん」ということで勝となっている。控えめな言い方だが自判であり、自負する作品だとしてよいだろう。

「故郷恋」の歌題は、古都となった土地に忘れられたように住み続ける女性を主題にすることが求められよう。ここでの尾上宮は、奈良の高円山にあった聖武天皇の離宮であり、行幸も絶え、荒れ果てた宮に取り残された宮女の嘆きである。この歌も本歌取であり、『万葉集』巻二十の大原今城真人の

4531高円の尾の上の宮は荒れぬとも立たしし君の御名忘れめや

を直接の本歌とするが、大伴家持の

4530高円の野の上の宮は荒れにけり立たしし君の御代遠そけば

を最初とする、聖武没後にその時代を偲んだ「依興各思高円離宮処」の五首の歌群が念頭にあろう。聖武天皇の時代へ特定される歴史的想像力の産物であるが、新古今時代は源平の合戦の中で焼かれた聖武天皇時代のモニュメントである東大寺の再建事業が続く最中であっただけに、その時代への関心は必然的である。

尾上宮は、あまり詠まれない地名だが、『新古今和歌集』秋上にも建久九年（一一九八）に詠まれた顕昭の「331萩が花真袖にかけて高円の尾上の宮にひれふるやたれ」があり、さらに、前年建仁元年八月和歌所初度影供歌合に、藤原良経の「高円の尾上の宮の秋萩を誰来て見よと松虫の声」があり、後鳥羽院自身もその年の外宮百首で「高円の尾上

の宮は荒れぬともしらでやひとり松虫の声」と詠んでいる。内宮百首とともに、伊勢神宮に奉納されたこの百首は、『後鳥羽院御集』には三月とするが、八月に詠まれた他の歌人の作品からの影響が指摘され、また、和歌所設置と奉納意図は密接だと考え、秋以降の作であると考えられている。(12)ここでも模倣に近い摂取が問題となろう。

俊成の判詞「尾上の宮のおのづから」を「ことにめづらし」とするのは、尾上宮という地名の珍しさではなく、同音反復の言葉続きに向けられていると考えてよいかもしれない。同音反復は和歌において珍しいわけではないが、歌人の好みは反映しよう。こうした表現を、気の利いた表現である「秀句」として認識すれば、『後鳥羽院御口伝』などにも窺えるこの種の表現への好尚とも繋がるかもしれない。

やや散漫に四首の歌を見てきたが、やはり時代の刻印は大きいだろう。ここに至るまでの後鳥羽院の和歌活動の場は、時代の様式を作り導いて来た藤原俊成を指導者的な立場として、その先端的な部分を体現する定家をはじめとする歌人達に囲まれたものであった。その環境は自らが準備したものといえるが、そこからの強い影響で時代の様式が刻印されるのは当然だろう。その中でも、見てきたように、本歌取の問題と、模倣とも言えるような同時代歌人からの摂取の問題がやはり、この時点の後鳥羽院の歌風を考える上でも大きな問題になるであろう。以下、この二つの問題を展開させたい。

三　本歌取の方法の検討

本歌取の問題は、この時代に共通する作品の様式として、改めて考えておく必要があると思う。

本歌取という技法の淵源を求めて様々な探求がなされている。しかし、新古今時代の、そして中世和歌の本歌取の源流を求めようとするならば、序章でも述べたように、藤原俊成の次の歌を考えるのがやはり妥当であろう。『無名抄』により俊成が自讃歌としたと伝えられる一首である。

夕されば野辺の秋風身にしみて鶉鳴くなり深草の里

この歌については何度も論じられているが、『伊勢物語』一二三段[13]の女の歌

野とならば鶉となりてなきをらむ狩にだにやは君は来ざらん

を本歌取りしていることが、作品の核をなしていることに異論はないであろう。

新古今時代の本歌取といえば、藤原定家の歌論書に示された、技法的な公式が問題にされることが多い。詞の重なりが重要であり、場合によっては測数的に本歌からの独立を保つ範囲での十分な摂取が前提とされる。そうして見た場合、俊成のこの歌は詞の重なりは少ない。しかしながら、『伊勢物語』の作品世界が重なることは明らかであろう。この歌に本歌取の様式の淵源を見ようとするならば、最も重要なのは、詞を摂取する量などではなく、古典世界の上に立脚して世界を構成することに他ならぬことを示していよう。

そのような観点から俊成歌を見た場合、『伊勢物語』の歌徳説話的なハッピーエンドと、俊成歌の男を失った悲しみという差が存することが問題にされてきた。このことについては、やはり序章でも言及した渡部泰明の卓論がある[14]。物語の世界にあこがれながらも、自らの主情性を転移させるためには、あえてそこから離れて行くという、作者が主体的に本歌を身に引き寄せる詩法の顕現を見る。こうした方法こそが本歌取の本来の姿なのだと渡部は述べる。

後鳥羽院の歌でも、すでに述べたように『新古今和歌集』入集歌が同じような作法によっていた。もう一度引けば、

1271 忘らるる身を知る袖の村雨につれなく山の月は出でけり

であり、やはり『伊勢物語』の歌徳説話的な展開を悲恋の感情に転化している。しかし、すでに述べたように、後鳥羽院の歌の展開の中心点はむしろ、「雨」から「村雨」へ詠み替える所にあることも知られる。「村雨」という自然現象の必然として雲が晴れ間を作り月が顔をのぞかせる。その月を「つれなし」と見るところにこの歌の抒情の焦点があった。その抒情のあり方は妥当であり十分共感できるものであるが、機知的な展開であるという側面は無視し得ないであろう。主情の転移という切実な課題の存在以上に、機知が顕在化していることは見逃せないであろう。

建仁二年における本歌取のことを考える場合、三体和歌の試みも問題を含むであろう。この企画は後鳥羽院自身の手でなされたもので、六題六首の歌会であるが、春夏を「高体」、秋冬は「痩体」、恋旅を「艶体」と、三つの歌体に分けて詠むことが求められたものであった。『無名抄』にはその場に臨んだ鴨長明の、課題の困難さやそれを成し遂げた自負も示され、この試みの性格を考えさせられる。また、三体の名称は『三体和歌』自体の伝本をはじめ、参加者の私家集、この行事を記録した『明月記』などの間でかなりの相違が見られる。が、ここでは後鳥羽院がその一つである「艶体」を実現させるために採る方法について見てみたい。

「艶体」については、他の資料でも、藤原家隆の『壬二集』で「幽玄」とする以外、「ことに艶」「ことに艶にやさし」であり比較的安定している。「艶」という美的概念の規定は大きな問題を含み研究史も厚いが、王朝的なものを強く志向する美意識である点では一致があろう。王朝的な世界を現前させる、あるいは、王朝的な世界を背後に浮かび上がらせるといった方法で実現されるものと考えてよかろう。

「恋」題では次のように詠む。

いかにせんなほこりずまの浦風にくゆる煙の結ぼほれゆく

「須磨」に「懲りず」を言い掛けて、何らかの事情で恋に身を投ずることを反省させられながらも、相手を忘れられずにいる自分をいかにすべきかと思い悩むという作品である。相手の甘言を信じた故の女性の嘆きとも考えられるが、状況は判然としない。

この歌は、

865風をいたみくゆる煙の立ち出でても猶こりずまの浦ぞ恋しき

という『後撰和歌集』恋四の紀貫之の歌を本歌とする。その詞書は

人の娘のもとに、忍びつつ通ひ侍りけるを、親聞きつけて、いといたく言ひければ、帰りてつかはしける

というもので、親により引き裂かれたという状況は明らかであろう。後鳥羽院歌の世界は実はこの歌の上に立っている。状況はここで判然とする。

しかしながら、須磨という土地は、後鳥羽院の時代ともなれば何より『源氏物語』の舞台である。須磨巻には、

こりずまの浦のみるめのゆかしきを塩焼くあまやいかが思はん

と、「こりずま」「浦」「煙（塩焼く）」との関わりを想起させる歌もあり、この物語の文脈での理解も可能にするであろう。文字通り懲りて須磨に退去した源氏の都を思い続ける姿は、後鳥羽院の歌の世界にもふさわしいであろう。

古典的世界の実現が図られる方途がこうして辿られるわけだが、より顕著に、かなりの問題性を含みながらそれがなされているのが、次の「旅」歌であろう。

旅衣きつつなれゆく月やあらぬ春は都と霞む夜の空

あまりにも顕わであるが、『伊勢物語』の二首の歌を本歌取りしている。

唐衣着つつなれにしつましあればはるばる来ぬる旅をしぞ思ふ

の第九段、東下りでの八橋の場面の作品を骨格として、その流浪の原因と読んでもよい二条后藤原高子との顛末である第四段の

月やあらぬ春や昔の春ならぬ我が身ひとつはもとの身にして

を合成している。

二首はあまりにも有名な作品だが、その本歌と結句以外はほとんど言葉が重なり、内容の上でも全くその世界から出ていない。あざというというより、見え透いたという他にないように思える。しかしながら、これが、「艶」という歌体を実現させるための意識的な詠作の結果である。このような方法で確実に「艶」が実現できると考えたからに他ならない。古典に立脚するという方法に完全に寄りかかっていると評されても妥当だろう。

この時代の本歌取のあり方を、翌建仁三年の八月十五夜撰歌合について分析したやはり渡部泰明の論がある。[15]二つの概念を結びつける結題として与えられた比較的詠みにくい題意の実現の仕方としての本歌取のありかたを分析する。本歌に依存することによる歌意の曖昧さや、本歌として取る作品の流行現象や、結題の二つの概念を結びつけるための興趣として本歌を用いる様態が分析され、歌会の場で興趣を競い合う当座性に重きがおかれる傾向を見据える。そして、「その本歌取は、本歌をわが身に引き受けようとする俊成・定家のそれとは微妙に違うものを孕むことになる。本歌が、あたかも道具のように、記号的に使われているからである。」と論評する。これは、後鳥羽院の『三体和歌』での方法をも説明しよう。「艶」という王朝的な美の実現に、本歌取がほとんど自明な道具として使われていると言い換えられよう。

では、同じ『三体和歌』での定家の試みはいかがであっただろうか。「恋」は、

たのむ夜の木の間の月もうつろひぬ心の秋の色をうらみて

であり、『後拾遺和歌集』雑二の和泉式部の歌を本歌とする。

男の文通はしけるに、この二十日のほどにとたのめ侍りけるを、待遠にといひ侍りければ

950君はまだ知らざりけりな秋の夜の木の間の月ははつかにぞ見る

詞書を含めた本歌に大きく依拠することはやはり同様である。式部の歌は、早く逢いたいという男に逢瀬を待つことを誂える歌だが、定家の歌では、結局逢おうとした夜に男が通ってこずに、女は嘆きながら一夜を明かすことに後日談が反転させられている。上句の風景と下句の心情との映発に「艶」が実現されているとすれば、単に古典世界に依拠することでそれを実現させるのとは異なろう。新しい表現世界への開拓の意志は顕著であろう。

「旅」では、

袖に吹けさぞな旅寝の夢も見じ思ふ方より通ふ浦風

と詠み、明らかに『源氏物語』須磨巻の

恋わびてなく音にまがふ浦波は思ふ方より風や吹くらむ

に依っている、光源氏の須磨退去の世界が明確に踏まえられている。それは作中世界を繰り返すのみのようだが、初句の「袖に吹け」とは、思い人を残した都から風が吹くことを強烈に願う表現であり、その人々との絆を何とか保ちたいとする光源氏の心の切実さにみごとに転移した表現であろう。その思いの深さを「艶」として提示するのは、やはり後鳥羽院の試みとは異なろう。

「艶体」という歌体を実現するために、古歌や物語の世界に立脚する。そのために本歌を取るのだという方法は全く共通している。その上で、どのように本歌の世界を展開させて行くのかということでは、定家と後鳥羽院の世界は

明らかに相違がある。その世界に比較的安易に寄りかかろうとする後鳥羽院に対して、そこから何か新しいものを何としてでも生み出そうとする定家というように。そこには、本歌取という方法を開拓する者と、所与の方法として受け入れる者との差は見てよいのだろう。

後鳥羽院の場合、本歌取という技法が、すでに定着した所与の方法としてある時点で本格的な和歌活動をはじめている。それはすでに時代様式としての方法である。方法開拓の葛藤を含む時代ではなく、利用してよい当然の方法として意識される時代であった。「源氏見ざる歌詠みは遺恨のことなり」という『六百番歌合』での精神的な側面の揚言もすでに過去のことである。本歌取という方法が自明の創作手段である以上、こうした道具化も不可避であろう。後鳥羽院の『三体和歌』での「艶」を実現させる戦略にはその面が素直に露呈しているのである。

六月の水無瀬恋十五首歌合には、次のような一首がある。

嘆きあまり物や思ふと我が問へばまづ知る袖のぬれて答ふる

すでに指摘されるように、この歌は三首の本歌の合成である。

625嘆きあまりつひに色にぞ出でぬべき言はぬを人の知らばこそあらめ　（拾遺和歌集・恋一・読人不知）

622しのぶれど色に出でにけり我が恋は物や思ふと人の問ふまで　（同・恋一・平兼盛）

941世の中の憂きもつらきも告げなくにまづ知るものは涙なりけり　（古今和歌集・雑下・読人不知）

「忍恋」題であるが、古歌をそのまま貼り合わせたような作品である。ここまで極端な作例は多くはないが、先の『三体和歌』もあまり変わらないといえよう。さすがこのあたりとなると、後鳥羽院という立場を、どのような試みも許される立場だったと仮定しておいた方がよいだろう。他の歌人であれば秘かな実験としてのみ許されるような試みすらも作品として示すことができるというように。それだけに、時代の様式として流通した本歌取という手法の問題が素直な形で露呈するのではなかろうか。(16) しかし、時代様式としての本歌取は、中世を通じて続く問題であり、ますます方法開拓の現場からは遠ざかり行く。後鳥羽院には本歌取という方法を受け継ぐ者の先駆としての和歌史的立場を考えてよいのだろう。

四　同時代歌人からの摂取

前節の後半で見てきた大胆に古歌を貼り合わせるような本歌取は模倣に近く、詠み出された歌の独立性を危うくしかねない。しかし、後鳥羽院の場合しばしば指摘されるように、同時代歌人達からの大胆な摂取も見られることは前述した。確かに、歌人相互が影響し合い、表現をやり取りするように流通させ合うことは、この時代の歌壇の顕著な特色としてあげられるのだが、後鳥羽院の場合は一般的なあり方を越えて大胆な摂取が行われる。

定家的な基準に合わせれば、例えば『詠歌大概』における「近代之人所二詠出《スル》一之心詞雖《ヘドモ》レ為《リト》二一句一謹《ミテ》可《シ》三除《キ》二棄《ツ》之《ヲ》一」を引くまでもなく、同時代の作品を摂取することには問題があるとの認識もあった。それは、定家自身の作例も含めて当時の実状を反映しない規制ではあるが、常識的な合理ではあろう。それだけに、後鳥羽院の大胆な摂取は問題にされて来た。

建仁二年の歌でもそうした作例は少なくない。『三体和歌』でも「夏」

夏の夜の夢路すずしき秋風はさむる枕にかほる橘

は、すでに指摘(17)されるように前年詠進された千五百番歌合における俊成女の

風かよふ寝覚めの袖の花の香に薫る枕の春の夜の夢

と酷似する。「さむる枕」という目を引く表現も、同じ歌合の同じ作者の「さえわびてさむる枕に影見れば霜深き夜の有明の月」と無関係でないことも指摘されている。やはり、この二首の同時代歌からの大胆な摂取である。また、両方の歌が『新古今和歌集』に入集しているのも興味深い。

同日に行われた当座の歌会では「暮春」題で、

今年さへ志賀のやよひの花ざかりとはれで暮れぬ春のふるさと

という、前々年の正治百首における藤原良経の

明日よりは志賀の花園まれにだに誰かは問はむ春のふるさと

の歌をそのまま発展させたような一首を詠んでいる。

また、恋十五首歌合では、「寄風恋」題で、

わくらばに問ひこしころにおもなれてさぞあらましの庭の松風

という、建久九年（一一九八）御室五十首の藤原定家の

わくらばに問はれし人も昔にてそれより庭の跡は絶えにき

に大きく依存する歌を詠んでいる。取られた歌はいずれも『新古今和歌集』入集歌であり、院自身の評価が高い故にこれだけの影響があるのだとは言えよう。全体に顕著な例をあげてきたが(18)、細部や注目される言葉の摂取という所まで考えれば、その多くに同時代からの強い影響が見られるといって過言ではない。

次節では、後鳥羽院の在京時代の最後の百首歌となる建保四年（一二一六）の百首歌を対象として、古典の模倣ともいえるような作例の多さから、後鳥羽院の方法の遊戯的な性格、専門歌人と異なるディレッタント性を論じることになるが、そうした性格を同時代歌人からの摂取にも見ることは可能であろう。さらには、すべての物を手中に収め

ることが許される帝王としての特権ということも考えられよう。また、寺島恒世が、内宮百首の伊勢神宮奉納の意図という形で論じた、古歌や同時代の歌を、自分の歌に取り込むことにより、歌壇の現状を示すと共に歴史性をも持った小規模な歌集のような〈場〉を構築するという方法を、[19]広く院の詠歌活動に及ぼし得るかもしれない。

しかし、改めて建仁二年という時点で考えるならば、後鳥羽院の歌人形成の速さという観点からの検討も有効であろう。本格的な和歌活動から僅か三年目というのが、最初に述べたように、この年なのである。

『新古今和歌集』入集歌に戻りそのあたりを具体的に見てみよう。すでに述べたように、

1313 里は荒れぬ尾上の宮のおのづから待ちこしよひも昔なりけり

は、前年の自歌である外宮百首の

高円の尾上の宮は荒れぬともしらでやひとり松虫の声

の発展と考えてよい。古都の荒廃した空間に鳴く「松虫」は「待つ」の掛詞で、待つ人の情感を内在させる。その「人」にかつてここに居たはずの宮女を具体的に想像するのは容易である。しかし、それによる表現の深まりは絶大であり、聖武天皇の時代を追憶する本歌の世界とより具体的に響き合うであろう。この間の作品としての深化を測れるであろう。

その意味でも、「松虫」を尾上宮に鳴かせることは、極めて重要な表現要素なのだが、これがその年の良経の「高円の尾上の宮の秋萩を誰来て見よと松虫の声」の影響と考えられることもすでに述べた。模倣にも近いような強い類似であることは繰り返すまでもない。しかし、二首を比べるならば、後鳥羽院の歌には、より顕著に具体的に言葉に出す形で、離宮の荒廃をはっきりと描きたい志向がある。入集歌への道程はすでにここにあろう。

建仁二年の『新古今和歌集』への入集歌には、ほぼ共通してこうした性格が見られることは、すでに見てきた。そ

れらの歌がこの歌集の歌として遜色があるわけではなく、時代の秀歌としての価値を十分持つ作品であろう。こうして同時代歌人の作品を大胆に取り入れながら、自己の作品世界を作り上げて行くという方法は、後鳥羽院の早い歌人としての熟成の拠り所の一つではなかったか。それだけに、後鳥羽院の和歌の世界に刻印される同時代の表現特性は顕著である。

しかし、こうした表現の方法は、『新古今和歌集』の編纂を経た後の歌人としての円熟期にも続いて行くことはすでに述べた。承久の乱を経て隠岐に流された後においても、若干の変化は見られるが基本的にはその方途は引き継がれると思う。(20)だから歌人としての熟成の方法を越えて生涯の方法へと転化して行くことは言うまでもない。

小島吉雄の歌風論から出発しながら、実質的にどのような「歌風」であったかを、新たに論じる展開にはならなかった。しかし、物語的構想歌であるとか、象徴性や感傷性については、具体的な作品への言及の中では実質的に確認したつもりである。建仁二年にもそれはもう十分見られると思う。むしろ、ここで論じてきたのは、そうした歌風を支える方法と、小島の捉えた後鳥羽院の歌風に時代様式と個人様式とが混淆して存在していたことの理由であったといえるであろう。後鳥羽院に時代の刻印が顕著な所以である。

おわりに――中世和歌へ――

建仁二年の後鳥羽院の歌風を支えた方法は、自在に振る舞える立場で、怒濤のごとく同時代の作品が生産されるただ中にあり、短時日で歌人として成熟を遂げたという、特殊な条件下のものであった。結局は、専門歌人ではない帝王という社会的条件に由来する歴史的な産物だと捉えるべきかもしれない。後鳥羽院と同じ歌人は生まれ得ないし生まれていない。

しかし、本歌に依拠した上に先行する作品から発想や言葉を顕わに摂取しながら一首を作り上げて行く方法は、中世を通じて広がりを持つ。中世和歌の最も典型となった二条派の要である二条為世の作品についても、同様な様相はある。例えば、嘉元百首の巻頭

　春立つといふよりやがて霞みけりあくる雲井の天の香具山

は、『拾遺和歌集』春上・壬生忠峯の

　1春立つといふばかりにやみ吉野の山も霞みて今朝は見ゆらん

を本歌とし大きく依拠しながら、『新古今和歌集』春上・後鳥羽院の

　2ほのぼのと春こそ空に来にけらし天の香具山霞たなびく

また、『秋風和歌集』春・藤原知家

　岩戸山天の関守今はとてあくる雲井に春は来にけり

から大きな発想と言葉の影響を受けている。田村柳壹は、そうした二条派の和歌を「既存の和歌世界を共有した上で再構成する」と論じた(21)が、まさにそのような方法が為世には見られる(22)。

建仁二年の後鳥羽院の方法はそうした方法とも重なる。和歌は王朝時代に宮廷を世界に確立した。中世は時代を経るにしたがい、武家政権に併存しながらも宮廷世界は変質し、王朝時代は遠のいて行く。結局和歌世界を継承するためには、古典やそれに拠った先行歌の世界に頼らなくてはならなくなってくる。後鳥羽院は、王朝時代が盛期は終わってしまったが、まだ復古という手段により再建させることは可能だと考えていたと思う。危惧しながらも連続性は切れていないと考えていたであろう。だからこそ『新古今和歌集』の編纂に邁進しているのである。その後鳥羽院

の歌風形成に顕在化した方法が、後の中世の早い実現だとすれば、後鳥羽院の意志からすればやや皮肉であろう。しかし、後鳥羽院の文学史的位置は、より大きく定位されることにはなるだろう。

注

(1) 「歌風」という言葉は、藤平春男『新古今歌風の形成』(明治書院・一九六九年、『藤平春男著作集』巻一・笠間書院・一九九九年に改訂収録)が正面に据えていた。しかし、それを成立せしめる歌壇的な条件を「基底」として考察し、その上で俊成・定家の「態度と方法」という形での分析を加えそれに迫る一書であった。従前の歌風論をむしろ批判的に克服するものであったといえよう。ここで、「歌風」を考えるに当たっても、藤平以前に逆戻りする意図は毛頭ない。

(2) 序章や前節でも述べたように、私自身もそのことは重要だと考えている。また、講演の筆録ではあるが村尾誠一「後鳥羽院と『新古今和歌集』」(JR東海生涯学習財団編『見果てぬ夢―平安京を生きた巨人たち』ウェッジ出版・二〇〇五年)でも、政治的な転換期の帝王であることを鍵にして後鳥羽院の文学を論じた。

(3) 桜宮十五番歌合は、ほとんど若宮撰歌合と同じで、若干判詞に差が見える。伝本の記載では判者を俊成とするが、問題が残る。

(4) 小島吉雄『新古今和歌集の研究　続篇』(新日本図書・一九四六年、引用は一九二頁)。

(5) 保田與重郎『後鳥羽院』(思潮社・一九三九年)。

(6) 丸谷才一『後鳥羽院』(日本詩人選・筑摩書房・一九七三年)。

(7) 寺島のこの問題を論じる論は多いが、例えば山本一編『中世歌人の心―転換期の和歌観―』(世界思潮社・一九九二年)所収の論は「王者としての和歌表現―後鳥羽院」とする(その内実については後に触れる)。なお、後鳥羽院の研究史の整理としては、寺島の『後鳥羽院御集』(前掲)所収の「解説」が要領を得ている。

(8) 『後鳥羽院御集』の題は「関路雪」だが、他の資料から誤りであると考えられよう。

（9）注釈史への詳しい言及は避けるが、以下『新古今和歌集』の後掲の注釈書には言及する。本節では傍線を付した部分を略書名とした。
北村季吟『八代集抄』（『新古今集古注集成』による）
窪田空穂『完本新古今和歌集評釈』（東京堂出版・一九六四～六五年）
久保田淳『新古今和歌集全評釈』（講談社・一九七六～七七年）
田中裕・赤瀬信吾校注『新古今和歌集』（新日本古典文学大系・岩波書店・一九九二年）

（10）前掲（6）書。丸谷は、この歌の「かひ」に「貝」、「なき」に「渚」を掛詞と考え、この夕暮が海景に開ける可能性を指摘するが、すでに『全評釈』にも説得的に示されるように、無理な見解だと思われる。

（11）村尾誠一「古都と和歌―後鳥羽院の一首をめぐって―」（犬養廉編『古典和歌論叢』明治書院・一九八八年）。結論の部分で、聖武天皇と光明皇后に重ね、天皇家と藤原氏の政治的構図を見ようとするが、勇み足だったかと思う。

（12）寺島恒世「後鳥羽院『内宮百首』考―奉納の意味をめぐって―」（片野達郎編『日本文芸思潮論』桜楓社・一九九一年）。渡部泰明「新古今時代―建仁元年八月十五夜撰歌合をめぐって」（『国文学』四九巻一二号・二〇〇四年十一月）でも、外宮百首における同様な例を指摘する。

（13）本書・序章（一八頁）に掲出。

（14）『中世和歌の生成』（若草書房・一九九九年）。

（15）前掲（12）の論。

（16）後鳥羽院は時代様式化された本歌取の孕む問題点に対しても自覚的ではあったと思われる。そのあたりについては第四節でも触れる。

（17）この歌については田畑慎二「後鳥羽院『三体和歌』―歌会の場と六首の構成―」（『国文学攷』一四六号・一九九五年六月）での言及があり、「橘」に「常世」の性格を見ることで高体（長高体）の実現を探る。興味深い指摘だが、全体の構成は極めて懐旧的である。

（18）顕著な摂取例であり、当然ながら寺島恒世『後鳥羽院御集』（前掲）に本歌・参考の形で指摘されている。

(19) 前掲（12）の論。
(20) このことについては、本章第六節で述べる。
(21) 田村柳壹「和歌の消長」（『講座日本文学史』巻五・岩波書店・一九九五年）
(22) 第三章第一節・第二節で述べる。

第三節　建保期の後鳥羽院
――藤原定家の本歌取方法論とのかかわりにおいて――

はじめに

すでに見てきたように、後鳥羽院の和歌活動は『新古今和歌集』に向けて急激に発進してゆくものであった。自身も専門歌人ともいうべき存在へと急激な成長を遂げたのだが、一方では、前節でも少し触れたように、後鳥羽院の和歌にはもう少し柔軟な素人的な側面があるように思える。『新古今和歌集』に関わる活動が一段落した後、やや和歌活動に活発さが失われた時機には、そうした側面が顕著に見えてくるようにも思える。この節ではその側面を考えてみたい。

一　建保期の後鳥羽院素描

完成披露である竟宴を終えた『新古今和歌集』は、本当の意味での完成に向けての切継作業の段階に至る。その作業も終わりに近づく承元二年（一二〇八）後半以後には、後鳥羽院の和歌活動もほぼ停止する。後鳥羽院の和歌への熱意と『新古今和歌集』との密接な関係が窺われるのだが、建暦二年（一二一二）には、順徳天皇内裏での活発な和歌活動に刺戟されたかのようにして、後鳥羽院の和歌活動も再開する。以後承久三年（一二二一）まで、歌壇史的には「建保期」とよばれる時期である。(1)

この時期の和歌活動の主流は順徳天皇内裏であり、後鳥羽院仙洞の活動は傍流とも言えるが、院は少なからぬ影響力を順徳天皇に対して持ち続けていたようである。しかしながら、『新古今和歌集』の撰集と並行して傾けられた和歌活動への熱意に比べるならば、後鳥羽院の和歌活動への熱意の減退は歴然としていると言えよう。むしろこの時期の後鳥羽院の関心は現実の問題、承久三年には承久の乱として具体化する現実の政治における朝権の回復へと移っているのだとの指摘もある。(2)が、そのような政治の現実に関わる問題が、建保期の実際の和歌活動や作品にどのように結びついているかは、なお細かく探る必要があるであろう。

しかし、例えば、建暦二年十二月十二日「二十首御会（五人百首）」の「述懐」部には、

人もをし人もうらめしあぢきなく世を思ふゆゑに物思ふ身は

があり、「秋」部にも、

なかなかに思ひいでてぞ袖はぬるるなれし雲井の秋の夜の月

等があり、そのような問題意識に引き寄せ得る磁場を持つ作品もあるのだが、(3)この二十首和歌においても、

みよし野の宮のうぐひす春かけてなけども雪はふるさとの空

いにしへの人さへつらしかへる雁などあけぼのと契りおきけん

のような、いわゆる観念的な題詠歌、構想歌とでも言うべき作品がやはり主流と思われ、後鳥羽院の建保期の和歌全体をみわたしても、この時期の院の作歌活動を論ずる際には、まず、そのような作品から考察をはじめなくてはなら

ないかと思われる。

成立直後の『新古今和歌集』がいかような形で規範性を持っていたのかは大きな問題であるが、そこに達成・結実した方法は建保期に受け継がれている。『新古今和歌集』の達成は多くのものがあるが、この歌集で中核となる古典主義に基づく作品では、本歌取が方法として大きな比重を占めていたことには異を唱えることはできないであろう。

順徳天皇は『八雲御抄』巻六用意部で「これ（古歌を取ること）第一の大事、上手ことに見ゆる事なり」と発言するが、後鳥羽院においても、その詠歌の方法として本歌取は大きな比重を持った方法として受け継がれていることは、その作品に徴しても明らかであろう。後鳥羽院の周囲においても、例えば、建保期の後鳥羽院関係の歌合で伝本が現存する唯一の歌合である『四十五番歌合』(4)の判詞によっても、「ともに古歌を思へり」（二番）、「本歌の嶺のあさぎりに、ことのほか劣れるよし申之」（八番）、「古歌のこと葉をよく取りて見え侍り」（一五番）等々、本歌取を念頭に置いた評価が、歌の水準を測る上で重用視されていることが知られるのである。

小島吉雄(5)は、後鳥羽院の和歌について「承元年代からは、御歌が変つてきてゐる。御表現の上に漸く落ち着きと真実味とを示し給ひ、御独自の御風格が生まれて来たのである。」と述べている。さらに、「たとへ本歌を取り給うても以前のやうに御才気が目立たず、一首のうちに渾融した姿をもつて表わされて来る。」として、

あけゆけど木かげはくらき深山路に嶺とびこゆる鳥の一声　（建保四年百首・雑）

宿かさむ人も交野のささのはにみ山もさやと霰ふるなり　（最勝四天王院障子和歌・交野）

のそれぞれについて、凡河内躬恒の歌、

1018奥山の嶺とびこゆる初雁のはつかにだにも見でややみなむ　（新古今集・恋歌一）

を本歌とした「嶺とびこゆる」、柿本人麻呂の、

900ささの葉はみ山もそよにみだるなり我は妹思ふ別れきぬれば　（新古今集・羇旅、万葉集・巻二にも）

を本歌とした「ささのははみ山もさや」の句が不自然ではなく効果的に用いられていることを指摘している。

本歌取の円熟が指摘されているのだが、前者で用いた躬恒の歌は、院の詠まれる前年の建保三年「内大臣家百首」でも定家が本歌取を試みたものである。

暮れぬなり山本遠き鐘の音に嶺とびこえて帰る雁がね　（拾遺愚草・上）

定家のこの歌に比しても、後鳥羽院の歌は、本歌の目には見えずに嶺を越えてゆく鳥を詠みこむ趣向が生かされており、本歌取という技法においては、確かにより効果的かと思われる。後鳥羽院の歌歴を考えれば、この時期にある程度の円熟を認めようとするのは自然であるが、単純に本歌取などの技法において円熟したとのみは言い切れないように思われる。

ところで、この建保期という時期については、藤平春男が、『新古今和歌集』に結晶したような和歌を生み出し得る母体となった歌人集団は解体しながらも、その方法が亜流的に受け継がれている時期であると述べている(6)。この時期についてどのように見るべきかは、『新古今和歌集』の成果の中世への継承ということでも大きな問題が含まれると思われる。本書の次章でも、不十分ながらそのことを問うている。しかし、ある意味ではこうした見方を全く否定するのは困難であると考える。後鳥羽院に即して考えても、『新古今和歌集』に入集した、例えば、

2ほのぼのと春こそ空に来にけらし天の香具山かすみたなびく　（春歌上）

36みわたせば山もと霞む水無瀬川夕べは秋と何思ひけむ　（春歌上）

1033思ひつつ経にける年のかひやなきただあらましの夕暮の空　（恋歌二）

のような作品をしのぐ達成度を示している作品は、やはり建保期には見られないという読後感は、主観的ということ

で排されることはないであろう。

二　本歌取という方法――定家を視座に――

ここで、本歌取の問題に戻ろうと思うが、序章でも述べたように、この問題を最も自覚的に歌論的にも展開しようとしたのは藤原定家であると言ってよいであろう。ここでは『近代秀歌』の文言を引いておきたい。

詞は古きをしたひ、心は新らしきを求め、およばぬ高き姿をねがひて、寛平以往の歌にならはば、おのづからよろしきこともなどか侍らざらむ。古きをこひねがふにとりて、昔の歌の詞をあらためず詠みすゑたるを、すなはち本歌とすと申すなり。かの本歌を思ふに、たとへば五七五の七五の字をさながらおき、七七の字を同じく続けつれば、新しき歌に聞きなされぬところぞ侍る。五七の句はやうによりて去るべきにや侍らむ。

建保期の歌壇の主流であった順徳天皇内裏歌壇における歌合では、定家が判者を務める例も多いが、そうした歌合においても当然定家はしばしば本歌取を問題にしている。その問題の仕方は様々であると言うべきだが、『近代秀歌』で言う「新しき歌に聞きなされぬ」という事が問題とされている判詞をここでは検討しておきたい。この時期の後鳥羽院を考える上では大きな示唆があると思えるからである。

例えば、建保四年閏六月九日『内裏百番歌合』(7)の藤原経通の歌、

袖にまた人しるらめや浅茅生の小野のしの原忍ぶ秋風　（四十四番右・持）

は、『古今和歌集』恋歌一・読み人知らず

505浅茅生の小野の篠原しのぶとも人しるらめやいふ人なしに

の本歌取であるが、判詞は「小野の篠原優には侍るを、かの本歌うちかへしたる様にて、いくばくもめずらしからず」という左方の批判をそのまま結論としている。本歌の上句と四句目とをほぼそのまま逆順に配置した方法を捉えて、「いくばくもめづらしからず」と、本歌に即きすぎて新たなものが創造されていない点が問題とされている。

建暦三年閏九月十九日『内裏歌合』(8)の藤原雅経歌、

筑波嶺のこのもかのもの嵐にも君が御かげをなほや頼まん　（寄風雅・十三番右負）

は、『古今和歌集』東歌・常陸歌

1095筑波嶺のこのもかのもに影はあれど君がみかげにますかげはなし

の本歌取だが、判詞は、「さまも優に、心もあはれに侍るを」と賞した上で、

筑波嶺のこのもかのも君がみかげ三句おき所、ただ、かげはあれどますかげはなし、といふ二句ばかりやかはりて侍るらん。古歌を本とすれど、三句おなじ所におかば、新しき歌の心いくばくならずとかや。そのかみ老父申す旨侍りき。

と指摘している。ここでも本歌に依りすぎて「新しき歌の心」が達成されてないことが指摘されている。

本歌取に関して、本歌に依りすぎる問題は何もめずらしい事とは言えないであろう。本歌取の黎明期に位置するとも言える『俊頼髄脳』においても「歌を詠むに、古き歌に詠み似せつればわろきを、いまの歌詠みましつれば、あしからずとぞうけたまはる」と述べられて以来、問題にされ続けて来た事だと言ってよいかと思われる。が、改めてここで問題にしなくてはならない所に、建保期における本歌取の問題点があるのかとも思えるのだが、ここで引いた例で注目しておきたいのは、二首の歌とともに、それぞれ「優には侍」、「様も優に、心もあはれに侍る」と評されている点であり、水準以上の美的な達成が十分認められている点である。そうした点に関して、さらに次の例も見ておきた

い。

再び『百番歌合』だが、藤原家衡の歌、

郭公おのが五月のみじか夜は夢のうちにやあけむとすらむ　（夏・二十六番負）

に対しての次の判詞である。

左歌よみあげて侍りし。よろしき歌にやとうけたまはりしを、右方作者申云、上句は、ひとりしぬればあかしかねつもといふ歌の上句只替三字、下句はなく一声に明くるしののめの同心かはりたる事なし。また夕月夜小倉の山に鳴く鹿のといふ歌の下句に似る也。秀歌よまん事やすくや侍るべきと申すに、思い出し侍りしかば、誠にさもや侍るべきと申し上げ侍りき。

定家は、まずは「よろしき歌にや」と享受したのだが、右方作者藤原範宗は、この歌が古歌の合成・切り貼りに近いことを指摘している。ここで指摘された歌は、

a郭公なくや五月のみじか夜もひとりし寝ればあかしかねつも　（拾遺集125・夏歌・読み人知らず）

b夏の夜のふすかとすれば郭公なくひと声に明くるしののめ　（古今集156・夏歌・紀貫之）

c夕月夜小倉の山に鳴く鹿の声にうちにや秋は暮るらむ　（古今集312・秋歌下・紀貫之）

の三首である。範宗の指摘のように、aの歌の上句をほとんどそのまま上句に利用して、下句はbの下句の心をcの下句の句法で詠んだものであり、下句の構成は、結局は模倣であるにせよ相当に手はこんではいる。が、やはり古歌の合成・切り貼りともいうべき作品であるには違いない。定家もそれを認めて、家衡のこの歌は負けとなっている。

ここで範宗の言う「秀歌よまん事やすくや侍るべき」というのは、もちろん揶揄であるが、定家が図らずも披瀝しているように、このような方法は一定の水準を達成しているような作品を、一応は詠み出させてしまうのである。

「やすく」「秀歌」らしい歌を詠み出してしまう所に、本歌取が安易な方法として変質してしまう危険性の一端があるように思えるのである。

しかしながら、この歌が全く創造性がないと言い切れるかは、やや問題であろう。詠みこまれた内容も、発想も、言葉も、新しみはないが、これだけの歌を取り合わせた巧みさという再構成の手法は評価し得るかもしれない。実際に、先にあげた経通、雅経の二首となれば、定家も認めるように、そのような点である程度の達成は見られるのである。経通の歌は本歌に依る所が大きいのであるが、恋歌である本歌を秋歌に転じ、本歌では序詞的に使われている「小野の篠原」に抒情と景としての重みが与えられている。雅経の歌は本歌と同一のテーマで詠まれているのだが、「嵐」の一語を詠みこみ、主題となる帝の恩寵をたのむ心がさらに深いものであることを示す表現となり得ている。そうした点にわずかながらも創造性が求められると思うのである。しかし、その上で定家はあくまでも本歌に依りすぎていることを問題とする。

藤原俊成は、第一節で取上げたように、正治二年に後鳥羽院に進覧した『和字奏状』(9)において、定家を推挙して

定家は、かつは姿をかへ、言葉づかひいひちらし、古歌によみ合候はじ、とおもしろくつかまつり候を

と述べていた。六条家歌人への対抗を念頭に置いたものではあるが、「古歌によみ合候はじ」という箇所には、専門歌人の当為として課せられた重い課題と、それを受けとめることによって得られる矜持とが感ぜられる。そうした定家にとっては、例え詠み出された歌が何らかの達成を示していても、それが本歌に即きすぎているのであれば、「新しき歌に聞きなされぬ」という事が大きな問題となってくるのである。それはまた、本歌取が本歌に大きく依存しながら、「秀歌」らしい表現を生み出してしまう安直な方法へと陥ってゆく危険性を、自覚的に見据えてきた結果の反映でもあると思うのである。

三　後鳥羽院の本歌取

定家は、本歌に即きすぎている作品、依存度の大きな作品は、それが何らかの達成を獲得していても、「新しき歌」を詠み出すという課題から問題としているようである。しかし、建保期の後鳥羽院は、そうした作品を案外気にせずに詠み出しているようである。建保期の後鳥羽院の作品として最もまとまって現存するのは建保四年二月の「建保百首」[10]である。後鳥羽院にとっては、建仁元年（一二〇一）の『千五百番歌合』となった「第三度百首」以来の久々の百首歌であり、広本『拾玉集』には、この百首について「返々可琢磨云々更不可交地歌皆悉可為秀歌云々」という要請のあったらしい事が伝えられている[11]。

相当の意気込みのあった百首だったと思われるが、この百首にも次のような作品が見られる[12]。

a　桜ばな枝には散るとみるまでに風にみだれてあは雪ぞふる　（春）
1651梅の花枝にか散ると見るまでに風に乱れて雪ぞ降りくる　（万葉集・巻八・忌部首黒麿）

b　天の川雲のみをゆく月なればながれてはやくあくる夏の夜　（夏）
882天の川雲のみをにてはやければ光とどめず月ぞながるる　（古今集・雑歌上・読み人知らず）

c　このねぬる朝けの風のをとめ子が袖振る山に秋や来ぬらむ　（秋）
141秋立ちていく日もあらねどこのねぬる朝けの風はたもとすずしも　（拾遺集・秋・安貴王）
1210をとめごが袖ふる山のみづがきの久しき世より思ひそめてき　（拾遺集・雑恋・柿本人麻呂）

d　音に聞くくめのさら山さらさらにおのが名たてて降るあられかな　（冬）

1083美作やくめのさら山さらさらに我が名はたてじよろづ世までに　（古今集・神遊びの歌）

e思ひかねなほいもがりとゆきもよに我が友千鳥空になくなり　（冬）

324思ひかねいもがりゆけば冬の夜の河風さむみ千鳥なくなり　（拾遺集・冬・紀貫之）

f我が恋はみなぎる浪のあら磯に舟よりかねてこころまどはす　（恋）

1405みなぎりあひおきつ小島に風をいたみ船よせかねつこころは思へど　（万葉集・巻七・作者未詳）

g津の国のなにはたたまくをしぞ鳴くしたの思ひにこがれわびつつ　（恋）

769津の国のなにはたたまくをしみこそすくもたく火のしたにこがるれ　（後撰集・恋三・紀内親王）

h春風の鶯さそふたよりにや谷のこほりをまづはとくらむ　（春）(13)

13花の香を風のたよりにたぐへてぞ鶯さそふしるべにはやる　（古今集・春歌上・紀友則）

17谷川のうちいづる浪も声たてつ鶯さそへ春の山風　（新古今集・春歌上・藤原家隆）

4雪のうちに春はきにけりうぐひすのこほれる涙今やとくらむ　（古今集・春歌上・二条后）

これらの作品は何れも本歌に依る度合は大きいかと思われ、定家的な判断からすれば「新しき歌に聞きなされぬ」と問題になりかねない作品であろう。

ところで、後鳥羽院にとってこうした作品は、本百首或いは建保期にのみ見られるというのではないようである。後鳥羽院は、処女作とも言える「正治二年初度百首」以来、翌年にかけて、矢継ぎ早に五度の百首を詠出している。それらの百首にも本歌に大きく依拠した歌が見られる。

桜咲く春の山辺にこのころはそこともみえぬ花の下ふし　（初度百首・春）

126思ふどち春の山辺にうちむれてそこともいはぬ旅寝してしが　（古今集・春歌上・素性）

郭公まだ夜ひながらあくる夜の雲のいづくに鳴き渡るらん　（二度百首・郭公）

166夏の夜はまだよひながら明けぬるを雲のいづこに月宿るらむ　（古今集・夏歌・深養父）

あしびきの山に白きはかきくもり昨日の空にふりし雪かも　（外宮百首・冬）

2328あしひきの山に白きはわがやどに昨日のくれに降りし雪かも　（万葉集・巻十・作者未詳）

雁かへる嶺の霞のはれずのみうらみつきせぬ春の夜の月　（千五百番歌合・春）

935雁のくる嶺の朝霧はれずのみ思ひつくせぬ世の中のうさ　（古今集・雑歌下・読み人知らず）

等々と散見されるのである。すでに第二節で考察したように、これらの作品は習作的な性格があり、後鳥羽院の歌人としての極めて早い成長にも寄与するものと考えた。しかし、「建保百首」に至るならば、そうした習作的な性格では片付けられないであろう。習作的な方法が引き継がれているという見方も可能であるにせよ、やはりそうした時期とは異なった意識の存在も考えてよいのではなかろうか。ならば、このような作品の古典摂取の方法は何なのだろうか。おそらく、定家の課題とした「新しき歌」を創造するための本歌取とは、やや異なった方向をめざしたものと考えなくてはならないだろう。それらはどのような達成と意味を持つのであろうか。

まず、ａの歌であるが、この歌の本歌への依存度はやはり高い。本歌の「梅」を「桜」に、「雪」を「あは雪」に変えただけだと言ってほぼよい。季節がやや進められたということになるが、そこに創造性を認めるのは困難であろう。同じく『万葉集』歌を本歌としたｆについても同様である。が、その他の歌については、少なくとも機知的な面白さは認められると思うのである。

ｂの歌も本歌の再構成のようだが、『古今和歌集』の歌で流れるのは雲であるが、ここでは見立てをそのまま用いて、天の川を月が早く流れるから夏の夜は早く明けるのだと転換して行く所におもしろさが認められてもよい。ｃの歌は、『拾遺和歌集』の二首の歌を取り合わせただけのようであるが、安貴王の歌の「たもと」の連想で、「をとめごが袖ふる山」を詠み込んだとすれば、機知的なおもしろさを見ることは十分可能であろう。dの歌では、本歌の「さらさら」を「あられ」の降る音として、「をのが名たてて」と詠む所にユーモラスとでも言えるような機知を感ずることができるのではないか。eの歌では、本歌の「いもがりゆけば」を「いもがりとゆきもよに」と転じて、「行き」と「雪催[14]」とを掛けて、機知的な僅かな工夫で本歌にない雪が詠み増されている。gの場合も、本歌の「なにはたたまくをしみこそ」を「なにはたたまくをしぞなく」として「惜し」から「鴛鴦」を詠み出している。これも機知的な工夫が見られると考えてよいだろう。

　こうして見てくるならば、これらの歌は、定家のようにひたすらに「新しき歌」を作り出そうと苦吟した結果のものではなく、むしろ、本歌と機知的に戯れている作品であるとも言えようか。そうした中に、後鳥羽院はおもしろさを求めていたのではないかとも思うのである。

　さらに、本百首での、例えば、

　　さほ姫の霞の衣ぬきをうすみ花のにしきをたちやかさねむ　（春）

のように、本歌

　　23春の着る霞の衣ぬきをうすみ山風にこそ乱るべらなれ　（古今集・春歌上・在原業平）

の上句をほぼそのまま取り、見立ての枠組みもそのまま生かすが、下句を変えて、改めて「古今的」見立てを再生産してしまう作品。また、

　　七夕にけさかす糸のうちはへてよるほどもなく明くる秋風　（秋）

のように、本歌

180織女にかしつる糸のうちはへて年のをながく恋やわたらむ　（古今集・秋歌上・凡河内躬恒）

の序詞の部分をそのまま取って、そのおもしろさを生かしながら自分なりの句を付けてゆく作品など、連歌の付句との関係を思わせるような機知的な展開の見られる作品もある。本歌と機知的に戯れるような詠作法を、意識的な方法と考えることもできるのではあるまいか。

四　後鳥羽院のディレッタント的な側面

建保期の後鳥羽院の作品の中から、古典に大きく依存しながら、古典と機知的に戯れているかのような作品を捉えてみた。それは、古典世界に沈潜しながらも、「古歌にはよみ合候はじ」という厳しい課題を課しながら苦吟する態度とは異なったものによるものと言わなくてはならないだろう。むしろ、古典世界の中を余裕を持って遊び、楽しみながら一首の歌を成してゆくといった態度によるのだと言うべきであろうか。そこには厳しさはないが、やや楽天的で、伸びやかで、晴れやかなおもしろさが認められまいかと考えるのである。

院は、『後鳥羽院御口伝』で和歌観を次のように披瀝している。

やまと歌を詠ずるならひ、昔より今にいたるまで、人のいさめにもしたがはず、みづからたしなむにもよらず、只天性の得たるをもて、おのづから風情の妙なるをめぐらす。しかれども、善悪心にあらず、進退時による。

天性を重視し、天性に従って自然と歌ができるのだとするのだが、作品の出来不出来は作者の思い通りにはならず、時によるのだという言説である。この言説は、

そのうち、姿まちまちにして、一隅をまもりがたし。或ひはうるはしくたけある姿あり、或ひはやさしく艶なる

あり。或ひは、風情をむねとするあり、或ひはやさしく艶なるあり。

と続き、和歌の様々な風姿を認める柔軟な姿勢へと展開するのであるが、それはまた、和歌に対するやや開き直った態度をも感じさせるのである。後鳥羽院のディレッタントとしての性格を発露するような面からの言説だと読むこともできよう。少なくとも良き歌を詠むことが当為として課せられた歌の家の専門歌人とは、異なった態度によるものと言えよう。そうした後鳥羽院の態度が、先に見てきたような歌には反映しているかと思うのである。

もちろん、建保期の後鳥羽院にとって、このような作品が全部ではない。院の本歌取に関しても、さらに考えるべき問題も少なくない(15)。が、建保期は、後鳥羽院にとっては、勅撰和歌集の実質的な主宰という、ほとんど歌を詠み始めた当初から持ち続けてきた大きな課題から解放され、ディレッタントとしての性格の表に出やすい時期であるとも捉え得るのである。そうした院にとって、歌の家の専門歌人とは方向を異にした、このような歌にも注目しておくのは意味のあることだと考える。それは『新古今和歌集』以後の和歌の行方を考える上にも意味を持つのではないかと思うのである。

おわりに

建保期は、後鳥羽院の歌の経歴の中では、或いは弛緩期とでもいうべき時期なのかもしれない。先にも述べたように、歌人としての後鳥羽院をディレッタントと言うことで規定してしまうわけにはいくまい。また、建保期という時期は、『新古今和歌集』に結実した成果が、後代へ受け継がれてゆく始発点とも考えられる時期であることは言うまでもない。その成果の亜流としてのみ捉えるのではなく、他の視座をも必要としよう。あるいは、ここで見られた後鳥羽院の姿勢も、そうした視座を考える上での一つとなり得るかとも考えるのである。

注

（1）健保期の歌壇史的見取図については藤平春男「建保期歌壇の性格」（『藤平春男著作集第一巻　新古今歌風の形成』笠間書院・一九九七年、所収）に示されている。
（2）藤平前掲の論
（3）「人もをし」の歌は『百人一首』入集歌であるが、『応永抄』では「此の御歌は王道をかろしめよこざまの世になりゆく事をおぼしめして御述懐の御歌也」としている。
（4）建保三年（一二一五）六月二日の催行で、衆議判だが判詞の執筆は後鳥羽院である。
（5）小島吉雄『新古今和歌集の研究　続篇』（新日本図書・一九四六年・引用は一三二頁）。隠岐時代への展開の問題として、述懐的な歌の詠まれるようになった事も指摘されている。
（6）藤平前掲の論
（7）『新編国歌大観』、『群書類従』所収本では判者は定家としながらも「或本衆議判後日付詞畢」とある。判詞の内容にも衆議判の様子も残されているが、最終的な判定は定家によってなされていると考えてよいだろう。
（8）『群書類従』本では仙洞歌合とするが誤りである。なお、ここで引いた雅経の歌は順徳天皇と番わされているが、ここで述べようとすることには、その影響はないものと考える。
（9）静嘉堂文庫蔵本を底本とする『中世の文学　歌論集一』（井上宗雄校注・三弥井書店・一九七一年）による。
（10）『後鳥羽院御集』に収められたものによる。百首歌としての伝本は存在しない。久保田淳『藤原家隆集とその研究』（三弥井書店・一九六八年）、川平ひとし「彰孝館蔵『忠信卿百首和歌』について―「健保四年後鳥羽院百首」再吟味のために―」（跡見女子大『国文学科報』九号・一九八一年三月）参照。本百首を含む後鳥羽院歌の本歌の調査に西畑実「後鳥羽院」

（『大阪樟蔭女子大学論集』七号・一九六九年三月）。

（11）『拾玉集』の「秀歌百首草」に付される。久保田淳前掲書参照。

（12）当百首での後鳥羽院歌を掲出した後にそれぞれの本歌を掲出する。なお、『万葉集』の歌については便宜上西本願寺本の訓みで示しておく（清濁は私に分かつ）。

（13）この歌については、『古今和歌集』の本歌取であっても、当代歌（家隆）の影響がより強いか。他にもこのような例として、「秋はけふくれなゐくくる竜田川神代もしらず過ぐる月かは」と「ちはやぶる神代もきかず竜田川からくれなゐに水くくるとは」（古今集・秋歌下・在原業平）、「秋はけふくれなゐくくる竜田川ゆくせの浪も色かはるらむ」（建保二年秋十首撰歌合・藤原雅経）等々が見える。本歌とともに当代歌の影響が強いのであるが、本百首でもこうした作品は少なからず見られる。こうした作品は別に論ずる必要があるであろう（同様な問題は、本書でも第二節をはじめ他の節・章でも何度か述べているが）。

（14）「ゆきもよ」はややめずらしい言葉だが『新古今和歌集』に源通具の「草も木も降りまがへたる雪もよに春待つ梅の花の香ぞする」（冬歌684・千五百番歌合）がある。後鳥羽院はあるいはこの歌からこの言葉をみつけたか。久保田淳『新古今和歌集全評釈』（講談社・一九七六年）では通具歌の「雪もよ」は『源氏物語』の影響と見る。

（15）注の（13）でも触れた当代の歌の影響も大きな問題であるが、古典摂取に限っても、『万葉集』からの摂取が多く見られ興味深い。この問題については小島栄治「後鳥羽院「建保御百首」御製についての一考察―順徳天皇内裏歌壇との関わりにおいて―」（『名大国語国文学』四九号・一九八一年十二月）がある。

第四節　後鳥羽院と本歌取

はじめに

後鳥羽院と本歌取について改めて考えてみたい。前節では、後鳥羽院のいわば「帝王ぶり」ともいえる自在なディレッタント的な性格を持った方法に、定家との対比の上で迫ろうと試みた。本節では、むしろ新古今時代の、そして中世和歌における時代様式を支える方法としての本歌取の問題を、後鳥羽院を通して考えようと思う。後鳥羽院が、そうした時代の様式の確立に、一歌人としてのみではなく、歌人たちの集団の統率者として、『新古今和歌集』の編纂にも関与した下命者として、大きく関わる存在であることは改めて言うまでもないであろう。

一　「物語の歌の心」を取らないという文言をめぐって

後鳥羽院の本歌取に関する発言の中で、最もよく知られ、言及されることが多いのは「物語の歌の心」を取らないという『後鳥羽院御口伝』の文言であろう。本節でもそこを出発点としたい。これは、『御口伝』の「初心者の心得」などと総括される七箇条からなる指南の中での文言である。その一条をそのまま引いておく(1)。

歌合の歌をば、いたくおもふままにはよまずとぞ、釈阿・寂蓮などは申しが、べちのやうにてはなし。題の心をよくおもはへて、やまひなく、又源氏物語の歌、心をばとらずことばをとるはくるしからずと申き。すべて物語の歌の心をば百首の歌にもとらぬ事なれど、近代はその沙汰もなし。

まず三つの点を確認しておきたい。第一に、物語の歌の心を取らないという文言は、「歌合の歌」という限定の中でのものではあるが、「百首の歌にも」と拡張されていて、当時の晴の場での詠作を広く覆う範囲で考えてよいことになる。すなわち、その時代の和歌一般の問題に近く考えてさしつかえないと思われる。第二に、「苦しからずと申き」という形で提示される文言のそもそもの主は、この行文から考えれば、俊成・寂蓮等であると判断するのが順当であろう。第三に「近代」においては「その沙汰なし」という断りのある点であり、「現時点」では必ずしも顧みられない言説と意識されているという点であろう。

さて、この文言が問題となるのは、その時代における和歌の実態と照らして、不審であるからに他ならない。新古今時代の和歌にあって本歌取は重要な方法であり、その中でも物語歌を、その歌に関わる物語の内容まで踏み込みながら取り込み、一首の世界に広がりを待たせる方法は、この時代の前代までにはみられない達成として評価されるのは、近代における鑑賞法にとどまるものではない。さらに、本歌取という技法の、時代の様式としての起源を考えるならば、序章以来述べるように、この文言のそもそもの主の一人俊成の「夕されば野辺の秋風身にしみて鶉鳴くなり深草の里」（千載集・秋上・二五九）をそれと取り上げることは順当であろう。今更述べるまでもなく、『伊勢物語』の歌のみならずその歌の内容を支える物語としての展開とも密接に関わった、物語の内容を前提として成り立つ一首であることは認めなくてはならないであろう。

こうした時代環境に置いてみるならば、『御口伝』の所説は不審とすべきであろう。もっとも先にも確認したように「近代」ではという断り書きが存在するわけだから、「近代」は新古今時代であり、そうした方法が前時代までの禁忌を越えて新たな時代の方法として市民権を得ているのだという理解は可能であろう。しかし、『御口伝』の「近代」が、俊成・寂蓮は無論のこと、良経すらをもそれ以前としてしまうような、極めて焦点を絞った用法であることは夙に注意を促されている。(2)むしろ『新古今和歌集』完成以後の時代、建暦・建保という年号以後の、研究史上「建保期」とよばれている時期への限定も考慮しなくてはならない、やや特殊な「近代」であると考えられている。そして『御口伝』全体の論述の調子は、その「近代」は批判すべき対象なのである。したがって、この文言は、まさに『新古今和歌集』の当代歌が詠作されていた新古今時代に基盤をおいた文言であると理解しなくてはならないであろう。

『御口伝』研究の当初からその不審は意識され、同様な言説の探求が歌合判詞の中になされたが、そうした言説の起源は十分見あたらず、むしろ物語と和歌との関係、さらには物語の心を取り入れた和歌への賞賛の言辞はいくらでも見つかるということであった。(3)

しかし、改めて見直してみるならば、意外に近いところに何らかの手がかりを与えてくれそうな文言が見られる。すなわち、「水無瀬恋十五首歌合」から派生した、後鳥羽院が判詞を書いた「若宮撰歌合」である。すでに指摘されているようにこの判詞の中では、「消えかへり露ぞ乱るる下荻の末越す風はとふにつけても」（十五番右・俊成卿女）に対して「右歌は、狭衣に、末こす風を人の問へかしといへる歌の心なり、難用証歌」という指摘があり、「無指難」とされる左歌に負けている。すなわち、物語の歌の心を取ることが不可であることが言明されているのである。

しかし、これが直ちに、後鳥羽院に確かにそのような考えが存在して歌合の場において実践をしていたという資料となるかは慎重を要しよう。なぜなら、この歌の相手は後鳥羽院の自歌である。判の原則として自歌は負けとなるのが作法である。それを越えて勝にしたわけであるから、右歌の難が極めて重大であったと考える事も可能である。しかし、この場合いかがであろうか。

「若宮撰歌合」は、俊成判で催行された「水無瀬恋十五首歌合」からの撰歌合であるから、そこでの判も判詞も前提にされていると考えられる。この歌の場合、俊成により「これは、狭衣と申す物語の心なるべし」と賞賛されている。会えない恋人がいながら意に満たない結婚をさせられる狭衣の心中を告白した手紙の中の歌「折りかへり起きふしわぶる下荻の末越す風を人のとへかし」を大胆に取り込みながら、さらに心情の深さを隠喩する露の乱れを詠み込み、発展的に展開させる手法の巧みな達成は、我々もその時代の同様な達成の水準を念頭にしながら追体験できるものであり、俊成の文言は納得できるものであろう。

さらに、後鳥羽院はこの歌合で、やはり自歌との番ではあるが、「初瀬川井手越す波の岩の上におのれくだけて人ぞつれなき」（十一番・藤原良経）に対する勝判として、「左歌、流るるみをのせをはやみ、といへる歌、思ひ出でらるうへに、岩うつ波のおのれのみといへる物語の歌の心なり、尤可宜」という判断を下している[4]。すなわち、同じ歌合の内部での論理矛盾も生じるのである。

こうした状況から考えてみるならば、後鳥羽院のこの判詞は、最後の番である故に、自分の歌にいわば花を持たせるような意味で勝を与えるための文言であると理解してみたいのである。その方法の一つとして、例えば歌病のように、形式的には明白な「欠点」を明らかにさせ得るが、実際の詠作においてはほとんど実効を持たないという、形骸化した形式的な規範を持ち出し、相手歌を負けにしたのではないだろうか。

この歌合判詞で見るならば、「物語の心」を取らないという禁忌は、歌合の形式的な規範としては十分存在していて、難の指摘としては形式的な力を持ちながらも、実際の作品の評価においては、有効性をもう持たなくなってしまった規定、歌病に似たような位相を持った規定として理解するという視野が開けるのではないか。しかし、歌合という伝統形式にとっては必ずしも無視することはできないということなのだろうか。事実、『御口伝』の文言の中でも「やまひなく」と同列に並んでいるのは注目されよう。

二　後鳥羽院と物語歌

そうした視野を開いた上で、後鳥羽院が物語歌を実際の詠作においてどのように摂取したかを具体的な作品に即して確認しておく。

『新古今和歌集』の入集歌

秋の露やたもとにいたく結ぶらん長きよあかず宿る月かな　（秋上・四三三）

は典型的な例といえるだろう。諸注の指摘のように、この歌は『源氏物語』桐壺巻の「鈴虫の声の限りをつくしても長き夜あかずふる涙かな」を本歌としている。「長き夜あかず」という特徴的な句をそのまま摂取し、本歌の「涙」を露に展開させ、「月」を新たに添えるという、本歌からの展開も十分になされていて、この時代の本歌取として優れた達成度が測れる一首と評してよいだろう。この展開は、本歌の「心」、秋の夜長を恋人を失った悲しみで明かしかねる、というのを摂取したものであり、その上での展開である。さらに、この歌は桐壺更衣をなくした里の母君を靫負命婦が訪ねる有名な場面でのものであり、そこを退出しかねる命婦の心中をこめた歌である。そうした物語の文脈までもが、この物語歌の「心」には付着するわけであり、この歌の世界の背景として、物語の文脈も又有効であろう。「桐壺帝になりきっている」という久保田淳の指摘(5)も、この歌と物語世界との密接な関係を言っていよう。まさに「物語の歌の心」が取られているのである。

後鳥羽院の作品には、このように、『源氏物語』を中心に、物語の歌を本歌として、その内容に関わり、場合によっては作中人物の視点と合一するような作例が少なくない。つまりは、「物語の歌の心」を取ることは、後鳥羽院にとっては、実作上の確かな方法であった。そして、この方法による詠歌は、ほとんどその最初の本格的な詠作である「正治初度百首」においてもすでに見えている。例えば、すでに何度も取り上げられているが、(6)

くまなしや朝夕霧に晴れずとも桂の里の秋の月影　（秋）

は、『源氏物語』「松風」巻での桂の院で月見を楽しむ源氏一行をうらやむ冷泉帝の「月のすむ川のをちなる里なれば桂の影はのどけかるらむ」に対する源氏の返歌「久方の光に近き名のみして朝夕霧に晴れぬ山里」を本歌にして、さらにそれに冷泉帝の立場で返歌するような歌だと読めよう。これ以外にもその百首において「物語の歌の心」を取る詠み方は何度も試みられているのである。早い時期から、自らも取るべき創作手法として意識していたと考えられよう。

ところで、『新古今和歌集』所収歌でも、物語歌との関係で、次のような例も見られる。

野原より露のゆかりを尋ね来て我が衣手に秋風ぞ吹く　（秋下・四七一）

この歌では「露のゆかり」がめずらしい詞であるが、この詞の源は『源氏物語』の「袖濡るる露のゆかりと思ふにもなほ疎まれぬやまとなでしこ」の歌に求められる。「紅葉賀」巻のこの歌は、不義の皇子をめぐっての光源氏との贈答における藤壺の答歌であり、源氏の歌の「露」を返した「露のゆかり」は、この皇子が源氏の子であることをいう含意である。そうした物語文脈と、後鳥羽院の歌がどこも重ならないのは明白であろう。そこでの「露のゆかり」は、涙を連想させるにせよ秋風が吹いてくる縁であり、この詞を借用したにすぎない。この歌と『源氏物語』の歌との関係は、「本歌」として解説する近代における注釈も存在するが、そうした関係を認めない注も多い。古注でも『八代集抄』では、「詞ばかりを用て、心はかへさせたまへる」というように、詞の典拠という扱いである。物語歌から詞をのみ摂取することは、『御口伝』の記事からしても、すでに問題なく認められた方法であった。こうした詞の出典を物語の歌に求めることについては、俊成の有名な立言「源氏見ざる歌詠みは遺恨のことなり」で取り上げられた「草の原」が、やはり『源氏物語』の歌の詞だけの摂取によるものであることにも注意を要しよう。(7) こうした詞の出典として物語歌が存在するという例も、この時代には極めて多くの作例を見いだせる。こうした詞だけの関係は「本歌」ではなく「証歌」という認識ではなかったかと思われるのである。先に引いた「若宮撰歌合」でも、「心」を取る取り方に対して「難用証歌」と記しているのは、大いに注意すべきであろう。

三　本歌取における心と詞

「証歌」に論が及んだが、本歌取の問題を考えるにあたり、「証歌」は補助線として有効であろうと考える。そこから本歌取における「心」と「詞」の問題に論を広げたい。

「証歌」とは何かも、新たに論ずべき問題が無いわけではないが、先ずは、伝統的な先行作品との関係のあり方であり、和歌で詠まれる詞、特に歌合で詠まれる詞は、新奇な詞を避けるべきであり、すでに先人により詠まれたことのある詞を使うべきだという論理であり、実践であると押さえておいてよいだろう。ただし、断っておく必要があるのは、「証歌」という概念が、古人にしても現代の注にしても、必ずしも「本歌」と明白には分けられているとは限らないということであろう。後鳥羽院に関しても、ここで述べた事への反証、すなわち、歌合判詞で詞だけを摂取するものを「本歌」と呼ぶ例はすぐに見つかる。したがって、ここでの「証歌」とは、あくまで作業仮説としての用語である。

そう設定したとき、改めて見えてくるのは、本歌取の文言が、「証歌」と近い形で立ち現れるということである。後鳥羽院から離れて本歌取の最も基本的な規定である定家の『近代秀歌』の文言を「証歌」との関わりで確認しておきたい。本歌取はそもそも「詞は古きをしたひ、心は新しきを求め、及ばぬ高き姿を求め」という理念によるものである。「詞は古きをしたひ」というのは、基本的には「証歌」のそれとは変わらない理念である。そして「古きをこひねがふにとりて、昔の歌の詞をあらためず、よみすゑたるをすなわち本歌とすと申すなり」という規定でも同様である。

しかし、言うまでもなく、「本歌取」の場合、「証歌」では問題にされない、古歌との「心」の連関が問題にされ、さらには、古歌がはっきりと一首の形で指定できて、古歌そのものが重なることを求める。すなわち、古歌が内容を持った一首として指定できることが求められるのであり、古歌と内容的に関わることが「証歌」とは異なる。だから「心は新しきを求め」という規定が必要となる。それ故、そうした方法に乗るならば「新しき歌に聞きなされぬところぞ侍る」という危惧が生じるのである。すなわち、古歌と新歌との間には「心」の問題が生じて、古歌と新歌が内容における連関を持つというのが「証歌」に対して「本歌」の特質であると言えると考えておこう。

「証歌」は、基本的には古歌からの摂取だが、後鳥羽院の時代には、『万葉集』そして『源氏物語』をはじめとした物語から詞を摂取することが流行したと考えて良いのは、実際の作例からも明らかであろう。『御口伝』でも、

　まだしき程は万葉集見たるをりは、百首の歌のなからは万葉集のことばよまれ、源氏等の物語見たるころは、又そのやうなるを心えてよむべきなり。

とそのあたりの事情を語っている。ここでは「証歌」が問題にされていると考えてよいだろう。そして、「証歌」の場合、すでに先の文言でも「詞をとるは苦しからず」と述べるようにそれ自体は問題がなく、問題となるのは頻度と量である。「心」を取ることのような禁止規定とは根本的に異なる。「心」を取ること、すなわち、本歌取はその方法自体がまだ問題となる技法なのである。

本歌取を支える思想的な基盤として、中世、あるいは院政期や、場合によってはそれ以前から続く、〈本〉を尊重するという思考規範の存在が指摘されている。(8) すなわち、現在の様々な判断や行動に、過去を規範として重んじるという思考の傾向である。これは、方法を支える理念として重要であるが、「証歌」も本歌も均並にくる大きな枠組みであることも疑いない。

ところで、今まで、「心」という言葉をやや野放図に、「内容」に置き換えるようにして論を進めてきたが、『近代秀歌』に倣い「心・詞・姿」という和歌の三元論を用いて整理しておく。図式的に思考するならば、和歌の作品としての実現体が「姿」とすれば、それを支えるのが「心」と「詞」である。その両者の関係は、単純化すれば「詞」は素材であり、「心」は意味内容と言うことになるのだが、創作の進行に沿って考えれば、その素材を統御し意味・内容を構成する力であるということもできよう。むしろ、本歌取の場合、「心」はかように作用の面を含めて考えた方が理解しやすいだろう。新しい「姿」の実現のためには、そのどちらかが新しい必要があるのはいうまでもない。本歌取の場合「詞」は古いのであるから、「心」は新しくなくてはいけないのは、定家の言を待つまでもなく、自明であろう。しかし、その「心」の新しさまでをが〈本〉という基盤を持つこと、そこに本歌取の特質があると思考されよう。それは、極めて困難な特質であることはいうまでもない。端的に言えば古い「詞」と「心」で新しい「姿」を支えるという困難を図式として得られよう。

そうした、ある意味では自己矛盾すら存在する方法であったが、本歌取は『新古今和歌集』を支える技法であったのみならず、中世和歌においても重要な技巧として保持し続けられ、それは近世にも及んでいる。

本歌取が技法として成熟した時点での本歌に関する一つの公準化の試みとして引かれることが多いのが『愚問賢注』である。二条良基の問いに答える形で、頓阿が、本歌取を五つのタイプに分けて説明しようとしているその条は引かれ分析されることが多い。ここでも、「心」の問題としておそらく頓阿が本歌取の最もあるべきあり方として考えていたと思われる「本歌の心になりかへりて、しかも本歌にへつらはずして、あたらしき心をよめる体」という文言は改めて引いておくべきだろう。久保田淳はこの文言を「本歌の作者の心になりきり、しかも本歌の枠に拘束されなく新しい美を創造する」と解釈する(9)が、妥当な理解だと考える。

ここで、さらに確認しておきたいのは、そのようなタイプの、あるべき本歌取における「詞」の問題である。頓阿がそのような本歌取の典型としてあげる定家の歌と、大江千里の本歌を並べて掲出する。

大空は梅のにほひにかすみつつ曇りもはてぬ春の夜の月

照りもせず曇りもはてぬ春の夜のおぼろ月夜にしくものぞなき

一見して分かるように「曇りもはてぬ春の夜」を本歌から取り、その句は特徴的で本歌を想起させる指標として十分であろう。定家の『近代秀歌』その他で考える本歌取における詞の取り方の量的な準則とも十分合致する。しかし、もう一首その典型としてあげる定家の歌を『万葉集』の本歌とともに示すと

駒とめて袖うちはらふかげもなし佐野のわたりの雪の夕暮

苦しくも降りくる雨か三輪が崎佐野のわたりに家もあらなくに

であり、共通する句が「佐野のわたり」でしかない。一句、しかも歌枕の一致では、詞を取るという関係を想定する

ことは難しい。しかし、この万葉歌が踏まえられていることは、おそらく明白であろう。「詞」のレベルを超えた「心」の連関が、この万葉歌を本歌として呼び覚ますのであろう。

このような形でも、本歌取という技法の場合、「心」の連関が大きな役割を果たしていることを確認させられるのである。

四　後鳥羽院と本歌取

本歌取と「心」の問題について述べてきたが、後鳥羽院から離れがちな形で、やや思弁的に論を進めた。後鳥羽院に戻るならば、その残した歌合判詞の中でも、先に挙げたもの以外にも本歌と「心」の問題に言及したものがいくつか見られる。「若宮撰歌合」十三番では

左勝　　　　　　　　　　　　　　　慈円

山陰や山鳥の尾の長き夜に我ひとりかは起き明かしつつ

右　　　　　　　　　　　　　　　雅経

今はただこぬ夜あまたに小夜ふけて待たじと思ふに秋風の声

左右両方、左は山鳥の尾のしだり尾のといへる歌の心なり、右は、またじと思ふぞ待つにまさるといふ心なるべし、此両方、柿本なり。しかはあれどなほ左たけたかくあるさまなり。

と判じている。「足引きの山鳥の尾のしだり尾の長々し夜をひとりかも寝む」（拾遺集・恋三・人麿）、「頼めつつ来ぬ夜あまたになりぬれば待たじと思ふぞ待つにまされる」（拾遺集・恋三・人麿）をそれぞれ本歌としているが、いずれも、

本歌の世界が詠まれた世界の土台として存在していることを注している。すなわち、本歌の「心」の継承と発展が問題なのであり、本歌取と「心」との関係の意識は、後鳥羽院にも共通する問題であることはいうまでもない。

さらに、この判詞で注目されるのは、本歌として取られる歌の作者にまで問題が及ぶ点である。歌聖とされる人麿の世界はおそらく「たけ高い」世界と考えていたのであろう。それを土台とした両者にもそれは引き継がれていると考えるのだろう。また、ここで当然想起されるのは、俊成の九十の賀での後鳥羽院の歌「桜咲く遠山鳥のしだり尾の長々し日もあかぬ色かな」(新古今集・春下)の一首である。これも人麿の「山鳥の」の歌を本歌としたものだが、「心」の上での連関はむしろ薄い。しかし、俊成の賀宴での歌である故に、その作者が人麿であることが大きな意味を持つであろう。すなわち、人麿と俊成を重ねることに意味を持つのであり、本歌取の方法が、その本歌の作者や詠作の事情といった、歌を取り巻く問題にまで意識が至ることを知らしめよう。

このあたりで、『後鳥羽院御口伝』での「物語の心」を取らないという文言に戻ろう。「証歌」の問題でなく、本歌取の問題として「物語の歌」を考えるならばその「心」が問題にされるのは言うまでもない。そうした場合、「心」のあり方は一般の歌とやや異なると考えなくてはなるまい。物語の歌の場合は、その「心」にしても、あるいはその作者や周辺の問題にしても、一つの完結した世界の中での意味機能を有している。端的に言えば、物語の枠を越えて新しい心の展開は極めて困難だと考え得よう。それはそのまま、新たな「心」の産み出されにくい条件であるといえよう。それ故、特にこの種の歌が本歌として取り上げることの禁忌が生じる理由は推測される。

さらに、そもそもが、本歌取は十分市民権を得たはずの頓阿の時代においても、例えば『愚問賢注』での良基の文言「本歌をとる事さのみ好むべからずといへども、古賢おほく用きたるをや」に代表されるように、本歌取そのものに対して禁忌としての意識が完全に抜け去ったわけではない。良基は、中国の「奪胎換骨」を引くが、さらには

「盗」という概念も見据えているのであろう。たとえ〈本〉に則るという価値観があるにせよ、新しい歌は新しさが必要とされたのである。そうした新しさへの志向において最も消極的な例として引かれる二条為世の『和歌庭訓』にしても、まず語られるのは「心は新しきをもとむべきこと」であり、「但、新しき心いかにも出来がたし」とするのではあるが、だから古くても良いという主張には展開するはずもなく、伝統化された所与の世界の中での微細な差異の中に、新しさを志向しようとするのである。

先に、後鳥羽院の文言を「歌病」に比した。しかし、両者の場合、形骸化した規定であると共通に考えても、両者の間には大きな差が生じる。「歌病」の場合、禁忌として実質的には形骸化されて（場合によってはその禁忌の発生の時点ですでにそうだとも言えようが）久しい。しかし、「物語の歌」の心を取ること、さらには本歌取自体が和歌の方法として一応の了解を見た時期は彼等にとってつい最近のことである。というよりも、本歌取が技法として定着したことを示すのは、他ならぬ後鳥羽院自身が下命し編纂にも介入した『新古今和歌集』が最初だからである。だからこそ、比較的近い時点でまだ効力を有していた禁忌だと思われる。そうした禁忌の存在が必要だと考えた故に、こうした形でそのことに言及しているのであろう。

後鳥羽院にとって、本歌取は魅力的な方法であったと思われる。しかし、その中に否定的な契機が孕むことには十分意識的だったのであろう。それ故、それが禁忌であったつい最近の時代の記憶は保つ必要があると考えたのではないか。そして、本歌取の中でも魅力的な成果を生み出しながらも、その孕む問題が最も顕著に顕れそうな「物語の歌」に関わる文言を、他ならぬ俊成を通してのそれを、『後鳥羽院御口伝』では伝えておく必要を感じていたのではないか。そうした規制が顧慮されなくなりがちな、本歌取があたかも安全な所与の方法として意識されがちな、『新古今和歌集』完成以後の時代の状況の中での危惧だったのだろう。

おわりに

『源氏物語』や『伊勢物語』との関連を無視すれば、『新古今和歌集』の世界の魅力は、大いに薄らぐであろう。本歌取という手法の中でも、物語の歌の「心」が摂取され、その世界を基盤にして展開する手法の歌はその歌集の魅力を大いに支えている。後鳥羽院自身の作品についても同様である。そのような状況での「物語の歌の心」を取らないという文言は、その魅力的な方法の持つ負の側面への、自戒の意味を持つのであろうと考えてきた。そして、それが、その魅力を開示し示唆もしてきたと思しい俊成（あるいは寂蓮も経由して）から、その成果を勅撰集に纏め上げる中心であった後鳥羽院へ受け継がれて行くという経路ももう一度想起して良いだろう。

本歌取、そして物語歌を取ることはそこで終わったのではなく、それ以後も、すでに和歌史の上に定着した制度的な方法として受け継がれて行く。中世和歌における重要の手法であり、この手法を元に多くの作品が産み出されていることは改めて述べるまでもない。が、しかし、例えば『愚問賢注』にもその方法に対する危惧の意識も受け継がれている様も見てきた。実は、その中には、後鳥羽院の文言も引き継がれている。しかし、それは「源氏は歌よりは詞を取る」という形に変質している。それは『正徹物語』にも及ぶ(10)。その意味も問われるべきであろうが、今回は言及しない。が、変質しながらも伝来されて行くのは、この文言の含む意義の故であるといえよう。

注

（1）『後鳥羽院御口伝』の本文は松平文庫本（『松平文庫影印叢刊　五』所収写真版を用いる）による。主とし検討したい箇所が、最古写で善本と思われる慶応大学図書館蔵伝頓阿筆本（岩波日本古典文学大系底本）の脱落箇所に当たるので、その転写本と推測される該本による。

（2）田中裕「『後鳥羽院御口伝』の執筆時期」（『後鳥羽院と定家研究』和泉書院・一九九五年）。なお、『御口伝』の成立時期については次節で述べるように、私には隠岐時代であると考えている。

（3）『岩波古典文学大系　歌論集・能楽論集』の「後鳥羽院御口伝」（久松潜一校注）の補注など。

（4）物語歌は『夜の寝覚』の歌となろうが、それは「風をいたみ岩うつ波のおのれのみくだけてものを思ふころかな」（詞花・恋上・重之）の替歌である「立ち寄れば岩うつ波のおのれのみくだけて物ぞ悲しかりけり」であり、果たして物語からの摂取なのかは疑問が残るが、肝要なのは「物語の歌の心を取る」という事に関する言明の部分であるのは言うまでもない。

（5）『新古今和歌集全評釈　第二巻』（講談社・一九七六年）

（6）萬田康子「後鳥羽院『正治初度百首』をめぐって」（『日大語文』四九号・一九七九年十二月）、村尾誠一「後鳥羽院正治初度百首四季歌訳注考」（『東京外国語大学論集』三九号・一九八八年・三月）、寺島恒世『後鳥羽院御集』（和歌文学大系・明治書院・一九九七年）。

（7）この文言に関して論じた最近の論文に谷知子「良経と「草の原」」（『中世和歌とその時代』笠間書院・二〇〇〇年）がある。

（8）例えば、川平ひとし「本歌取と本説取」（『和歌文学論集　新古今集とその時代』風間書房・一九九一年）など。久保田淳「本歌取の意味と機能」（『中世和歌史の研究』明治書院・一九九三年所収）にも、南都復興における重源の勧進帳と聖武天皇の大仏建立の詔との関係から、南都復興事業に顕著な文化の「本歌取」の問題にも触れる。

（9）久保田淳「本歌取の意味と機能」（『中世和歌史の研究』明治書院・一九九三年）。

（10）この問題は、伊井春樹『源氏物語註釈史の研究』（桜楓社・一九八〇年）で論じられている。

第五節　後鳥羽院御口伝の執筆時期再考

はじめに

『後鳥羽院御口伝』には今までも何度も言及してきた。しかし、その成立時期については、問題が残されている。近年では、承久の乱以前、『新古今和歌集』の編纂作業が終息した直後あたり、西暦では一二一〇年代に書かれたとするのが、定説になりつつある。本節では、以前に考えられていたように、後鳥羽院により承久の乱以後配流された隠岐で書かれたものとする考えを述べたい。論題を「再考」とする所以である。

一　研究史を辿る

最初に『後鳥羽院御口伝』の成立に関する研究史を辿っておきたい。

この書は長い間隠岐での述作であると考えられてきた。しかしながら、年次の明らかな最も新しい記事は、承久の乱の九年前の建暦二年（一二一二）の慈円の「日吉百首」であり、全体の内容も宮廷での和歌活動が前提とされていて、隠岐の影は全くない。にもかかわらず、隠岐での述作とするのが定説であった。早くは和田英松の論[(1)]のように、

「遠島御抄」「遠島消息」などの書名と、隠岐からもたらされたとする奥書の存在などから、そのように考えられてきた。

さらに、蓑手重則の論[2]により、この書の「叙述の時相」を手がかりに、歌人評を加えられた歌人のうち家隆・秀能・定家の三人を現存、他を故人と考え、故人中の最後の没年である慈円の嘉禄元年（一二二五）から三人の最初の没年である家隆の嘉禎三年（一二三七）の間という説が立てられた。その後、細谷直樹の論[3]により、定家への評の厳しさから、彼の天福元年（一二三三）の出家を聞き許す気持ちになった以前と考察された。内藤久子の論[4]は、定家の『新勅撰和歌集』の編纂がこの書の成る引き金となったと考え、その成立過程の貞永元年（一二三二）から嘉禎元年一二三五）に重ねて考えた。また、樋口芳麻呂の論[5]により、慈円の評価を貶める記事の存在から、その没以後と考え、更に院晩年の『時代不同歌合』との関連の薄さなどから、慈円没年の翌年で『後鳥羽院御自歌合』の判を家隆に依頼した嘉禄二年（一二二六）頃という説も出された。

こうした、隠岐での述作を前提に、その間で年次を絞り込んで行く諸説に対して、新たに、承久の乱以前の京都での述作という説を唱えたのが田中裕の論[6]である。

田中裕論では、隠岐での述作の根拠とされる奥書について、そもそもその信憑性を疑うとともに、隠岐から請来されたとは書かれていても、隠岐で書かれたとは書いていないと疑問を投げかける。また、歌人呼称のうち乱以後の徴となる「秀能法師」という記載についても、「秀能」とする本文を優位と考え、本文上の疑問を差し挟む。さらに、大きな紙幅が割かれる定家評における時相表現の位相に新たに注目する。そこで大きく扱われる建仁三年（一二〇三）の大内花見と、承元元年（一二〇七）最勝四天王院障子和歌との時相表現の違いに注目し、前者は回想として扱われるが、後者は専ら現在として臨場感を以て扱われていることを明らかにする。さらには、時代意識として、近い過去の「近き世」と承元元年を含む現在である「近代」「近年」が区別されていることを析出し、それこそが執筆時点である「現在」と考える。

そして、言及事象の最新年次である建暦二年（一二一二）以降の早い時期の成立とする。それは和歌活動を休止していた院が歌壇に復帰した時期であるが、そこには大きな権威を獲得して歌人たちを追随させる定家がいた。しかも院には、定家は故実を著しく曲げて、宮廷和歌の在り方に反するものに見えた。それを批判し、その方向の矯正を意図してこの書が書かれたという執筆動機が示されている。度を超したような批判も見られる定家評についても、整理されない「現在」の怒りという説明は説得的で、今までの定説を覆すだけの力を持った論である。

その後、『校本後鳥羽院御口伝』(7)が編まれたが、そこでも田中裕論は肯定的に扱われ、随所で検討され取り込まれている。また、この論は藤田百合子の論(8)により補強される。藤田論は本書の宛先という新たな問題を提起し、その対象として順徳天皇を考える。また、定家評で問題の核をなす自讃歌の議論と、後鳥羽院が主要な歌人から召した「自讃歌」とを関連づけ、建暦二年正月二十三日の「百首」からなるそれの再度の提出により、定家との見解の相違を確認したことを、執筆の動機と考える。さらに、藤田論は、定家の『毎月抄』に先行するという観点も提示する。順徳天皇に向けて書かれたとする見解は目崎徳衛の論(9)にも見られ、浅田徹の論(10)によっても『八雲御抄』との関連で考察される。浅田論は、「天皇から皇太子へ送られる文書の〈型〉」という極めて興味深い論点を提示し、承久の乱以前の宮廷での営為で二書を考える。また、吉野朋美の論(11)により、この書が書かれた動機として提示された建暦二年の「良経七回忌と良経追慕の情」という視点も、文中では良かった時代の象徴として何度も良経が登場している故に、説得力のあるサポートであった(12)。

このように、『後鳥羽院御口伝』の成立を承久の乱以前とする田中裕論は補強され、宛先として順徳天皇が想定されるに至っているが、それに対する疑問は田仲洋己の論[13]によっても示されている。田仲洋己論は藤田論を受けて、『毎月抄』を順徳院に宛てた定家の真作と論定するのに主眼のある論だが、この書の成立についても重要な論を展開している。

田仲洋己論は、藤田論で提示された宛先を順徳天皇とする説に対して、定家評の内容から、帝に対して「現任の公卿を殆ど面罵せんばかりの記事内容を含む『御口伝』を執筆して与えたとは」考え難いと疑を呈する。田中裕論の論点に対しても、定家の秀能評については、そこに見られるような「無下」という評価はむしろ承久の乱以後ではないかと考える。また、田中裕論での重要な論点である建暦二年と承元元年の時相表現の相違についても、両者の重さの相違、後者についてこそ決定的な対立であり「たとえ隠岐遷幸後であっても決して忘れ去ることのできない出来事」という観点から説明している。さらに、藤田論の提示する疑問、乱以後であればその直前の定家に対する院勘という決定的な人間関係の破綻について何故触れないかという問題についても、院勘の原因となった「野原柳」詠が実朝鎮魂の寓意を込めたとする自論[14]から、「対幕政策の失敗によって隠岐への遷幸を余儀なくされた」院にとって書くことが憚られたのだと想像する。その他定家の「生田森」詠の評価の問題、良経追慕の持続などに触れて、承久の乱以前の執筆説に対して疑問を呈している。

以上、『後鳥羽院御口伝』の成立に関する研究史を辿ってきたが、本稿では、田中裕説への疑問からはじめて、承久の乱以後隠岐において本書が書かれたと考える所以を提示し、その宛先を推測することを射程に論を進めて行きたい。

二　田中裕論への疑問

『後鳥羽院御口伝』は、序文を最初に、次に七箇条の初心者への指南を述べ、源経信以降の歌人評に及ぶ。そこでは十五人の歌人が論評されるが、その半分近くが定家に割かれている。分量もだが、そこには激烈とも言える批判が見られるのは衆知のことである。定家への批判は、初心者への指南でも言及されている。本書の目的を定家批判に特化することは慎むべきだろうが、それが極めて大きな比重を占めていることには注意を向けなくてはなるまい。それは本書の成立と大きな関わりを持つと考えてよいだろう。

先にも述べたように、田中裕論では、定家への批判と彼に導かれようとする歌壇の傾向を矯正する意志を本書の執筆動機に見る。その批判は、心を重視しない様式、宮廷和歌の故実を歪めるという点に総括される。後者については具体的には、題に関してのルールの無視、宮廷和歌の場的な感覚の無さが主な論点だろう。それが定家の人格批判にまで及ぶ程の強い調子で書かれている。田仲洋己論での指摘のように、現任公卿への面罵は、順徳天皇を宛先として想定しないにせよ、君臣間の倫理的な問題も含もう。しかし、それ以上に、田中裕論で想定する時期に、このような批判を書く意図に関して、私には疑問を禁じ得ない。

田中裕論で言う建暦二年からあまり下らない執筆時期とは、順徳天皇による内裏歌壇の始発期であり、新古今時代の研究史では「建保期」と呼び慣わされている時期の初期である。この内裏歌壇は、定家を指導者として運営されていた。果たして宮廷権力の頂点にある後鳥羽院が、ここまで批判する定家に、その役を任せるのだろうかという疑問である。

内裏歌壇の主宰者順徳天皇をめぐる人間関係の構図については、藤田論において魅力的に描き出されている。後鳥羽院は子である天皇が定家の影響下に入ることを牽制しようとするが、定家の歌人としての魅力に抗しきれずに定家に師事するという、父と師をめぐる葛藤劇の存在を描き出す。その中で両者がそれぞれ天皇に向けて書いたのが『御口伝』であり『毎月抄』であると、二つの歌論書の成立を論定するものであった。前提として定家と後鳥羽院との深刻な対立が存在する。

しかし、建保期における宮廷歌壇の権力構造をこのように認識し得るのであろうか。天皇が定家を師とすることについても、後鳥羽院の意向に抗するものだったのだろうか。むしろ院の意志により、そのコントロールの下にそれは行われていたと考えてみたい。

そのことが、最も具体的な形であらわれているのは、院と定家との関係が決裂した承久二年（一二二〇）二月の院勘事件ではなかろうか。同年十二月十三日の内裏歌会で「野原柳」題で定家が「道のべの野原の柳下もえぬあはれなげきの煙くらべに」を詠出したことにより内裏歌会に出入りを禁止されたという経緯であり、それを語る『順徳院宸記』(15)である。言及されることが多い事件であり記録だが、煩をいとわず確認しておきたい。

題ハ春山月、野外柳。自他無秀逸之詞。定家述懐歌立耳歟。兼テ不見之間、不能注之。又於歌道難謂子細。仍講了。

（承久二年二月十三日歌会当日の条）

今夜良宴殊勝歟。定家卿煙くらへの後、暫不可召寄之由、自院被仰。如此事深咎も中々歟。如何。

（承久二年八月十五日内裏詩歌会の条）

今夜会定家卿不召之。去年所詠歌有禁、仍暫閇門。殊上皇有逆鱗。于今於歌不可召之由有仰。仍不召。是あはれなけきの煙くらへにとよみたりし事也。被超越数輩如此歟。於歌道不召彼卿、尤勝事也。

（承久三年二月二十三日中殿和歌会の条）

天皇は当日の条で定家の歌にやや自信を欠いた判断ではあるが問題を感じている。しかし、八月十五日の条によれば、その事を問題にして定家を処分したのは院であった。天皇は疑問を持ちながらも従っている。翌年二月二十三日の条でも、あくまでこれは院の処置であることを強調しながらも、やはり疑問を禁じ得ない様子である。これ等の記事から、内裏歌壇のコントロールが後鳥羽院の意志でもってなされていることが改めて確認できるであろう。(16) さらに、後鳥羽院の和歌に対する批判行為は、定家を宮廷から追放するという実力行使をも可能にするものであったことを知るであろう。

そのような状況下で、『御口伝』のような激烈な定家批判を書く意味があるであろうか。それは実力行使への警告であると言えたとしても、そもそもその歌壇の始発期にこれ程にまで批判的であった定家に、他ならぬ宮廷内裏歌壇の指導を十年以上にわたって任せることがあるだろうか。やはり私には疑問である。

逆に、隠岐で書かれたものと考えるならば、定家に対する厳しい批判は意味を持つであろう。定家はもはや後鳥羽院のコントロールの及ぶ存在ではない。宮廷自体も、自らのコントロールから無縁の後堀河天皇を擁した、はなはだ頼りない世界となってしまっている。やがて、そのような中で、藤原道家の意志を体現するかのように、その背後に鎌倉幕府の関与があるかのようにして、勅撰和歌集の編纂へと動いて行くことにもなる。その宮廷を導く唯一の強権的な存在として定家が居る。そうした手の届かない不本意な宮廷周辺にいる自分の膝下とも言える歌人達、特に初心者への警鐘は意味を持つものであると言えよう。若干時代を先走るような述べ方になってしまったが、今までコントロール可能であった定家が、今やそれが不可能な状況にある故に、さらに、宮廷自体もそのような状況にある故に、定家に対する舌鋒は鋭くなるのだというような説明も可能であろう。

以上、田中裕論への疑問を通して、京都での述作であると考えない所以を述べた。であれば、田中裕論により提示された隠岐述作説を排する論点を中心に、『御口伝』の成立をめぐる諸問題に対して、私がどのように考えるかを提示せねばなるまい。

三　奥書とその周辺

最初に、かつて隠岐述作と考える上で大きな拠り所となっていた奥書について考えてみたい。『後鳥羽院御口伝』の奥書は多々見られるが、問題となるのは以下の奥書である。(17)

仁治元年十二月八日、於大原山西林院普賢堂、以教念上人所持御宸筆草本書写之、此御草本之外、他所無之、子細難尽筆端、頗有由来、尤可珍敬之、惣可停止外見云々

蓮信房勝林院在判

この奥書は、伝来の古い頓阿の奥書を有する慶応大学斯道文庫本をはじめ多くの伝本に見られる。ちなみに『校本後鳥羽院御口伝』では四九本中三五本に見られる。

田中裕論では、総ての本にこの奥書が存するわけではなく、特に善本と認定する本にはこれが存しないことを注意する。その内容も隠岐からの伝来は示すが、そこで書かれたとはしていないとする。善本の問題は後述するが、隠岐からの伝来の宸筆本というのは、そこで書かれたと考えるのがやはり順当であろう。

この奥書に関して、その信憑性を疑わせる原因の一つに、そこに見られる人名の問題がある。そもそも教念というこの本を所持していた鍵となる人物については、

件教念上人は彼遠所までつきまいらせていまはの御時までにける《ママ》人とかや。かやうの物ともみなやきすてられけるに、あまりにおしくおほえて、ひとまきぬすみとゝめたりとかたりける也。

という、この奥書を有する何本かに存する注記[18]以外に知るところはない。

書写者の蓮信房については、『岩波古典文学大系』の頭注で『尊卑分脈』に源季頼の子に「沙弥蓮信」という人物がいるという指摘がなされ、『校本後鳥羽院御口伝』では「蓮信法師」という存在が『現存和歌六帖』『新和歌集』に見られることが指摘されている。源季頼は、崇徳院北面で、その孫の季景も後鳥羽院北面であり、ふさわしさの圏内に入る人物のようである。しかし、季頼の没年が久安七年（一一五一）四十歳とあるので、蓮信が息だとすれば、九十余歳の年齢を考えなくてはならず難となろう。

しかし、蓮信房については、同じ『尊卑分脈』には、藤原資綱の子に上野介などをつとめた重能があり、彼の法名が蓮信である。その弟は忠綱であり、有名な後鳥羽院近臣である。忠綱の子が長綱で、『長綱百首』で知られる定家に親しい歌人で、『遠島百首』にも出詠が見られる。重能自身については、歌歴などは知られないが、『御口伝』の書写者としてふさわしい家族圏の人物として見えてくる。蓮信房をこの重能と推測すると、奥書の人名の問題は解決へ向けて一つ前進するであろう。

年次や場所に関しても、妥当性を持つものと考えられよう。先ず、仁治元年（一二四〇）という年次だが、後鳥羽院没の翌年である。大原の西林院も、『大日本史料』に入れられている『華頂要略』『一代要記』などの記事により、没年の延応元年五月十六日に遺骨の運ばれた所であることが知られる。その後、仁治二年二月八日に大原法華堂に遺骨が移されているので、仁治元年十二月八日という日付は狭い範囲の中で符合している。

西林院については、『法然上人行状画図』[19]でも、隠岐の後鳥羽院が、その寺にいた天台座主承円（藤原基房男・嘉禎二年二月十六日没）に「御書」を賜った記事が見られる。

又、嘉禄二年のころ、後鳥羽院遠所の御所より、西林院の僧正承円に仰下されける御書にも、散心念仏の事、一定出離しぬへく候はんやう、明禅聖覚なとに、くはしく尋さくりて、最上の至要をしるし申さるへきよし仰下されは、法印こまかにしるし申されけるとなむ。

とあり、『御口伝』との関連で「最上の至要」などの文言も気になる。

また、蓮信の居た勝林院については、田渕句美子の論[20]により、門主が後鳥羽院の皇子である尊快法親王であり、供領にも修明門院領が当てられていることが明らかにされている。後鳥羽院と深い関わりを有している寺である。むしろ、院の情報のルートとしての大原、或いは関係者の集結点としての大原という問題も浮かび上がろう。

以上、不確定な要素は依然残るものの、この奥書の内容と後鳥羽院との距離は近いものと言えよう。この奥書の信憑性は、むしろ、捨てがたいものがあると考えたい。

これ以外の奥書については、神宮文庫本など[21]に見られる、次のものにも注目されよう。

此書後鳥羽法皇、於遠所御所、令書御和歌故実也。不慮伝見所書写也。相伝人、努々不可出闈外、長可納筥底而已

ここでは明らかに隠岐での述作としている。神宮文庫本では弘安六年（一二八三）奥書の前にあり、それが年次の順であるなら、早くから隠岐での作と認識されていた証となろう。

奥書については、隠岐との関わりは濃いとは言えても、隠岐で書かれたことを否定するものは見られない。ついでに、早くから言及された書名についても、伝本として一群をなす内題は、「後鳥羽院御口伝」「後鳥羽院御消息」「遠所御抄」の三通りとなろう。「遠所御抄」は隠岐述作を意識した書名であり、「後鳥羽院御消息」にも遠くから伝えら

れたというニュアンスは含もう。仁治元年奥書と書名とは対応関係は特になく、「御消息」ではこれを持たないのが普通である。書名と伝本系統との連関は今後の課題だが、ここでも隠岐の影は濃いと言えよう。

四　時制表現とその周辺

『後鳥羽院御口伝』の成立をめぐっては、時制表現が大きな問題とされてきた。田中裕論では、それが善本性の判断に用いられている。すなわち、歌人評で院が直接には接していないはずの俊頼・俊恵に対して目堵回想の「き」という表現が使われていて、伝承回想の「けり」との関連から問題とされる箇所である。

　又俊頼堪能の者なり。（中略）うるはしき姿なり。故土御門内府亭にて影供ありし時、釈阿は、これ程の歌たやすくいできがたしと申しき。道を執したることも深かりき。難き結題を人の詠ませけるには、家中の物にその題を詠ませて、よき風情をのづからあれば、それを才学にてよくひき直して、多く秀歌ども詠みたりけり。

　俊恵法師、おだしきやうに詠みき。五尺のあやめ草に水をいかけたるやうに歌は詠むべしと申しけり。龍田山梢まばらになるまゝに深くも鹿のそよぐなるかな、釈阿優の歌に侍ると申しき。

このうち傍線部を「けり」とする本文として、天理図書館蔵竹柏園旧蔵本以下五本[22]をあげている。この部分に関しては時制表現が妥当で、本文上の優位性を持つであろう。

ただし、多少の理屈を言えば、両者の「き」は、釈阿の発言との関係から考えることもできるかもしれない。釈阿の発言からの情報ということも考えられる。また、釈阿への言及に頻出した「き」に引っ張られるようになされた時制表現という考え方もできよう。

そして、この五本は先に見た仁治元年奥書を欠き、「秀能法師」ではなく「秀能」という呼称がなされ、承久の乱により出家した秀能故に、乱以前の成立とも矛盾しない呼称となっているとする。しかし、秀能が出家後も「秀能法師」あるいは「秀能」と呼称されていたことは、田渕論にも言及され田仲洋己論でも引き継がれる。田中裕論でもすでに述べられているように、善本性の判断には様々な局面が絡むが、時制・呼称・奥書については、ここでは連動させて考えることはしない。

歌人評の時制表現は、蓑手論では、歌人の生没を示す徴として論考されていた。その考察での時制の扱いは必ずしも明確とは言い難く思える。結論としては、家隆・秀能・定家の三人を現存とするのだが、蓑手論でもすでに問題視しているように、院より後まで生きた秀能評において、定家による評価以外を一貫して過去時制で叙述するのは気になる。

　秀能法師、身の程よりもたけありて、さまでなき歌もことのほかにいではえするやうにありき。まことに、詠み持ちたる歌どもの中にも、さしのびたる物どもありき。しかるを、近年、定家無下の歌の由申す由聞ゆ。

秀能は院にとって最も身近な歌人の一人といえよう。彼への過去時制の評の背後には、隠岐という物理的距離と、宮廷時代からの心理的距離を考える方が説明しやすいのではないか。少なくとも在京時代の表現とした方がより違和感は強い。

同様に京都での成立と考えた場合、雅経評の

　雅経は、ことに案じかへりて歌よみし物なり。いたくたけある歌などは、むねと多くは見えざりしかども、手だりと見えき。

という一貫した「き」による過去表現も問題となろう。雅経の没は乱直前の承久三年三月十二日であり、隠岐で書か

れたのであれば、時制表現には問題はない。

時制表現に関する問題では、田中裕説の説得力の大きな要因に、定家評の内部における細やかな時間意識の割り出しがあげられる。『御口伝』の定家評では、先述したように二つのエピソードが重要な役割をはたしているが、それぞれが異なった時制表現で叙述されているという分析である。

その一は、建仁三年（一二〇三）大内花見のエピソードであり、主に「き」による過去形を交えながら書かれている。その二は、承元元年（一二〇七）最勝四天王院障子和歌のエピソードであり、現在形で一貫して書かれている。それも昨日のことのような鮮やかさで顛末が叙述され、怒りの表現が極めて顕わである。この両者の間に時間意識の節目を認め、後者を含む時間を現在とする時期に執筆時期を置くことになる。さらにその現在を「近代」「近年」という形で「近き世」と分ける意識があったことをも析出する。

最勝四天王院のエピソードは、本書全体の末尾に置かれ、「最勝四天王院の名所の障子の歌に生田の森の歌いらずとて、所々にしてあざけりそしる、あまつさへ種々の過言、かへりて己が放逸を知らず。」で始まり、末尾の「撰集にも入りて後代にとゞまる事は、歌にてこそあれば、たとひ見知らずとも、さまでの恨みにあらず。」まで、一切の過去時制を交えずに書かれる様子は印象的である。田中裕論の説得力を大きなものとする因である。

田中洋己論では、この部分を以下のように説明する。二つのエピソードを比べれば、最勝四天王院が院にとって圧倒的に重い、また、そこで語られる院の撰歌への批判は正鵠を得ているだけに、院にとって屈辱的であった。これが院と定家との和歌観の対立を決定的に露呈させ、人間関係の上でも修復不可能な傷を齎した。配流後も決して忘れ去ることができない事件である。だから、筆致も生々しいとする。この説明ももっともだと思われるが、先に述べたように、順徳天皇内裏歌壇のあり方から、田中洋己論で何度も用いる「決定的」な対立というのはやはり疑問を禁じ得ない。

私には、むしろ定家評の時制は、その叙述の構造から説明できないかと考える。定家評は「定家は、さうなき物なり。」と現在形で始まるが、彼はそもそも現存の歌人であり、その抱える和歌の問題は現在の課題である。というよりこの書全体が、特に同時代の歌人を扱う場合、厳密な書き分けとは言えないが、作品の分析や歌論上の問題は、およそ現在形で書かれ、見聞したエピソードやその評価では過去形を交えている。続く定家の態度評は「さしも殊勝なりし父の詠をだにもあさと思ひたりし上は、まして余人の歌、沙汰にも及ばず。」と過去形を交え、更に傍若無人であった様子を過去形を交えて叙述する。

その後、「惣じて」として、「彼の卿が歌存知の趣、いさゝかも事により折によるといふ事なし。ぬしにすきたるところなきによりて、我が歌なれども、自讃歌にあらざるをよしなどいへば、腹立の気色あり。」と歌論上の問題を提示し、「先年」として、過去のことであったことを明確にして書かれるのが、大内花見の件である。「家隆等も聞きし事也。」と確認し「諸事これらにあらはなり。」と締める。

最勝四天王院のエピソードは、それに続くが、特に過去を示す書き出しがないままに、先の末尾に引かれるように現在形で書き出される。それが直ちに「惣じて」という総括の形で「彼の卿が歌の姿、殊勝の物なれども、人のまねぶべきものにはあらず。」として、具体的な「秋とだに吹きあへぬ風に色変る生田の森の露の下草」の作品分析に入り、その中でエピソードが述べられている。明らかな物故歌人でも、作品分析にかかる叙述は現在形で書かれることがある故に、この部分は現在形で一貫してしまう理由もあるだろう。無論その背後にこの事件に対する鮮明な記憶の存在は否定する必要はない。

院と定家との対立について、田仲洋己論では、承元元年の時点で「決定的」であったことが何度も述べられている。すでに先に述べたように、その後始まる建保期の様相の私見からすれば、直ちには同じられない。やはり「決定的」な両者の対立となれば、承久二年二月の院勘事件であろう。であれば、何故これが書かれなかったのかという藤田論での指摘は至当であろう。田仲洋己論での見解は前述の通り実朝鎮魂と結びつける興味深い見解である。この問題に関してはさらに吟味が必要と考えるが、本稿ではこの事件に関して歌壇の権力構造という面から論じてきた。宮廷における主である故に可能な権力行使であった。隠岐に流された以上そうした権力の顛末からはもはや無縁である。

五　宛先の想定

最後に、『後鳥羽院御口伝』の宛先について目論見を述べ、執筆目的についても触れたい。その内容から、宮廷において和歌活動をしようとする初心者へ向けた歌論と規定されるので、宛先もそれに該当する人物としなくてはならない。

先述のように、宛先として順徳天皇が考えられてきた。京都での執筆というのが前提であった。順徳天皇の歌壇の権力構造についての私見はすでに述べたが、順徳天皇・定家両者ともが後鳥羽院のコントロールのもとにあると考える以上、その時期に天皇に宛てた執筆というのは同意しがたい。佐渡にいる順徳院は初心者の閾ではないだろう。

隠岐で書かれたと考える場合、隠岐にいる人々の想定も可能だろう。樋口論では、「今初心の人のために略してこの至要をあぐるに、七ヶ条あり。ただし人によりて斟酌すべき事也。」などの叙述から、不特定多数の隠岐の人々を考える。しかし、その内容が宮廷での和歌活動が前提とされており、宮廷歌人としての定家の態度への批判の比重の大きさから、やはり違うと考えるべきだろう。結局、定家の影響を受けることが不可避な京都に残された「遺臣」と呼ばれる人達を宛先と考えるのが順当だろう。

そのような存在で最初に考えてみたいのは、院の落胤とされる賀茂氏久である。氏久については田渕句美子の論[23]による詳細な言及があり、建暦元年（一二一一）もしくは二年の生まれで、大原との関わりも見える。また、『続古今和歌集』以下に収められる勅撰歌人であり、その息女が二条為世の室である。隠岐からの書状も残り、院は氏久へ様々な配慮をしていて、その一環として『御口伝』の宛先と考える余地もあると思われる。しかしながら、後鳥羽院との和歌的な交渉は証を残さず、それ以上の形で是非が検討できる状況にはない。同様な人物として、水無瀬信成・親成父子もあげられる。

一方、『井蛙抄』巻六「雑談」には次の記事がある[24]、

　後鳥羽院遠所より九条内大臣于時権大納言へ被遣勅書を見侍しかば、「歌事能々可有稽古。法性寺関白、昔最勝寺の額を書、老後ニ門前を過るごとに赤面す」と云々。

九条内大臣は藤原基家であり、権大納言の割注から、承久二年以後嘉禎二年（一二三六）以前となる。この記事での言及は『御口伝』ではないとするのが順当だが、彼は隠岐の院から懇ろな和歌指導を受けた人物であることが知られる。勿論、「雑談」の史実性の吟味は慎重であるべきだが、宛先を考える上でも興味深い記事であると考える。

そもそも基家は、良経の三男であり、生年は建仁三年（一二〇三）である。父とは四歳で死別している。後鳥羽院との関わりも深く、基家を猶子にするつもりもあったらしい。乱以前にも親しく仕え、乱以後も細やかな交渉を持っている。『御口伝』では院の良経追慕の情が深く、歌人としての良経のあり方に深い信頼が寄せられているが、基家が宛先であれば、これは当然とされる記事内容であると言えよう。

基家の和歌活動については、黒田彰子・安田徳子の論により見通しが示され、久保田淳の論などもある[25]。承久の乱

の時点で基家は十九歳であるが、それまでに和歌活動の痕跡はない。最初の事跡は貞応三年（一二二四）正月の自家の五首会であり、以後精力的に歌会を主催している。その会には家隆を中心に後鳥羽院・順徳院に由緒の深い歌人達が集まり、良経への追慕も示される。また、定家の関与は必ずしも恒常的ではないが、しばしば、その歌会に参加し、交渉が見られる。その後『新勅撰和歌集』には基家は入集せず、定家との関係も複雑である。嘉禎二年（一二三六）の遠島歌合には出詠している。院や定家の没後、基家が反御子左派の歌人としての活動に入って行くことは衆知のことである。

こうして基家の活動を辿って行くと、決定的な証左は得られないものの、宛先として有力視してよい人物の一人としての貌を持っていると考えられよう。彼を宛先としたならば、『御口伝』が初心者への指南としての性格を持つ以上、隠岐配流以後早い時期での執筆ということになろう。そうであれば、そのような時期にこうした著作をなし得る精神的な余裕という問題も生じてこよう。しかし、逆に、かなりに激烈であり、場合によっては過剰とも読める定家評には、むしろ都での記憶も鮮明な時期の想定はふさわしいとも言えよう。

隠岐配流後早い時期に書かれたとしたならば、都と隠岐との頻繁な交渉から考えても、基家のもとにこの書は送られたと考えるべきだろう。すると、仁治元年奥書に「御草本」とあるのは、草稿本・手控本であると考えられ、他に、基家のもとに遺送された本の存在も想定しなくてはなるまい。であれば、現存の伝本状況に反映があっても良いわけだが、それを直ちに認識し得る状況にはないと思う。さらに、本書を得たとしたならば、基家の側での作品への影響も問題となろう。基家と想定した場合もさらに考えるべき課題は多い。

何度も述べたように、『後鳥羽院御口伝』は宮廷での和歌活動を前提にしている。が、そもそも承久の乱以後、宮廷歌壇は壊滅したままであった。後に『新勅撰和歌集』の母体となる後堀河天皇の歌壇も名ばかりのものである事は、新たに論ずるまでもない。中心を欠いたままの宮廷の和歌界で、権威を増殖させるのは、自らのコントロールの下にはすでにない定家であり、彼には宮廷和歌の本来のあり方から逸脱する面のあることを院は見据えていた。それだけに自分の意志を継いで、場合によっては自らの帰京後に再開されるかもしれない宮廷の和歌活動の中核になって欲しい人物に、こうした論書を与える必要があったのかもしれない。隠岐からの宮廷文化の危機への警鐘でもあるのである。

注

(1) 和田英松『皇室御撰の研究』(明治書院・一九三三年)
(2) 蓑手重則「後鳥羽院御口伝成立年次考」(『文学』一二巻四号・一九四四年四月)
(3) 細谷直樹「後鳥羽院と定家の歌観について」(『中世歌論の研究』笠間書院・一九七六年、初出は『文学・語学』一一号・一九五九年三月)
(4) 内藤久子「後鳥羽院御口伝の定家批評をめぐる一考察」(『名古屋大学国語国文学』二二号・一九六八年六月)
(5) 樋口芳麻呂「後鳥羽院御口伝の成立時期について」(『国語国文学報』二五号・一九七三年三月)
(6) 田中裕「後鳥羽院御口伝の執筆時期」(『後鳥羽院と定家研究』和泉書院・一九九五年、初出は『語文』三五号・一九七九年四月)
(7) 和歌文学輪読会『校本後鳥羽院御口伝』(私家版・一九八二年)
(8) 藤田百合子「順徳院と父と師と―和歌の道を中心に―」(久保田淳編『論集中世の文学韻文篇』明治書院・一九九四年)
(9) 目崎徳衛『史伝後鳥羽院』(吉川弘文館・二〇〇一年)
(10) 浅田徹「八雲御抄試論」(『明月記研究』七号・二〇〇二年十二月)
(11) 吉野朋美「建暦二年の後鳥羽院」(『国語と国文学』七八巻一〇号・二〇〇一年十月)

(12) 他に田中裕説に立って本書の女流歌人評を考えた論に高橋万希子「宜秋門院丹後に関する一考察─「後鳥羽院御口伝」の成立をめぐって─」(『中京国文』一四号・一九九五年三月)がある。
(13) 田中洋已「『毎月抄』小考」(『中世前期の歌書と歌人』和泉書院・二〇〇八年、初出は『岡山大学文学部紀要』四〇号・二〇〇三年十二月)
(14) 田仲洋已「承久二年野外柳詠について」(前掲書、初出は『岡山大学文学部紀要』二七号・一九九七年七月)
(15) 『列聖全集宸記集上』所収の本文による。
(16) 順徳院内裏歌壇が後鳥羽院の管理下にあった様相は久保田淳「藤原定家」(『久保田淳著作第二巻　定家』(岩波書店・二〇〇四年、初刊は、集英社・一九八四年)などにも示されている。
(17) 『後鳥羽院御口伝』からの引用は、特に断らない限り『岩波古典文学大系歌論集能楽論集』所収の慶応大学斯道文庫本を底本としたものによる。
(18) 『校本後鳥羽院御口伝』所収の神宮文庫本による。
(19) 『大日本史料』所収本文による。この作品自体の史料価値は問題がないわけではないが、この記事に関しては特別な作為を加えるべき問題ではないと考える。
(20) 田渕句美子『中世初期歌人伝の研究』(笠間書院・二〇〇一年)
(21) 『校本後鳥羽院御口伝』によれば、ここで引く神宮文庫本以下六本。
(22) ただし、田中裕論では、この五本は他に対して相対的な不合理な箇所もあり、総体的な善本性に関しては疑問点があることも指摘されている。
(23) 前掲書→(20)
(24) 『歌論歌学集成第十巻』所収本文による。
(25) 黒田彰子『中世和歌論攷』(和泉書院・一九九七年)、安田徳子『中世和歌研究』(和泉書院・一九九八年)、久保田淳「権大納言藤原基家家三十首」(『明月記研究』一号・一九九六年十一月)、同「承久の乱以後の藤原家隆─藤原基家関係歌を中心に─」(『山梨英和短大五十周年記念日本文芸の表現史』おうふう・二〇〇一年)

第六節　隠岐の後鳥羽院
――遠島百首雑部の検討を通して――

はじめに

後鳥羽院は、承久三年（一二二一）、承久の乱の結果隠岐に配流され、そのまま延応元年（一二三九）に六十歳で生涯を閉じている。その孤島においても歌人としての活動は継続し、我々の前にも少なからぬ成果が残されている。正治二年（一二〇〇）に本格的な歌人としての活動を開始した院の文学的な経歴の半ばはそこで刻まれたことになる。後鳥羽院の文学を考える上で、隠岐における作品・著述・編纂物が重要な意味を持つことは改めて述べるまでもない。

幕府殲滅を企図した武力戦の戦後処置として、治天の君であった上皇が遠島への流刑に処せられるという、歴史的に未曾有な事件の当事者が後鳥羽院であるに他ならない。それを個人的な体験として、途方もない悲傷を伴う特異な体験として捉え、その反映を隠岐における文学世界の価値として評する見方は根強く、当然というべきであろう。

一方、後鳥羽院は新古今時代に歌人としての形成を遂げた。というより、その時代を領導した当事者であった。すでに蓄積された古典世界を共通の基盤として、その上に立って、場合によっては個人的な体験世界を越えた美的な普遍的な世界を現出させるという、中世和歌の骨格を完成させる時代の歌人であった。隠岐においても、そうした方法が継続している様子は、寺島恒世による精力的な立論をはじめとして、やはり広く認識されている(1)。

本節では、この二つの側面を前提として、『遠島百首』雑部の歌を読むことから始めてみたい。その上で、『後鳥羽院御口伝』にも言及しながら、論を進めて行きたい。隠岐における後鳥羽院の文学は何であったのか、それを新古今以後の和歌文学の在り方という問題の中で捉え、さらに、中世における和歌とは何だったのだろうかという問題にまで、論を広げて行けたらと考えている。

一　遠島百首雑部の方法

『遠島百首』は隠岐の後鳥羽院を象徴する作品であると目されてきた。特に感慨が直叙される雑部は、その心境を読みとる手段として恰好の対象とされてきた。それは『増鏡』にまでも遡り得る歴史の積み重ねを有している読み方であった。

現在の研究的な認識では、先にも述べたように、遠島に流された特異な体験を悲傷として直叙する面を重視しながらも、その表現の形成において、古典や同時代の作品からの旺盛な摂取が指摘され、古典的な和歌技法とも無縁でないことも指摘されている。そうした指摘の端緒となったのが、寺島恒世の論「後鳥羽院遠島百首について(2)」である。寺島論は先行作品摂取の実態を示し、「実情・実感の体験素材の上に、先行古典作品世界を意識的に二重写しさせることで、心情としての「悲歎・憂愁」のみを強く提示しようとする方法意識」の存在を明らかにし、伝統的な表現技法の採用も同様な方法意識によると考える(3)。

本節で最初に考えてみたいのも、まさにそのような方法であるが、雑部の中で頻繁に摂取される古歌が恋歌であることに注目して、雑部の表現方法をさらに考えてみたい。今までに体験されることがなかった中世的な現実体験を整序し、伝達可能な和歌表現を作り上げるのに力があったのが、伝統的な恋歌の力であったことを明らかにすることから始めたい。

雑部の二首目に置かれた次の歌から考えてゆきたい。(4)

72なまじひに生ければうれし露の命あらば逢ふ世を待つとなければど

すでに指摘されているように、この歌は『拾遺和歌集』恋歌一・読人不知の

646いかにしてしばし忘れん命だにあらば逢ふよのありもこそすれ

を本歌としている。主に下句の表現が重なり、院の歌の「逢ふ世」は、底本では「逢ふせ」とするように、(5)先ずは恋歌の逢瀬を想起させる。この百首の文脈では、都の人々との再会と理解すべきであろうが、恋歌的な文脈の方がむしろ表に出ているというべきだろう。

この歌では「なまじひに生ければうれし」という深い絶望を前提としながらの生への意志の表現が印象的である。これは先行する雑部巻頭の

71いにしへの契もむなし住吉や我が片削の神と頼めど

の神に見放されたという状況認識を受けてのものだが、こうした表現の成立の背後にもまた本歌が作用していると考えてよいと思う。具体的な本歌の表現でいえば「命だに」がそれに当たるが、この表現は「恋死に」という恋歌の観念を念頭にしていることはいうまでもない。それを逆転させた発想である。「なまじひに生ければうれし」という思いも、その延長上に求められるであろう。そしてそれは、表現のみにとどまらず、表す思い自体を形作っていること

にも注目してよいであろう。悲しみが恋の思いに乗せられるように表現されている故に、ほとんど恋歌そのものといってもよい一首となっている。

次の歌も見てみよう。

74藻塩焼く海士のたくなはうち延へてくるしとだにもいふ方ぞなき

先の歌から一首おいて配置された作品だが、この歌もやはり本歌取と考えてよい。『後拾遺和歌集』の土御門院御匣殿の作品である

960こころえつ海人のたく縄うちはへてくるをくるしと思ふなるべし

が本歌である。雑二の作品であるが、このあたりは恋歌的な歌が並び、何よりも「小一条院かれがれになりたまひける頃よめる」の詞書を持ち、この歌も「510伊勢の海のあまの釣縄うちはへて苦しとのみや思ひわたらん」（古今集・恋歌一・読人不知）の影響下にある。院の歌は本歌と同様に、「たくなは」の縁語「繰る」から掛詞で「苦し」を引き出すという、恋歌の常套的な序歌の構造をなしている。「繰る」に引き出される「苦し」は恋の苦しみが刻印された言葉である。さらに海士の藻塩焼き自体が恋歌的な景物であるのも改めて証するまでもない。配所の悲傷の表現であることは論をまたないが、ほとんど恋歌というべき一首である。

この歌は二条為世の手になる『新後撰和歌集』に入集している。そこでは恋歌二に入れられ、恋人への思いが伝えられない苦しみを歌う歌群に配されている。勅撰集でもこのように扱われる程に、恋歌的な性格が濃厚な一首なのである。ちなみに、雑部からの勅撰集入集はこの一首のみである。

私撰集まで見れば、次の一首も同様な扱いをされている。『万代集』では恋歌四に入れられている。(6)

83過ぎにける年月さへぞ恨めしき今しもかかる物思ふ身は

この歌の場合、「過ぎにける年」に京都での為政者としての日々、「今しもかかる物思ふ身」に流人としての隠岐の今を容易に想起することができる。故に悲傷の直叙という読解も可能である。しかし、ほぼ同じ構造を持った恋歌が同集の（『続古今和歌集』にも）恋歌五に見られる

2720過ぎにける年月何を思ひけん今しも物のなげかしきかな

であり、小一条院に遠のかれた堀川女御の歎きである。『栄華物語』にも見えるこの歌からの影響は、やはり考えるべきだろう。さらに、「恨めし」「物思ふ」も汎用性は認めるべきものの、やはり恋歌の中で熟成してきた言葉であるといってよいだろう。

言葉のレベルでいうならば、明らかに隠岐の状況の直叙である

76浪間より隠岐の港に入る舟の我ぞこがるる絶えぬ思ひに

の「漕がる」の掛詞「焦がる」も恋の焦燥の表現として成熟した言葉であった。

77塩風に心もいとど乱れ芦のほに出でて泣けどとふ人もなし

の「ほに出で」も同様であろう。恋歌に限定されて用いる語といえば事実に反するが、歌の言葉としての成熟の場はそこに求められるであろう。これらは、そこに盛る感情をも規定する言葉であることも知られよう。

人も訪れることなく、日々荒れて行く配所の様子は、次のように歌われている。

86日にそへて茂りぞ増る青つづらくる人もなき真木の板戸に

この歌の場合も、『古今集』恋歌四・寵の

742山賤の垣ほに這へる青つづら人はくれども事づてもなし

を本歌として、「青つづら」の縁語「繰る」の掛詞で「苦し」という感情を表出する方法までをも受け継いでいる。

さらにここに描き出される閉ざされた戸のイメージは、白楽天の新楽府「陵園妾」に見られる、疎んじられ陵墓の番人として閉じこめられた宮女の門を「緑蕪牆遶青苔院」と囲むそれに重なるであろう。『新古今和歌集』春歌上・式子内親王

3山深み春とも知らぬ松の戸にたえだえかかる雪の玉水

などのイメージとも重なるであろう。

同じく隠岐で詠まれた「詠五百首和歌」が隠岐の地名を詠み込むことをさけている様は寺島恒世の論[7]により指摘された。逆にこの百首、特に雑部では

89美保の浦を月とともにや出ぬらん隠岐の外山に更くる雁がね

のように、隠岐とそれに関連する（美保の浦は隠岐への出港地）地名が顕わに詠まれる。その中で、

90よそふべき室の八島も遠ければ思ひの烟いかにまがへむ

の「室の八島」は注目される。「遠ければ」という表現は、隠岐にあるという立場をむしろ象徴するが、この思いを「よそふべき」歌枕は、「188いかでかは思ひありとも知らすべき室の八島の煙ならでは」（詞花集・恋上・実方）を引くまでもなく恋の思いを託すそれであった。すでに指摘されるように、この歌の発想は俊成の『千載和歌集』恋一

703いかにせむ室の八島に宿もがな恋のけぶりを空にまがへん

の影響も考えるべきだろう。

又、吉野の詠まれた次の歌も注目してよい。

92憂しとだに岩波高き吉野河よしや世の中思ひ捨ててき

世の中に絶望して吉野の山中に隠遁するという文脈での地名であり、吉野はそうしたイメージを担う歌枕でもあっ

た。しかし、『古今和歌集』の二首の恋歌がこの本歌となっている。

471吉野河いはなみ高く行く水のはやくぞ人を思ひそめてし
828流れては妹背の山のなかに落つる吉野の河のよしや世の中

前者は恋歌一の巻頭近くの貫之の作、後者は恋歌五の巻軸の読人不知の作で、恋歌の最初から最後までを包み込むような本歌の位置取りである。「憂し」「思ひ捨ててき」の内実と恋の展開とは無縁に読めないであろう。

見てきたように、この百首の雑部の歌と恋歌との関係は大変深いものがある。恋歌の深い感情表現が、雑歌の深い感情表現の表出の下敷きになる現象は、必ずしもこの百首の特異な現象ではなく、より普遍的な様相だというべきだろう。この百首の場合は、今までにない悲傷の体験の現場での歌がそうなのだということが問題なのだろう。この時代にあって恋歌は歌題的に整序されて行く。深い感情の表現の具として整備された手段であった。伝えにくい体験を伝えるためには、恋歌の形に乗ることは有効な手段だったといえよう。それは本来まとまり難い悲しみの体験自体を整序させる働きも果たしている。表出すべき悲傷の内実そのものにも、少なくとも和歌に表現される局面において、恋歌の発想が規定を加えているのだと考えてよいだろう。ここ雑部では、そうした方法が極めて効果的に息吹いている。雑部においては、「古典世界を二重写しにする」内実はこのように捉えられるであろう。

二　改作をめぐる問題

今まで『遠島百首』の流布本である第二類本に基づいて論を進めてきた。この百首には多くの伝本が存するが、伝本を五類に分類し、その生成の過程を論じたのが田村柳壹の論(8)であった。特に第一類本と分類される諸本と第二類本と分類される流布本との間には歌の出入りと、書写過程での誤脱に由来しない大きな字句の相違が存在することが明らかにされた。そして、配流後程なく成立したのが第一類本であり、時間の経過による心の平静と安定の中で改作されたのが第二類本であるとする。そして、第三・四・五類本と晩年に至るまで改作が続けられたのがこの百首の諸本であったと論定する。

田村論の諸本分類は周到であり、そのまま受け継がれているが、本文の改作過程については寺島恒世の論(9)により異論が出されている。寺島論では、第一類本は第二類本に先行しないと考える。田村論とほぼ同様に、感情の表出性の強さから、冷静さ、和歌としての周到さへと変化するものと捉える。そう見た場合、全く逆の結論が導かれるのである。その上で、第二類本を根幹本文として、第一類本も含む諸本が派生したと考えるのである。

さらに、上條彰次の論(10)は、第一類本にのみ存在する海景を見渡す作品の検討を通して、院の心境の変化から、その疑似国見的な性格が否定されて落とされたものと考察する。すなわち、第一類本から第二類本への改訂を異なった角度から支持する論考である(11)。

この作品がこうした本文の現状にある以上、本稿でもこの改作の問題、第一類本との本文の相違の問題を看過するわけにはいかない。そもそも、先での検討の発端とした一首も、改作が問題となる作品であり、田村・寺島の論でも重要な例として検討された作品であった。

72なまじひに生ければうれし露の命あらば逢ふ世を待つとなければど

は第一類本では(12)、

72置きわびぬ消えなばきえね露の命あらば逢世をまつとなき身を

であり、上句の表現を大きく異にする。田村論ではこの第一類本の形を現実の状況に対する絶望と自棄の心境と読み、第二類本に、現実を冷静に見つめるゆとりを認める。それに対して、寺島論では、第二類本の形に状況そのままに心情を直叙したものを読みとり、第一類本に「露」「置き」「消ゆ」の縁語を用いたはかないイメージの統一のなされた和歌的に整った姿を見い出す。全く異なった読みがなされている。

すでに見てきたように、第二類本の上句は、本歌と恋歌の観念に大きく依拠したものであると考えた。その意味では、寺島論の主張には同じ得ない。が、第一類本の形の修辞的な整合性は確かであり、先に見たような恋歌的なまとまりという意味でも、この縁語関係は周到であろう。「置きわびぬ」ものは「露」とともに、恋の物思いに由来する涙という読解が、第一に成立してもよいのである。

改作が問題となる作例には、先に隠岐の関連地名を詠み込む例として引いた

89美保の浦を月とともにや出ぬらん隠岐の外山に更くる雁がね

もある。これが第一類本では

88三保の浦を月とともにぞ出し身のひとりぞのこる隠岐の外山に

とある。田村論で言うように、第一類本の自分だけが残された悲歎と第二類本の自己の姿を詠まない詠み方との対比は、配流された直後としばらくの後という時間差を推測させる好例にはなろう。しかし、これについても寺島論で論じられるように、むしろ改作の方向に、都への思いをより切実に表出するという読み方も不可能ではない。寺島論の方向は、和歌的な修辞性を整えるとともに、自分の置かれた立場をより都へ伝えたいという要求の複合をみる。さらには、配所における後鳥羽院の立場にも、当初は帰京も視野に入れてのことであったが、やがて、幕府の手により還京案が拒否される事態も明るみになり、帰京も絶望的となるという過程が存在する。隠岐における心情変化を追求するにしても、かなりに複雑であることはいうまでもない。

差し替えについてもみてみよう。雑部における差し替えは次の三首である。第二類本のみの歌は

79とはるるも嬉しくもなし此の海を渡らぬ人のなげのなさけは
96思ふらんさても心や慰むと都鳥だにあらば問はまし
98とへかしな大宮人のなさけあらばさすがに玉の緒絶えせぬ身を

第一類本のみの歌は

84宮古人とはぬほどこそ知られけれ昔しのぶのかやが軒端に
97水茎のあとはかなくもながれゆかば末の世までやうきを流さん
98問へかしなたがしわざとや胸のけぶり絶え間もなくてくゆる思ひを

こうして書き抜いてみても、悲傷の直叙性ということでは、第一類本と第二類本の歌を対比しても、どちらも同様な感情の投影が可能なのは正直なところではないか。

むしろ、寺島論で指摘するように、第一類本の表現は周到である。寺島論では例えば「問へかしな」の「しわざ」を「海人のしわざ」と解して説明を展開するが、「胸のけぶり」にしても「くゆる思ひ」にしても恋歌の景物として「海人」と共起するのが恋歌的な伝統であった。前節で検討した恋歌を下敷きにした表現の方法との共通性は見て取れる。さらに「宮古人」の歌についても恋歌との交渉と無縁ではない。他ならぬ院の自歌、『後鳥羽院御集』の建仁三年八幡歌合での作品（後に『新拾遺和歌集』）、

1623都人とはぬ程をしも思ひしれ見しより後の庭の松風

は、「山家松」の題であり、むやみに恋の意味を含ませることは躊躇われるにしても「松」には「待つ」が掛けられ、都と離れた場所で男を待つ女の姿は自ずと投影されよう。無論、第二類本のみの歌にしても、「思ふらん」の歌は

『伊勢物語』第九段で、都に残した恋人を思う

名にし負はばいざこと問はむ都鳥我が思ふ人はありやなしやと

を顕著に踏まえることは瞭然である。

一類本が先行するか否かは、私には保留する他ない。むしろここでは、前節で見た流布本による雑部の方法との共通性に注目しておきたい。両者には方法的な共通性があるのであり、その方法は諸本の派生をも含めたものと考えてよいだろう。諸本も含めて、王朝時代に熟成した恋歌の蓄積が、その範囲外の中世的な体験を整序し表出させ伝達させるための力となっているのである。

三　表現の交流・感情の交流

『遠島百首』の表現形成には、同時代作品の影響が強く見られることはすでに指摘されている。(13)このことについても考えてみたい。

すでに本稿でも、

86日にそへて茂りぞ増さる青つづらくる人もなき真木の板戸に

の歌について、陵園妾との関連から式子内親王の作品を意識していたのではないかと指摘した。雑部に限っても、樋口注の指摘のように、

80長き夜をながなが明かす友とてや夕つけ鳥の声ぞま近き

と式子の『新古今和歌集』・雑歌下

1810暁のゆふつけ鳥ぞあはれなる長きねぶりを思ふ枕に

との関係は考えるべきだろう。また、

98問へかしな大宮人の情あらばさすがに玉の緒絶えせぬ身を

と、やはり式子の『新古今集』・恋歌一

1034玉の緒よ絶えなば絶えねながらへばしのぶることの弱りもぞする

との関係も考えるべきであろう。

後鳥羽院にとって、同時代の人々の表現を摂取し、自らの表現を形成するという方法は常套的であった。しかし、見てきたように、自らの悲しみの表出に、同時代の親しかった歌人の歌を意識して取り込むという営為には、やや異なった位相を考えてよいと思える。

式子内親王はいうまでもなく院の叔母であり、『後鳥羽院御口伝』でも同時代歌人として第一に想起される存在であった。同じように院には親しい歌人であり臣下であった藤原良経がいた。次の作品

91晴れやらぬ身の憂き雲を嘆くまに我が世の月の影やふけなむ

は、良経の「老若五十首」での作品

知るや君星をいただく年ふりて我が世の月も影たけにけり

の影響を特別な位相で受けているといえよう。良経の作品は、後鳥羽院のために「星をいただく」までに精勤するうちに、すっかり歳をとってしまったと述懐する作品だが、院の歌はそれに答えるようにして、お前は精勤した一生であったが、私は辛さの中に年を経てしまうだろうかと、懐かしい故人に自らの境遇を訴え掛けるかのような作品となっている。歌の表現の形成を通した心の交流という側面を如実に持った作品である。

親しい存在と言えば藤原秀能の存在も大きいが、

75かもめ鳴く入江に潮の満つなへに芦のうら葉を洗ふ白波

は、彼の『新古今和歌集』春歌上

26夕月夜しほみちくらし難波江の蘆の若葉に越ゆる白波

の強い影響下にあるだろう。秀能の表現した風景に近い風景を配所で発見したということになろうか。秀能の捉えた風景が回想されている体ともいえよう[14]。この歌の場合も注意すべきは「若葉」から「うら葉」に表現を変えたことである。この語も「943人言の頼みがたさは難波なる葦の末葉の怨みなるべし」（後撰集・恋五・読人不知）などを想起させる語で、恋歌の力により強い「怨み」という思いが表出される作品となろう。

秀能以上に歌人として親密な存在に藤原家隆がいる。家隆の歌との関連ということでは、すでに指摘されるように、本百首で最も知られた一首

97我こそは新島守よ隠岐の海のあらき浪風心して吹け

の肝要な歌句である「新島守」は家隆歌との関連は浅からぬものがある。この語は『万葉集』巻七の

1269今年行く新島守が麻衣肩のまよひは誰か取り見む

に淵源を持つ言葉だが、『壬二集』に徴しても家隆には、

702玉島や新島守がことしゆく河瀬ほのめく春のみか月

の他に二首の作例がある。『定家物語』の中でこの語を取り上げ「亡父并明静全不知子細候。家隆卿御所御会歟不覚悟候歌始出来之後、其弟子眷族毎人毎歌不論四季雑恋詠之候」と論じられていることもよく知られている[15]。この定家の言説に、どこまで後鳥羽院への射程を考えるべきかは大きな問題を孕むのではあるが、やはり、単なる表現の上のみに終わらな

い交流を考えるべきであろう。

家隆との関係では、

93ことづてむ都までもし誘はればあなしの風にまがふ村雲[16]

と『壬二集』に「承久三年七月以後、遠所へ読みて奉り侍りし時」の詞書で載る

思ふ方あなしの風にことゝへど涙ばかりぞ袖に答ふる

との関係は考えるべきだろう。ゆるやかな贈答という関係をなしているともいえよう。詠作の前後関係は不明だが、十首からなる家隆の歌群は、

うき秋の山田のいねもほしわびぬこきたれてなく袖の涙に

この春はこしぢの西へ帰れ雁恋しき方にことづてもせん

という歌い方から、特に私に傍線を付した表現から、配流のその年と考えるのが順当ではないか。詞書は、承久三年の七月以後と読んでよいのではないか。そうであれば、後鳥羽院の一首は、家隆歌に答えるようにして読んだものとも考えられまいか。

今まで見てきた、同時代歌人からの表現の摂取は、表現の形成という問題以前の、心的な交流といった次元まで考えるべき問題だと思う。和歌を通して時空を越えた心の交流が懐かしい人々となされているのである。

こうして見てくると、次の一首についても考えさせられる。

87なにとなく昔語りに袖ぬれて独り寝る夜もつらき鐘哉

この歌については、樋口注は二首の同時代歌との関係を指摘する。

1795なにとなく聞けば涙ぞこぼれぬる苔の袂にかよふ松風

1550あやしくぞ帰さは月のくもりにし昔語りに夜やふけにけん

二首共に『新古今和歌集』入集歌であり、それぞれ雑下の宜秋門院丹後、雑上の行遍の歌である。妻室の女房でもあり丹後が親しい存在であることはいうまでもないが、行遍は意外な人物である。しかし、詞書には、

月明き夜、定家朝臣にあひて侍りけるに、歌の道に心ざし深きことはいつばかりの事にかと尋ね侍りければ、若く侍りし時、西行に久しくあひ伴ひて聞きならひ侍りしよし申て、そのかみ申しし事など語り侍りて、帰りて朝につかはしける

とあり、行遍が、定家に対して、西行に同道して歌を学んだ昔を語ったというものである。歌はその翌朝に詠んだものだが、西行の「今よりは昔語りは心せむあやしきまでに袖しほれけり」を踏まえたものであった。定家は詞書でも脇役にすぎないが、西行への尊敬を共有する者としての姿は印象的に示されている。西行への尊敬は院とも共有されていることはいうまでもない。定家を意識した場合、問題は小さくないであろう。

四　『後鳥羽院御口伝』との照合

隠岐における後鳥羽院を考える場合、定家との関連、その定家をどのような存在と見ていたかは大きな問題である。隠岐配流の直前、承久二年（一二二〇）の院勘事件により、定家を内裏歌壇から追放したままで乱に至った。都と隠岐とに別れた後も定家へは厳しいまなざしを向け続けることは『後鳥羽院御口伝』(17)によっても知られる。その意味では、定家は都における親しい人達の同列に入れるわけにはいかない。

しかしながら、都における後鳥羽院の和歌活動における定家との関わりの歴史の重さもまた言うまでもない。『御

口伝』の評価にしても定家を全否定するわけではなく、高い評価を与えた上でのことではある。先の行遍の歌に戻るならば、行遍の回想に共感して西行を追憶したであろう定家については、むしろ懐かしく目を向けると考えてよいであろう。後鳥羽院は西行へは格別の高い評価を与えていて、俊成と共に自分達の時代の和歌の先達であると位置づけていた。

『御口伝』で西行・俊成の「最上の秀歌」は「詞も優にやさしき上、心が殊に深く、いはれもある故に、人の口にある歌、勝計すべからず」と述べる。それに反して定家が執着した歌は「詞のやさしく艶なる他、心もおもかげも、いたくはなきなり」と評する

秋とだに吹きあへぬ風に色かはる生田の森の露の下草

というような歌であった。「優なる歌の本体」とは認めながらも、王朝的な伝統を背景にした微細な美的な達成以外には何もない作品だと判断する。

こうして捉えられた和歌の在り方は、王朝的な恋歌の世界に寄りかかりながらも、類い稀な経験に基づく悲痛な心情という深い心の様を詠み伝達しようとする、見てきたような歌の在り方とは相当に異なる世界というべきだろう。さらに、都の親しい、親しかった人達との表現を通した心の交流は、それらの歌が院の「口にある」故のだと考えるべきだろう。

逆に、同じ定家批判の文脈で、いわば反措定として称揚したのは次のような歌であった。

ひととせ、忍びて大内の花見にまかりて侍りしに、庭に散りて侍りし花を硯のふたに入れて、摂政のもとにつかはし侍りし　　太政天皇

135 今日だにも庭をさかりとうつる花きえずはありとも雪かとも見よ

返し　　　　　　　　　　　　　　　　　　　　　摂政太政大臣

136さそはれぬ人のためとや残りけん明日よりさきの花の白雪

『新古今和歌集』春歌下所収の形で引いたが、建仁三年に行われた大内花見の余波を、その場にいなかった良経との贈答で哀惜したものである。「63けふ来ずは明日は雪とぞ降りなまし消えずはありとも花と見ましや」（古今集・春上・在原業平）の古歌を通して、心を伝え合い、交流し合うことを実現させた作品であった。(18) この作品の在り方はこの百首の雑部に相似であることは見て取れよう。

定家にしても、その前日に臣下達で楽しんだ花見で

年を経てみゆきになるる花のかげふりぬる身をもあはれとや思ふ

が十分その心を伝達し、院の花見の契機ともなり、『御口伝』でも「述懐の心もやさしく見えし上、ことがらも希代の勝事にてありき」と確認する。(19) そうでありながら定家はこの歌を良しとすることに「腹立の気色あり」という状況だった事を論難する。

果たして定家が、心の伝達や表現を通した心の交流を重視せずに、王朝的な美的世界の再生産だけを指向する、歌会で作られる創作詩の創造といういわば閉じた世界にのみ価値を認め、それ以外の世界を認めなかったのかは慎重であるべきだろう。しかし、和歌史の大きな流れに置いてみるならば、晩年の定家の進んで行く方向は、歌道家の領導する閉じた知的な体系として王朝和歌が整理され、そこで作られた囲いの中で、歌会という世界での営為に純化される方向にあることは否定できまい。こうした方向に行くからこそ中世における大きな社会の変化の中にあっても王朝的な和歌世界は存続を可能にしたのであり、晩年の定家の置かれた状況、特に承久の乱以後のそれは、和歌をそうした方向に導く必然性を有している。

ところで、後鳥羽院の和歌活動を振り返るならば、それこそが歌会の連続に埋め尽くされるかのようにして始められた。題を実現させる創作詩としての和歌をそのような場で作り上げる活動に終始するかのようになされてきた。このこと自体は中世和歌の在り方の重大な側面として否定すべくもない。『御口伝』を執筆する院にとっても、当然の前提であり、前半部をなす初心者への七ヶ条からなる指南も、歌会での詠作での注意であった。

そうした後鳥羽院の詠作史の中に『遠島百首』の雑部を置いてみるならば、それは感情の伝達と心の交流としての詠歌の集約的な体験であったと言えよう。さらにそれは、そのままではないにしても四季部までも覆う『遠島百首』自体の基本的な性格であるといってよいだろう。京都時代の後鳥羽院の和歌体験の中にも、そうした機会が決定的に欠けていたとは言えまい。歌会という場も、まったくそうした感情の伝達と無縁の場ではなかった[20]。また、『新古今集』も決してそうした作品を無視はしていない。しかし、この百首は、今までになくその比重は大きく、伝達すべき感情の基となる原体験の重さも圧倒的であった。

この詠作体験が『後鳥羽院御口伝』の定家評を書かせる契機となったとまで考えるのは暴走の嫌いをまぬがれないであろう。しかし、先に見たように両者は相似性を有していることには注目してよいであろう。いずれも隠岐に配流されて長い時期を経ない間での所為であり、そのまなざしは、やはり都を向いていると考えたい。

おわりに

中世において和歌は、王朝時代の蓄積を過去から伝えられた大切な遺産として抱え込むことで成立している。歌会という閉じられた場で、王朝的な所与の世界を再現する創作詩としての和歌が中核であった。一方、中世の現実の中に開かれ、その体験をしっかりと汲み取って行く作品も存在した。その場合も、生な言葉や手近な事象や景物に感情を託すという方法を採らず、やはり王朝時代からの遺産に頼るという方法を基本的には保つ故に中世和歌であった。後鳥羽院の隠岐体験は、後者の在り方の和歌の集約的な体験でもあった。それはしばしば反復され、例えば南北朝時代のような条件の中では『新葉和歌集』のような形で結実した。

一方、承久の乱は、宮廷が保持していた王朝との連続にも危機をもたらした。特に後鳥羽院は意識的にその保持に努めた存在であったことは繰り返すまでもない。危機は定家にも共有されていたのは当然である。彼の場合は、すでに重代の勅撰撰者として得た権威を、歌道家の相続という形で為家へ引き継ぐことが人生の課題として切実になってきているだけに、歌会での創作詩としての和歌の純化は必然的な傾向となろう。宮廷という場における和歌による感情の伝達と交流も危うい状況を呈するであろう。そうした具としての和歌の在り方の後鳥羽院の切実な自覚とこの百首の在り方は無縁ではないはずである。

こうして見てくるならば、『遠島百首』の詠作体験、就中、雑部詠作の意味は重いといえよう。この三十首の持つ意味は大きいのである。

注

(1)　寺島恒世による関連論文は多いが、直接関わるものとして、「後鳥羽院遠島百首について」(『峯村文人先生退官記念論集　和歌と中世文学』一九七七年)、「後鳥羽院隠岐の歌―『自歌合』『遠島歌合』にふれて―」(『国語と国文学』五五巻七号・一九七八年七月)、「後鳥羽院「詠五百首和歌」考―雑の歌を中心に―」(『国語と国文学』五八巻一号・一九八一年一月)、「後鳥羽院「詠五百首和歌」の表現―作成のねらいとの関わりから―」(樋口芳麻呂編『王朝和歌と史的展開』笠間書院・一九九七年）。また、樋口芳麻呂『後鳥羽院』（集英社・一九八五年）その他でもその展望は受け継がれている。
（2）前掲。
（3）吉野朋美の論「『遠島百首』の方法と意味―改訂されなかった歌を通して―」（『文学』五巻六号・二〇〇四年一一月）では、「否定・ズレ」に注目しながらも、古歌・先行歌を都との「逆説的ではあるが、共通の認識や感覚とつながっていることを保証する命綱」と論じている。
（4）『遠島百首』からの引用は歌番号も含めて、樋口芳麻呂校注の岩波新日本古典文学大系『中世和歌集　鎌倉篇』所収の本文による。但し、歴史的仮名遣に統一し、漢字送り仮名は適宜宛てた。第二類本（流布本）である歴史民俗博物館蔵高松宮本「類聚百首」所収本を底本としている。また、脚注には先行作品の豊富な指摘をはじめ貴重な知見が示され、本稿でもその上に立つことになるが、特に断らない場合もある。
（5）「世」は樋口による校訂。歌意からは妥当な校訂だと考える。写本では「せ」とする例も多い。
（6）『万代集』では初句は「過ぎきけん」。
（7）寺島恒世「後鳥羽院「詠五百首和歌」考」（前掲）
（8）田村柳壹「『遠島百首』の伝本と成立―作品改訂の問題を中心として―」（『後鳥羽院とその周辺』笠間書院・一九九八年）
（9）寺島恒世「『遠島百首』の改訂」（『山形大学紀要（人文科学）』一一巻四号・一九八九年一月）
（10）上條彰次「後鳥羽院『遠島百首』の一首―一類本・二類本の前後関係に及ぶ―」（『文林』二八号・一九九四年三月）
（11）前掲吉野論では、改訂されなかった歌に注目し、一貫して後鳥羽院が提示しようとしたものを考える。これも有効な方法であろう。
（12）第一類本は宮内庁書陵部蔵鷹司本を底本とする井上宗雄・田村柳壹編『中世和歌集二』（古典文庫）所収本文による。なお、この歌の四句目「逢世」は「逢せ」とする本が多い。
（13）前掲の寺島論・樋口著・樋口注など。
（14）平田英夫「後鳥羽院―都から隠岐へ」（『国文学解釈と鑑賞』六九巻一一号・二〇〇四年一一月）では「ズレ」に注目し、海辺の音声が表現されていることを指摘し、「鳥音に包まれる島」という興味深い視点を提示する。

(15)　田村柳壹「『定家物語』再吟味―定家の著作として読解する試み―」(前掲書)、田村柳壹・川平ひとし「『定家物語』読解と翻刻」(『和歌文学研究』五二号・一九八六年四月)

(16)　第一類本では上句が「さそひゆかばわれもつれなむ都まで」となっていて、家隆歌との対応は第二類本の方が直接的である。

(17)　『後鳥羽院御口伝』の成立については京都時代とする説が有力になっているが、やはり隠岐での成立と考えたい旨を前節で述べた。その論では、ほぼ外形的な問題からの検討に終始した。以後の本節での論述は、その内実に関する検討という意味も持つ。

(18)　なお、この贈答は隠岐本では削除されており、隠岐の文学営為を全体として捉える上では大きな問題となると思われる。最近の論に寺島恒世「後鳥羽院における新古今和歌集―隠岐本とは何か」(浅田徹・藤平泉編『古今集　新古今集の方法』笠間書院・二〇〇四年)があるが、そこでは、「あながち歌いみじきにてはなかりしか」という評価との関わりで説明している。

(19)　『新古今集』雑上1455所収の形では初句「春をへて」。このあたりの問題は村尾誠一「理世撫民体考―藤原定家との関わりにおいて―」(『国語と国文学』六三巻八号・一九八六年八月)でも述べたことがある。また吉野朋美「後鳥羽院の「大内の花見」」(『国語と国文学』七四巻四号・一九九七年四月)でも詳細に論じられている。

(20)　こうした実態は久保田淳『新古今歌人の研究』(東大出版会・一九七三年)をはじめ広く認識されている。

第二章　新古今和歌集直後の諸相

第一節　建保期の歌壇と藤原定家

はじめに

承元四年（一二一〇）九月頃までは続けられたらしい『新古今和歌集』の編纂・改訂作業も終焉を迎えるとともに、その撰進作業の母体となった後鳥羽院仙洞歌壇も、継続的な活動をほぼ停止する。以後、おおよそ承元四年（一二一〇）から、承久の乱が勃発する承久三年（一二二一）までの間は、研究者の間で建保期と呼ばれ、和歌界は順徳天皇の内裏歌壇を中心に展開する。藤原定家も、この歌壇に指導的立場で関与し、また、彼の五十歳から六十歳までの詠作の主要な場ともなった。『新古今和歌集』直後の時代がはじまるわけだが、その諸相を考える課題の一環として、この時代の定家について、歌壇との関わりを念頭に、二三の問題について具体的な事例に即して考えてみたい。

建保期の定家については、その輪郭は容易には捉えがたい。例えば、やや平淡化を見せる歌風についても、その歌境がいよいよ象徴的な深みを見せているとも捉えられ(1)、あるいは、『新古今和歌集』に結晶した作品を基準とした真に定家的なものが希薄化してゆく過程とも捉えられている(2)。両者の性格は共存できないものではないが、そうだとしても、その共存の様態も複雑であろう。また、この時期を基盤とした総決算となるような撰集が生まれているわけでもない。『新勅撰和歌集』との狭間の時期であるとも言え、そのこともこの時期を捉えにくくしている。本節も、捉えがたい定家像の模索へ向けた、一つのささやかな試みである。

一　和歌の浦

順徳天皇内裏歌壇の活動も頂点を迎えた建保三年（一二一五）の秋から冬にかけて、名所題による百首歌『建保内裏名所百首』の詠進が行われた。その雑部には「和歌の浦」が設題されている。「和歌の浦」は歌壇の比喩でもあり、山部赤人の

924 和歌の浦に潮満ちくれば潟をなみ葦辺をさして鶴なきわたる　（万葉集・巻六）

にならい、「鶴」に歌人を寄せて、歌壇への祝言が歌い込まれることが予想される歌枕である。定家は次のような歌を詠んでいる。

寄りくべきかたもなぎさの藻塩草かきつくしてし和歌の浦波

上句の構成する「藻塩草」のイメージは、歌壇からの疎外すらをも思わせるほどだし、それを受けた下句は、この作者が一つの仕事をなし尽くした後の満足ではなく、むしろ倦怠・絶望を表していると読んでよかろう。

この歌は、指導者として新しい時代を導いて行こうとする人の心境としては、何とも暗い。定家の心境そのままの反映と見るわけにはいかないのではないかという自戒も必要である。むしろ、謙辞と読み取ることもできよう。しかし、やはり定家にとっては、相当に素直に心境を反映させてはいないであろうか。

定家は、この年には、内大臣藤原道家家の百首歌に参加を求められ、翌年の春には、後鳥羽院による百首歌が召されている。こうした百首歌の連続に対しての感想、

連《ノ》連三百首、争《カ》得《ンヤ》二風情《ヲ》一哉。太《ダ》以《テ》難《シ》レ堪《エ》

という『明月記』建保三年九月二十九日の条はよく知られている。総じて『明月記』にはこうした心境の告白は少なくなく、定家の口癖のように見えなくもないのだが、この時期の「老風《ノ》情尤《モ》可《シ》レ拙《カル》（建暦二年十一月二十二日）」「予風《ノ》情已了《ニンヌ》（建保元年九月十三日）」などの文言ともこの感想は重なり、また、この歌自体もよく対応すると言えよう。

安田章生は、体力の衰え、頼朝死後の時代の虚脱感、後鳥羽院との歌観の相違などを、『明月記』に見られる倦怠の原因としてあげている。(3)「和歌の浦」の歌で、定家が「かきつくしてし」と歌った真意は、軽々に忖度することはとうてい不可能であろう。が、自己の詠作の積み重ねとその時代の和歌の蓄積を『新古今和歌集』に結晶し終えてしまったことも、そうした原因の一つに想定してみたい。

定家の和歌の模索過程は序章でも触れたが、やはりそこでも言及した和歌史内部の歴史の蓄積が生じさせる問題、俊頼の『俊頼髄脳』の「詠み残したる節もなく、続きもらせる詞もみえず」という危惧は、定家も十分に共有するものであった。そうした過去の重荷を一身で受け止めながらも、それを利用し転移させ、「新しき心」を実現するという困難な課題に立ち向かう事が、彼の和歌詠作であった。その課題を分け持った同時代の同志の歌や、その人々の眼で選んだ過去の作品が、ともかくも『新古今和歌集』に結実した。その結実がなされた時、それはまたこれから和歌を作り続けようとする（作り続けなくてはならない）定家の前に、もう一つの重荷として立ちはだかる事は想像に難くない。

この時期に書かれた可能性のある歌論『毎月抄』(4)では、和歌の詠作の困難さが繰り返し述べられている。すでに今までにも困難な要求に答えるような成果を積み上げてきたわけだが、それだけに、今後和歌を読み続けるには、その成果を越える達成を作り上げなくてはならない。何度かこの書に表われる「退屈（退く心）」という言葉は、そうした要求の厳しさに対する嫌気の言いであるとも考えられる。(5)「退屈」は初心者が陥るものであると『毎月抄』では述べるが、それは定家自身のものでもあり得た。「かきつくしてし」にそういう背景を反映できるとしたならば、定家の歌に見られるこの認識は、鋭く時代の問題を捉えているものと考えてよかろうか。

この百首歌の「和歌の浦」題で、群小歌人と言えるような存在も、

おのづから波によりくる玉もなし吹くとはすれど和歌の浦風　（藤原家衡）

和歌の浦やまだ道しらぬ波の上にうきたる舟はやるかたぞなき　（兵衛内侍）

満つ潮にまじる藻屑もかたをなみ葦辺にまよふ和歌の浦風　（藤原忠定）

和歌の浦の霧立つ波の夕づく夜ほのかにまよふ鶴の一声　（藤原知家）

吹きまよふ和歌の浦風しるべせよ玉津島もる神のまにまに　（藤原範宗）

和歌の浦や寄るべもしらでゆく舟のあと吹きおくれ沖つ潮風　（藤原康光）

と、やや不安げに困難な和歌の道に至り得ないその立場をうたっている。が、注意すべきは、『新古今和歌集』とその時代の結実は、彼等にとって、あるいは、キャリアを積んだ歌人にとっても、越えるべき重荷であるとともに、場合によっては格好の模倣の素材ともなることである。

例えば、順徳天皇内裏歌壇の大きな歌会の一つ、建保四年（一二一六）閏六月九日「内裏百番歌合」での、一見時代の到達を示すような十三番右、越前の

心ある軒端の風のにほひかな花散るべくも吹かぬものから

は判で、

右歌、近年入新古今歌、月宿れとはぬれぬものから、相似由以各申

と批判されるように、『新古今和歌集』秋歌上所収の宮内卿の歌、

399心ある雄島の海人のたもとかな月宿れとはぬれぬものから

の歌の型をそのまま模倣したような作品であった。越前はキャリアのある歌人であり、この宮内卿の歌の詠まれた建仁元年（一二〇一）「八月十五夜歌合」にも同席したが、それだけに問題は深刻であろう。

四十九番右、行能の、

山深き秋の夕べを来てみれば木の葉時雨れて鹿ぞなくなる

は、

右歌、新古今に、山里の春の夕暮きてみれば入相の鐘に花ぞ散りける、同心なり。

と暴露される。判の指摘の通り『新古今和歌集』春歌下所収の能因、

116山里の春の夕暮来てみれば入相の鐘に花ぞ散りける

の模倣である。そもそも古歌であり、季節も異なり、三句目に「来てみれば」を置く歌の型はある程度普遍性をもつのだが、山里といい、桜と紅葉の対応といい、鐘と鹿という聴覚を配する趣向といい、やはり模倣と批判されるのは当然であろう。

これらの歌は露骨な模倣だが、建保三年六月二日「四十五番歌合」での、九番左、「春山朝」題の高階家仲の歌、

横雲や峰に別れて霞むらんさくらぞうすきみ吉野の山

は、『新古今和歌集』春歌上の定家の

38春の夜の夢の浮き橋とだえして峰にわかるる横雲の空

を掠め、「さくらぞうすき」[6]といういかにも時代の意匠を穿った表現を加えたエピゴーネン的な性格を匂わせる一首であるが、「心をつくして案じたる歌」と衆議に評価され、判者の順徳天皇は勝と判じている。建保期の亜流的性格は、すでに何度も指摘され、例えば唐沢正実などにより実証的な検証も行われている。[7]殊に歌語のレベルにおいては「制詞」などを睨み、その射程は深い。

　こうした問題の存在は、夙に藤平春男により提示されている建保期の歌壇の人的な見取図にも示唆されている。[8]おおよそ順徳天皇を中心に成立した歌壇は、新古今時代以来の定家・家隆らすでに権威を確立した歌人と、順徳天皇近臣の建保期から詠作をはじめた歌人からなるものであった。両者の間には力量の隔絶が見られ、前代のような力量の等しい歌人が渾然一体となって切磋する詠作の場とはなり得なかった。また、享受の場としても共通の了解を基にした、繊細で知的な享受の成立する場ではなかったことが明らかにされる。その中でエピゴーネン的な性格が生まれるのは当然であろう。

　ならば、「かきつくしてし」には、エピゴーネン達に対する、一代の達成を創り上げた人の屈折した自負をも読み得るかも知れない。が、その自負は、決して明るいものではないようだ。この「和歌の浦」題は、はしなくも建保期という時代の歌壇の基本構造と、それに関与した定家の心境とを、よく反映しているのだとも言えようか。定家はまた「辰の市」題でやや屈折して、

　　敷島の道に我が名はたつの市やいさまだ知らぬやまとことのは

とも歌っている。

二　乙女子が袖振る山

しかし、だからといって、定家にとってこの時代の、少なくとも自らの作品が、否定すべき倦怠の産物というのではなかったようである。例えば、この時期に編まれた秀歌撰としての意図による『定家卿百番自歌合』(9)が比較的建保期に厚いこと、後に編まれた『新勅撰和歌集』についても同様で、さらに、『百人一首』にとられた一首がこの建保期の歌であることなど、この時期の歌が必ずしも軽視されていないのは、周知のことである。そして、おそらくは、歌壇に向けられた眼差しも、必ずしも否定的ではなかったはずである。

定家は、建保期の歌合では、比較的多く判者を務めている。先に引いた「内裏百番歌合」は衆議判で定家の判詞執筆であるが、『順徳院宸記』には、当日の建保四年閏六月九日の条に「判者定家卿、万人聴《ク》レ之《ヲ》、当道之仙也」(10)の記があり、この歌合でも実質的な判者としての定家の活躍の程が知られる。

この歌合判のなかにも、詠出された歌に対して、高い称讃をなしている判が何度か見られる。その中でも次の判に注目してみたい。

六番右の藤原範宗の歌、

花の香はありとやここに乙女子が袖振る山にうぐひすぞなく

は、おそらく定家の見解であろうが、

この乙女子はさきざき多くつかうまつれど、この花の香はいまだ思ひより侍らず

と判ぜられ勝となっている。近年よく詠まれてきた素材から、新しい詠み方が引き出されているのをやや驚きながら

高く評価している。無論、この評価の仕方は、他の高い評価が見られる判から突出したものではないのだが、「乙女子が袖振る山」を詠んだ歌をめぐって、この時期の定家には、偏愛ともいえるような、一連の高い評価の判が見られるのである。

定家は、建保二年八月十六日「内裏歌合」でも、六番家隆の、

乙女子が袖振る山のたまかづら乱れてなびく秋の白露

の歌に対して、

左歌、乙女子が袖振る山にたまかづら乱れてなびける、心もめづらしく、姿も及びがたき様に侍るべし。かやうなるをや秀歌とは申すべく侍らん。

と絶讃に近い言い方で称揚している。同じ歌合、四十八番右の藤原雅経の、

夜を寒み今はあらしの乙女子が袖振る山の秋の初霜

に対しても、

右の、今はあらしの乙女子がとおけるや、同じ初霜も艶にきこえ侍れば、為勝。

と評している。

この一連の「乙女子が袖振る山」の歌への評価は、建保期の創造を考える上でのよすがとなり得ないであろうか。ちなみに、定家自身もこの時期には、建保六年八月十三日「内裏中殿御会」で、

いく千代ぞ袖振る山のみづがきもおよばぬ池にすめる月影

を詠むが、かつて「正治初度百首」でも、

花の色をそれかとぞ思ふ乙女子が袖振る山の春のあけぼの

の一首を詠んでいる。この歌は『新古今和歌集』にはとられていないが、『定家卿百番自歌合』にはとられていて、建保期の定家にとっては自讃歌であったと思われる。

そもそも「袖振る山」は『拾遺和歌集』所収の人麻呂の歌（原歌は『万葉集』）、

1210乙女子が袖振る山のみづがきの久しきより思ひそめてき

を淵源とする地名であった。具体的には大和の布留山（吉野説も）を指すのだが、『奥義抄』では穴師山と同じとされる。その地理認識はやや問題があるように思えるが、注目すべきは、乙女が神女とされている点である。

ふる山、あなし同所なり。みづがきとよめるに、かしこき神おはしぬときこえぬ。乙女子袖振ると詠めるは、乙女は神女なり。舞ふものなれば袖を振るとはいふなり。

と解されている。後に述べるように、この解は新古今時代の「袖振る山」のイメージを考える上で重要であろう。人麻呂歌は、歌学書でも取上げられることが多く、[11]『古来風体抄』や『定家八代抄』や『時代不同歌合』などのような秀歌撰にも取上げられることになる名歌であるが、この歌枕は、新古今時代以前には意外に詠まれることは多くない。その例外の比較的早い例が『堀河百首』の「霞」題での大江匡房の、

わぎもこが袖振る山も春きてぞ霞の衣たちわたりける

である。「乙女子」ではなく「わぎもこ」であるがヴァリエーションの範囲と考えてよかろう。「袖」「衣」「裁つ」という縁語を寄せにして、「たつ」の掛詞で霞を詠出して春歌の一首を構成したところに勘所があろう。この歌は『千載和歌集』に取られるが、以後もそれほど多くこの歌枕が詠まれるわけではない。

『奥義抄』の筆者藤原清輔もこの歌枕を取上げる一人だが、

乙女子が袖振る山を来てみれば花の袂はほころびにけり

と、やはり「袖」「袂」「ほころび」の縁語を軸にして「花の袂」と花を詠出したものである。その他、治承二年（一一七八）三月十五日「賀茂別雷社歌合」で平親宗が、

わぎもこが袖振る山も見えぬかな霞の衣たちしこむれば

を詠み、判者俊成は、「右歌、袖振る山もなどいへる心姿いひ知りてみえ侍り」と、おそらくあまり使われることのない人麻呂歌に由来する地名の効果的な利用を讃しているのであろう。やはり「袖」「袂」「たつ」の縁語を核とした構成である。

これらの例で見るように。「乙女子が袖振る山」は、先ずは縁語仕立てによる趣向を成立させる歌枕として、一部の歌人たちに詠み試みられていたようである。また、「布留」という土地が、『後撰和歌集』春中、僧正遍昭の、

49いその神ふるの山辺の桜花うゑけん時を知る人ぞなき

に見るように、桜の名所であり、花やあるいは春の霞の詠み出される根拠ともなろう。人麻呂の歌自体は、そうした歌枕の提供ということが主であり、その出典として蒼古なイメージを背後に感じさせる程度の関与であろう。

新古今時代、「正治初度百首」で詠まれた前掲の定家の歌は、こうした歌に比べて、明らかに違いを見せている。前代までの歌の縁語的な発想、それに基づく「花の袂」「霞の衣」といった趣向が顕在化した句を構えることもしていない。この歌については安田章生が「絵画的構成を強く見せている作品[12]」と分類するように、歌の表面には表現の綾のようなものは見られない。だからといって、実景に基づくように感ぜられる叙景の歌ではない。幻想的な風景とでも言うべきであり、本歌とそれに基づく舞う神女のイメージなどが背後にあり、それがこの歌のリアリティーを支えているとも言えよう。まさに人麻呂の歌の上に立った創造である。

新古今時代には、

風は吹けどしづかににほへ乙女子が袖振る山に花の散るころ　（後鳥羽院・正治初度百首）
ほととぎすしばしかたらへ乙女子が袖振る山のあけがたの声　（俊成・建仁二年鳥羽影供歌合）
いく夜経ぬ袖振る山のみづがきにこえぬ思ひにしめをかけつる　（定家・建仁二年水無瀬釣殿歌合）
わぎもこが袖振る山のさくら花昔にかへる春風ぞ吹く　（家隆・後京極摂政詩歌合）

と詠み継がれている。

家隆の歌には「袖」「かへる」という前代の歌のような顕著な縁語的趣向も見られるが、「衣」「袂」といった語句の詠出はしていない。先に引いた『後撰和歌集』の歌をも念頭にして、「昔」という空間が発想されているのは注目してよい。俊成の歌では、定家の歌の強い影響も受けつつ、『古今和歌集』夏歌・素性法師の

144いその神ふるき都のほととぎす声ばかりこそ昔なりけり

とも関わり、世界を広げている。建仁二年の定家の歌は、『奥義抄』などの所説とも関わり、本歌の世界を展開させている。

総じて、「乙女子が袖振る山」は、蒼古とした土地としてのイメージを本歌を基に獲得し、その上で展開を見せているようである。「霞の衣」「花の袂」といった顕在化した趣向を導く歌枕ではなく、人麻呂歌を背景とし、さらには、伝承やその他の関連する古歌をも念頭にした、歴史の彼方にある蒼古とした土地というイメージを確立したのが新古今時代と言えようか。

こうした地平を受けて建保期はある。先に引いた三例の他にも、建保二年「内裏歌合」の順徳天皇、

行く末を思へばひさし乙女子が袖振る山の秋の夜の月

をはじめ何首かが詠まれている。「百番歌合」の「さきざき多くつかうまつれど」という文言と合わせて、「袖振る

山」のブームのようなものさえほの見える。この時期には『万葉集』尊重の現象が見えるのだが、そうしたこととも無縁ではあるまい。それ以上に、新古今時代の遺産の踏襲という面も見られることは言うまでもない。だからといって、定家により高い評価を受けた先の三首が亜流的な踏襲であるということにはならない。以下そのあたりを改めて検証しておきたい。

最初に建保二年の家隆の歌を取上げよう。この歌は「秋露」題による歌である。「乙女子が袖振る山」の「たまかづら」が最初に詠出されるが、山に生えるカヅラとともに、神女の髪飾りの鬘も連想されていよう。『奥義抄』では穴師の山と「同所」とされていたが、それは『古今和歌集』神遊びの歌（『奥義抄』では大歌所御歌）、

1076 まきもくの穴師の山の山人と人も見るがに山かづらせよ

の「穴師の山」に神の居ることの傍証として人麻呂の歌が引かれていたのである。この「山かづら」には、「山かづらとは神楽するには真辟葛にてかしらをゆふなり」とも注されている。

無論、この歌も縁語的な発想から無縁ではない。「かづら」の乱れ這う様から「乱れ」の言葉は容易に詠み出され、「乱れ」から「なびく」への言葉の連想も自然であろう。しかし、「たまかづら」は、例えば『万葉集』巻一一・作者未詳の

2785 山高み谷辺にはへる玉かづらたゆる時なく見むよしもがな

などを引くまでもなく、這うものであり、萩や荻などのように「なびく」イメージはあるまい。ならば、「白露」は「かづら」ではなく荻のような靡き乱れる秋草の上に置いた白露ともなろうか。ならば、上三句は序詞としての機能とも読めよう。そして、秋草の上で乱れ靡く白露と、舞う乙女の白袖とが、不思議に結びつけられていると言えようか。一見なだらかな縁語的な発想を構成しながらも、実は意表を突くような非凡な表現がなされていると言えよう。

「乙女子が袖振る」も新しいイメージが獲得されよう。この歌への判詞の感動の第一は「心もめづらし」であり、これはこうした表現に向けられていると言えよう。

雅経の歌は、根本的な発想は「袖」の白と「霜」の白との照応によるものであろうが、「乙女子が袖振る山」という言葉が「今はあらじ」という「乙女」を消し去ってしまう掛詞を介して、新たな寒々とした相貌が獲得されている。これも新たな展開であるといえよう。「えん」という言葉で定家がその実現を評価したのであれば、美意識の上でも興味深いものがある。

範宗は今までの二人とは異なり、新古今時代のエピゴーネンとなりかねない歌人であることは先にも記した。そんな彼も定家を驚かせる達成を示したわけだが、そのような所にも建保期という時期が、一概に定家にとって退屈であったとは言えないという一端を示し得よう。袖を花に見立てる発想は早くからあり定家もそうしたのであったが、範宗の場合、花を桜から梅に転換させる。そこから鶯が配され、視覚から聴覚までをも導入してしまう。前代までの遺産を十分に受けた戦略的な転換であると言えよう。定家に、判詞に言う「いまだ思ひより侍らず」というような感想を抱かせる展開は、建保期の歌壇においても、このような歌人の手でも実現されていたのである。

やや推測の域を出ない検証であったが、定家に讃辞を惜しませなかったこれらの達成は、大がかりな誰の目にも明らかな斬新さではないであろう。しかし、新古今時代に確立した「乙女子が袖振る山」というイメージに、確実に新たなものが加えられている。それは亜流ではなく、新しい心の創造と評価してよいであろう。建保期の歌壇にも創造の活力は消えてはいまい。

ところで、家隆の歌に対する定家の判詞の要点は、「心もめづらしく、姿も及びがたき様」というものであった。見てきたように、家隆の用いた言葉自体は「古き詞」であり、それを再構成して「新しき心」を詠み出し「及ばぬ高き姿」を実現させたのだが、言うまでもなく定家の根本的な理念[13]とも合致する方法であった。

定家も、言うまでもないことだが、古い詞、さらにはその実現である古歌を再構成して新しい心を実現するという意欲を、建保期においても減退させているわけではない。先に見た「建保内裏名所百首」には『名所百首之時與家隆卿内談事[14]』と呼ばれる、定家が家隆の歌への疑問を示すとともに、自歌のいくつかをも解説した資料が残る。その中でもそうした意欲の告白が見られる。

「初瀬山」題の歌

初瀬女のならす夕の山風も秋にはたえぬしづのをだまき

の『万葉集』『伊勢物語』の二首の本歌

917 初瀬女のつくる木綿花み吉野の滝の水沫に咲きにけらずや

いにしへの賤のをだまき繰り返し昔を今になすよしもがな

を強引にねじ伏せるようにして一首に取り込んだ手法を、

つくる木綿花をならす夕のと申して、しづのをだまきとは、昔をいまにと思ひ候はんと達磨心は思ひ入れておぼえ候也。

と自注している。自注に拠らなくては本歌も知り難いようなやや強引な手法だが、こうした手法により新しい心が実現し、歌が単純で平明な中に流れてしまうことを防ごうと企てていることを告白している。

何より注目されるのは、そのような強引さを持った表現への意欲を「達磨心」という言い方で表現するところであろう。「達磨」とは、序章でも定家の「模索」として触れたように、強引さや難解さを敢えて避けずに果敢な言語実験を試みた二三十代の定家達の志向に与えられた名辞であった。平淡さが指摘されがちなこの時期の定家であるが、意外に若い活力が残されているのではないかと改めて確認しておかなくてはなるまい。しかし、こうした若い頃のような方法が、この時期の定家に居心地がよかったかは問題であろう。もう少し穏当さを持った方法が建保期の彼の本領であったとは思われる。

この時期の定家の作品を一瞥しても、例えば道助法親王へ奉る「詠花鳥和歌」の「五月　水鶏」題の、

まきの戸をたたくくひなのあけぼのに人やあやめの軒の移り香

のような、「達磨」的な意欲が見られる作品も少なからず存している。しかし、この作品の場合、景物の多さが「達磨」的意欲に繋がるのだが、それが掛詞という古典的な飛躍のない技法により結びつけられているところには注目しておいてよいであろう。

定家が称揚した、先の家隆歌の場合も、非凡な手法は見てきたとおりであるが、言葉の連続の仕方は古典的とも言えるような、さりげなく穏当な言葉の連続だと考えてよいであろう。「乙女子が袖振る山」と「みだれてなびく秋の白露」とを「たまかづら」で結びつけるのも古典的な縁語が鍵となっている。さらに「袖」と「露」も穏当な縁語関係をなしている。

あるいは、それは、建保期の定家にとって最大の問題となる「百番歌合」での一首、

来ぬ人をまつほのうらの夕なぎにやくや藻塩の身もこがれつつ

『百人一首』にも自撰されたあまりに多くの注釈が重ねられてきたこの歌についての解明にも、何らかの補助線を与えないかと思うのである。この歌の場合も古典的な縁語関係が要の構造を構成している。

三　治世にことよす

ところで、建保期の定家は、その立場としてもすでに以前の彼ではあるまい。新古今時代までの定家は歌壇を領導する位置にはあった。しかし、いくぶんアヴァンギャルドとしての性格を保持したものであり、正統性への揺り戻しは、父俊成の役割であった。すでに俊成亡き後の建保期にあっては、定家は必然的にその役割を持たなくてはならない。そして、順徳天皇内裏歌壇では、定家は「当道之仙也」[15]と遇されている。

建保期は、官人としての定家にとっても大きな転換期として始まる。建暦元年（一二一一）九月七日、彼は公卿に任ぜられている。『明月記』によれば、蔵人頭を望んでいたが、それがかなわず三位に任ぜられ、その喜びは消極的な書きぶりではある。しかし、彼自身の宿望であることは、若き日の「初学百首」にも、

咲きまさる位の山の菊の花こき紫に色ぞうつろふ

とその憧れがすでに詠まれていたような公卿昇進である。喜びとともに生涯の節目である。以後『明月記』は公卿としての政所始めのことなどを淡々と記すが、さらには、建保二年（一二一四）に参議、建保四年に正三位、建保六年に民部卿などと、順調に出世している。

先にも引いた「建保内裏名所百首」の「辰市」題での

敷島の道に我が名はたつの市やいさまだ知らぬやまとことのは

の上句に見られる矜持（定家の場合、和歌で名が立つことは歌人としての名声のみにはとどまらないであろう。官位の昇進も重大な結果である）や、建保二年「九月十三夜侍宴」の「秋庭月」題の、

雲の上を照らさむ秋もしらざりき訓へし庭の道の月影

などに籠められた感慨は、以前には見ることができないものであった。公卿にたどりつき得た所以であろう。

公卿であることが、ただちに歌壇とのかかわりにおいて大きな影響をもたらすということではあるまい。が、建暦二年七月二十三日の藤原道家家での作文和歌会に関する『明月記』七月十七日の記事は示唆するところがあるように思える。道家の「件日《ノ》可《シ》レ有《ル》ニ作文和歌会等一、古来公卿必《ヅ》列《スルヤ》ニ両座《ニ》一」という下問に対して、定家が「詩極《メテ》雖《ヘドモ》ニ不堪《ト》一、先例不レ候《ハバ》歟勿論」と答えている条である。(16)漢詩に関しては上手でないが、文芸の場においても、自己の嗜好以上に公卿としての「先例」を重視すべきものとして意識している。この意識は和歌に関しても押し広げることができよう。無論、和歌の場での「先例」重視の意識は廷臣としての常識に属し、かつてからも強く存するのではあるが、公卿という立場は改めてそうした意識を再確認させるであろう。

公卿としての立場は、和歌の、特に宮廷を場にした和歌の正統性に対する責任を、さらに自覚させはしないだろうか。具体的な問題として考えるならば、宮廷和歌の正統性のルールの現れの顕著な一つとして、歌合における祝言、殊に治世にこと寄せる祝言の問題があろう。

定家は、建保二年八月十六日「内裏歌合」では、判者とともに一番左の作者をつとめている。題は「秋風」だが、

をさまれる民の草葉をみせ顔になびく田のもの秋の初風

と、判詞で「治世にことよりて侍れば」と自注するように、実に無難な一番左らしい一首を詠んでいる。この無難さは、宮廷歌合の基本的な「先例」に則ったものと言えるのだが、律儀な態度と言うべきだろう。そうした律儀さは、新古今時代においても、例えば正治二年「仙洞十人歌合」で、やはり一番左をつとめた折の、

君をまもる天照る神のしるしあれば光さしそふ秋の夜の月

の一首に徴しても、建保期特有とは言えない。が、こうした意識を、彼自身の実践にとどまらず、歌壇に対して働きかけねばならない立場にあることは、この時代における定家の有り様の一つなのである。

何度か言及した「百番歌合」にもそのことは見える。「春」題十八番は、

左持　　　　　　　　　兵衛内侍

花の色はつきじとぞ思ふももしきや大宮人の千代のかざしに

右　　　　　　　　　　雅経

み吉野のまきたつ雲のこずゑには花もつれなき色ぞ残れる

右歌宜之由各申し侍りしを、ももしきの花色つきせず大宮人の千代のかざしとならむこと、返す返す所庶幾のよし申して、持と定め申しき(17)

雅経の、万葉的なものを好むこの時代の嗜好に合いそうな歌に対する衆議の評価を諫めるように、定家は兵衛内侍の祝意のこもった歌を称揚する。この歌は『万葉集』というよりも人口に膾炙した、

ももしきの大宮人はいとまあれや桜かざして今日も暮らしつ

を本歌としたものだが、格別な工夫があるわけでもない。眼目は祝言の心にあるわけだが、尋常といえば尋常な律儀な一首を、定家は繰り返し称揚している。歌合ではこういう歌が重視されるべきであるという宮廷の場としての「先例」を、歌壇に対して諭しているようである。ともかくも、宮廷的な正統を律儀に重視しなくてはならないという意識は、建保期の定家の中には強く存したのではなかろうか。

『毎月抄』は定家の歌論としての真偽の問題も片付かなく、その主張を捉えることも難しい書物であるが、見てきたような宮廷的な正統性への眼差しの強さでは、是非とも言及したい部分を有している。この書の眼目の一つに和歌

の歌体の分類である十体論があるのだが、その十体を総括して

いづれの体をよむにも、直く正しき事は、亘りて心に懸くべきにこそ。

と述べ、何よりも「直く正しき」ことが庶幾されている。この文言は宮廷的な律儀さを指しているようで、「秀逸体」の次の比喩で鮮明に脳裏に刻まれる。

心直く衣冠正しき人を見るここちするにて侍るべし。

この比喩はいわゆる鵜鷺系偽書では、例えば『三五記』で見れば、

ただ、歌は、五十有余の卿相の容顔すぐれてにぎやうならんが、束帯まことに正しく着いれて、陣の座につきて笏とりなほし、まつりごとにしたがへらんを見る心地のするやうになんあらまほしき。

と展開し、そこで揚言される「理世撫民体」[18]とも関わる言説となる。こういう言説と先に見たような律儀さとは、極めて近いところにあるであろう。

こうした意識は建保期特有のものとは言えまい。しかし、俊成の後を継ぎ、正統的なものを守らなくてはならない立場と、公卿としての立場と矜持とが相乗するようにして、こうした意識はこの時期に高められたのではないか。先に見た歌合での態度などは、その事情をよく語っていると言えよう。そして、こうした意識は、例えば先には早急に通り過ぎた古典的な正統性の問題とも関わり得ないだろうか。もっと、一般的な中世の創作の問題に推し広げて行ったところに、或いは建保期の一見退屈さすらをも伴った和歌の意味が見えてくるかもしれない。

おわりに

建保期の歌壇は、『新古今和歌集』のような歌集を結晶させて終わったわけではない。承久の乱により、いわば悲劇的に歌壇が壊滅をみた。が、定家の場合、それ以前から歌壇からの排除を受けている。

承久二年（一二二〇）定家は

道のべの野原の柳したもえぬあはれ嘆きの煙くらべに

の歌で院勘を被り歌壇から排除された。[19] これ以後、承久の乱までの一年余の間は、建保期の中でも特異な時期である。歌壇との関わりが公式には全く閉ざされた時期であり、彼の歌人としての生涯の中でも未曾有の体験である。

しかし、承久二年から三年にかけて、定家は土御門院・順徳天皇からお忍びで召されて、何度か詠歌の機会は持っている。また、慈円は何かと詠歌の機会を提供していたようである。その慈円との承久二年九月十三日の贈答歌群は

ありてうき命ばかりは長月の月をこよひとと ふ人もなし

ではじまるが、さすがに定家の歌には、置かれた状況に対する顕わな実情が吐露されている。

承久二年秋には、慈円の勧めにより、家隆も加えて「四季題百首」を試みている。この百首は久保田淳の指摘のように、「その（蟄居の）悲しみがほのめいている」[20] 百首であり、また、

歌のことよそのうへに思ひなりて後、これは人も見るまじきこととてただことさらのよし侍りしかば、又筆にまかせて

という前書が付されている。[21] 歌壇からの排除が即ち「歌のことよそのうへに思ひなりて」という意識に転じているの

は、定家にとって和歌とはどのような行為なのかを端的に示してもいよう。

作品を見ても、例えば「月（春）」題では

なれそめし雲の上こそ忘られぬやよひの月の古き形見に

と、実情が生の形に近く歌われている。また、「祝」題では、

長月や老いせぬ菊の下水にたまきはる世はよその白露

とかなり顕わに実感が歌われている。定家にとって特異な実情歌の時代を形作りそうだ。しかし、「祝」題の他の三首（四季の構成になっている）では、

君が代に万代めぐれ乙女子がつらなる庭のいざよひの月
もろ人の千歳のぶてふ御祓川ながす浅茅の末もはるかに
あきらけき御代の千歳をいのるとて雲の上人星うたふなり

と、女踏歌、六月祓、神楽歌「明星」に寄せて、廷臣としてのあるべき祝言をなしている。このことも見逃してはなるまい。このことも示すように、たとえ宮廷から疎外された私的な歌の場であっても、廷臣としてのあるべき態度を忘れた個人の実情の私かな表白の具には、彼の和歌はなり得ないのである。

そうした定家の立場の極北は、承久三年、密かに順徳院に召された三首のうちの、

神かけて祈りし道の埋もれ水むすびもはてぬ影やたえなん

にも示されていよう。そもそもが定家の「道」を生かし得る場の選択肢は限られていたのである。言うまでもないことだが、承久の乱後に、定家はしたたかにより大きな存在として宮廷世界に復活する。

注

（1）石田吉貞『藤原定家の研究』（文雅堂・一九五七年）などに顕著であろう。久保田淳『藤原定家』（『久保田淳著作選　第二巻』岩波書店・二〇〇四年、所収）では、この時期を「円熟の時代」とする。
（2）藤平春男『新古今歌風の形成』（『藤平春男著作集　第一巻』笠間書院・一九九七年、所収）などに顕著であろう。
（3）安田章生『藤原定家研究』（至文堂・一九六七年）
（4）『毎月抄』については、偽書説も根強い。そうした研究環境で軽々に定家のこの時期のものと仮定するのはやや問題も残るが、ここでは、定家の認識への一つの入り口としてこの書を考えた。なお、『毎月抄』の真偽問題は本章第四節においても少しく触れることになる。
（5）「退屈」に関しては村尾誠一「朦気を払う歌―藤原定家『毎月抄』における「景気の歌」をめぐって―」（『東京外国語大学論集』四二号・一九九一年三月）で考察している。
（6）『新編国歌大観』で検索する限りではこの言葉の用例は他には未見である。
（7）「『順徳院百首』の「裏書」について」（『和歌文学研究』四九号・一九八四年九月）以下唐沢氏の実証は重ねられている。
（8）藤平前掲書、「建保期歌壇の性格」の節。
（9）この作品は歌合の形態をとり、その配列や番にも様々な配慮がなされているとも考えられ、そうした立場からこの作品も考察されているが、この歌合に選ばれた歌は秀歌としての自己評価を経たものという前提は存しよう。
（10）『列聖全集　宸記集上』所収の本文による。
（11）『和歌童蒙抄』『和歌色葉』などにも見える。
（12）安田前掲書「第三章新風樹立期の歌と歌論」（七九頁）
（13）本書でも何度か言及した『近代秀歌』の「詞は古きを慕ひ、心は新しきを求め、及ばぬ高き姿をねがひて」を念頭にしている。
（14）『中世の文学　歌論集一』（三弥井書店・一九七一年）所収本文による。

（15）前掲の『順徳院宸記』閏六月九日条。
（16）定家は二十三日の会に列座し詩を作っている（作品は不明）『明月記』にはその座の様子が詳述されている。
（17）『新編国歌大観』の本文では「不庶幾」であるが、『群書類従』の「庶幾」とする本文が正しいであろう。校訂して示す。
（18）「理世撫民体」と定家については、村尾誠一「理世撫民体考―藤原定家との関わりについて―」（『国語と国文学』六三巻八号・一九八六年八月）で述べた。そこでは『毎月抄』との関係は十分展開し得ていない。
（19）この院勘の理由は捉えにくい。時期的に承久の乱と関係があるものとも思われているが、久保田淳『藤原定家』（前掲）では、もう少し込み入った定家の屈折した廷臣としての不遇意識を分析する。
（20）『訳注藤原定家全歌集下』（河出書房新社・一九八六年・八四頁の頭注）
（21）『拾遺愚草員外雑歌』の中であるが、『冷泉家時雨亭叢書』の冷泉家蔵本（室町時代写）の写真版を参照しても、この一文は、前に置かれた「法門五首」（年次の徴はない）の跋文と考えることも可能だと思われる。そうであっても、院勘の時期の心境と読めることには変らないと考える。なお、同本の本文では「歌の事よその人のうへにおもひなりて後これは人も見るまじき事とて猶ことさらのよし侍しかば又筆にまかせて」と、若干の相違がある。

第二節　新古今和歌集直後の和歌表現の一側面
――土御門院百首を中心に――

はじめに

『新古今和歌集』以後の和歌表現はどのように変ったのであろうか。そもそも『新古今和歌集』とその時代は、和歌表現に何をどのように付け加えたであろうか。それを、中世・近世和歌の概論的な俯瞰図で捉えるのではなく、できるだけ表現の具体相に即しながら考えてみたいと思う。

『新古今和歌集』の最終的な編纂がほぼ終わったあたりから、承久の乱により宮廷社会に大きな変化が生じるまでの、承元四年（一二一〇）から承久三年（一二二一）までの十年ほどの時代は、和歌史の上で「建保期」と呼ばれる和歌史の一時期となることは前節でも述べた。この時代は順徳天皇の内裏を中心に活発な和歌活動が展開した。その歌壇の主催者である順徳天皇をはじめ少なからぬ若い歌人がこの時代に活動を始めている。彼等は新古今直後の和歌の地平の上に立ち文芸活動を展開している。それが実態的にどのようなものであったかを垣間見ることにより、『新古今和歌集』とその時代(1)が和歌史に残した刻印を知るてがかりにもなるまいかと思う。そして、それを通して最初に示した答えにくい問題へのささやかな接近を試みてみたい。

本節では、そのような歌人、新古今直後の時代に和歌を本格的に詠み始めた歌人の一人として土御門院を取り上げ、そのほとんど処女作といってよい『土御門院百首』を考察の対象としてみたい。(2)

建保期の歌人の典型としては、おそらく順徳天皇の歌壇の人物であり、藤原定家の圧倒的な影響下にある歌壇で詠作する歌人をあげるほうがよいかもしれない。そうした意味では、順徳天皇の歌壇とは交渉のない土御門院は決して主流ではない。しかし、時代に刻印された『新古今和歌集』とその時代の影響のもとに詠作をはじめた歌人の実態を見ようとする場合、必ずしもこの歌人に着目することは不当ではない。むしろ影響の時代的な広がりという点からは、こうした傍流ともいえる側面からの照射も必要であろう。そうした意味で、このほとんど現代では顧みられることのないものの、歴史的には必ずしも軽視されていたわけではない(3)土御門院の最初の百首歌を考察することの意義は小さくないと思う。

一　『土御門院百首』の詠作環境

最初に、これから考察しようとする『土御門院百首』(4)について、その詠作された環境などを見ておくことにする。

土御門院は建久六年（一一九五）に生まれ、建久九年（一一九八）に即位、承元四年（一二一〇）に退位して上皇になっている。『土御門院百首』は建保四年（一二一六）に成立した百首歌であるが、多くの歌人達から召した応制の百首歌ではなかったようであり、それを示すと思われる他の歌人の作品は伝わらない。土御門院一人の手になる個人的な堀河百首題による百首歌の試みであると言えるであろう。

院の歌歴からすれば、この百首歌がほとんど最初のまとまった作品のようである。年齢も二十歳であるにすぎず、

管見の限りでは、この百首以前の院の作品は、『続拾遺和歌集』春歌上所収の

大納言通方蔵人頭に侍りける時、内より女房ともなひて月あかき夜、大炊殿の花見にまかりけるをきこしめしてつかはしける

70たづぬらんこずゑにうつる心かなかはらぬ花を月に見れども

という、通方の官職から建暦二年（一二一二）春のことと知られる作品以外にない。[5]

この百首歌以後にも、父である後鳥羽院や異母弟の順徳天皇のように歌壇活動を主催することもなかったようで、当時の歌壇的勢力である順徳天皇内裏歌壇や藤原道家家歌壇などに出詠した形跡もない。ただし、『新勅撰和歌集』雑歌一には、

土御門院歌合に、春月をよみ侍りける　承明門院小宰相

1038おほかたの霞に月ぞくもるらんもの思ふころのながめならねば

という例が見られ、いつの時点であるかはわからないが、土御門院が歌合を主催したらしく、土御門院の女房の一人である小宰相が参加している。[6]おそらく近臣・女房の間の私的な雅会なのであろう。大きな歌会などを主催した形跡もない。

そもそも、土御門院は後鳥羽院の皇子であり和歌的な資質や環境は恵まれたものであったと考えるべきだろう。しかし、後鳥羽院が土御門院に対して和歌の上での働きかけを行った痕跡はない。母の修明門院在子には歌歴が見られないが、在子の父能円には歌歴があり、母も歌人範兼の娘で和歌と無縁ではないであろう。さらに在子は土御門通親の猶子であり、土御門院の和歌環境としては、母方の土御門家の歌人との関係も想定できよう。しかし、それを示す顕著な徴証はない。さらに、土御門家の状況としても、通親は院八歳の折に没していて、その息通具は、撰者の一人

であった『新古今和歌集』以後あまり目立たない存在であり、院の歌人としての活動にその家の人がどれだけ貢献し得たかは疑問である。また、かつて土御門家とは親密な関係があったと思われる歌の家六条家との関係もほとんど見えてこない。

しかし、土御門家に連なる歌人としては、先に見た道方の存在は注目される。道方は通親の五男である。彼の和歌活動については藤平泉「土御門家の歌人たち」(7)に詳しい。必要な箇所を摘記すれば、勅撰和歌集に十首の歌を収め、建保期の順徳天皇内裏歌壇に出入りしていた人物であり、自身でも石清水歌合を主催しているようである。そして、藤平泉の指摘のように「和歌に対する情熱」がありながら「歌壇の傍流」であった歌人であると言ってよかろう。とはいえ、この土御門家の歌人との関わりは興味深いものがある。歌人としての土御門院の形成にどれだけ力があったのかは問題であるが、彼が院の近くにもいたことになれば、歌を詠むきっかけのように働くことも考えられる。

建保期にも活躍した新古今時代以来の既成の大家との関係ということになれば、やはり藤原家隆との関係が第一に気にかかる。『土御門院百首』には、家隆・定家のこの百首をめぐる書状が付載されている伝本がある(8)。その書面によると、この百首歌は土御門院が詠んだ後に家隆に送られ、さらに定家に送られ、合点・評語などが付けられたようである。その書状の中でも「家隆卿中院へまいらする文」（この表題は後補であろう）という表題が付された書状では、家隆も、院が歌を詠むとは知らずにいて、いきなりこのような百首歌を詠んだことに対して驚きを示している。家隆との関係は、後に四国配流以後の和歌を集めた『土御門院御集』も彼のもとに送られ、現在の伝本でも家隆の評語を付して伝わるなど、濃やかなものが想像される。しかし、この百首歌以前からそのような関係があったのではないようであり、なぜ家隆に百首歌を送ったのかは唐突の感がある。が、管見の限りでは、先ほど言及した土御門院小宰相の存在が注目される。彼女は家隆の娘であり、院の女房であるとともに院の母親の在子の女房でもある。彼女は土御門院の歌会で詠歌したと思しい。それ以上の証はないのだが、彼女は土御門院と家隆を繋ぐ存在となり得るかもしれない。

藤原定家もやはり名を秘して送られてきた百首歌が土御門院のものであることに驚きを示している。おそらく彼にも院が歌を詠むという認識はなかったのであろう。そしてこの百首に加点することで和歌の上の交渉がはじまったわけだが、以後もささやかな関係は続いたのかもしれない。『新拾遺和歌集』恋歌一には、

承久二年土御門院にたてまつりける三首歌に、夜長増恋

前中納言定家

1000 秋の夜の鳥の初音はつれなくてなくなくみえし夢ぞみじかき

がある。定家は後鳥羽院の院勘中の身であり、もとより公的な歌会ではないが、和歌の上での交渉を示す興味深い資料と言うべきだろう。

以上、この百首歌をめぐる土御門院の和歌環境を見てきたが、この試み以前の他の歌人との交渉など和歌環境については、極めて乏しい資料しか得られなかった。むしろこれが、土御門院のこの百首歌をめぐる詠歌環境の在り方を語っているのであろう。土御門院は歌壇や既成の大家的な歌人とは無縁に、周辺にいる人物と細々と和歌を試み、ついには堀河百首題の百首歌を結晶させた。それを周りにいた女房である小宰相などを通じてか家隆に送り、さらに定家の手にわたり既成の大家の知遇を得、その後も細々と詠歌活動を続け、承久の乱を迎え四国に流され都での和歌活動は終わるという、粗々の見取り図が憶測されよう。ともかくもこの百首歌は、人的には新古今の時代とはあまり交わらない環境のもとで成立したのである。

二　表現の地平

土御門院が人的に新古今の時代とあまり交わりを持たないということは、『土御門院百首』がその時代の影響下にないということを意味しない。やはりこの百首和歌は『新古今和歌集』とその時代のもたらした和歌的な地平の上に立った作品だと思われる。そのことを具体的に見て行くために、まずはこの百首和歌の作品に付された定家の評語の一つを手がかりにしてみたい。伝本付載の書状によれば、定家は匿名で示された百首歌に作者が分からないままに忌憚なく評を付し、読み進める内に院の歌と知り恐縮したという。が、少なくとも後に眼に触れ得る上皇の歌に対する評が、そのままそのように残されているとは考えにくい。事実、評語は口を極めて作品を誉めるものが主流を占めていて、なかなか扱いは難しいように思える。

そのような中で、「梅」の歌、

梅が香もたがたもとをか契るらんおなじ軒端の春の夕風

の評語は、流布本では「一事無難但普通の当世歌」というものである。「一字の難なし但普通当世儀か」や「こと、なる難なし但頗ふつうの当世うた歟」などの異文も見られるが、意味内容は共通している。すなわち、全く難はないのだが、普通の水準の当世風な歌に過ぎないというのである。上皇の歌に対する評語としてはかなりに厳しいものがあると思われ、めずらしい程に忌憚がない評と言えよう。そして何よりも、水準はともかくも、その時代らしい歌だと定家が評しているのである。そうした意味でも大いに注目してよい評語だと思われる。

この歌の内容は、かつて恋人と過ごした軒近くにただよい、恋人の面影を残す梅の香も、今頃は誰の袂と契りを結んでいるであろうか、あの同じ軒端の春の夕風に吹かれながら。とでも言うべきものであろう。別れた恋人を想い、四季歌であるが人事的な含意を加えた作品である。梅の香に人事を交える発想は無論めずらしいものではなく、風を配する詠みぶりも、そもそも歌題の源郷である『堀河院百首』の「梅」歌にも、

なつかしく吹き来る風はたれしめし垣根の梅のにほふなるらん

という肥後の歌なども見える。この堀河朝の女房である肥後の歌と比べても、確かに格別な魅力があるわけではないが、やはり新古今的であるという印象は色濃い一首である。

まず、最も端的に新古今的であるという印象をもたらすのが。結句の体言止であろう。三句切れ体言止は新古今時代特有な句法ではないが、やはりそれらしい雰囲気をもたらす歌型ではある。そして、その上に結句に用いられた歌句が新古今的な雰囲気をもたらす言葉であると言えよう。「秋の夕暮」「春のあけぼの」などの結句が比較的好まれたという新古今の時代の嗜好はただちに思い浮かべることができよう。

そもそも「春の夕風」という歌句は八代集には見られないものであった。しかし、同時代にはやや目につく形で詠まれた句なのである。『新編国歌大観』に徴しても、

花は雪とふるの小山田かへしても恨みはてぬる春の夕風　（後鳥羽院・千五百番歌合）
時雨せし色はにほはずから錦たつたの峰の春の夕風　（藤原定家・建保元年内裏歌合）
尋ねつる霞を分けて峰の花にほひぞふかき春の夕風　（藤原康光・建保元年内裏詩歌合）
をしめどもぬさに散りかふ花なれや手向けの山の春の夕風　（藤原家衡・建保四年百首）
たのめしもたのめぬ宿も梅の花にほふにまよふ春の夕風　（藤原家隆・家百首）

などの例をみることができる。

この範囲で見ても、新古今の時代にも後鳥羽院がすでに「千五百番歌合」で詠んだ実績がはっきりとあり、新古今直後の建保期に好まれた句であることが知られよう。(9) いずれも体言止の結句に用いていて、この句は一定の情緒を醸している。特定な含意を響かす句としては定着していないと思われるが、各自がそれぞれの抒情の核のようなものをこの句に担わせているように思える。土御門院の場合、この言葉を梅の香を運ぶ風としながらも、おそらくはそれに、春の夕暮の駘蕩とした情緒を込めているかと思われる。それは、この歌が四季歌よりは恋歌的でもある雰囲気と、春がもともと恋に馴染む季節であり、夕暮が恋の時間であるという整合性からしても、十分説得的な情緒形成であると思える。こうした情緒形成は多分に新古今的な味わいがあると思えるが、こうした面をも含めた共通した時代の好みのようなものが分かち持たれていると考えられよう。

この歌が時代的な意匠をまとっているのは、それだけの理由によるのではあるまい。新古今の時代の基準でどの程度の達成度を見るべきかは置くとして、やはり物語的な味わいがあるとは言えよう。漠然とした雰囲気というのではなく、おそらくは、「同じ軒端」というやや唐突な言葉が計算的に導くであろう。

「同じ軒端」という歌句は八代集には見られない。しかし、新古今の時代には、藤原雅経の建仁元年（一二〇一）歌合における

とふ人もにほひはわかじ梅の花同じ軒端の春の夜の闇

という作品がある。「隣家夜梅」の題の歌であり、梅の花という共通点も見られる。さらに、詠み込まれた世界にもやや近い雰囲気にあるかもしれない。しかし、ただちにこの雅経の歌が土御門院のこの歌に影響を与えたと言えるかは問題があろう。

そもそも、「同じ軒端」とはどのような意味なのであろうか。おそらくはこの一首からも、かつて、梅の花の香の

中で恋を契った、今は別れてしまった恋人のあの同じ軒端という、物語めいた文脈を想像することは容易であろう。しかし、この「同じ」は厳密に言えば唐突であり、何と同じであるかを明示する文脈をこの一首が作っているとは言えまい。しかし、述べたような「物語めいた」文脈がほぼ共通するように想像されるのは、おそらく前にあげた雅経の歌も同様に、『伊勢物語』第四段の世界を背後に想起させるからではあるまいか。それが、作品の世界の骨格を共通して作っているからではあるまいか。

だからといって『伊勢物語』のその章段の世界がそのまま背景となっているのではあるまい。そもそも物語の章段は梅こそ咲いているが、時刻は夜であり軒端も出てこない。

　また の年の正月に、梅の花盛りに、去年を恋ひて行きて、立ちて見、ゐて見、見れど、去年に似るべくもあらず。うち泣きて、あばらなる板敷きに、月の傾くまでふせりて、去年を思ひ出でてよめる。

　　月やあらぬ春や昔の春ならぬわが身ひとつはもとの身にして

要所をのみ改めて引けばこのようであり、必ずしもこの歌と物語とは直接そのまま繫がるものではない。むしろ、土御門院の世界はこの物語のさらに後日談的な色合いもある。

しかし、土御門院が『伊勢物語』の世界を自らの想像力だけで展開させたのかと言えば、必ずしもそうではあるまい。序章以来何度か言及したように、この段の世界を変奏させて新たな和歌世界を形作ることは、すでに新古今の時代において多くの成果を生んでいる。その代表として『新古今和歌集』春歌上の梅の歌群があった。改めてここでも引いておきたい。

　　百首歌たてまつりし時　　　　藤原定家朝臣

44梅の花にほひをうつす袖の上に軒もる月の影ぞあらそふ

45梅が香に昔を問へば春の月答へぬ影ぞ袖にうつれる　藤原家隆朝臣

千五百番の歌合に　右衛門督通具

46梅の花たが袖ふれしにほひぞと春や昔の月にとはばや

皇太后宮太夫俊成女

47梅の花あかぬ色香も昔にておなじ形見の春の夜の月

みな春の夜の月を歌う『伊勢物語』の場面通りの夜の歌である。しかし、各歌に歌い込まれた「軒」や「たが袖ふれし」や「同じ形見」などの言葉と発想を思い合わせれば、土御門院の歌の場合、『伊勢物語』からの発想の展開に、『新古今和歌集』の成果を介在させる必要が見えて来るであろう。

こうした発想の発展の仕方は、いわば二次的であり亜流的な性格という評価も免れないであろう。定家が「普通の当世歌」として、作品の達成度の高さを必ずしも素直に認めない所以もこのあたりに求められないであろうか。が、見てきたように、このことをも含めてこの作品は時代的な意匠を持った作品であり、時代の用意した地平の上で創作されている作品であることが実態的に理解できよう。新古今の時代との人的な交流をほとんど持たない土御門院も、やはり新古今直後に活動をはじめた歌人としてふさわしい時代的な特色をあわせもっているようなのである。

三　体言止とその歌句をめぐる様相

先に考察した体言止の問題は「梅」歌のみの問題ではあるまい。総じてこの百首歌には体言止の歌が多く見られるように思える。

具体的には体言止の歌が三十四首見えるのだが、これは多いと言ってよいであろう。先には体言止をただ新古今的な印象をもたらす歌型とだけ述べたが、数量的に考えるならば、『新古今和歌集』の体言止の歌は二十四パーセントであり、これは八代集の中では群を抜いて多いことがすでに計量されている[(10)]。また、石田吉貞によれば、定家の全時期の作品ののうち三十六パーセントの歌が体言止の結句を持つ言う[(11)]。さらに定家について見るならば、その初期である『初学百首』では十六首、『堀河題百首』では二十首にすぎない。これだけの数字での概括は軽率だが、体言止という技法が、作者の個性というよりも、むしろ新古今の時代を経過した時代的な特質であることが知られよう。言うまでもなく『新古今和歌集』の特質としても一般に認識されていることである。

先にも見たように、個々の歌に即した場合、こうした歌型とともに、それを構成する歌句もまた問題であった。すなわち、新古今時代的ともいえる性格を持った歌句による体言止が形成されていた。そうした見方から改めてこの百首歌を見渡すならば、ただちに次の二首が問題となろう。

忘れめや面影さそふ有明の袖にわかるる横雲の空　（後朝恋）

をばただの宮の古道いかならんたえにし後は夢の浮き橋　（橘）

一見して明らかなように『新古今和歌集』春歌上の藤原定家の歌、

38春の夜の夢の浮き橋とだえして峰にわかるる横雲の空

の顕著な影響のもとに詠まれたと思しき歌である。

両首の結句に使われた「横雲の空」にしても「夢の浮き橋」にしても、『新古今和歌集』とその時代を通して極めて多くの作例に採り入れられた言葉であることは改めて言うまでもない。その作例をあげるにしても対象となる作品は多すぎよう。「夢の浮き橋」がすでに新古今時代において流行とも言ってよい現象を呈していたらしいことをよく示す例として、『千五百番歌合』の藤原忠良の歌、

恋ひわたるとだえばかりはうつつにて見るもはかなき夢の浮き橋

に対する顕昭の判詞、

右はなぞらへ歌なり。心詞をあひならべて、夢の浮き橋とよまんために、恋ひわたるとだえと詠み、うつつにて見るもはかなしなど、なぞらへとほされけれ。

をあげておこう。検証としてはやや搦め手ながら、詠みたい詞として結句「夢の浮き橋」があり、それを詠みたいがために趣向を構えるという、一首の形成過程がよく説明されている。言うまでもなく詠みたい所以は時代的な流行の歌句だからである。

では、土御門院はこの百首歌では、流行句を、どのように用いていたであろうか。この二首を対象に考えてみたい。「横雲の空」を詠み込んだ「後朝恋」の歌は状況も定家の歌に極めて近い。定家の歌は春歌であるが、後朝に近い情緒が形成されていることは改めて確認するまでもあるまい。そして、下句はほとんど定家の歌そのままと言ってよい。おそらくは、定家の歌の模倣、あるいは亜流と言うことになりそうだが、しかし、下句での「峰」と「袖」とは大きな差があろう。定家の歌の場合、「峰にわかるる」横雲は、「高唐賦」の世界を暗示する。しかしそれ以上に、峰から横にたなびく雲が離れて行くという、嘱目ではないにせよ、実際の風景に還元できる情景でもある。しかし、土御門院の「袖にわかるる」はそうではない。

「横雲の空」の用例は極めて多いわけだが、ほとんどの例が自然の情景に還元できそうな歌句を構成している。例えば「軒端にはるる横雲の空」であり、「真木立つそまの横雲の空」であり、「真木の戸をしあけがたの横雲の空」

であり[12]、レトリカルな処理がなされていても、自然の景からは飛躍がない。しかし、土御門院の下句は、自然の風景に還元されることのない、観念的な飛躍のある言葉遣いである。無論「有明の二人の別れの時間のように峰から離れる横雲の空」という含意を読み取れないことはないのだが、言葉自体の並びとしては、自然の景観に還元できない観念性を持っていると言うべきだろう。ある意味では言葉により現実世界を飛躍し、観念的な世界の構築をめざす新古今的な方法の極北へ向かうような言葉遣いであり、定家の歌はその踏み台ともなっているという考察も可能であろう。現実から飛躍することによって、濃密な観念性を持った結句が、余情や抒情を形成させてはいまいか。それが和歌史の文脈の中でどのような評価を受けるかは問題ではあるが[13]。

「橋」題の歌は、定家の歌からの距離は大きい。「夢の浮き橋」という言葉以外に定家の歌との接点を持たない。あらためて同時代のその言葉の膨大な作例の中に入れれば、定家の歌との直接的な関係はほとんど顧慮しなくてもよいのかもしれない。そもそもこの一句は一首の中で詠まれるべき必然性を十分に持っている。

この歌には「をばただの宮」が詠み込まれている。この宮は『八雲御抄』の歌枕の「宮」部に「小墾田（ヲハタ）推古」とあり、『日本書紀』などにも登場する古都であるが、歌枕とされているにもかかわらずほとんど詠まれることのない地名である。とはいえ、「をばただ」の原形である「をはりだ」自体は、

2652 をはり田の板田の橋のこぼれなば桁よりゆかんな恋ひそわぎも　（万葉集・巻十一・作者未詳）

などを起源に「いただの橋」として有名な歌枕であり、これなら詠まれることも多い。土御門院の場合も「いただの橋」を詠もうとしていることは言うまでもない（題がそもそも「橋」である）、あえてあまり詠まれない「宮」を詠み込み、結句の「夢の浮き橋」に「いただの橋」を託している。その意味では説得的な詠みぶりであり、この結句は一首の中で十分な内容的な必然性を持つ。時代的な流行を主体的に利用していると言えようか。この歌などは、時代を分

かち持つのみではなく、その時代における新たな生産性を付与した例とも言えまいか。ちなみにこの歌は『続古今和歌集』に入集している。

目についた二例についてやや詳しく見てきたが、時代の影響と土御門院がその上に新たな創作をしてゆく様を垣間見た。さらに他の例についても一二言及しておいてよいであろう。

「盧橘」題の歌は次のような一首である。

雨おもき軒のたち花露散りて昔をしたふ空の浮雲

の結句「空の浮雲」は何でもない歌語であるが、勅撰和歌集では『新古今和歌集』以前には少なくとも一句としては詠み込まれていない。その恋歌二に載せられた源通具の歌は、

1135我が恋はあふをかぎりのたのみだにゆくへも知らぬ空の浮雲

という歌であり、「空の浮雲」に恋の不安がよく託されている。それを意識して恋の雰囲気の濃厚な橘の歌に転用したとしたならば、やはり『新古今和歌集』の成果の巧みな影響ということになろう。

また、この歌の場合、結句ではないが「軒の橘」という句にも注目したい。この歌句は『源氏物語』の花散里巻で「近き橘のかをりなつかしく匂ひて」として詠まれる

人目なく荒れたる宿は橘の花こそ軒のつまとなりけれ

を想起させる歌句であろう。『新古今和歌集』にはこの歌句を含む歌はないが、新古今時代の歌人には好まれたようで、少なからず作例がある。家隆の「老若歌合」での

夏もなほ月やあらぬとながむれば昔にかをる軒の橘

などのような、『伊勢物語』の世界と複合させたような例も見られる。この新古今的な好みと言えそうな歌句が、恋

歌的な雰囲気を盛り上げて、恋歌の結句のような体言止がそれを受け止めて余情を濃厚な物としているとでもいえようか。これも新古今時代が用意したものを巧みに用いた一首であると言えよう。

この他にも「なびく青柳」(14)(柳)・「庭の卯の花」(卯の花)・「冬のあけぼの」(寒草)・「秋の旅人」(旅)など、新古今の時代の影響とそこからの展開と言うことでさらに言及できそうな体言止の歌句もあるのだが、省略に従いたい。

四　古典摂取の諸相

『土御門院百首』の作品を見るにあたり、すでに自ずと、本歌取そして物語取の問題についても何度も言及してきたことになる。そうした古典摂取が方法として確立して、一首の歌を形成する上の重要な方法として定着したことを示すのが、すでに序章以来何度も述べているように『新古今和歌集』であった。しかし、その内実においては、様々な位相が生じていることはここで改めて繰り返すまでもない。土御門院の場合も含めて本歌取のありかたは決して単純ではない。今まで見てきた限りにおいてもそのようなことが言えるであろう。ここでも改めて、本歌取・物語取など古典摂取の様相をさらに見て行きたいと思う。
物語の歌を取り、それを通してその物語の文脈につながり、物語の世界や雰囲気をも一首の歌に取り込むという本歌取をここでは物語取として考えてきたのだが、先に見たような物語取も、この百首ではさらに見られる。しかし、同じく物語の歌を取っても、次のような作例もある。
「六月尽」の歌
ゆく螢秋風吹くと告げねどもみそぎ涼しきかはやしろかな

にはやはり『伊勢物語』の歌

　　ゆく螢雲の上までいぬべくは秋風吹くと雁につげこせ

が本歌として存在する。この歌の四十五段はやや分かりにくい話だが、恋情を告白するや死んでいった女を鎮魂する話としてよかろう。その物語世界との結び付きもなく、物語の歌の持っている、その女の死と関わる世界ともほとんど結びつかない。物語世界と本歌の季節が六月尽日であったことが、夏の川祓いの清涼感を歌うための機知を構える具として活用されているとでも言うべきであろう。同様なことは、『伊勢物語』八十七段の、

　　晴るる夜の星か河辺の螢かも我が住むかたの海人のたく火か

をほとんど利用した「螢」題の

　　夏の夜は我が住むかたのいさり火のそれともわかず飛ぶ螢かな

も、物語世界のやはり死んだ女を思う物語とも交点はあるまい。物語の歌は何もそれを取り込むことで、その物語の世界や雰囲気を構成するというのではなく、機知的な趣向を構える具として活用されている。物語の歌を取ることに関しても土御門院の方向は一つを向いているわけではない。

　一般の本歌取についても、その位相は様々だと思われる。例えば『古今和歌集』秋歌下・読み人知らずの、

　288踏み分けてさらにや問はむもみじ葉のふりかくしてし道とみながら

を本歌取して季節を進めた「初冬」の、

　　もみじ葉のふりかくしてし我が宿に道もまどはず冬は来にけり

や、同じく『古今和歌集』冬歌・壬生忠岑

　327み吉野の山の白雪踏み分けて入りにし人のおとづれもせぬ

の世界の発展的な継承ともいえる「雪」

吉野山けふ降る雪やうづむらん入りにし人の跡だにもなし

などのような、穏当に本歌の世界を展開させたような例もある。二首は共通して隠遁的な静寂な世界が指向されているが、このような本歌取はこの百首での基調であろう。

「千鳥」題の

夕暮の浦もさだめずなく千鳥いかなるあまの袖ぬらすらん

は、『拾遺和歌集』哀傷歌の「謙徳公の北の方ふたり子どもなくなりてのち」という詞書の、読み人しらず歌、

1298あまといへどいかなるあまの身なればか世にぬしほをたれわたるらん

を、詞書に関係なく世界を展開させた例であろう。歌相互でみれば、やはり本歌の範囲での世界の拡張ということになろうが、「あま」を物語の世界の主人公のようにして本歌の世界を自由に展開させ、愁いに沈む「あま」をさらに嘆かせるような「千鳥」の声の含むあわれな抒情を加味している。このように読めれば、巧みな世界展開だと言えようか。

しかし、こうした本歌の世界を展開させる本歌取以外にも、例えば、『古今和歌集』恋歌一・読み人知らずの、

469ほととぎすなくや五月のあやめ草あやめもしらぬ恋もするかな

を本歌とした「郭公」

ほととぎすなくや卯月のしのぶ草しのびしのびの故郷の声

などは、本歌の構造的な骨格を利用しながら、卯月のほととぎす・しのび声という、これも和歌的にこなれた伝統により再構成した作品である。本歌の世界とはほとんど関わらない、骨格の機知的な利用と言うことになろう。また、

『古今和歌集』離別・紀貫之の、

404むすぶ手のしづくににごる山の井のあかでも人にわかれぬるかな

を本歌にした「氷」、

山の井のむすびし水やむすぶらんこほれる月の影もにごらず

は、本歌世界との結び付きはより密ではあるが、それは濁る山の井戸も氷れば月影も濁らないという機知を展開するよすがとしての働きが主であろう。

こうして見てきただけでも本歌に対する態度は一様ではない。これは、土御門院のこの百首だけがそうだというのではなく、おそらくこの時代にほぼ共通する現象であろう。本歌取という技法は、すでに時代の和歌の技法として一般的なものとして定着している。そして、そもそも古典を自由に摂取しながら一首の世界を構成して行くのは、『土御門院百首』のごく当たり前な基盤としてあったのであろう。その上に立って院は古典を自在に摂取しながら自らの作品世界を組み立てるのに、特別な意識はむしろなかったのではなかろうか。

古典摂取に関しては、『万葉集』の摂取も取りあげておかなくてはならない。『万葉集』への興味は『新古今和歌集』の時点でも並々ならぬものがあったが、その傾向がさらに増幅された形でその直後の建保期にも引き継がれていったことはすでに多くの指摘がある。この時代に基盤を置く歌学書には、そうした傾向をむしろ過多として誡める言説も見られる(15)。土御門院の場合も、この百首では『万葉集』をかなりに自在に摂取しているように思える。

例えば、「立秋」の、

をざさ吹くあらしやかはるあし引きの深山もさやに秋は来にけり

は、『万葉集』巻二・柿本人麻呂の、

133笹の葉は深山もさやにさやけども我はいも思ふわかれきぬれば

を本歌としているが、笹の葉をなびかせるものとして「あらし」を詠み込み、頭韻を踏みながら「あし引きの」という枕詞を加え古風を醸し、自在に本歌を摂取している様が窺えよう。また、「月」の、

秋の夜もややふけにけり山鳥のをろの初尾にかかる月影

は、巻十四・作者未詳の、

3487山鳥のをろの初尾に鏡かけとなうべみこそ汝によそりけめ

を本歌とする。「山鳥の初尾の鏡」は、『俊頼髄脳』などに説話化されているが、『八雲御抄』では、山鳥を鳴かしたものを妃にする妃選びで、鏡を見せると鳥が鳴いたという話を伝えている。新古今の時代の歌として

山鳥の初尾の鏡かけねどもみし面影に音なかりけり　（六百番歌合・顕昭）

以下ほとんどすべて恋歌で詠まれる素材であった。この歌では鏡から月を連想し、「月」題の歌に転じている。なかなか手慣れた手法と言うべきだろう。これも自在さがあり、『万葉集』を取るということが、特別のことではなく、時代の意匠としてこなれている様子を知らせよう。

『万葉集』の摂取ということでは、巻頭の「立春」題の一首にも言及しておきたい。

朝あけの霞の衣ほしそめて春立ちなるる天の香具山

香具山の立春は『新古今和歌集』春歌上・後鳥羽院

2ほのぼのと春こそ空にきにけらし天の香具山霞たなびく

をはじめ、新古今時代では詠まれることが多かった素材である。『万葉集』巻一の持統天皇

23春過ぎて夏きたるらししろたへの衣ほしたり天の香具山

が意識されているいると考えてよいであろう。そこには古代の有力な天皇という政教的な思いも込められていよう。土御門院の歌の場合、後鳥羽院の歌以上に持統天皇の歌に依拠している。本歌の「衣」を生かして「霞の衣」を詠出し、「衣」の縁語の「たつ」「なるる」で下句の骨格を作っている。さらに初句の「あさあけ」も万葉的な雰囲気があるであろう。土御門院は後鳥羽院以上に万葉的なものへの親近があるかもしれない。それは、無論、『新古今和歌集』とその時代を経過しているからである。

おわりに

まずは定家の評語を入口にして『土御門院百首』のいくつかの作品を見てきた。見てきた限りにおいて、この作品の表現のありようは、やはり『新古今和歌集』以後の表現の一側面を示していると言えるように思う。無論、最初に示した問い、『新古今和歌集』とその時代は和歌表現史にどのようなものを付け加えたかというのに、十全に答えたことにはとうていならないであろう。しかし、『新古今和歌集』直後に活動をはじめた若い歌人が、その時代に用意した表現の地平の上に、自らの創作を重ねて行く実態の一端には触れられたと思う。

しかしここであらためて歌人土御門院の全体像を考えてみたい。そもそも、土御門院という歌人は、和歌史上のイメージとするならば、『新古今和歌集』直後にその時代を引き継ぐ歌人というのではあるまい。『土御門院百首』という作品で最も有名な歌となれば次の一首であろう。

秋の色を送りむかへて雲の上になれにし月も物忘れすな

「懐旧」題の歌であるが、後鳥羽院の意志により、その寵の深い順徳天皇を即位させるために退位させられ、存在感の希薄な上皇として日々を送る伝記的な人生をそのまま反映したような歌であり、ほとんど素直な実感吐露の歌である。今まで見てきたような観点からはあまり問題にならない歌であろう。しかし、歌人土御門院のイメージはこのような歌の作り手として出来上がっていないであろうか。

先にも触れたが、匿名のまま家隆から示された百首歌を読み加点していた定家が、この歌に至り作者が土御門院であることを知り恐縮し感激したという事情が、百首の伝本に裏書の形で伝存している。(16)

されぱこそ、ただごとともおぼえず候つるものを、いだしぬかれまゐらせて候けり。道理にて候。すでに露顕、感涙千行、あさましきたはごとを仕り候ける。あさましく候。はやう破られ候べし。

あかざりし月もさこそはしのぶらめ古き涙も忘られぬ世は

いまはかきくらして物もおぼえず候。

返歌というべき定家の歌や文言から、定家の感動は作品の素晴らしさというより、この歌に込められた事情と感情にかかわるものであることが推測されよう。そして、これはそのまま、『古今著聞集』や『増鏡』などに説話化されている。それのみではなく、土御門院の作品が最初に入る勅撰和歌集である『続後撰和歌集』(17)では、雑歌下の巻頭という特別な位置にこの歌が置かれている。

ところで、この百首歌からの四十九首の勅撰和歌集入集歌のうち、部立の巻頭巻軸に位置する歌は他には次の三首である。

182 昨日までなれしたもとの花の香にかへまくをしき夏衣かな(18)　（更衣・続古今和歌集・夏歌巻頭）
1470 春の花秋の紅葉のなさけだにうきよにとまる色ぞまれなる　（無常・新後拾遺和歌集・雑歌下巻軸）
1056 しづかなる心のうちも久方の空にくまなき月やしるらん　（述懐・続後拾遺和歌集・雑歌中巻頭）

「更衣」は例外であるが、あからさまではないにせよ、ここからも不本意に退位させられても静かに暮らし、承久の乱にもほとんど関わりのないものの自主的に四国に流されたといわれる、物静かで控えめな物事を諦観したような悲劇の帝王という説話的なイメージを見て取れよう。そして、配所の悲しみがあからさまに吐露された和歌を含む『土御門院御集』(19)の世界も相乗して、この帝王歌人の主な印象が根強く形作られているのは否めない。

歌人土御門院を論ずるのであれば、こうした側面からの論究は不可欠であることは確かなのだが、『土御門院御集』の世界も、その総てを「懐旧」題のような歌が覆っているわけではない。のみならず、もっとも実感吐露に近い、集の配列から土佐配流直後の作品と思われる「詠述懐十首和歌」にも、

吹く風の目に見ぬかたを都とてしのぶもくるし夕暮の空　（寄風述懐）

暁のしぎのはねがきかきもあへじ我が思ふことの数をしらせば　（寄暁述懐）

夕暮のなからましかば白雲のうはのそらなる物は思はじ　（寄夕述懐）

のような作品が含まれている。一見すると巧まない実感吐露のようであるが、三首ともに本歌取の歌である。

475世の中はかくこそありけれ吹く風の目に見ぬ人も恋ひしかしけり　（古今集・恋歌一・紀貫之）

761暁のしぎのはねがきももはがき君がこぬ夜は我ぞかずかく　（古今集・恋歌五・読み人知らず）

862暁のなからましかば白露のおきてわびしき別れせましや　（後撰集・恋歌四・紀貫之）

647ひとめみし人はたれともしら雲のうはのそらなる恋もするかな　（千載集・恋歌一・藤原実能）

それぞれ恋歌を本歌として、恋の思いの切実さを、配所のつらさの切実さに転化している。同様な作品の在り方は、すでに本書でも言及したように(20)、後鳥羽院の隠岐での和歌にも見られた。やはり、『新古今和歌集』以後の中世和歌の在り方を土御門院も共有しているのである。その時代の表現の在り方は、しっかりとここにも刻印されているので

ある。

注

（1）『新古今和歌集』に結実した時代的な特質の形成は、序章にも述べたように、長い時間の中で形成された側面もある。ここでは、その直接の形成母体となった後鳥羽院歌壇の時代（「元久期」と呼ばれる）と、それに直結するように先立つ時代（「建久期」とよばれる）、特に俊成を指導者として定家達が実験的な試みを主として九条家で展開した時代を含めて念頭にしている。以後本節で「新古今の時代」と記するのもその時代である。

（2）土御門院とその百首を扱った論考は少ない。藤井喬「『土御門院御集』について」（『和歌文学研究』四五号・一九八二年三月）、山崎桂子「「土御門院百首」の一伝本　解説と翻刻」（『古代中世文学』三号・一九八二年八月）などがある。『土御門院御集』については、山崎桂子「『土御門院御集』伝本考」（『国語国文』六一巻七号・一九九二年七月）など幾つかの論考が重ねられている。また、院の和歌活動に関して山崎桂子「土御門院の和歌事蹟拾遺」（『国語と国文学』七二巻二号・一九九五年二月）、寺島恒世「天皇と和歌―土御門院の営みを通して」（『東京医科歯科大学教養部紀要』三七号・二〇〇七年三月）があり、山崎桂子「『土御門院御百首』を読む」（『礫』二四九号・二〇〇七年八月）もある。

（3）土御門院の歌は勅撰和歌集に百五十首以上入集している。この百首からも四十九首の歌が入っている。また、『土御門院百首』にしても極めて伝本が多く、近世以前に比較的よく読まれていたのではないかと想像される。

（4）『土御門院百首』には『国書総目録』によれば八十五本の伝本がある。その他伝存する写本も少なくない。国文学研究資料館所蔵のマイクロフィルムにより四十五本の写本・板本を概略であるが調査した。諸本についてはすでに和田英松『皇室御撰之研究』（明治書院・一九三三年）で、流布本である群書類従本とは異なった形態の本文の存在を指摘し、前掲山崎論では、伝存形式（単独・御集と合・他の作品と合）による分類を試みている。管見によれば、やはり群書類従本・板本の系統の流布本とそれに対立する異本という大きな分類は有効だと思う。ここでは、流布本の系統である後小松院宸筆本の転写本である足利義尚の本奥書を持つ宮内庁書陵部蔵（一五一・一八一）本を底本に用いる。

（5）『公卿補任』によれば、通方が蔵人頭であったのは、建暦元年九月八日から同二年十二月三十日まで。

（6）『日本古典文学大辞典』の土御門院小宰相の項（久保田淳）でもこのことには言及がある。

（7）藤平泉「土御門家の歌人たち」（『日本大学人文科学研究所　紀要』三七号・一九八九年三月）

（8）本節での底本をはじめ群書類従本など流布本系の一部に付載されている。この書状を載せない伝本が多いのだが、内容からも必ずしも偽作を疑う必要はないものと考える。

（9）年次を明示しない家隆の作例も建保期のものと考えられる。

（10）武内章一他「二十一代集における体言止について」（『名古屋大学国語国文』九号・一九六一年十月）

（11）石田吉貞『藤原定家の研究』（文雅堂書店・一九五七年・二七六〜二八三頁）

（12）それぞれの上句と作者を順にあげておく。「山の端は霞のうちにあけやらで」（藤原雅経）・「み吉野は花ともいはじ朝ぼらけ」（藤原忠良）・「秋の夜の月のかげさす」（後鳥羽院）。

（13）この歌はどの勅撰和歌集も採択することはなかった。

（14）「柳」の歌「鶯のよるといふなる岩はしの葛城山になびく青柳」の歌は、石川泰水「「青柳の葛城山」をめぐって」（『群馬県立女子大国文学研究』七号・一九八七年三月）で提示された、新古今とその後の時代に流行した歌枕の詠み方の問題とも関わろう。

（15）真偽に問題は残るが『毎月抄』でもそのことに関する警戒が示されている。また、やや後の執筆だが、『後鳥羽院御口伝』にもそうした状況への危惧が示される。

（16）異本系の諸本ではこれは「裏書」としてではなく、「懐旧」歌の評語の形で記されているものもある。

（17）土御門院の作品は順徳院の作品と同様に、承久の乱の関係で『新勅撰和歌集』には入集しなかったと思われ、勅撰和歌集の初出は次の『続後撰和歌集』ということになる。

（18）初句の「春の花」は『百首』では「花の春」。

（19）『土御門院御集』の作品を論じた最近の成果に寺島恒世「配所で詠む歌―『土御門院御集』が目指すもの―」（久保木哲夫

編『古筆と和歌』笠間書院・二〇〇八年）がある。

（20）　本書・第一章・第六節

第三節　新古今和歌集直後の和歌の諸相に関する試論

はじめに

『新古今和歌集』はそれ以後の和歌表現に大きな影響を与えたと思う。それは和歌表現の重大な史的変化であると言ってもよいであろう。本節も、『新古今和歌集』直後の和歌表現の様相を理解し記述する一つの試みである。

ここで対象とする時代は、本章で今まで対象としてきた「建保期」と呼ばれる、おおよそ承元四年（一二一〇）から承久三年（一二二一）に至る十年間ほどの期間であり、『新古今和歌集』の編纂が終了し、その母体となった後鳥羽院仙洞歌壇の活動も終息し、歌壇の中心が順徳天皇内裏に移り、それが承久の乱で強引に終焉を迎えることになる一時期である。それを新古今直後と捉えるわけだが、前節に引き続き用いる新古今の時代[1]とは、人的な面でも一応の区分けの見られる時代である。

「建保期」としてこの時期を捉える研究は、この時期が新古今の時代の亜流であることを実証する方向にあることは前節とそれ以前にも何度か述べた。それは、この時期の和歌表現の様相を理解するというよりも、新古今の時代の一回的な卓越性を証するために向けられていたようにも思える。『新古今和歌集』とそれを産み出した時代の、類い希な創造的な活力は十分称讃されてよいのだが、その拠って立つ基盤を特殊化するあまりに、新古今的なものの持つ和歌史的な強靱さを見失う恐れがあるのはないだろうか。

風巻景次郎の「万葉・古今・新古今の三つの歌集は和歌の三つの典型を示しているものと見られてきたし、事実また、鎌倉時代以後の和歌史は、歌風変遷史として見る場合、この三つの歌集の風格のいずれかを復興し主張する運動の交錯の歴史として理解しうると思うのである。」という『新古今時代』(2)の冒頭は古びない主張である。そして、中世の主流派である二条派を「古今派」として、京極派を「新古今派」とする定位も噛みしめるべき見取り図である。中世和歌はおおよそ基本的な和歌様式がすべて出揃い、それを自在に利用可能な環境にあるとも言える。しかし、『新古今和歌集』に結実したものの和歌史的な大きさは、格別なものだと考えたい。それこそが、中世和歌の基本様式であることを確認するのが、本書の立場であり、本節の意図である。

一　新古今直後の一典型歌人　藤原範宗

新古今直後の典型的な歌人の作品を考察することからはじめてみたい。順徳天皇内裏歌壇を活動の中心として、『新古今和歌集』以後に本格的な和歌活動をはじめた歌人というのが、この時代の平均的な意味での典型をなしうると思われる。ならば、その歌壇行事のほとんどに出席の見られる藤原範宗は、そのような典型となり得る歌人であろう。(3)範宗は承安元年（一一七一）に生まれて、天福元年（一二三三）に没した歌人であるが、その和歌活動は順徳天皇内裏歌壇ではじめられ、後に『新勅撰和歌集』以下の勅撰和歌集に十四首の歌を入集させている。

範宗に関する言及は辞典的記述を除けばほとんど見られない。十三世紀の『続歌仙落書』が唯一まとまった範宗評を展開している。この書は著者未詳であり、論評自体も比喩的であるが、ここでも彼を考える出発点としてみたい。

範宗に対する評語は、

風体しなやかにやさしく侍り。草ふかき籬の中に咲きたる朝顔の花とやいふべかるらん。

そして最後に『新古今和歌集』秋歌上所収の紀貫之の歌

山がつのかきほに咲ける朝顔はしののめならで逢ふよしもなし

を評の総括として引いている。「朝顔」のアナロジーは容易に読み解きがたいものがあるが、後世には忘れられた歌人が多い順徳天皇内裏歌壇の中で、決して華麗ではないにしても、勅撰歌人として和歌史に記憶され、何首かの印象深い歌を残した歌人にはふさわしかろう。「しなやか」「やさし」という美的評語は『続歌仙落書』では比較的よく用いられる言葉で、この十三世紀の歌論家にとっては新古今の時代以後の和歌が備える典型的な美的な範疇であり、「優美さ」をその基本的な属性と考えてよいだろう。印象に頼る言い方が許されれば、それは挙げられた五首の作例とも矛盾しないように思われる。

作例は以下のものである。

①花の香はありとやここにをとめ子が袖ふる山に鶯のなく
②帰るさの雁の涙はしらねどもおぼろ月夜の花の上の露
③草の原かぜ待つほどの夕暮をわがもの顔における露かな
④秋の夜は遠山どりのをのへまで月は光をへだてざりけり
⑤古里のしのぶの露にやどりても人に知られぬ月の影かな

この五首を評語に言うような様式を持つ作品であると、あらためて分析・記述をすることは困難な事に思える。しかし、五首には、何らかの形で新古今の時代の表現との共有がなされていることは見て取れそうだ。(4)

①については、すでに本章第一節でも述べたが、『拾遺和歌集』所収の人麻呂歌、

1210をとめ子が袖振る山のみづがきの久しき世より思ひそめてき

の本歌取である。この人麻呂歌は、新古今の時代やそれ以前にも何度も本歌とされ、イメージを様々に展開されてきたものであった。範宗の歌もその展開の中に位置づけられるものであった。作品の形成の核となる本歌の共有がなされているわけだが、ここで引かれた範宗の作品の③・④も同様な例である。

③は、『源氏物語』「花宴」巻の朧月夜と光源氏の贈答、

うき身世にやがて消えなば尋ねても草の原をば問はじとぞ思ふ

いづれぞと露のやどりをわかむ間に小笹が原に風もこそ吹け

を本歌としていると思われる。改めて述べるまでもなく「草の原」は『六百番歌合』(5)でのこの言葉を用いた良経歌をめぐる議論で「源氏見ざる歌詠みは遺恨の事なり」と俊成に発言させたことでも、新古今の時代には有名な本歌であると言えよう。『新古今和歌集』雑歌下にも、俊成の

1822をざさ原かぜ待つ露の消えやらずこのひとふしを思ひおくかな

が載せられ、範宗の表現とも近い作品であることも注目されよう。

④の「遠山鳥」も新古今の時代には有名で引用も多い本歌、『拾遺和歌集』恋歌三の人麻呂歌、

778あしびきの山鳥の尾のしだり尾の長々し夜をひとりかも寝む

に拠っている。例えば定家にも『新古今和歌集』秋歌下、

487ひとり寝る山鳥の尾のしだり尾に霜おきまよふ床の月影

などの作品があり、月光を詠み加える手法などは共有する。

②については、『古今和歌集』秋歌上・読み人知らずの、

221鳴き渡る雁の涙や落ちつらむもの思ふ宿の萩の上の露

が本歌として指摘できると思われるが、時代との共有はむしろ、その表現において、『新古今和歌集』春歌上の寂蓮の、

58今はとてたのむの雁もうちわびぬ朧月夜のあけぼのの空

との関係が注目されよう。

⑤については、本歌取ではないと思われる。全体に素直な抒情であり、新古今の時代との共有を特に求める必要もないかもしれない。しかし、最初の二句は定家の『拾遺愚草』に見られる文治三年の作品の

ふるさとのしのぶの露も霜深くながめし軒に冬は来にけり

との共有は問題となろう。

ここではあえて「共有」というやや熟さない言葉を用いたが、時間の順序に従えば「踏襲」ということにもなろう。しかし、そのまま亜流となるような踏襲なのかどうかは問題があると思われる。少なくとも十三世紀の歌論家の目にはこうした踏襲は亜流と同値とは映らなかったと思われる。むしろ「継承」という自覚的な所為として記述してよいのではないかとも思われる。そうした継承が作品形成のために自覚的積極的に行われていたのではないかということは、すでに引いた①の歌に関する詠出時の歌合での定家の評価、「花の香をありとやここにといひて、袖ふる山に鶯のなく心、よろしく聞こえ侍るにや。この乙女子はさきざき多くつかうまつれど、この花の香はいまだ思ひよりも侍らずと申して、勝被定」を改めて引いておけば十分想像されるであろう。

やや思弁的な言い換えのようだが『続歌仙落書』の捉えた範宗の歌は新古今の時代の「継承」の上に成り立ってい

るという理解に至りたいと思う。それは単に表現や技法を継承するというだけではない。具体的に見てきた本歌取に顕著なように、本歌取という技法を継承するだけではなく、取るべき作例までをも継承しているのである。その本歌を取ることでもたらされる効果の有効性も新古今の時代の結果として十分検証されている。そうした結果をも含めた継承であると言えようか。大胆に総括するならば、新古今の時代にすでに作品として達成された成果を、もう一度解体して再構成するという手法ですらあるとも言えよう。

もとより見てきたところは、『続歌仙落書』により十三世紀の歌論家によって捉えられた範宗像を、私なりの理解で記述したものにすぎない。範宗の場合、『範宗集』『郁芳三品集』と呼ばれる書陵部に伝わる二系統の家集と、『洞院摂政家百首』により、八百余首の作品を集成することができる。それら総てが今見たような作品であるというわけではない。むしろ様々であると言うべきであろう。例えば「古今的」というような記述を必要とする作品も少なくないし、「平懐」という言葉以外に捉え所のないような平凡で特長のない作品も少ないわけではない。しかし、それらの作品がこの新古今直後の時代の歌人としての範宗の在り方を明らかにするとも思えない。そうした作品も細かく見るならば、新古今の時代の作品の何らかの継承を見せないわけではない。思うに、『続歌仙落書』の作例は、範宗の時代的な特色を示している好例といえるのではないだろうか。

さらにもう少し彼の作品を見てみよう。例えば、『新勅撰和歌集』に撰ばれた六首は、定家の撰を経た勅撰和歌集の歌ということで、質的な高さが期待される。が、必ずしも『続歌仙落書』の作品と傾向が一致するわけではない。しかし、そのほとんどが本歌取であり、方法的な継承を先ずは考えてよいであろう。中でも、恋歌五所収の

984いかにせむねをなく虫のから衣人もとがめぬ袖の涙を

は、詠出時点の建保四年内裏百番歌合でも「ねをなく虫のから衣」が称讃されている。これは、『後撰和歌集』恋歌

三・源重之の「物いひける女に、蟬のからをつつみてつかはすとて」の詞書のある

793これを見よ人もすさめぬ恋すとてねをなく虫のなれる姿を

の本歌取である。詞書をも含めてこの作品を取っているが、手練な試みであると言えよう。技法的にも随分とこなれて完成されている様を知らせよう。また、やはり恋歌五の建保四年仙洞百首での、

999はるかなるほどは雲ゐの月日のみ思はぬかたにゆきめぐりつつ

は、『伊勢物語』でも有名な『拾遺和歌集』雑上の

470わするなよほどは雲ゐになりぬとも空行く月のめぐりあふまで

の顕わな本歌取だが、恋歌の作意として、やはり『伊勢物語』にも載せられる『古今和歌集』恋歌四・読み人知らずの歌、

708須磨のあまの塩やく煙風をいたみ思はぬかたにたなびきにけり

の「おもはぬかた」という言葉と発想をかすめるなど、やや煩雑な嫌いはあるにせよ、これも本歌取の技法の上での成熟を考えてよい作例であろう。その成熟は範宗という歌人個人の中での成熟ではなく、本歌取という技法がすでに完成し、その完成した技法を継承するという時代の成熟だと考えてよいように思える。

さらに、範宗の家集をたどれば、

あけやらぬ霞の窓ににほふなり花にはなるる峰の横雲
たち花にいかなる袖かふれそめし風も昔の香にかほるなり
春の夜の月もたもとににほひけり軒端の梅の色をもりきて
袖さゆる夜半の嵐も白たへの月の影しく床のさむしろ

などの作品が見られる。これらの作品については、必ずしも同時代や近い時代の評価の証が得られるわけではなく、同時代的な作品の質に対する評価は保留にすべきである。が、いずれも、説明の必要がないほどに新古今の時代の表現の成果が、顕在的に利用されている。新古今の時代の成果を解体するようにして再構成した顕著な例である。範宗の置かれた時代的な環境を示すものと言えようか。

新古今の時代に何度も繰り返されて、効果が測定され、ほとんど確立した表現・技法、さらにはそれにより表現された成果そのものすらが、素材として新たな作品の形成に再利用される場合もある。そうした形で新古今の時代を継承して行く時代が新古今直後ということになろうか。範宗の作品はそのような時代を照し出す。新古今直後の時代には、このような表現傾向を見せる歌人は少なくないと思う。それは、一つの時代様式として理解され、記述される性格のものだと考えてよいと思われる。

二　新古今直後の批評者の視点から　藤原定家

新古今直後の時代の典型的な歌人として藤原範宗を見てきたが、この時期の指導的な立場の歌人となれば、藤原定家である。この時期の定家は実作者であることを止めてはいないし、旺盛な創作力を示してもいるが、同時にすでに権威を備えた批評者としての活動が注目される。このあたりについてはすでに第一節で考察したが、ここでも再び批評者としての定家の姿を考えてみたい。それを通して、この時代の和歌表現の在り方を考えたい。

定家のこの時期への眼差しと言えば、比較的厳しい批判的な側面が強調されがちである。例えば、若い歌人たちを新古今の時代の亜流的な追従者として「後学末生」という言葉で批判する様は、承元四年（一二〇九）に成立したと思われる『近代秀歌』にも見えている。「この頃の後学末生、まことに歌とのみ思ひて、そのさま知らぬにや侍らん。ただ聞きにくきをこととして、易かるべきことを違へ、離れたることを続けて、似ぬ歌をまねぶと思へるともがらあまねくなりて侍るにや。」などの一節も有名である。このような文言に対応する現実が存在する事は、すでに多く実証されているのではあるが、それを「亜流」として認識することで、この時期の和歌史的な位相の記述が尽くされるとは思えない。

この時期の定家は歌合判者を務めることが多く(6)、そこで批評者としての活動がなされている。ここでは定家が単独で判者であった建保二年八月十六日内裏歌合(7)を観測点として取り上げてみよう。この歌合では俊成卿女の歌が否定的な評価で終始しているのが何よりも目につく。それを最初の手がかりとしてみたい。

二番右は俊成卿女の次の歌である。

荻の葉にそよぐあはれは吹きすぎて心に残る秋風の声

わかりやすい歌ではないが、秋風が吹き抜けていった名残で荻の葉が揺れているのが深く印象的であるという、繊細な情景が捉えられている。順徳天皇との番であるが、定家は天皇の歌にもかなり厳しく評を下していながらも、彼女が負けとなっている。判詞は、「右、そよぐあはれなど申す事、古き歌にも見え侍らず、吹きすぎて心に残るなども、申さまほしき言葉には侍らねば」というものである。二句目の「そよぐあはれ」、三句目から四句目にかけての「吹きすぎて心に残る」が問題にされているのだが、この二つの言葉続きはこの歌を個性的なものとして印象づける箇所であろう。両者ともに感情と風景を凝縮した表現であり、新古今の時代の和歌の持っていた特質の一つと言えよう。定家の批判する理由は、前者については明確であり、古典に則らない言葉続きである故に恣意的な個性だと考えるからであろう。後者については、『古今和歌集』秋歌上・凡河内躬恒の、

234女郎花吹きすぎてくる秋風は目には見えねど香こそしるけれ

を下敷きにした表現であり、古典には則っていよう。しかし、「心に残る」とまで凝縮するのは説明不足であり、何らかの恋の思い出が凝縮されているにせよ、手法の失策だと捉えているのであろう。

概して、この歌合での俊成卿女の作品にはそうした失策が目立つようで、定家はそれを指摘している。例えば、十番右、

ことわりの露とばかりはなぐさめどぬれそふ袖にもよほすも秋

の「もよほすも秋」という結句は「ききなれぬ詞にや侍らん」と批判されている。定家の正治初度百首、

もよほすもなぐさむもただ心からながむる月をなどかこつらん

さらには西行の、

恋ひしさをもよほす月の影なればこぼれかかりてかこつ涙か

の継承であろうが、何が「もよほす」のかが必ずしも明らかにならないままにした結句の手法を失策だと難じているのであろう。

さらには、十四番右、

君と秋と月と光とよろづ代のちぎりは空にくもりなくみゆ

は、「君と秋と月とは心得られ侍るを、このほか、光とわけて申しならべんことといかが」と、凝縮重畳表現の失策、また、三十番右、

うづもれぬ軒端につたふ虫の音に蓬がもとの宿の夕暮

は、「蓬も歌も右なほたけまさりてや侍らん」と、左は定家の自身の歌で、俊成卿女の歌は勝となっているが、蓬の

高さへの言及は趣向的な景の構成の失策への皮肉的な批判であろう。何れも表現意欲が手法に裏付けられていない例であり、この歌合には、俊成卿女はこのような傾向をしめしているように思える。

三十七番右の、

ぬれてほす袖こそあらね露の色はもとみし秋の萩が花ずり

も定家自身の歌との番であり勝歌であるが、その評は素直なものとは言いがたい。「作者さだめてことのゆゑ侍らん、優に侍れば勝とす」というものである。「優」という美の達成はやや微妙な口調でありながらも認めて、そのような雰囲気をもたらす情緒の背後に物語的なものの存在を感知しているようではあるが、もし、そうした世界を前提にするのであれば、手法的に明確にされなくてはならないのであろう。これも表現意欲が手法に裏付けられていない例であろう。

十五首に対するすべてをここで検討する余裕はないが、俊成卿女への批判は新古今の時代に確立した表現・技法と深く関わるものであった。そうした表現・技法により達成した作品群を念頭に、それを継承した作品形成の意欲が、手法に裏付けられないという点を定家は批判しているのではないか。だからこそ、この時代は新古今的なものの亜流的な表現、そして場合によってはそれをもたらした新古今的なもの自体への批判という文脈で分析されることになるのではないか。しかし、そのような方法を実現する手法の失策が問題にされるのであって、そのような方向性自体は問題にはされていないと思う。俊成卿女は、すでに『新古今和歌集』の歌人であり、順徳天皇内裏歌壇では先輩格の歌人である。しかし、新古今の時代にあっても、その方法の開拓者というよりもすでに継承者であったと言える位置にあろう。その意味では新古今以後の歌人の先蹤とも言えようか。

そうした手法の失策が最も問題とされるのは、定家の息である光家の場合であろう。彼はまさに新古今直後に活動をはじめた歌人である。彼のこの歌合の作品は、新古今の時代の表現や技法への指向はかなり強いものと思われる。しかし、その手法において破綻に終わることが多いと定家は判断しているように思われる。

例えば五十九番左、

うらみぬや旅寝の夢は秋風にむすぼほれたる故郷の空

は、なめらかな意味連接を意図せずに、すでにある歌語の新たな構成の妙をねらうのが意図のようだが、定家は「左はじめの五文字心得侍らず。秋風故郷も結びにくきものにや侍らん」と、連接の不自然さを指摘するのみである。十五番右、

久方のきよきみ空の秋風に月も光をみがきそふらし

も「み空、月などをしもにおきて、清きといふことばに続けて侍る。久方のことわりたがひてやはべらん」と、言葉の配置の無理が指摘されているだけである。語順の工夫による独特の効果は新古今の時代に効果を得た例もあったが、ここでは全く手法が追いついていまい。

本歌取の方法上の破綻もやはり指摘されている。三十八番右、

こ萩さく花ずり衣うつろひぬれての後や袖の朝露

は、『古今和歌集』秋歌下・読み人知らずの、

247月草に衣はすらん朝露のぬれての後は移ろひぬとも

の本歌取であるが、定家は「右下句こそ心得侍らね。のちしも朝露ならんこと何と侍るにか」と厳しい批判を行っている。改めて述べるまでもなく、これは初歩的な失策というべきである。しかし、そのような失策を犯す原因は実に時代的であり、この時代の和歌表現の指向をよく示していると言えよう。すなわち、本歌の歌句を場合によっては大

胆に組み替えて作中に取り入れるのである。そして、定家の批判はそのような指向そのものではなく、手法の上での失策に向けられていると考えてよいであろう。

光家の場合、ともかくも新古今の時代を継承した表現や技法による作品を実現させようとしたと思しい。しかし、それは手法の上での裏付けがなく失敗している。定家はそのことに手厳しい批判を加えているのである。

この歌合でも、すでに第一節でも触れたように、六番左、藤原家隆の

をとめ子が袖振る山のたまかづら乱れてなびく秋の白露

のように、「かやうなるをや秀歌とは申すべく侍らん」という文言を含む絶讃に近い評価がなされている例もある。家隆は新古今の時代の有力歌人でもあるのだが、それ以後に活動をはじめた歌人でも、例えば四番左の行意の歌、(8)

うちなびきまさきのかづら秋やくる外山にかはるけさの初風

に対しては、「あられふるらしといへる本歌を思ひて、まさきのかづら秋や来るとおき、外山にかはるなど、ありがたく見え侍れば」と、本歌取という技法の継承とその手法の成功による「ありがた」い表現の獲得を評価している。『古今和歌集』の神遊びの歌、

1077深山にはあられ降るらし外山なるまさきのかづら色づきにけり

を取り、秋が来て色づく正木の葛の状態がより細密に描写されているが、本歌取の破綻のない手法により、本歌の元来の大きな景が、一首の「画面」に生かされているようにも思える。そのあたりに新しい表現の獲得を定家は感知し評価したと考えたい。

二番右は順徳天皇の歌である。

夜や寒き衣手うすしかたしきのまだひとへなる秋の初風

は、『新古今和歌集』神祇所収の榎本明神の歌、

1855夜や寒き衣やうすきかたそぎのゆきあひのまより霜やおくらん

と『拾遺和歌集』秋歌・安法法師の

137夏衣まだひとへなるうたた寝に心して吹け秋の初風

との貼り交ぜのような手法である。これについて定家は「かたしきのまだひとへなど侍る詞姿艶にをかしく聞こえ侍るを」と評価している。さすがに天皇の歌に対する判は差し引いて考えるべきではあるが、このような作品で「艶」が現出するという評価は注目してよいであろう。思うに、新古今の時代に何度も繰り返されて本歌取された『古今和歌集』恋歌四の読み人知らず歌、

689さむしろに衣片しきこよひもや我を待つらん宇治の橋姫

を源とする橋姫の一人寝の連想が「かたしく」という詞からなされるからであろう。そうした連想を呼び起こす言葉の配置は、やはり手法として評価されるものを含むのであろう。

しかも、こうした古典の貼り交ぜのような作品を、定家自身も詠んでおり、それなりに自身でも評価をしているように思える。『定家卿百番自歌合』に取られたこの時期の作品は、自身の自己評価を通過した作品だと考えてよいと思われるが、そこにもこうした方法による作品が見られる。

形見こそあだの大野の萩の露うつろふ色はいふかひもなし

は、『古今和歌集』恋歌四・読み人知らず、

746形見こそ今はあだなれこれなくは忘るる時もあらましものを

『万葉集』巻十・作者未詳の、

2100真葛原なびく秋風吹くごとにあだの大野の萩の花散る

との貼り交ぜのような作品であるし、

たのめおきし後瀬の山のひとことや恋を祈りの命なりける

も、『古今和歌集』恋歌二・深養父の

613今ははや恋ひ死なましをあひ見むと頼めしことぞ命なりける

また、『万葉集』巻四・大伴家持の、

742後瀬山後も逢はんと思へこそ死ぬべきものを今日までも生けれ

の貼り交ぜのような作品であろう。こうした、古典にすでにある表現を貼り交ぜるようにして構成する歌も、その再構成の手法によっては評価を得られるということであろう。定家にとっても、このような作品も、本歌取の技法の展開の一つとして意識されていたのであろう。

新古今の時代の様々な和歌実践は「古き詞」による新しい歌の創出の実験でもあった。その実験が定着して、一つの結果を生み、それが技法として定着する。そして、和歌を詠むことは、すでにある表現の再構成としての手法の問題に収斂することもある、そういう時代に新古今直後はあるのかもしれない。それは手法の洗練・成熟という課題を抱えると言い換えてもよいかもしれない。それはまた、新古今以後という、長い和歌史のかなたまで続く課題なのではないか。

三　新古今直後の歌論　順徳院『八雲御抄』用意部

最後に、新古今直後に基盤を置く「和歌原論」的な思考を捉えるために、この時期の主要な歌壇的な催しの主催者であった順徳天皇、すでに執筆時点では上皇なので、順徳院の歌論書『八雲御抄』の「第六用意部」について見てみたい。

そもそも『八雲御抄』の成立については明らかではない面が多い。承久の乱による院の佐渡配流後の嘉禎元年（一二三五）以降、仁治三年（一二四二）以前の成立という通説に従うならば、ここでいう新古今直後からは逸れる。しかし、そうであっても、院の歌人としての形成の基盤は佐渡にはなく、順徳天皇内裏歌壇であったのだから、この書を新古今直後に基盤を置いた歌論として扱うことは差支えはないものと考える。この歌論については、田中裕により「新風末期に当たる建暦・建保期の歌壇を対象に、時弊の拠る所を批判し、併せてその克服の仕方を説いたもの」という定位がなされている(9)が、まさに、その基盤を新古今直後の時代と捉えている。この論では批判的な視野が重視されているが、ここでは、順徳院が和歌をどのようなものと捉えていたのかを中心に、原論的な立脚点を捉えるための読み返しに終始したいと思う(10)。

順徳院は和歌を詠むことを「歌はただせんずるところ」と言った上で「古き詞によりて、その心をつくるべし。いはばよき詞もなし、わろき詞もなし。ただ続けがらに善悪はあるなり（四二八頁）」と規定する。すでにある完成した和歌の表現を切り取り、そうした「詞」の「続けがら」、すなわち再構成の手法が、和歌の善し悪しを決めるのであると規定する。すでに見てきたように、それは新古今直後の和歌表現の在り方を端的に説明していると思う。

古歌の「詞」と言えば本歌取という技法が問題となる。院も本歌取を「第一の大事（四三六頁）」とする。さらに本歌取は「上古（古今・後撰時代）」には多くおこなわれたが、「中比」には行われず、「近代（俊頼以後）」になり復興したと捉える。「近ごろは昔にもおよびてや侍りけん」「中ごろにもこえてや侍りけん」（四四二頁）という時代認識も注目されるが、さらに「凡そ古き歌を取る事、歌にまめなる人の所為、誠に第一の事なれど、我とめづらしうよみたらんには、猶おとるべくや」という古歌に拠らない独自の表現の尊重も示される。しかし、「すべて末代の人、今は歌の詞詠み尽くし、さのみ新しくよき詞ありがたければ（四三八頁）」という状況をも強く認識して、古典を基盤にした創造しかあり得ないのではないかという認識も示す。なにより、すでに和歌史は、そのような方法で詠まれた作品が勅撰和歌集という規範に定着している段階にあるのである。

だから、『八雲御抄』では冒頭に近い部分で、歌を知ること、「歌を見知り心得る事、この道の至極の大事也（四二七頁）」という議論がなされる。そして、歌を詠むに陥る難点を六点に分けて説明した後、「歌を詠むが難きにはあらず、よく詠むが難き也。せんずる所、心をただ強くて、艶と聞こえ、風情を求めてすぐなるべきなり」と規定しながらも、「ただよくよく古き歌を見学して、さる物から、しりがほに、古きうけられぬ詞を好み詠むべからず。一切芸は学せずして、その能をあらはす事なし。ただ歌ばかりこそ、させる物みぬ人も詠む事には侍れど、それはなほしじう誠少なき事おほし（四三四頁）」と述べる。和歌を「学ぶべきもの」とする態度を明らかにするのである。

つまり、新古今直後の時代にあっては和歌は「学ぶべきもの」、すなわち「学」だったのである。それは新古今以後においても同様であろう。古歌を知り学ぶということが、和歌を詠む事の前提なのである。あらたに歌を詠みだす前提に古歌を学ぶべきだとする主張は順徳院がはじめてではない。俊成においてもそのような主張はすでに顕著であった。しかし、順徳院の時代、そして新古今以後にあっては、古歌を学びその上に構築された作品がすでに完成したものとして存在し、そのための技法や手法すらもがすでに出来上がり、学ぶべき物として存在していたのである。

ところで、順徳院は現代語で言う天才の存在を認める。しかし、「すべて何事をも学せず、たれにとぶらふ事なき人も、天性えたる歌よみは、先生の事なれど、学せざる輩は、猶判者にはたのみがたし。よくよく学すべき事也（四四五頁）」とも主張する。「天性」だけではその創造が不十分なところに、すでに和歌という文芸はあるのである。

さて、「学ぶもの」である以上「稽古」が必要である。「稽古といふに、天竺、震旦の事をみるにもあらず、ただ古き歌の心をよくよく見るべし。才学といふには、万葉集、古今より外いづることなし。歌の体をしらん事、代々集中にあり。只心を静かにして、能々詠吟せよ。おなじ風情、おなじ詞をよみながら、善悪けんかくなり（四四六頁）」と言う。俊成以後にあっては平凡と言えば平凡な主張なのだが、最後の「おなじ風情、おなじ詞を詠みながら」という文言は、後の二条派歌学、例えば二条為世の『和歌庭訓』の「新しき心いかにも出来がたし。世々の撰集、世々の歌仙、よみ残せる風情あるべからず。されども人の面のごとくに、目はふたつよこしまに、鼻はひとつたてざまなり。昔よりかはる事はなけれども、しかも同じ顔にあらず、されば歌もかくのごとし」という文言とも通じよう。「古歌」を学ぶ「稽古」なのだが、学ぶべき基本的な範囲もすでに囲い込まれていて、すでにその学びにより得られた和歌の多くの傑作がすでにあるという状況での歌論なのである。「古歌」を「稽古」し、それを基盤に実現させる「詞・風情」の世界も、すでに規範的な「型」はできているという時代状況を背景としていると考えるべきだろう。

だからといって、新しさが放棄されているわけではない。定家の歌論では、例えば『近代秀歌』の「詞は古きを慕ひ、心は新しきを求め」はじめ、古き言葉は、新しき心と対で論ぜられる。しかし、順徳院の場合、特にそのような対としては捉えられていない。順徳院は「心」は重視する。「せんずるところ、何事もといひながら、歌はただ心より外の事なき物也（四四〇頁）」といった「心」を重視する文言がたびたび繰り返される。しかし、心がどのようなものかは定義されない。しかし、それが歌人の個々に根ざしたものであり、独自の新しいものを指向するものという前提は考えてよいだろう。だから、「心」の重視は自ずと新しい表現を求めることになると考えてよいであろう。

新しい表現と言うことに関しては興味深い言及がある。「近き人の歌の詞を盗み取る事」という論難のなかで、「古き事を准じ、新しき詞を思えて言ひ出でたる事を、かれがうらやましきままに（四三〇頁）」自分の歌に盗るのはよくないという議論である。ここで注目されるのは、「新しき詞」が古い歌に「准ずる」ことにより生まれるということである。あくまで古歌を典拠に、それを何らかの形で新しいものに変えるのだろうが、そのような手法は「昔より詠みきたれる詞は、いづれかは、いはばめづらしかるべき。ただいひなしがらによりて珍しきなり（四四一頁）」という文言を併せて考えるべきであろう。すなわち、新しい表現はあくまで古歌の詞の「いひなしがら」すなわちは、再構成の手法により生まれるのである。極言すれば「心」は古典和歌にすでにあるものの再構成を統御する働きということになろうか。もちろん、そのような「心」は古歌を学ぶ「稽古」を経た心なのである。また、この文言は藤原為家『詠歌一体』の結語(11)「歌はめづらしく案じ出して、我がものと持つべし、と申すなり。さのみ新しき事はあるまじければ、同じ古事なれども、詞続き、しなし様などを、珍しく聞きなされる体を計らふべし」とも照合する。

こうして『八雲御抄』の所論を和歌原論的に読み返してみると、定家の例えば『毎月抄』などとの近似が改めて見えてくる。強いて内容の具体的な対比を必要としないほどの近似とも言えよう。『毎月抄』自体はその定家論としての真偽が問題となるが、例え偽書だとしても、定家の精神継承の一つの形とはなろう。そのあたりの議論は置くとしても、こうした原論に集結するような場合によっては実験的な実践が定家達によってすでになされていたことには変わりない。順徳院をはじめとする新古今直後の人々は、そうした実践が『新古今和歌集』という形で、すでに規範性を持つほどにまで完成して示されることが、すでにその和歌活動以前に存在しているという状況下にある。さらに、何度か触れたように、この時代の後の二条派の所説との照合も見られる。二条派の基本理念がそうであるように、すでに一つの完成を見た様式の継承の時代となっているのである。二条派の歌論に多い「制詞」をはじめとした禁忌も、完成されたものの継承としては当然であろう。新古今直後の時代は、二条派を中核とする新古今以後の始まりでもあるのである。

おわりに

いかなる時代にあっても、歌人の背負う課題は新しい秀歌の創造であろう。中世の二条派の人々も例外ではない。しかし、歌の新しさにしても良さにしても、時代によってその拠って立つ美学的な基盤は異なる。新古今直後の時代の和歌の表現の諸相を理解し記述すると言うことは、おそらくそうした美学の裏付けがなくては十分たり得ないであろう。本節ではそこ一歩でも近づくための試みにすぎなかった。まだその途は遠いであろう。

しかし、新古今直後の時代は、美学的な実験の場ではもはやなかったと思う。先にも触れたように、過去にすでに基本的な和歌様式はほとんど出尽くしているような時代なのだ。そして、それらの様式を取り込むこと、それすらも技法としてすでに完成していたし、それにより完成した作品も目前にある。技法が継承され成熟されるべき時代だと言うべきだろう。だから、そこに見られる秀歌は、おそらく新古今の時代のそれとは異なるのであろう。

完成したものからの創造は、例えば「擬古典主義」などと相対的に低い評価で総括される場合がある。(12) しかし、その可能性は十分開示できなかったものの、やはりそのような時代でしか創造し得ない価値を有していたと考えたい。少なくとも、そのような状況は、中世和歌を通底して時間を重ねて行くように思えるからである。

注

（1）前節注（1）参照。
（2）『風巻景次郎全集　六　新古今時代』（桜楓社・一九七〇年）による。
（3）藤平春男『新古今歌風の形成』（『藤平春男著作集　第一巻』笠間書院・一九九七年、所収）によれば、順徳天皇内裏歌壇の現在知られる三十二回の催しのうち、二十五回に出席している。これは、藤原康光に次ぐ二番目の出席状況である。康光については、勅撰和歌集入集もなく取り上げるには質的にも適切ではないと考える。範宗の場合、最初の歌会である建暦二年（一二一二）ですでに四十二歳であり定家とも以前からの親交があるが、歌人としての活動はそれ以前には見られない。
（4）「建保期」の和歌と、新古今の時代の和歌が本歌を共有する現象に関する言及は田村柳壹「建保三年内裏名所百首考」（『後鳥羽院とその周辺』笠間書院・一一九八年）にも見られる。
（5）『六百番歌合』冬上十三番。良経歌は「見し秋を何に残さん草の原ひとへにかはる野辺のけしきに」。なお、この文言をめぐっては様々な議論があるが、谷知子「良経と「草の原」」（『中世和歌とその時代』笠間書院・二〇〇四年）にそのあたりの経緯も総括されている。
（6）定家が判者をつとめる歌合は衆議判のものが多いのだが、最終的な判断は定家によりなされていたと思しい例が多い。
（7）この歌合をめぐってはすでに二編の研究がある。田尻嘉信「建保二年八月十六日「内裏秋十五首歌合」について」（『跡見学園国語科紀要』一三号・一九六五年三月）、草野隆「建保二年八月十六日内裏秋十五首乱番歌合をめぐって」（『星美学園短期大学論叢』一八号・一九八六年三月）。田尻論では本歌合の評語の分析から、新古今から新勅撰への流れを考察する。草野論は本歌合を既成の歌人に「建保期」の新進歌人が挑戦する試みであるが、定家の批評態度は批判的であるとするもの。両論ともに「建保期」への定家の、消極的・批判的な眼差しを読み取ろうとする。
（8）行意は顕僧であり、歌合の場における地位への配慮も認められる。しかし、他の判詞でも遠慮のない言及も見られ、必ずしも地位故の高い評価であるとは考えなくてもよいと思われる。
（9）田中裕『中世文学論研究』（塙書房・一九六九年・一二三頁）

（10）以下『八雲御抄』からの引用は『日本歌学大系』別巻三による。「用意部」は内容が多岐に渡り議論も錯綜していると思う。ここでは、私なりに所説を横断的に再構成して、順徳院の原論的な視野を捉えることが主眼となる。したがって、それぞれの文言の淵源（被影響の源）の探索などは行わない。また、便宜のため、それぞれの文言の頁を後記しておく。

（11）『詠歌一体』からの引用は『中世の文学　歌論集一』（三弥井書店・一九七一年）による。

（12）例えば小西甚一『日本文芸史　Ⅲ』（講談社・一九八六年）。そこでいう「擬古典主義」は英国流の pseudo-classicism のことかと思われる。

第四節　新勅撰和歌集論のために
――花実論という視座――

はじめに

『新勅撰和歌集』とはどのような作品であるかを論じようとする場合、「花実」という比喩に直面することが不可避のように思える。研究史的にも原点の一つである風巻景次郎「新古今・新勅撰両集の風格の差の原因」という『新古今時代』中のよく知られた論考の冒頭でも、次のように述べられている。(1)

『新古今集』と『新勅撰集』とは、芸術的風格の上にかなり著しい差異を持つ。『新古今集』の風格は華麗・繊細・印象的・絵画的・色彩的などの評語をもって言いあらわされ、『新勅撰集』のそれは質実をもって称せられる。古昔の評語に随えば、かれは花に過ぎ、これは実を取ったと言うのである。

『新勅撰和歌集』全体の読後的印象が、『新古今和歌集』との対比で、ほぼ既定の共通認識として語られている。それを支える「古昔の評語」が「花」と「実」との対比である。それを近代流に言い換えたのが、風巻の評語ということになろう。「芸術的風格」というのは、現代の研究上の術語としてはやや馴染みにくいのであるが、この集に関して何かを述べようとする場合、今日においても何らかの形で念頭にせざる得ない比較論的な視野であろう。

無論、風巻の論自体の中心は、こうした認識を示すことにはなく、そのように認識された対比の生じる原因の探求であり、それを藤原定家の晩年における好みの変化、「定家という一個の存在の精神的事実の変異」に結論をする所にある。そして、後の研究史の展開は、定家の「変異」を、その是非の検証をも含めながら、歌壇史的な背景からの説明へ向けて精緻化して行った(2)。しかし、両集の基本的性格を「花」と「実」との対比として捉える眼は失われていないように思える。

本節では、改めて「花」と「実」による対比を問題としたい。先ずはこうした対比の淵源を問うことから始め、そもそも花実論とはどのような認識であるかをふり返り、こうした対比が定家とどのような距離をもつのか、すなわち、定家その人の認識としても追認できるのか、それともある特定の時代の認識なのかを問いながら、この対比の和歌史的な意味が少しでも明らかになればと考えるのである。

一　『幽斎聞書』

さて、『新古今和歌集』を「花」として、『新勅撰和歌集』を「実」とする対比は、我々もよく知っているのであるが、その書証としての出所というと実は曖昧になる。よく言及されるのは『幽斎聞書』の「代々集所見心持之事」中の一節である。

新古今はまさしく定家卿撰者の一人たりといへども、五人の撰者まちまちにて定家卿の本意あらはれず。しかる間勅をうけて新勅撰を撰まる。新古今は花が過ぎたりとて新勅撰には実を以て根本とせり。其後為家卿又続後撰を撰び進ぜらる。此集正風花実相応初心の学尤も肝要たるよし、先達称之この書は十七世紀の刊行であるが、成立年次は明らかではないにせよ、十六世紀末頃には遡り得よう。「先達称之」がどこまでを受けている文言であるかは明らかではないが、こうした見方は、あるいは三条西実枝を経由した二条派の歌学を引き継いでいるのだと想像することも許されよう。

言説の内容としては、定家の「本意」が「実」を根本とするものであって、それは複数撰者の『新古今和歌集』ではなく、『新勅撰和歌集』で実現しているとする。さらに、その花実が、為家の『続後撰和歌集』では「正風花実相応」として「初心の学尤肝要」として、両者を止揚するような形での為家を重視する形になっているのは注意を要する。そもそもこの条では『古今和歌集』を「花実相対」、『後撰和歌集』を「実過分」、『拾遺和歌集』を「花実相兼」としている。

細川幽斎は、こうした把握は和歌史的に受け継がれてきた見方のみではなく、定家その人の意図として考えていたのだと思われる。『幽斎聞書』では、この箇所に先行して「心詞なにをさきとすべきやの事」の議論では「京極黄門庭訓抄云」という形で『毎月抄』を引き、心詞は「鳥の左右の翼」という議論の後、花実論に触れ、「実」は心であり、「花」は詞であり、古人の歌にしても現代の歌にしても、「実」が欠ける歌を批判し、「実」がある歌こそが「心のうるはしく正し」い歌であるという議論を引いている。『毎月抄』の真偽については、後に述べるように、現今においても論が分かれるところであるが、幽斎は定家の言説と理解していたと思われ、両集の花実論的な比較についても、この『毎月抄』の延長上の、定家の歌論に基づいたものとして理解していたと考えてよいであろう。したがって、幽斎の言説を起点としてその淵源として、二条派の言説、さらには、『毎月抄』へと遡る必要があるであろう。

が、その前に『耳底記』に寄り道したい。幽斎の言談を烏丸光広がまとめたこの書には、花実論による両集の見方をめぐっての、興味深い問答が見られるからである。巻二所収の慶長四年（一五九九）四月十五日の日付のある問答である。

一問、新古今、花すぎたるとは、一首一首にとりての事か、又十首のが七首八首ほど花麗なる歌なると云ふこと
　に候や。

一見単純に見えるが、歌集の持つ様式的な統一性を考える上では根源的な問いであると言えよう。『新古今和歌集』の「花」の過剰は、一首一首和歌を取り出した場合も全てに言えるのか、すなわち、「花」を重視した歌のみで構成されているのか。それとも、七八割の歌がそうであって、残りの歌はそうではないのかという議論である。二三割の歌がそうではないというのはむしろ常識論的な例外の範囲であろうが、むしろそれを越えての統一性があるのかという所に光広の興味はあったのであろう。無論、これは、我々にとっても興味ある問題である。

　しかし、答えははぐらかされた感がある。

　答、古今、花実相通の集也。

という極めて暗示的なものに止まった。さらに、

一新古今、花過ぎたりとて、新勅撰、実又過ぎたり。為家の中をとりて続後撰をあまれたり。花実相通の集な
　り。百人一首なども新勅撰に同じ。

という展開を見せている。『幽斎聞書』での所説が繰り返されているが、さらに、為家の『続後撰和歌集』への展開がより詳しく述べられており、為家が両集の花実のそれぞれへの傾斜を止揚するような形で、「花実相通」の集、すなわち、『古今和歌集』と同様な性質を持った集を実現させていると述べていることになろう。為家を重視する姿勢がより鮮明に示されるわけだが、これは後述するように為家周辺で述べられていた所説でもあった。二条派から『毎月抄』という遡りの中に、為家も加えられなくてはならない。また『百人一首』への言及も見落としてはならない点

であろう。

二　『百人一首宗祇抄』から二条派へ

『百人一首』への言及が見落とせないのは、その最も知られた注釈書である『百人一首宗祇抄』の序文には、『新古今和歌集』と『新勅撰和歌集』との花実論による対比が、はっきりとした形で示されているからである。『新古今和歌集』への不満から『百人一首』を撰び、それと同様の姿勢で『新勅撰和歌集』が撰ばれたという展開を述べている。(3)

これを撰び書き置かるることは、新古今の撰、定家卿の心にかなはず。そのゆゑは、歌道はいにしへより世をおさめ民をみちびく教戒のはしたり。然れば実を根本にして花を枝葉にすべき事なるを、此の集はひとえに花を先として実を忘れたるにより、本意とおぼさぬなるべし。黄門の心あらはれがたき事を口惜しく思ひ給ふ故に、古今百人の歌を撰びて我が山庄に書き置き給ふ物也。此の撰の大意は実を旨として花をすこしかねたる也。その後後堀河院の御時勅を承りて新勅撰を撰まる。彼の集の心、此の百首と相同じかるべし。十分のうち実は六七分、花は三四分たるべきにや。

『百人一首』の『新古今和歌集』への批判的傾向は『新勅撰和歌集』と同様だと捉えられており、その対比的な性格も同様に捉えられている。幽斎のものとは基本的には同様な主張であるが、相違点も少なくはない。『百人一首宗祇抄』では、「実」を重視することが、理世撫民的な理念と結びつけられている。歌はそうした理念への入口となるべきものであるから、「花」に趨ることなく「実」を先にしなくてはならないとする。「実」を重視する姿勢は政教的な道ともつながるものだと意識されている。ただし、だからといって『新勅撰和歌集』は、「実」にのみ傾いているという主張とはなっておらず、全体の三四分には花の要素を認めており、ある意味では妥当な割合での花実相兼的な歌集となっていることを主張している。(4)『耳底記』に見られるような為家による止揚には全く触れられることはなく、むしろ『新勅撰和歌集』が定家の理想を実現したものとして捉えられている。なお、この序文には「此の百首は二条家の骨目也」という文言が見え、この両集の対比的な捉え方も、二条派の和歌言説の中に遡り得る可能性も示されている。

ところで、『百人一首宗祇抄』はその書名からは宗祇の注釈として扱えそうだが、宗祇はその注を受け継いだ存在だと考えられてきた。異本として応永十三年（一四〇六）藤原満基の奥書を持つ本が存在することは周知であり、宗祇の生年応永二十八年を十五年遡る年号の書写であり、この注の成立に関して重要な鍵となる本とされてきた。藤原満基は、『新続古今和歌集』に一首入集する程度の歌人であるが、二条良基の孫に当たる人物である。そのことは、この注の出所に良基の存在を想定させることになろう。そこまで辿るならば、貴顕である良基も誰かから注を進講されたと考えられ、その誰かは良基の師であり二条派の泰斗である頓阿ではないかと考えられてきた。すなわち、南北朝時代の二条派まで遡ることができる注釈書が『百人一首宗祇抄』と考えられてきた。

しかしながら、『応永抄』の奥書は、巻末の余白に付された花押もないものであり、かつても直ちに信は置かないという見方もなかったわけではない。そのことを真正面から問題にした石神秀美の論(5)がある。石神は書誌学的な見地から奥書の信憑性を疑う。内容的にも、花実論の政教主義的な展開は、頓阿やそれ以前にはさかのぼれない宗祇独自の理論的な展開であると考える。そして宗祇の『古今和歌集両度聞書』との類同性からも、宗祇による注釈であり、『応永抄』は、その後に展開した異本にすぎないという位置付けを行う。それを受けた澤山修の論(6)では、『宗祇抄』の歌注に見られる「なまみし」という特異な語の検討から、これは『老のすさみ』などにも見える「宗祇語」であり、こうした語を用いる注は、彼の手によるもの以外には考えられない旨を論じている。

こうした所説の可否を論ずる準備はないのだが、藤原満基を通して頓阿まで至る、二条派としては古い時点まで遡れそうな注だという展望は、慎重であるべきであろう。当然のことながら、花実論による二集の対比もその範囲に属する。しかしながら、『新古今和歌集』をではなく『新勅撰和歌集』を重視する姿勢は頓阿においても見られ『井蛙抄』巻六「雑談」にも、いわゆる「正風体」に関わる論として、

　新古今は自余撰者又御所の御計にて、京極殿の心ならぬ事も侍らん。新勅撰の撰者の歌十一首、家督の歌六首（中略）これを尤風体の本と見ならふべきにや。

が見られる。ただし、『井蛙抄』の中でも本文的に安定を欠く、『日本歌学大系』本では跋文の後に置かれた箇所である。[7] 引用を略した部分には、『新勅撰和歌集』以下撰者と家督の歌数が『続拾遺和歌集』まで示されるが、数にも問題がある。が、「正風体」[8] という規範意識は二条派では早くから存在したものと考えられ、それには『新古今和歌集』は問題にされないのは周知のことである。『井蛙抄』の「雑談」でも、比較的本文的にも安定した箇所である前半部には、

　故宗匠云、俊成は幽玄にて難レ及、定家は義理深くして難レ学、ただ民部卿入道体を可レ学之由、深相存也云々。

という所説も見られる。ここでは『新勅撰和歌集』すらをも敬遠させてしまうことになるが、為家以後の二条派的な規範意識の中には、このような文言も納得が行かないわけではない。ちなみに、二条良基『近来風体抄』には、

　一、新古今ほど面白集はなし。初心の人にはわろし。心得たらん人は此集をみんこといかでかあしかるべき。

という言説も載せられている。

見てきたように、これらは、必ずしも花実論に結びついて述べられるわけではなかった。花実論に関連する言及として注目されるのは、冷泉派の今川了俊の『言塵集』のものがある。(9)

新古今集は後鳥羽院の勅にて五人えらばれしかども、おほかたは勅の趣のありけるにや、あまり花過ぎたりと云ふ後代の難ありけるとかや

『新勅撰和歌集』との対比もなく『新古今和歌集』を「花」に過ぎていると批判するのみではあるが、「花」は「実」との対で述べられている概念であることは言うまでもなかろう。これを「後代の難ありけるとかや」という伝聞の形で示しているわけだが、おそらくは二条派の主張を指していると考えてよかろう。

ところで、『百人一首宗祇抄』に見られた「実」は理世撫民的なものと結びつけられている。そのことは、それが欠如するとされる『新古今和歌集』自体が、例えば端的に真名序で、和歌を「誠是理世撫民之鴻徽、賞心楽事之亀鑑者也」と規定するように、そうした指向を強く持っていたことと衝突する。先に見たように、そもそもそうした政教性は後世の宗祇に特色的な思考であることを言う論もある。

しかしながら、「実」は心の深さと定義されており、その心が理世撫民的な側面と結びつけられる言説は、宗祇のみではなく、いわゆる鵜鷺系偽書の所説にも見られる。歌体論的に展開する中で、「有心体」の中に「理世撫民体」を立てて重視する言説である。(10)例えば『三五記』では

同じ有心体と申しながらまことしくありのままに、げにさることと覚ゆるやうに、心を深くよみするたらむ類を理世、撫民等の体とすべし。

というように規定する。内容が政治に関わると言うことではなく、その心の深さという一種の態度が政教的なものに繋がるという所説であり、鵜鷺系偽書の特質的な思考態度ではあるが、言うまでもなく宗祇の態度とも重なり、中世

和歌においては必ずしも広がりを持たないわけではない。「実」に関する議論がここに結びつけられるのは、必ずしも特異とするべきではないであろう。

『新古今和歌集』と『新勅撰和歌集』との花実論的な対比としては、『百人一首宗祇抄』のものは極めて明快な図式を示していた。二条派歌学からの継承を辿ろうとしたのだが、それをきちんとした形で示すような文証は得られたわけではない。しかし、所論を構成する要素は、必ずしも宗祇独自のものには還元されないであろう。少なくとも思考の類同性は中世和歌史の中に広く見いだすことができるであろう。

三　為家と『続後撰和歌集』前後

すでに幽斎の『幽斎聞書』と『耳底記』での問答の中で為家も登場した。両集の花実論的な対比を考える上では、その存在の大きさを印象付ける。実際、為家は建長二年（一二五一）に『続後撰和歌集』を奏覧したわけだが、彼自身の手で書かれた『続後撰集目録序』にも、このことに関わる文言が存在することもよく知られている[11]。

さきの新勅撰集は定家老の後重ねてうけたまはる。そのころをひの歌、詞をかざりて誠少なきさまを人々多く好み、世みな学べるによりて、姿すなほに心うるはしき歌を集めて、道にふける輩、心をわきまうる類あらば、歌の道世に伝はれとて撰びたてまつれりき。

ここでは『新古今和歌集』への言及はない。また、花実論への言及もない。しかし、その内実はそれを含みうるものと考えてよかろう。

『新古今和歌集』とは明示しないものの、「そのころをひの歌」は、その影響下にある作品であると考えてよいであろう。そうした作品の「詞をかざりて誠少なきさま」という誤った方向を正すとするのだが、その誤りは、ほぼ「花」が過剰であり「実」を忘れているという文言と重なるであろう。『新勅撰和歌集』に実現する姿は「姿すなほに心うるはしき歌」とされるのであるが、それは「実」として捉えられる内容に一致すると考えてよいであろう。為家の言は『続後撰和歌集』に言及するところで切れていて、残余は明かではない。したがって、その自らが撰んだ集が、幽斎の言説に見られたように、二つの姿を止揚するのだということに繋がるかは分明ではない。しかしながら、二集を花実論的に対比させる思考が為家まで遡れることは確かであろう。

さらに、為家周辺には、こうした言説が見られる。一つは為家の妻である阿仏尼の『夜の鶴』である。

新古今昔の歌のやさしき姿にたちかへりて、折らば落ちぬべき萩の露、拾はば消えなむとする玉笹の上の霰など申すべきを、あまりにたはれすごして、歌の様又悪しざまになりぬべしとて、新勅撰は撰者思ふ所ありて、まことある歌をえられけりなどぞ承り候し。

『新古今和歌集』については、繊細な歌風を巡って高い美的な評価を行っているが、その比喩が「花」以上に脆弱な移ろいやすい比喩で捉えていることも見て取れよう。そして、「あまりにたはれすごして、歌の様又悪しざまになりぬべし」と、今まで見てきたような批判ともほぼ重なる形での言及がなされている。『新勅撰和歌集』については「まことある歌」を撰ぶことで、そうした弊害を正すという見方がなされている。無論その「まこと」は「実」にそのまま重なろう。

なお、『続後撰和歌集』については「時を得たりける撰集なれば、さすが見所も候らむ」と、相応の評価を与えて、「時による作者多しなど打かたぶく人ありけるを」と、必ずしも歌人として実力があるわけではない存在が、時流の人であるということで入集していることを批判している。二集を止揚するものとしての位置づけはなされていない。

そうした止揚的な評価は、為家の権威が大きくなる後代のものであると考えるのが順当かもしれない。為家同時代の言説としては俊成卿女のものも注目される。新古今時代にすでにスター的な存在であり、その後も長い歌歴を持つ彼女の『越部禅尼消息』は、やや異なった評価をなしている。

『新勅撰和歌集』については、

　中納言入道殿ならぬ人のして候はば、取りても見たくだにさぶらはざりしものにて候

と極めて手厳しい評価をなしている。特に三上皇の歌を削除したことに対しては強い批判をなしており、『新古今和歌集』の欠如を正し補う集としての位置付けは全くなされていない。

むしろ『新古今和歌集』については、「春の花、秋の紅葉を一つにこきまぜて」から始まり、華麗な美的な風景に喩えて絶賛を惜しまない。しかしながら、「乱れたる所も候やうに候」と、華麗な故の乱れも遠慮がちに指摘されている。「花に過ぎ」という比喩とも重なるわけであり、その点では、この集への批判が、この時代に根強いことを、逆に知ることもできよう。

なお、『続後撰和歌集』については、

　左へも傾かず、右へもたわまず、姿うつくしき女房のつま袖重なり、御衣の姿、裳のすそまで、髪ひたひ髪のかかり、裾のそぎめうつくしう、裳の腰ひかれたるまで、あなうつくしやと覚えたるを、南殿の桜盛りにたてなめて見る心地し候て

と、印象的な言葉で、高い評価がなされているのにも注目させられる。

こうして見てくるならば、『新古今和歌集』と『新勅撰和歌集』とを対比させて、それを花実の比喩でもって捉える源として、為家の時代である十三世紀中葉までは遡ることができるであろう。無論、見てきたように花実論が明ら

かな枠組みとしては登場していないし、必ずしも偏差がないわけではないが、類同的な言説であるとは認めてよいであろう。

為家は歌論『詠歌一体』の中に「すべてすぐれたる歌はおもしろき所なきよし申すめり」という言葉を残している。彼にとって、定家までに確立された古典主義の方法を正しく引き継いでゆくことが課題とされる。方法開拓の時代は既に終わり、方法を保守するとともに、それを崩してゆこうとする力も併せて存在する時代に至っている。『新古今和歌集』の持つ開拓期の美的な活力は、ともすれば過剰なもの逸脱したものとして捉え返されたとしても不思議ではない。『新勅撰和歌集』は、そうしたものが整理され、場合によってはその整理は反動的とも言える指向を持つのも故なしではないであろう。そうした二つの物を見つめ直せる時代。あるいは、その次の勅撰和歌集を実現させるためにそれを乗り越える必要が迫られる時代の反省的展望といえなくもない。

しかし、先にも記したように、花実論そのものが枠組みとして用いられているわけではない。花実論は、歌論としてかなり長い沿革を有している。そして、幽斎の所で触れたように『毎月抄』にもその展開は見られた。本稿でも、そのあたりに改めて展開を求めたい。

四　「実」という言葉

展開にあたって、最初に「実」という言葉を確認しておきたい。

「花」については、ほぼ桜がイメージされていると考えてよいであろう。華麗であり、しかし、散りやすく、その散り方もまた華麗である。こうした共通理解にある言葉だと理解してよいであろう。先に見た為家時代の二人の女性も、桜の花をイメージしながら『新古今和歌集』を捉えていたと言ってよいであろう。風に誘われて華麗な落花を見せる様が重ねられていた。

一方「実」についてはいかがであろうか。「花」のように明確なイメージは結びにくいように思える。無論、花よりは目立たない存在であるが、種子の生育や食用といった実用性を持ち、時間をかけて熟成するものとしての常識論的な理解は古典時代にも及ぼし得るであろう。が、ここではやや迂回的な作業であるが、和歌作品で詠まれる「実」を検討して、歌人達の抱いていた「実」へのイメージに少しでも接近しておきたい。

和歌における言葉として考えようとする場合、「花」と「実」とは並列されるのを躊躇わせるほどに詠まれる頻度には差がある。「花」については計量するまでもなく極めて多数であるが、「実」については八代集で計量しても、二十三例を数えるに過ぎない(12)。歌語としての普遍性には圧倒的な差違がある。

詠まれる内実についても、「実」という言葉は特殊な位相を持っている。そのあたりは『古今和歌集』に見られる作例でほぼ説明できると思われる。

『古今和歌集』の五首の作例のうち三首は巻十物名巻で詠まれている。

二条后、春宮の御息所と申しける時に、めどに削花挿せりけるを、よませ給ひける

文屋康秀

445花の木にあらざらめども咲きにけりふりにしこのみなる時もがな

桂宮

源忠

463秋くれど月の桂の実やはなるひかりを花とちらすばかりを

粽

大江千里

467のちまきのおくれておふる苗なれどあだにはならぬたのみとぞ聞く

である。

一音節語であるから物名に詠み込みやすいのは当然である。しかし、物名歌特有の戯れた発想にかなう素材であることが、この三首に共通する特色であろう。何れも「実」が結ぶことを歌うが、発想は諧謔的である。総じて「実」が歌われる場合はやや戯れた発想の歌で詠まれる特色を持つ。また、掛詞となりやすいことも特質であり、それぞれ「身」「宮」「頼み」を掛けている。特に「身」との掛詞は他にも作例が多く注目される。そもそも辞書類でも、人間の身体である「身」は、植物の「実」から出た言葉であると語源解説がなされることが少なくなく、両者はアナロジカルな関係を持っている。

康秀と千里の歌は、それぞれ「木の実」「田の実」であり、「実」は食べ物としても意識されている。巻十九の誹諧歌にも、

題知らず　　　　　　　　　　　　　よみ人知らず

1066梅の花さきての後のみなればやすき物とのみ人のいふなる

もそのような例である。「実」に「身」を掛け、「すき物」は「過ぎ者」であるとともに「酸き物」である。食べ物としての実であり、さらに味までが詠み込まれている。

歌材としての食物は、和歌には本来詠まれるべきものではなく、[13]この歌の誹諧的な性格にも大きく関わっている。食物としての実自体が歌語としては褻的なものであり、物名歌での詠まれ方も含めて、「実」という歌語の持っている性格を規定しよう。それは場合によっては、「実」という言葉でもって捉えられる作品や歌集の評価にも無関係ではなかろう。

あと一首の作例は、今までのような特殊な位相を持った巻ではなく、恋歌五の中に見られるものである。

（題知らず）　　　　　小野小町

822 秋風にあふたのみこそ悲しけれ我が身むなしくなりぬと思へば

「田の実」に「頼み」が掛けられ、秋風に吹かれる稲の実と我が身が重ねられている。男に捨てられた我が身の悲しみが詠まれた歌であるが、「実」が詠まれることで、やや褻な印象を受けさせると言ってもよかろう。

ここで見てきたことで、八代集における「実」の位相はほぼ尽きると思われる。褻な性格を持ったやや特殊な歌語という特性が見いだされるであろう。無論、物名の最初の二首のように花に対比して用いられる例も少なくないのは当然である。こうした性格は花実論としての歌論的な展開を考える上でも無視し得ないであろう。

五　花実論の沿革

さて、花実論は、歌論研究の大きな問題として早くから論及されてきた。(14) 辞典的な記述としても要領よくまとめがなされている。(15) 中国六朝詩論を源として、平安時代前期の歌論では集中的に論じられ、以後も歌論書や歌合判詞でもしばしば言及されるという沿革の概略が示されている。内実としては、「花」は表現・詞の華美艶麗、「実」は内容・心の充実質実ということがほぼ共通理解だと思われる。これは、今まで見てきた『新古今和歌集』と『新勅撰和歌集』との対比的な言及で見えてきた内実とほぼ重なるであろう。ここでも改めていくつかの歌論・歌合判詞の言説を確認しておきたい。

先ずは『古今和歌集』の序文を見ておきたい。仮名序では六義の記述の後に、現今における和歌の不振を言うが、その事態を次のように述べている。

今《いま》の世中、色《いろ》に付《つ》き、人《ひと》の心《こゝろ》、花に成《な》りにけるより、不実《あだ》なる歌《うた》、儚《はかな》き言《こと》のみ出来《いでく》れば、色好《いろごの》みの家《いへ》に、埋《む》もれ木の、人知《し》らぬ事《こと》と成《な》りて、実《まめ》なる所には、花薄《すゝき》、穂《ほ》に出《いだ》すべき事にも有《あ》らず成《な》りにたり。

『新日本古典文学大系　古今和歌集』の本文をそのまま引いたが、(16)「あだ」に「不実」、「まめ」に「実」の漢字を宛てている。「花薄」とはあるものの、必ずしも「花」と対にされているわけではない。しかし、この部分は真名序では、

及ビ㆘彼ノ時ノ変リ㆓澆漓ニ㆒、人ノ貴ブニ㆗奢淫ヲ㆖。浮詞雲ト興リ、艶流泉ト涌ク。其ノ実皆ナ落チ、其ノ華孤リ栄ユ

と花実が対比されており、「花」は「浮詞・艶流」と捉えられ、「実」は明確には示されていないが、文の流れからは、「奢淫」に流れることのない人心をそのように喩えているといえよう。同書の注では、「和歌の「こころ」という「実（真実）」がみな消え落ちて、和歌の「ことば」という「花（あや）」だけが咲き栄えているという」と解して、「文・質に対する花・実の論は、文心雕龍など六朝の詩論による表現」とも注している。漢語の「実」を和語の「まめ」とし、否定形を「あだ」とするのは順当な手続きであると言えよう。

類似した例は、六歌仙評にも見られる。僧正遍昭は、仮名序では、

僧正遍昭は、歌の様《さま》は得《え》たれども、誠《まこと》少《すく》なし。たとへば、絵《ゑ》に描《か》ける女《をうな》を見て、徒《いたず》らに心を動かすがごとし。

と評されていて、花実論との関わりはなさそうだが、真名序では、

崋山僧正、尤得タリ㆓歌体ヲ㆒。然レドモ其ノ詞華ニテ而少ナシ㆑実。如シ㆔図ニ画ケル好キ女ニ、徒ラニ動カスガ㆓人情ヲ㆒

と、花実論による評となっている。仮名序に照らせば、「実」は「誠」であり、「華」は「様」となろう。先の例と併せても「実」という言葉で表そうとしているものが、倫理性をも含んだ誠実さというような方向へ向かっている様も知られよう。また、花実論が漢文学で語られる概念であることも浮き彫りとなろう。

『古今和歌集』に先行する『新撰万葉集』の序文は漢文で書かれているが、ここでも花実論による論及が見られる。

倩《ラ》見《ルニ》二歌体《ヲ》一、雖《ヘドモ》二誠《ニ》見《レ》一レ古《ヲ》知《ルト》レ今《ヲ》而以《テ》レ今《ヲ》比《ブレバ》レ古《ニ》、新《ニ》作《レルハ》花也、旧製《ノハ》実也。以《テ》レ花《ヲ》比《ブレバ》レ実《ニ》、今人《ハ》情《ヲ》彩《リ》剪《リ》レ錦《ヲ》、多《ク》述《ベ》二可憐之句《ヲ》一、古人《ハ》心緒織《リ》レ素《ヲ》少《シク》綴《ル》二不整之艶《ヲ》一

とする。古人の作を「実」として、当代の作を「花」としている。「花」は「彩」「錦」であり、「可憐之句」すなわち美しい歌句を連ねる。「実」は心情表現が「素」であり、「不整之艶」すなわち美的表現が十分に整わない歌句を少し含んでいるとする。(17) 花実に優劣の判断はなく、それぞれ時代に応じた表現がなされているとするが、やや「花」的なものに表現の進化を認めた言説だと考え得よう。

さらに、貫之晩年の『新撰和歌集』の序では、

抑《モ》夫《レ》上代之篇、義漸《ク》幽《ニシテ》而文猶《シ》質《タリ》、下流之作、文偏《ニ》巧《ニシテ》而義漸《ク》疎《タリ》、故《ニ》抽《ク》下始《メ》レ自《リ》二弘仁一至《ル》二于延長《ニ》一詞人之作、花実相兼《ナルヲ》上而已、今之所《ハ》レ撰《ズル》玄之又玄也

とやはり上代の風と当代の風とを対比させている。上代の風は「義」が「幽」で「文」は「質」だとする。当代の風は「文」が偏に「巧」であり、それは「義漸疎」という弊に陥るとする。これは「花」的なものの過剰といってよい。その中でも「花実相兼」のものを撰んだのがこの集であるとする。

こうして平安朝初期の言説を見てゆくと、花実論の輪郭が見えてくる。「実」は表現される心に関わり、「花」は表現そのものに関わる。「花」が少ないのは稚拙であり、「花」の進化は重要であるが、ともすれば「花」は過剰になる傾向があり、「実」がおざなりになる。そうした弊への批判として花実論の枠組みが使われる。言うまでもなく「花実相兼」こそが理想である。

そもそも花実論の源は中国詩論にある。すでに多くに指摘されるように、六朝時代の詩論『文心雕龍』(18) においてそ

れは見られる。よく言及されるのは「程器第四十九」の中の「近代《ノ》辞人、務《メ》レ華《ヲ》棄《ツ》レ実《ヲ》」の文言である。「実」を忘れ「花」に趨る近代の文章への批判と読める。しかし、注意すべきは、これは他の論者の誤った評として言及されるものであり、著者である劉勰の考えとは異なる点である。彼はむしろ「花」を重視する傾向を持つ。

例えば冒頭近くの「徴聖第二」においては、孔子が文飾を重視することを批判する顔闔なる人物の評を引きながら、次のように述べる。

顔闔以為《ラク》、仲尼飾《リ》レ羽《ヲ》而画《キ》、徒《ニ》事《トスト》二華辞《ヲ》一。雖《ヘドモ》レ欲《スト》レ譬《ラント》レ聖《ヲ》、不《ル》レ可《カラ》レ得已。然《ラバ》則《チ》聖文之雅麗《ナルハ》、固《ヨリ》銜《ミテ》レ華《ヲ》而佩《ブル》レ実《ヲ》者也

劉勰は、文を文たらしめるものとしての文飾の要素を重視している。聖人の文章は「雅麗」なのであり、「花」の側面をあくまでも重視した上で「実」も備わるのである。花実相兼であることが理想であることには相違ないが、その実現のためには「花」の要素を重視するのが彼の花実論である。

先に見た平安初期の言説でも、『古今和歌集』序文とはやや相違があるが、『新撰万葉集』とは重なる位相であると言えよう。むしろ、後者の受容の方が劉勰の思想には近いとも言えよう。平安朝の歌合判詞においても、「花」をむしろ重視する文言は見られるのである。

例えば、元永元年（一一一八）十月二日内大臣家歌合では、判者藤原基俊の「和歌、詩などは詞をえりて先花後実とぞいにしへの人も申しける」という明らかに「花」を重視する発言も見られる。源俊頼の歌、

口惜しや雲ゐがくれに住むたづも思ふ人には見えけるものを

の和歌に馴染まない「口惜しや」の初句と、「雲ゐがくれに住むたづ」という漢文的であって和歌にやはり馴染まない表現を具体的には問題にしている。同類の文言は平安朝の歌合には散見し、中世においても千五百番歌合での顕昭判の中にも「大和歌は尤花をさきとすべきにこそ」という発言も見えている。[19]

こうして見てくるならば、花実論は、本質的には相兼論ではありながらも、「花」と「実」のどちらを重視するかによって、様々な位相を呈して来たことも知られる。それはそれぞれの言説の抱える文学的な課題を反映している場合もあれば、批評の対象となった作品自体が抱えている問題の反映の場合もある。それは当然のことながら、時代の問題とも絡んでこよう。

六　『毎月抄』へ

『新古今和歌集』と『新勅撰和歌集』との対比に至る花実論の展開として、『毎月抄』が問題となることは、すでに『幽斎聞書』の所でも見てきた。俊成および定家の花実論について言及した後に、その問題を考えてみたい。

とはいえ、俊成・定家の歌論において花実論が大きな主題性を持っているわけではない。歌論書でも『毎月抄』を除いては、俊成の『古来風体抄』の末尾近くにおいて、『金葉和歌集』について、「少し時の花を折る心の進みけるにや」という文言が見られる程度である。さすがに、多くが残されている歌合判詞においては、花実への言及が散見する。

俊成の場合、例えば永万二年（一一六六）中宮亮重家朝臣家歌合で、源重家の、

いかで我しばしこの世にながらへて月見る秋のかずをかさねむ

に対して「不飾文花、偏全義実」と評し、さらに「ことばをかざらずして月を思へる心深し」と評している。用語の不適切さを指摘されながらも、「姿をかし」とする相方の源頼政歌と持という判定であり、必ずしも「実」を重視することが勝敗にまで及んでいないことも注目されよう。

また、承安三年（一一七三）三井寺新羅社歌合では、源信親の

夜もすがら雪のうはぎは重ぬれどさえこそまされ野辺の旅寝は

と、藤原智経の

あだにこそ野辺のかりほはむすびつれ思はぬ夜半の雪のうはぶき

を、「共飾其花頗忘其実歟」と評している。題は「野宿雪」であり、「雪のうはぎ」「雪のうはぶき」のやや見え透いた比喩表現に両者の作意は集約され、それ以上の心の動きや心の深さの表現は見られない。そのあたりを花実論の枠組みで批判している。

俊成の他の判詞中の花実への言及も、特別に取り上げなくてはならない問題を含むわけではなく、花実論的な思考が、俊成にとっては格別な問題とはならないことを示していよう。

定家の歌合判詞では、建保元年（一二一三）閏九月内裏歌合に「其体高其詞艶也、可謂花実相兼」が、建保五年（一二一七）冬題歌合に「義実文華相兼」の評が見られる。両者共に順徳天皇の歌に対するものであり、ほとんど儀礼的な文言であると言えようか。俊成の場合もそうだが、漢文による言及となっており、花実論が中国的な論理であることが意識されているのであろう。天皇歌に対する儀礼的な言及には、それがふさわしいものとなろう。さらには、やや常識論的な、公式的な思考であるともいえまいか。

その定家の場合、一転するかのように花実論を重視した立論を見せるのが『毎月抄』である。この歌論の説く内容は多岐にわたり、様々な歌論的な問題、詠作上の問題が含まれているが、特質的な議論としては十体論の展開、特に「有心体」の重視を取り上げるべきであろう。「有心体」は格別な境地に入ることにより実現されると、やや神秘的に語り出される芸術的な達成であるが、その根底には徹底した「心」の重視がある。その中で「心」と「詞」との関係

を述べる部分で花実論は重要な論の枠組みとなっている。

すなわち、「歌の大事は詞の用捨」からはじまる議論である。詞自体には優劣はなく「続けがら」によるものであるとする。したがって、「されば、心を本として詞を取捨せよと亡父卿も申し置き侍りし」と述べた後、花実論は展開する。

或人、花実の事を歌にたて申して侍るにとりて、「古の歌は皆実を存して花を忘れ、近代の歌は花をのみ心にかけて実には目もかけぬから」と申したためり。尤もさとおぼえ侍る上、古今序にもその意侍るやらむ。さるにつきて、なほこの下の了簡、愚推をわづかにめぐらしみ侍れば、可心得事侍るにや。いはゆる実と申すは心、花と申すは詞なり。必ず古の詞強く聞こゆるを実と申すとは定め難かるべし。古人の詠作にも、心なからむ歌をば無実歌とぞ申すべき。今の人のよめらむにも、うるはしく正しからむをば有実歌とぞ申し侍るべく候。

という部分である。だからと言って詞も重視すべきことを説き、心と詞とは「鳥の左右のつばさの如く」と心詞相兼を理想とし、その上で、「心の欠けたらむよりは詞のつたなきにこそ侍らめ」と結論する。

花実論としては「実」を重視する展開であり、「心」の重視である。『新古今和歌集』と『新勅撰和歌集』とを花実論で対比させ、後者に重きを置く言説とは近似な姿勢を示している。新勅撰期の定家の主張として捉えられていることとは一致を見よう。しかし、最大の違いは、和歌表現の現在に対しての批判とはなっていない点である。今の時代であっても「うるはしく正しからむ」歌は「有実歌」だということである。無論、心の欠如する歌は存在するのだが、それとて「古人」の作品にも存在し、「無実歌」は、現代のみの問題ではないとしている点である。

『毎月抄』は、伝本に存する為家の奥書の「承久元年七月二日或人返報」が、執筆時期の根拠となっている。建保期の最後に属する時期に書かれたことになる。しかし、この奥書の記載をめぐり、さらには、そもそも定家著であるかの問題をめぐり、議論が終息しているわけではない。

近年の『毎月抄』偽書論として、松村雄二の論がある。[20] 松村論では、実際の詠作との乖離としか捉えられない十体論を後代的な論理的な枠組みであるとする。その中で花実論を援用することにより「心を本として詞を取捨せよ」で尽きるべき論旨を、心・詞の優劣論に導いてしまう「自縄自縛」を見る。さらに花実優劣論は、先に本論でも引いた為家周辺の言説との時代的な類同性を持つことになる。すなわち、定家的であるよりも為家以後的な論であると考える。論述内容の後代性については、君嶋亜紀の論[21]でも、本歌取方法論の側面から論じられる。本歌の歌句の置き所論に注目し、為家以後の為家を範とした人物による論と想定するのがふさわしいとの指摘がある。

そもそもが、『毎月抄』偽書論は、この書が後代的な言説を展開している所から発していたように思われる。そうした後代的な思考を、『新古今和歌集』以後の定家が自身で抱いていたかどうかに関わろう。この問題は解釈の幅をかなりに許容するという性格を持つことも確かであり、長らく棚上げにされた問題であった。[22] むしろ奥書から想定される二つの宛先の可能性、源実朝・衣笠家良のそれぞれの可能性を含めて、書物としての定家成書の可能性から真偽論が吟味されてきたと言ってよい。

そうした過程で、この歌論書の論述態度や記載内容から、順徳院を宛先とする藤田百合子の論[23]は注目される想定であった。そう考えた場合、文中の後鳥羽院への言及の仕方をはじめとして、いくつかの疑問点も残されていた。その問題点は田仲洋己の論[24]の徹底的な検証により、かなりの部分は解決されたと言ってよい。承久元年（一二一九）七月二日という日時の詳細は別としても、おおよそこのような時期に順徳院に定家が宛てた書として見る蓋然性はかなり高まったものと思われる。すでに本書でも見てきたように、順徳院は『新古今和歌集』以後の時代を領導する人物であり、定家はその指導的な存在であったことは繰り返すまでもない。彼等が抱える時代的な問題は、すでに一つの様式が確立した後の問題であることも、すでに述べてきたつもりである。そのような時代の中心での歌論であるならば、その時代の持つ後代性は反映しても当然であろう。

言うまでもないことだが、『毎月抄』が定家の歌論であると前提できたとしても、『新古今和歌集』と『新勅撰和歌集』との花実論による対比と、定家の花実論が直接は結びつく関係でないことは、先にも述べたとおりである。しかしながら、淵源からしても沿革からしても、むしろ「花」を重視する傾向がある花実論を援用しながら、「実」を重視する言説へ持ってゆこうとする論の運び方には注視してよいであろう。やはり「花」の季節が終わり「実」の季節へと和歌史が移ってゆく時代の性格を反映しているのではなかろうか。

おわりに

『新勅撰和歌集』は、承久の乱の後に撰ばれる。この戦乱の宮廷社会に及ぼした影響は軽々には論じられないほど大きなものがある。しかし、勅撰和歌集としては『新古今和歌集』の次の集である。『新古今和歌集』は中世和歌の骨格を確立させた歌集であると考える。そこには、様式確立に至るまでの模索の姿も示されていて、それが集の魅力となっている。本章で見てきたのは、それを継承してゆこうとする、様式を作り上げる時代から継承してゆく時代へと変化していった新古今直後の時代の位相であった。戦乱という節目はありながらも、基本的にはしたたかに、和歌の時代様式は受け継がれてゆく。

無論、『新勅撰和歌集』という文学的な達成は、継承期の時代様式という形だけで捉えられるものではない。多くの勅撰和歌集がそうであるように、一首一首の検討は概括を拒むような様々な側面を読み取らせる。しかし、大きく捉えるならば、『新勅撰和歌集』は、それに嗣ぐ『続後撰和歌集』以後の歌集との共通点を『新古今和歌集』との間以上に示すのではないか。二条派を中心とする和歌史を継承と捉える言説での連続と断絶の意識もそのあたりに求められよう。そうした視野に立つならば花実論による対比も、中世和歌史の中では意味を持つ言説となり得るのではないだろうか。

注

（1）『風巻景次郎全集　第六巻』（桜楓社・一九七〇年・四六八頁）

（2）例えば、藤平春男『新古今歌風の形成』（『藤平春男著作集　第一巻』笠間書院・一九七九年、所収）では、定家の理念そのものの変化よりもむしろ『新古今和歌集』を支える歌壇的な基盤が崩壊した点を重視し、「新勅撰歌風の主軸は歌壇的環境の〈場〉を失った気分象徴歌、新古今の亜流的作品と見るのが正しいであろう」（一三〇頁）と位置付ける。

（3）吉田幸一編『影印本百人一首抄〈宗祇抄〉』（笠間書院・一九六九年）により、明かな誤りは私に校訂した。

（4）無論この場合も、『耳底記』で問題になる、どのような形での割合なのかは問題になる。

（5）石神秀美「『百人一首応永抄』小論―応永抄の奥書を疑う―」（山田昭全編『中世文学の展開と仏教』おうふう・二〇〇〇年）

（6）澤山修「「宗祇抄」作者論」（『国語と国文学』八二巻九号・二〇〇五年九月）

（7）『井蛙抄』の本文は問題が多いが、そのあたりの概観は『歌論歌学集成　巻十』（三弥井書店・一九九九年）に小林強による解題として示されている。

（8）「正風体」という概念を為世まで遡れるかは問題だが、頓阿には少なくともこうした概念は存在した。

（9）『復刻日本古典全集　言塵集』（現代思潮社・一九八七年）による。

（10）このあたりの経緯については、村尾誠一「理世撫民体考」（『国語と国文学』六三巻八号・一九八六年八月）で述べた。

（11）樋口芳麻呂「続後撰目録残欠とその意義」（『国語と国文学』三六巻九号・一九五九年九月）所載の本文による。
（12）片桐洋一監修ひめまつの会編『八代集総索引　和歌自立語篇』（大学堂書店・一九八六年）による。
（13）このあたりの問題は『久保田淳著作選集　第三巻　中世の文化』（岩波書店・二〇〇四年）の中でも繰り返されている。
（14）手崎政男「『新撰和歌』の編集における貫之の意図―「花実相兼」ということの意味するもの―」（『富山大学文理学部紀要』一二号・一九六三年二月）、実方清「文芸理論における花実論（一）～（三）―心詞論と虚実論の関連において―」（『日本文芸研究』二六―三～二七―四・一九七四年九月～七五年九月）など。
（15）『日本古典文学全集　歌論集』（小学館・一九七五年）の「歌論用語」にはすでに必要な情報が要領よくまとめられている。
（16）ルビは底本では仮名表記である。
（17）『新編国歌大観』の本文は「不慭之艶」であり、意味が通りにくいと思われる。
（18）『文心雕龍』は、戸田浩暁校注『新釈漢文大系　文心雕龍』（明治書院・一九七八年）による。
（19）一三〇四番の「義実にほこり」と評される具親歌と、「艶華をこのめり」と評された定家歌に対する評の中での発言である。
（20）松村雄二「『毎月抄』真作説への違和」（有吉保編『和歌文学の伝統』角川書店・一九九七年）
（21）君嶋亜紀「『毎月抄』の本歌取論について」（『国語と国文学』八三巻八号・二〇〇六年八月）
（22）研究史的には福田秀一『中世和歌史の研究』（角川書店・一九七二年）所収の「定家偽書の成立と毎月抄その他の真偽について―現段階と問題点を主として―」、「詠歌一体（甲本）の成立と毎月抄偽書説について」により真作と考える方向にほぼ傾いたが、やはり、歌論内容の後代性からの疑問は解けていたわけではない。
（23）藤田百合子「『毎月抄』について―その宛先と定家真作としての整合性―」（『国語と国文学』六五巻六号・一九八八年六月）
（24）田仲洋己「『毎月抄』小考」（『中世前期の歌書と歌人』和泉書院・二〇〇八年）

第三章　二条為世の時代

第一節　二条為世試論

はじめに

二条為世の作品について考えてみたい。『新古今和歌集』以後の中世和歌の保守本流は二条派により形成される。保守本流とは主に歌人の社会的なあり方からの謂いであるが、作品の側面でも、やはり主流的な作風を形成すると言ってよいであろう。ここでは、二条派という流派形成に要の位置を占める為世(1)に焦点を当てて、二条派の和歌とはどのようなものなのかを、具体的な作品に即した形で考えてみたい。

一　為世論の沿革

為世が二条派の重要な位置を占める歌人であることは繰り返し述べられているが、彼の作品自体はあまり論じられることがない。早くは、久松潜一の論で(2)、「平淡」であり「理屈」の入った作品が多く、為家・為氏の歌風の継承に過ぎないと捉えられているが、加えて「保守的」「守旧的」であるとか「面白味がない」「凡庸」などという、おおよそ京極派との対比において、価値的に低い評価を含んだ言葉で捉えられるのが現在の為世認識の通例であろう。これは、ほぼ二条派全般の作品を捉える言葉ともそのまま重なる。

一方、多くの優秀な門弟を持ち、和歌界の主流にあり、二度の勅撰撰者となった人物であるという、歴史的な評価も無視できない。山西商平は為世を集中的に論じたが[(3)]、主として歌論を通して、為世の歴史的意義を「和歌を狭い世界から解き放ち、より広い層への門戸開放を志向」するものと把握する。そのためには、容易に継承しうることが条件であり、彼の論や作品はそのような要請に叶うものと論じる。それは井上宗雄のいう、地下の門弟たちを代表とする「和歌の階層的普及」という意義[(4)]とも共鳴する。

歴史的な意義はそれなりに評価をされながら、作品の意義についてはほとんど概括的な評価でしかなく、具体的な作品に即した論はなされていないといってよい。最近の論では、田村柳壹が、為世撰の『新後撰和歌集』『続千載和歌集』の自撰歌（二条派の言う極信体）に即してその作品の把握を試み、「本歌からの詞取りを契機として、伝統的な発想を変容させた、斬新かつ独自な趣向の歌が見られる。」と、伝統に依拠しながらもそのなかで、新しい趣向や構想を求める為世の創作のあり方を説明している[(5)]。田村の把握する為世の方法は、為家以来の詞の次元に分解して古歌を摂取してそこから新しい世界を再構成して行くという、定家のそれとは性格の異なる〈本歌取〉を基本として、そうした新しさを実現しようとするものとして認識する。私見によれば、〈本歌取〉という括弧により特殊化された術語は、その示す概念はともかくも、用語としては疑問がある。やはり、彼らの時代にも定家的な「本歌取」も健在であり、言葉のみを摂取する行為とはやはり術語として区別しておくべきだと考える。また、そこで実現させるものを「趣向と構想の新しさ」と捉える見方にも疑問を差し挟んでおきたい。しかし、このような把握は、為世の二条派の作品の世界を一歩踏み込んで認識し記述しようとするもの[(6)]として注目しておいてよいだろう。

こうした論とは別に、石田吉貞のような論もある。石田は二条派の価値を高く評価するのであるが、二条派の特質として「外面的な刺戟や美しさを避けて、心のうちに美しさを求めようとしたこと。すなわち内面的であったこと」「古今集を主とした古き文学世界を慕い、典雅端正を貴んだこと、すなわち古典的であること」「新古今的な華麗妖艶を避けて優艶を求めたこと」の三点に集約している。そして、「妖艶」の部分以外では定家の継承であることを強調する。そして、「無気力平板」「平淡」といったレッテルを激しく否定する。石田の論は個性的な部分が多く、そのまま継承するのは難しいと思うが、二条派を扱う言説の中ではやはり注意する必要があるだろう。

以上、二条派に関するものも含めて、為世を論じた言説を大まかに振り返ってみたが、やはり、作品自体の具体的な検討はこれからの課題であるといってもよいであろう。作品が魅力を持たないと言われ続けている故でもあるが、為世の作品が読みやすい資料的な環境にないことも一因である。為世には満足に家集が存在しない。(7)作品の集成はなされたが、(8)為世の作品を通覧するような全体像の把握などはなされないままである。

本稿では、二つの応制百首、「嘉元百首」「文保百首」(9)の為世の作品を検討したい。それぞれ為世が撰者となった『新後撰和歌集』『続千載和歌集』の料としての百首であり、常識的な判断をすれば、為世自身も相当の力を入れて詠んだものと考えられるだろう。前者が嘉元元年（一三〇三）の成立で為世五十四歳、後者が元応元年（一三一九）頃の成立で七十歳前後である。両者の成立はかなりの時間の隔たりを持ち、その間の作品の差についても論じられるべきだが、ここではむしろ通底する問題に焦点を当てて考えてみたい。という以上に、為世という個性よりもともかく、冒頭でも述べたように中世二条派の和歌を通底する問題を為世の作品を通して考えてみることが主眼である。為世の作品を通して少しでも具体的な把握と記述が試みられればと思う。

二　伝統主義の詩法

為世の「嘉元百首」は次の「立春」題の歌で始まる。

春立つといふよりやがて霞みけりあくる雲井の天の香具山

この歌は、『拾遺和歌集』の巻頭歌「1春立つといふばかりにやみ吉野の山もかすみて今朝は見ゆらん」（春歌上・壬生忠岑）を本歌としていると考えてよいであろう。同時に、『新古今和歌集』の二番目の歌「2ほのぼのと春こそ空に来にけらし天の香具山霞たなびく」（春歌上・後鳥羽院）の影響も大きいと見てよいだろう。香具山の立春は、そもその『万葉集』（巻十・一八一六）の歌が『新勅撰和歌集』に「5ひさかたの天の香具山この夕べ霞たなびく春立つらしも」（春歌上・読人不知）と載り、『続後撰和歌集』にも「4久方の天の香具山照らす日のけしきも今日ぞ春めきにける」（春歌上・藤原実定）があり、『続古今和歌集』では巻頭が「1名に高き天の香具山けふしこそ雲井にかすめ春やきぬらむ」（春歌上・藤原定家）である。

『新古今和歌集』以後に十分に伝統化された風景である。そうした風景が、基本的な所では、和歌伝統の規範である三代集的な枠組みに重なる。為世といえば必ず引かれる『和歌庭訓』の一節

但、新しき心いかにも出来がたし。世々の撰集、世々の歌仙、よみのこせる風情有るべからず。されども人の面のごとくに、目はふたつ横様に、鼻はひとつたてざまなり。昔よりかはる事なけれども、しかもまた同じ顔にあらず。されば歌もかくのごとし。

をよく体現するような作品である。

もっともこの文言は、基本的に共通した造作の中にある微妙な、しかし決定的な差の存在の主張とこそ読むべきであり、その先で言う「さすがおのれおのれとある所あれば、作者の得分となるなり」にも注意すべきであろう。では、この歌の「得分」をどこに認めるべきなのだろうか。三句目の「あくる雲井の」という句も『秋風抄』の巻頭「岩戸山天の関守今はとてあくる雲井に春は来にけり」（春歌・藤原知家）にすでに見られ、そもそも先に引いた後鳥羽院の歌からもこうした風景は容易に浮かび上がろう。結局は、為世のしたことは、先行する表現を再構成したということになるのだろう。田村柳壹のいうように「既存の和歌世界を共有した上で再構成する」[10]という方法であろう。やはり為世の基本的な詩法は伝統の再構成にあると考えたい。その手腕により世界が展開するのである。

では、そうして再構成された世界とはどのようなものなのであろうか。作品の実現させた世界を捉えると言うことは、結局は読み手により様々な像を結び得るわけではあるが、この作品の場合、香具山の立春という風景が詠み出されていることまでは異論はなかろう。それは、香具山の持つ蒼古な高山というイメージから発する世界の広がりを余情として実現させ、立春という特別な時間がより格調高い印象で捉えられることになるのだと考えたい。三代集的な骨格の上に、そうした余情を実現させられるような風景を構成するのであるが、その風景も為世に先行する作例の積み重ねですでに十分成熟しているのである。

為世が伝統主義者であることは今更論じるまでもない。彼の作品には、三代集に依拠した作品も少なくない。このこと自体は中世の和歌として当然の恒数ではあるが、そうしながらも、決して為世の世界は平安和歌に回帰するのではなく、やはり中世[11]的な世界を構築しているように思えるのである。

もう少し作品を見てみよう。「嘉元百首」の夏部「盧橘」題の歌

ふる里の花たちばなも色よりも香こそあはれに昔忘れぬ

は、『古今和歌集』の「33色よりも香こそあはれと思ほゆれ誰が袖ふれし宿の梅ぞも」（春歌上・読人不知）を本歌としてその骨格にしていると考える。そして同じ集の「139さつき待つ花たちばなの香をかげば昔の人の袖の香ぞする」（夏歌・読人不知）の世界をも踏襲していよう。さらに「ふる里」という場所を詠み込むのは、「1975雨間明けて国見もせむを古里の花橘は散りにけむかも」（万葉集・巻十・作者未詳）、「ほととぎす君につてなむ故郷の花橘は今ぞさかりと」（源氏物語・幻）以来の伝統もあり、中世においても「故郷橘」という歌題も繰り返され、同じ「嘉元百首」にも内大臣藤原内実の「故郷の花橘の風のうちにいくよの人の袖残るらむ」にも見られるように、繰り返し詠み継がれた組み合わせである。古代の蓄積を引き継ぎ、中世にも好まれた趣味であったと思われる。さらに「花たちばなも」の「も」は本歌を介して梅の香を想起させるだろうが、その梅の香が「昔」を想起させる世界については、ここで改めて例示する必要もあるまい。

こうして見てくると、この作品は意外に多くの内容が含包されている作品であることにも気づかされる。為世は、『和歌庭訓』の中の「余情」を論ずる箇所で「大方の歌の徳は、わづかに三十一字の内におほくの心をよみあらはすを徳とす。」という文言も残している。ここに実現した世界を考える場合、この文言は無視できまい。「余情」は言外に自ずと感得されるものであろうが、為世の場合、伝統の再構成によりそれを意識的に方法的に構築していよう。そうしたあり方は、為世の特別なものと言うよりも、俊成・定家以来の方法であるというべきであろう。が、為世の場合、その再構成による構築自体がすでに先例として存在し、伝統化すらしている。十分に成熟した「型」にさえなった結実を縦横に用い構成し直すことも可能になっている状況にあろう。

やはり「文保百首」には、もう少し淡泊な印象の作品が目立つようにも思える。「春」五首目もそのような印象の作品である。

里人の袖をぞけさは白妙の雪に連ねて若菜つみける

『古今和歌集』の「22春日野の若菜つみにや白妙の袖ふりはへて人の行くらむ」（春歌上・紀貫之）の本歌取であり、ほとんど同様な世界であろう。ただ、本歌には見られない雪の世界が現出するが、それとて、「白妙の」からの容易な連想であり、近い時期にも『新撰和歌六帖』の「君がため袖ふりはへて白妙の雪も消えあへず若菜摘むらむ」（若菜・藤原知家）の例もある。しかし、知家歌に比した場合、「雪につらねて」という表現により、いっそう袖と雪との重なりが視覚的に鮮明である。雪を容易な連想といったが、伝統的に納得のゆく展開の上で世界の構成がなされるのである。

同じ百首の夏七首目(12)

天の川雲のみを行く月影は残りて早く明くる短夜

も『古今和歌集』の「882天の川雲のみをにてはやければ光とどめず月ぞながるる」（雑歌上・読人不知）を本歌として機知的な展開をとげた作品と読めよう。本歌は、早く流れる雲の中の月の情景だが、それを夏の短夜に転換している機知であるといえよう。その機知も同じ『古今和歌集』の「166夏の夜はまだよひながら明けぬるを雲のいづこに月やどるらん」（夏歌・深養父）以来の伝統により説明することが可能である。これなども、古今的な伝統のみでの再構成ではあるが、本歌に比べれば「おほくの心」が実現していて、やはり平安朝の和歌とは異なるであろう。

少ない例をあげたのみだが、三代集を本歌としたこうした作品は、その上に、様々な伝統の原理に従い、それを根拠にするように明証的に、世界をさらに展開していると考えてみたい。久松潜一以来いわれる「理屈」とはこのようなことなのだろうが、それにより実現する世界は、為世自身のいうように意外に「おほくの心」を内包する世界なのである。こうした手法は、万葉平安以来の、新古今時代においてすでに「古典」と意識された和歌伝統のみの存在ではなく、そうした伝統を実際に再構成して展開させた新古今時代以来の積み重ねの成果も十分利用してのものであろう。しばしば、彼の歌が、そうした中世になってからの積み重ねを意識しながら、その影響を受けるように展開させるのは注意してよいだろう。場合によっては二重にも三重にも積み重ねられた伝統世界を再構成して、意外に「おほくの心」を内包する和歌世界を結晶させるのだが、そのようなことを可能にするのは、新古今時代を経過した後の時代故であろう。為世の作品は、そうした時代故の作品であり、それは為世という個性を越えて、流派や時代に受け入れられた詩法であると思うのである。

三　中世的な歌句

為世の場合もそうなのだが、中世の和歌を読んでいると、もっぱら十三代集で頻繁に用いられる歌句が目につく。仮に中世的な歌句とよんでおく。それらの位相は様々であるが、先に見たような伝統の再構成により「おほくの心」を実現し得る詩法に関わりを持ちそうな問題でもある。作品に即していくつかを見てみたい。

「嘉元百首」春十二首目の

たえだえにへだてもはてで山桜霞にまじる花の白雲

の「花の白雲」はそのような言葉である。勅撰集では十三代集に十六例、初出は『新勅撰和歌集』で、八代集には作例がない。花を白雲にまがえる発想は辿るまでもなく普遍的であるが、それを凝縮した表現である。もっとも、この表現自体は『袋草紙』所引の永久四年実行卿歌合の藤原仲実「高砂の花の白雲立ちにけり我山もりになりやしなまし」あたりにも遡れるが、歌句として使い回されるのはやはり新古今時代以後のことのようである。この歌の場合、

「花」がほとんど「雲」と言葉続きで一体化されることにより、「雲」そのもののように、歌の風景を作っていく。「霞にまじる」という景の動きは、藤原家隆の「有明の霞にまじる花の蔭くれなばなげとまたやたのまむ」（壬二集）などの先蹤もあるが、為世の歌の「雲」がからむ景の動きは具体的である。こうした凝縮した歌句は一面で言葉のみにしか由来しない趣向の先行という事態を生みかねないが、逆に、言葉によるからこそ新たな景の構成も可能にするであろう。

春七番目の作品

木ずゑをばよそにへだてて梅の花かすむ方よりにほふ春風

の「にほふ春風」も同じような表現であろう。勅撰集十七例のうち一例以外が十三代集である。春風が花に香るという発想は『古今和歌集』にもすでに「103霞立つ春の山辺はとほけれど吹き来る風は花の香ぞする」（春歌下・在原元方）などに見えるが、『金葉和歌集』に見られる例外の一例「29吉野山峰の桜や咲きぬらん麓の里ににほふ春風」（春部・藤原忠通）あたりを早い例として、歌句として凝縮されている。具体例は省くが新古今時代の歌人たちに繰り返し用いられ、以後十三代集でも繰り返されているのである。歌句を凝縮することにより、嗅覚により春風を感じるという把握が、いわば独立した素材として一首の中に働くわけだが、だからといって、際だった特異な世界の把握に繋がるのではないことは、先の例とも同様であろう。しばしば『新古今和歌集』で見られるような、感覚の複雑な交錯や転換といったことを、必ずしも目指すものではない。

「文保百首」秋二十番

いとど猶したふ涙の露そへてしほる袂の秋のわかれ路

の「秋のわかれ路」もそのような言葉であろう。十三代集には六例とあまり多くはないが、同じような言葉として

「春のわかれ路」も存在して、勅撰集以外でも中世の歌人の作例は少なくない。「わかれ路」自体は『古今和歌集』の「415糸による物ならなくにわかれ路の心ぼそくも思ほゆるかな」（羇旅歌・紀貫之）にまでも遡れる歌語だが、季節の複合した歌句は藤原良経の「答ふべき荻の葉風も霜がれて誰に問はまし秋のわかれ路」（千五百番歌合）あたりが早い例だろう。為世の歌の場合『後撰和歌集』の、「1321ともどもに慕ふ涙のそふ水はいかなる色に見えてゆくらむ」（離別・読人不知）のような感情の発露の強烈な作品を本歌にしているのだろうが、そうした感情を「秋」と、「わかれ路」という羇旅の別れの伝統との複合で受け止めているのであり、その複合自体にも伝統的な整合性があるのは言うまでもない。

同様な言葉として「春の淡雪」「霞の袖」「くずの下風」等々を見ることができるが、いずれにしても、伝統的な和歌表現の蓄積が凝縮されたような言葉である。こうした和歌伝統を凝縮したような表現が多く生産されるのは、先の例でもふれたように、院政期以後、わけても新古今時代のようである。十三代集で使い回されるそうした表現は、十三代集自体の時代に作られたというのではなく、多くが新古今時代に根拠があるようである。伝統をさらに凝縮したものが、新たな伝統として、素材として用意されているのが中世和歌の時代であり、それを前提に歌を作ることが可能な時代に至っているのである。

もっとも、「制詞」とよばれる、為家の『詠歌一躰』でいえば、例えば「うつるもくもる」「嵐ぞかすむ」「露の底なき」などのような言葉続きとはかなりに異なる歌句である。あくまで把握の仕方は穏当であり、古典和歌の伝統により説明できる世界を逸脱しようとする志向を持つ物ではない。伝統的な世界を凝縮した素材として一首の中で機能するのである。こうした言葉を為世を始め中世和歌では使い回すのだが、それは彼らの和歌世界の築き方の一つの方法であろう。いわば中世的な歌句という「型」が存在するのだといえよう。

四　玉葉・風雅的ということ

ところで、最初にも述べたように、為世は京極派との対比で語られることが多い。京極為兼との様々な対立は、この時代の歌壇史的な出来事としては極めて重要である。そして、その作品の作風もかなりの相異を見せるわけだが、しかし、一方では為世の歌は『玉葉和歌集』には十首、『風雅和歌集』には七首と少なからぬ数が、採られている。それらの歌は、二つの集の歌としても特別な矛盾はない。この問題はすでに久松潜一により指摘され、「同じ作者と思えないほど、玉葉風を表して居る。」とか「為兼はこのようにして為世の歌のなかから玉葉的なものをとり出して居るのである。」などと述べられている。(13) この二つの百首からも、「嘉元百首」からは『玉葉和歌集』に二首、「文保百首」からは『風雅和歌集』に五首の歌が入集している。ここでもそうした作品についても考えてみたい。特に「嘉元百首」は為兼との確執が大きな問題となる渦中での作品であるといってよいだろう。最初にその作品からみることにする。

冬五首目（霰）の歌

浮き雲の一むらすぐる山颪に雪ふきまぜてあられ降るなり　（玉葉集・冬歌・一〇〇六）

は『玉葉和歌集』に入集するが、確かに、自然の変化する様の捉えられ印象的な作品である。独自の感性による自然の観察に由来しそうな作品だが、「雪ふきまぜて」という言葉と風景は同じ集の中の「33なほさゆる嵐は雪を吹きまぜて夕暮れ寒き春雨の空」（春歌上・永福門院）などに共通し、さらに定家の「白妙にたなびく雲を吹きまぜて雪にあまぎる峰の松風」（拾遺愚草）などにも遡り得る。また、上の句の風景と言葉は『新古今和歌集』に、「265露すがる庭の玉笹うちなびき一むら過ぎぬ夕立の雲」（夏歌・藤原公経）などに遡り得て、すでにある作品との関係のあり方はすでに見たように為世の詩法として経常的である。

また、雑十一首目（山家）

この里は山かげなれば外よりも暮れ果ててきく入相の声　（玉葉集・雑歌三・二二〇五）

も玉葉的な景ではある。実現された風景はともかくとして、歌の骨格をなす発想は、山陰は早く暮れやすいという事であろう。こうした発想はかなりに単純な機知ともいえるが、「山陰」という歌語の早い作例は『万葉集』の「1879春されば木のくれおほみ夕月夜おぼつかなしも山陰にして」（巻十・作者未詳）などにも辿れるだろう。また、為世撰の『新後撰和歌集』の中にも亀山院の「1362さびしさも誰に語らむ山陰の夕日少なき庭の松風」（雑歌中）などを見いだすことができる。だからといって、この景が玉葉的なものになじまないというのではないが、必ずしも強い個性の発露により発見された風景というのではないだろう。

この百首からの『玉葉和歌集』への入集は二首のみだが、そうした世界に近い歌は更に多いと思われる。例えば、春八首目の

朝明けの窓吹きいるる春風にいづくともなく梅が香ぞする

は、『玉葉和歌集』の「61朝あけの窓吹く風は寒けれど春にはあれや梅の香ぞする」（春歌上・従三位親子）と極めて似た風景と言葉を持っている。その他、この集との何らかの親近を示すような作品も見られる。しかし、言うまでもないことだが、こうした為世の作品が『為兼卿和歌抄』などに見るような為兼の京極派的な詩学・詩法に基づいて作られたわけではない。両者の様々な対立関係や詩学の主張の大きな相異を越えて、実現した和歌世界での意外な共通点の所以は、更に考える必要があるのだが、為世に即していえば、彼の詩法で実現し得る和歌世界は、多様な歌の姿を

示し得るのだということだと思う。

「文保百首」から『風雅和歌集』（この集は「嘉元百首」からの入集はない）に撰ばれた五首についても一見しておこう。

明けぬれどおのがねぐらを出でやらで竹の葉がくれ鶯ぞなく　（春　春歌上・五八）
一かたに吹きつる風やよわるらんなびきもはてぬ青柳の糸　（春　春歌中・九四）
暮れぬとてたちこそ帰へれ桜がり猶行くさきに花を残して　（春　春歌中・一九二）
冬さればさゆる嵐の山の端に氷をかけて出づる月影　（冬　冬歌・七七七）
風さゆる宇治のあじろ木せをはやみ氷も浪もくだけてぞよる　（冬　冬歌・八七三）

最初の歌の「竹の葉がくれ」は他に前例のない表現だが、やはり『古今和歌六帖』にも採られた『万葉集』の「4310 み園生の竹の林にうぐひすはしば鳴きにしを雪は降りつつ」（巻一九・大伴家持）などに辿り得るであろう。二首目については『古今和歌集』の「26 青柳の糸よりかくる春しもぞ乱れて花のほころびにける」（春歌上・紀貫之）以来の青柳のイメージが基礎になるが、『続古今和歌集』の「73 ひとかたになびきにけりな谷風の吹き上げに立てる青柳の糸」（春歌上・宗尊親王）からの摂取も考えるべきだろう。三首目は中世的な美学（徒然草一三七段などにも通じる）の問題としても面白いと思うが、こうした発想の形成と『古今和歌集』の「72 この里に旅寝しぬべし桜花ちりのまがひに家路わすれて」（春歌下・読人不知）は無関係ではないであろう。四首目の歌と「逢坂やさゆる清水の関の戸は氷をかけて月ぞもりくる」（洞院摂政家百首・四条坊門）の近似は注意されるであろう。五首目の骨格である宇治の網代木と「よる」という縁語は例を引くまでもなく伝統的だが、「氷も波も」という印象的な四句も「勝間田の池の心はむなしくて氷も波も名のみありけり」（続詞花集・釈教・寂然）の先例がある。やや先行例の指摘にこだわったが、こうした風雅的な作品も、やはり為世の詩法に基づいた産物であることを確認しておきたかったのである。『玉葉和歌集』『風雅和歌集』に採られている為世の歌は、決して彼の特殊な部分ではないのだろう。為世の作品として、彼の詩法の実現させる世界の一端であろう。それはまた二条派歌人たちの世界の一端というべきかもしれない。彼の、彼らの世界はかなりに豊饒なのではないだろうか。

おわりに

何度も述べて来たように、中世和歌の様式起源は新古今時代に求め得ると思う。その時代にすでに古典世界の再構成という詩学・詩法が自覚され、様々な実験的な創作も繰り返された。そして、中世和歌はその詩学と詩法を踏襲するのだが、すでにそれによりなしえた結果が作品としていくつも結実し、そうした結果をも「型」として踏襲し学習して繰り返すのが中世和歌の基本的な見取り図ではないかと思う。そのようなあり方はすでに、前章でも見たように『新古今和歌集』の編纂された直後から見られたのではないか。そして、それを受け継ぐようにして、和歌史は二条派という主流を形作る。そのなかでそうした方法は時間を重ね成熟して行くという図式を引けるのではないか。

こうした見方は、和歌史の見取り図として、新しい認識ではないであろう。しかし、このことを為世の作品に即して改めて確認すると同時に、その上に立ち、そうした「型」として伝統化されるものを、具体的に捉えてみたいと考えた。それを通して中世和歌を中世和歌たらしめているもの、その表現や表現世界を中世的に纏め上げて行く「力」(14)の具体的な把握と記述に進めて行きたいのだが、それはまだまだ遠いと思う。更に考察を続けて行く一歩としたいと思う。

注

（1）言うまでもなく二条家は為家の子息の三家への分裂で生まれる。したがって、その家の祖は為世の父為氏ということになる。為氏の位置も大きなものがあるが、主として京極派との対立から派という意識は為世の時代に圧倒的に大きくなったと考えられる。また、四天王をはじめとする門弟育成という観点からも、為世は要の位置を占めるであろう。
（2）久松潜一『中世和歌史論』（塙書房・一九五九年）など。
（3）山西商平「二条為世」（『芦屋ゼミ』一号～四号・一九七三年六月～一九七八年十二月）
（4）井上宗雄『中世歌壇史の研究　南北朝編』（改訂新版　明治書院・一九八七年）での為世没を記した箇所での、為世の功績を総括する中での位置付け。（三九三頁）
（5）田村柳壹「和歌の消長」（『岩波講座日本文学史五巻』岩波書店　一九九五年）
（6）ここでは、石田吉貞『新古今世界と中世文学（下）』（北沢図書出版　一九七二年）の「頓阿」の章による。
（7）『為家集』が存在するが、井上（前掲書）・三村晃功『中世私撰集の研究』（和泉書院　一九八五年）で、後世の他撰歌集であり、資料的な価値が十分ではないことが実証されている。
（8）酒井茂幸「二条為世全歌集（一）～（三）」（『研究と資料』四〇～四二・一九九八年十二月～一九九九年十二月）
（9）この二つの百首については、特にその本文をめぐり、蒲原義明「嘉元百首について」（『古典論叢』十一号　一九八二年十二月）「文保百首について」（『古典論叢』十二号　一九八三年六月）により、詳細に論じられている。その結果をふまえ、以下本稿では、「嘉元百首」については『新編国歌大観』所収「嘉元百首」本文（底本、宮内庁書陵部蔵本）を用い、必要があれば内閣文庫蔵本『嘉元百首』を参照する。「文保百首」についても、『新編国歌大観』所収「文保百首」（底本、宮内庁書陵部蔵本）を用いるが、本文の状況が必ずしも良好ではないので、為世の個人百首としての伝本である天理図書館蔵『延文二年書写和歌集』所収の「為世百首（文保百首）」で、宮内庁書陵部蔵『百首和歌』も参照しながら、適宜校訂を加える。

（10）注（5）前掲書
（11）この言葉は軽率には使えないわけだし、結局はこの言葉をどう定義するかが、最終的な議論の目標になるのだが、ここでは、おおまかに新古今時代以後の和歌の様々なあり方を、そのように呼ぶことにしておきたい。
（12）『新編国歌大観』本では六首目だが、天理本で途中に一首補える。ちなみに掲出歌の初句も天理本により補う。
（13）注（2）前掲書
（14）そのような「力」に「様式」という概念を当てはめ得ないだろうかと考える。

第二節　初期二条為世論

はじめに

前節では、二条為世が撰者となった勅撰和歌集『新後撰和歌集』『続千載和歌集』のための応制百首である「嘉元百首」「文保百首」の作品を検討した。年齢でいえば、五十四歳、六十九歳という、円熟期・晩年の作品である。為世の達成した世界に切り込むことを目指したものだが、本節では、初期の為世の作品を論じることを試みたい。その実態を捉えるとともに、歌人としての為世が形成されて行く過程なりが、少しでも捉えられればと思う。

為世の現在知られる年次を特定できる作品としては、文永七年（一二七〇）のものが最初であり、年齢で言えば二十一歳である。内裏での公的な歌会での作品であり、純粋な習作ということではない。そもそも為世の場合、『延慶両卿訴陳状』の

為世、従リ㆓十五歳㆒為メ㆓当道練習㆒、従ヒ㆓父祖入道ニ㆒送リ㆓年序ヲ㆒畢ヌ、其ノ間受ケ㆓三代集之説ヲ㆒、伝ヘラレ㆓撰歌之故実ヲ㆒畢ヌ、対シ㆓客人ニ㆒授ク㆑説ヲ之時、猶ホ以テ招引シテ而令ム㆑聞カ㆑之ヲ、又於テ㆓最後病床ニ㆒、重テ受ケ㆓三代集ノ説ヲ㆒畢ヌ

という有名な文言でその習作期が想像される。これによれば、為世は十五歳から和歌を祖父為家から学び、三代集に関する伝授を受けていることになる。また、勅撰撰者となるべく撰集の故実も授けられている。そうした伝授が何時

行われたかは不明であり、為家の没年の建治元年（一二七五）五月一日以前であるとするしかない。しかし、十五歳から二十歳位までの習作修学期を経て、比較的早い時点の公的な作品として残るのが文永七年のものと考えてみたい。十代に習作期を終え、専門歌人としての活動が二十代から始まったと想像してみたい。そこから歌人としての初学期が始まると考えたい。(1)

初学期からはじめて、やや円熟を見せる時期までを、初期として切り出すわけだが、為世の場合、勅撰者としても生涯の比較的遅い時点に華々しい活躍が見られる点にも配慮して、本稿では、為世四十四歳の永仁元年（一二九三）までを、初期という言葉で括り論じてみたい。

この年には、八月二十七日に伏見天皇から、為世の他、京極為兼・飛鳥井雅有・九条隆博の四歌道家の当主に勅撰集の撰進の打診があった。この事件の経緯や意義についてはすでに様々に論じられているが、複雑な政治的な絡みを捨象して事をまったく単純化してしまえば、為世も、歌道家の当主として勅撰集撰者の資格と責任を有していると公に確認されているのであり、為世にとっても歌人としての人生の節目になると考えてよいであろう。したがって、この年以前の為世の作品を対象に考えてみることにする。それは、二十代の為世の専門歌人としての初学期を含み、その後、京極派の影が、何らかで彼の周りにも立ちこめてくる三十代から四十代の前半まで、円熟期の入口までを対象にすることになる。

ところで、二条派の作品研究は、作品的に見るべきものがないという判断の基に、長い間放置されてきた。しかし近年、稲田利徳のような大きな仕事の集成をはじめ、(2)いくつかの表現に即した把握を試みた注目すべき論もある。(3)また為世の基礎的な資料についても、酒井茂幸により資料毎に作品の集成がなされ、(4)金子滋の論のような、(5)その伝記的な経歴の把握も早くになされている。本節でも、それらを受けて、為世の作品に即して考えてみたい。

一　初学の風景——文永七年内裏歌会・住吉社三十五番歌合——

最初に、現在知り得る、歌人為世の最初期・初学期の和歌の有様を把握することから始めたい。

為世の和歌事跡として、現存資料的に最初に知られるのは、先にも述べたように文永七年（一二七〇）八月十五夜に亀山天皇の内裏で行われた歌会である。『続拾遺和歌集』の「文永七年八月十五夜内裏三首歌に、忍恋」（恋一・七九六）という詞書で知られるものである。同集には「海月」題での同じ「三首歌」の詞書を持つ実冬の作品も見られる。ところが、『新後撰和歌集』『新千載和歌集』『新拾遺和歌集』『人家集』『歌枕名寄』の詞書にも、同年同日の内裏歌会が、「五首歌合」あるいは「五首歌」という形で見える。さらに、「三首」の会とも「海月」の題が一致する。これらの歌を集成すると、海月・野月・秋曙・忍恋・恨恋という五題が集約し得て、亀山天皇・藤原実冬・為世・源具房・九条行家・洞院公守という作者も知ることができる。おそらく『続拾遺和歌集』の詞書は誤りであり「五首」であるべきなのだろう。歌合であるか、普通の歌会であるかは不明である。仮に「文永七年八月十五夜五首会」としておく。

この歌会の性格は、例年行われる内裏での風雅であると考えられよう。また、為家も為氏も健在な時代であり、為世にとっては、初学期の内裏での歌会の早い例の一つであると考えたいことは先にも述べた。ここで集成できる為世の作品は二首にとどまるが、その作品を見ることから始めたい。

「忍恋」の作品から見たい。

いかにせんつつむ人目にせきかねて涙も袖の色にいでなば　（続拾遺・恋歌一・七九六）

は、人目から隠す様を堤防として捉え、それでも堰き止められず、涙が流れ、押さえる袖の色として、恋心が顕わになるという発想の歌である。涙に染まる袖の色で恋心が顕わになる発想は、例えば「580色に出でて恋すてふ名ぞ立ちぬべき涙にそむる袖の濃ければ」（後撰集・恋一・読人不知）などを引くまでもなく常套的であり、「人目」を「つつむ」様を「堤防」とする発想は、「人目づつみ」という歌句の「660たぎつ瀬のはやき心を何しかも人目つつみのせきとどむらん」（古今集・恋歌三・読人不知）をはじめ、何度も繰り返された詠み方である。さらに、「384いかにせん数ならぬ身にしたがはで包む袖よりあまる涙を」（金葉集・恋部上・読人不知）、「697人目をばつつむと思ふにせきかねて袖にあまるは涙なりけり」（千載集・恋歌一・藤原宗家）のような、発想や詞の類似する古歌・先例を探すことができる。無論、これらのどこまでを、この作品を作り上げる若き為世が意識したかは分からないが、少なくとも、彼の修学の範囲にこれらの歌が存在したはずだと考えるのは、無理がないだろう。すでにある古典からの再構成・コラージュ[6]のような作品なのである。伝統主義的な志向が端的に顕れれば、先ずは、このような作品となろう。

「恨恋」の作品

いとど猶うきにつけてぞ思ふにもいふにもあまる人のつらさは　（新拾遺集・恋歌五・一三六一）

は、恋人の「うさ」「つらさ」を直截的に表現したもので、三句目・四句目がその思いを表現するための一首の眼目となるであろう。この句は「1028思ふにもいふにもあまることなれや衣の玉のあらはるる日は」（後拾遺集・雑三・伊勢大輔）にすでに見られるものであり、ここから学んだ句であると考えてよいだろう。この歌の場合は、その生命となる表現を特定される一首の古歌から学んだわけであるが、その古歌は内容の複雑化や意味形成の上では関与していない。つまりは、本歌として十分機能していないと言え、言葉の出所にとどまるともいえよう。やはりコラージュのために古典を切り出したような作品である。

これらの作品から、表現の手際や面白さを感知するのは難しいのだが、伝統主義者であり、すでにある古典の遺産を相続する歌道家の宗匠となるべき人の初学の作品としては、ふさわしいものと言えるようにも思える。ともかくも、古典の所産を学び我が物にしようとする所に主眼があると思われ、彼の作歌の基本が奈辺にあるかを考えさせるであろう。

為世のその年の作品としては、九月の内裏三首会における

忘れじといひしばかりのちぎりこそ行末とほきたのみなりけり　（新後拾遺・恋歌二・一〇八四）

が知られ。性格を同じくすると思われる。

以後年次を定められる作品は、建治二年（一二七六）、二十七歳のものとなる。歌合証本が残る『住吉社三十五番歌合』である。次にそこで知られる五首の歌を見てみたい。

この歌合は為氏勧進のものであり、住吉社に奉納されたものである。十四人の作者と五題の出題による歌合である。作者は為氏の周囲の歌人と、住吉社の社家である津守家の歌人から構成される。判者は為氏だが判歌によるものである。この前年に為家が没していて、この歌合は、早くも為氏嫡流が集結したものとして注目されているが、(7)さしあたり、為世の歌にその性格付けの反映は考えなくてよいであろう。

文永七年の作品に比べて、ここでは新しい歌句の開拓に意欲が見られるように思える。次の二首から見てみたい。

旅人のわけ入る野辺の道すがら契らでなるる有明の月　（二番右・旅暁月）

は、一見平凡な詞による構成だが、四句目の「契らでなるる」は、先例を検しえない句である。この句は全体の要をなすものと思われ、旅の早立ちを重ねるうちに、偶々有明の月を見ることに慣れてしまった様を示す。そこには、旅の苦難が凝縮されるが、「625有明のつれなく見えし別れより暁ばかりうきものはなし」（古今集・恋歌三・壬生忠岑）を

引くまでもなく、恋の風景として歌われ続けた有明の月との関係が、やはり恋を連想させる「契り」という詞と重なり、何らかの連想を誘うであろう。具体的に旅先での恋人の存在などを示唆するわけではないが、旅のつらさと暁の別れのつらさが重層するような関係は想定できよう。そういうことを可能にするために、伝統を戦略的に踏まえた詞続きにより開拓された歌句と言うことができようか。

淡路がた波路へだてて鳴く鹿の声はあらはに通ふ浦風　（九番右・聞遠鹿）

の「声はあらはに」も、先例の見出し難い表現である。淡路潟を隔てる鹿は『摂津国風土記逸文』の「夢野の鹿」を踏まえたものだが、ここでは、秋も深まり、鹿の妻問いの声が澄み渡る様に焦点が置かれていると読めよう。それが、「声はあらはに」という表現に凝縮される。「あらは」という歌語は「223 葦の葉に隠れて住みし津の国のこやもあらはに冬は来にけり」（拾遺集・冬・源重之）のような、冬になり木々や草の葉が枯れ果てるイメージがあると思われ、この歌句にも、そうしたイメージが付きまとうであろう。

かように、一首の主題を凝縮するような、独自性のある詞続きによる歌句による作品である。詞の続きは個性的であっても、そのような歌句を作り上げるにあたり、古典和歌により蓄積された所産が十分意識的に利用されているというような作例に注目しておいてよさそうに思える。やや敷衍すれば、為世の場合（場合もと言った方が正確かもしれないが）、要となる歌句の詞続きの巧みさや工夫に注目することで、その達成が見えてくるように思える。

次のような作品も見てみたい。

雲間よりさすや夕日の紅に深くそめなす秋の紅葉葉　（一六番右、夕紅葉）

は、一首の構図の中心をなす夕日が「さすや夕日の」という印象的な歌句で示される。「490 夕づくよさすや岡辺の松の葉のいつともわかぬ恋もするかな」（古今集・恋歌一・読人不知）をはじめ、「さすや」という語法は一般的だが、「さすや夕日」という先例はあまりない。祖父為家に「まきの戸にさすや夕日の光までしばしとつらき春の暮れかな」（為家千首）の先例があり、新鮮だが、古典的な味わいもあるこの歌句を学んだのかもしれない。また、結句の「秋の紅葉葉」のような表現にも注目してよいだろう。この表現の場合、「秋の」は不要な限定ではある。が、あえてそのことを加えることにより、紅葉が秋の景物なのだということを改めて明確に意識化させるであろう。秋歌で詠まれた紅葉の蓄積を改めて想起させるといってもよいかもしれない。この表現は為世独自の表現ではなく、『新勅撰和歌集』以下の十三代集に頻出する表現である。このような歌句について、平田英夫により、「花の白雲」を例に伝統的な見立てを表現を「圧縮」するということで考察されている(8)。それは、島津忠夫の連歌表現の特質を捉えた発言(9)をも受けるものであるが、中世の歌語を考える上では重要な観点であると思われる。この「秋の紅葉葉」も、やや異なる形ではあるが、和歌伝統の「圧縮」ということで捉え得よう。こうした時代に共有された歌句も、為世の歌でも大きな役割を担っていると思われる。

この歌合では他に二首が詠まれるが、何れも住吉という場との関連が深いもので、

この里の岸に生ふてふ草の名も忘られてうき身にぞしりぬる　（二三番右・寄草恋）

神もさぞ君がためにと住の江に生ひそふ松のするゑ守るらむ　（三十番右・社頭松）

前者は、「1111道知らば摘みにも行かむ住の江の岸に生ふてふ恋忘れ草」（古今集・墨滅歌・紀貫之）を本歌としたもので、本歌の世界をさらに展開させて恋の苦悩を歌ったものである。後者は、「725住の江に生ひそふ松の枝ごとに君が千歳の数ぞこもれる」（新古今集・賀歌・源隆国）の作の影響も想定されるが、住吉の神威を寿ぎ、歌道の隆盛を願ったものである。住吉社という場に即して古典や先例を巧く取りなした作であるといえよう。

二　初学期の総括――弘安百首と続拾遺和歌集――

さて、弘安元年（一二七八）十二月、父為氏が撰者となり『続拾遺和歌集』が編まれ、為世は六首入集する。その資とすべく、この年には「弘安百首」が催されている。為世もその員数に入り、百首歌を詠進している。為世は二十九歳であり、年齢的にも、このまとまった百首の作品を初学期の総括の位置に置いて捉えてよいだろう。しかし、残念ながら「弘安百首」は、散佚して全貌は知り得ない。為世の作品は諸歌集より十四首集成できる。(10)先ずは、為世自身が、後に『続千載和歌集』に撰んでいる次の作品から見て行こう。

たのめおくたがまことより夕暮の待たるるものに思ひそめけん　（恋歌三・一二九五）

この歌は、頼りにした誰の誠実さに信など置いて、夕暮を待つべき時間と思い始めたのだろうか、というようなやや持って回ったような内容の作品である。平淡な作風というわけにはいかないであろう。「たがまこと」は、結局は偽りであったことを知る故の言い方だが、この表現は「713いつはりと思ふものから今さらに誰がまことをか我はたのまむ」（古今集・恋歌四・読人不知）によるものであり、(11)この歌の変奏とも言えるような内容の連関を持つ。その意味で、これは戦略的な本歌取であろう。興味深いのは、この古今歌は定家によりすでに「たがまこと世の偽りのいかならむたのまれぬべき筆の跡かな」（拾遺愚草・一五七〇）と本歌取されている。また、定家との関連で言えば、三句目以下は定家の「1196あぢきなくつらき嵐の声もうしなど夕暮れに待ちならひけん」（新古今集・恋歌三）の影響も想定させよう。全体に定家的なものに学ぼうとした作品である。そして、本歌取された歌句が、ここでは一首の眼目となっているのにも注意しておいてよいだろう。

次に、父為氏の手により『続拾遺和歌集』に撰入された作品を見てみよう。

定家との関連で言えば、

しののめの横雲ながら立ちこめて明けもはなれぬ嶺の秋霧（続拾遺・秋歌上・二七四）

の嶺にかかる横雲のイメージは、やはり定家の「38春の夜の夢の浮き橋とだえして嶺に別るる横雲の空」（新古今集・春歌上）を想起させずにおかないだろう。定家の歌ほどに、古典世界の重層した含意をもたらすことはないが、その歌を通過したからこそ生まれた作品であろう。この歌の場合、やはり「明けもはなれぬ」という歌句が、全体の要をなすであろう。この歌句も先例が見いだせないものであるが、「横雲」の関連で使われる「はなれぬ」という言葉が、単に霧が晴れないと言うのではない、恋人が離れないというような含意のある表現となり読後の余情の形成にも与っているように思える。先に見たように、全体の要をなす歌句が古典や先行作品を基に工夫されている作例であるといえよう。

次に見る歌は、桜と白雲とを見まがうという一見常套的な発想の作品である。

風かよふおなじよそ目の花の色の雲もうつろふみ吉野の山（続拾遺集・春歌下・九四）

しかし、この歌の場合、その見まがうという見立てを「同じよそ目の花の色の雲」と捉える詞続きに何よりも注目させられる作品である。「おなじよそ目」というのは、遠くから同じ様に見まがうの意だろうが、やはり前例が検索されない詞続きである。無論、「よそ目」は『万葉集』以来の伝統的な歌語であるが、こうして続ければ、目に立つ詞続きとなるだろう。むしろ、この詞続きは、嘉元百首における「88にほはずはたれかことごとわきて知らん花と雲との同じよそめを」（新千載集・春歌上・藤原隆教）のように後に影響をも与えている。さらに、為世の歌では「雲もうつろふ」といううめずらしい詞続きもある。風により雲が動く様を捉えたわけだが、当然、花のうつろふ（散る）イメージが重ねられる、含意のある詞続きとなっている。花にまがえられた白雲の様子を歌うにふさわしい歌句であるといえよう。やはり工夫された歌句の詞続きが表現を支えていると思われる。

さらにもう一首、

むら雲のうきて空行く山風に木の葉残らず降る時雨かな　（続拾遺集・冬歌・三九三）

この歌の場合も、二句目の「うきて空行く」が例のない詞続きである。「うき雲」などから容易に連想される詞続きではあるが、群雲の様子が良く捉えられた歌句となっているといえよう。この歌の場合も文保百首の隆教歌「さそひつる木の葉残らぬ山風に一人時雨の音のみぞする」への影響も考えられるが、似た世界の両首を比べるならば、為世歌の五句目「降る」を掛詞的に介して、一見唐突に時雨を詠みながらも、「むら雲」との関係で納得され、山風と時雨が同時に季節を進めて行く様が描かれて行くのは、やはり思い切った方法に見えてくると言えよう。この歌なども全体の構成も平凡なものとは言えないだろう。

『続拾遺和歌集』には、以上の三首が撰ばれているが、後の撰集との関係ということで注目するならば、為明の手により『新拾遺和歌集』の冬巻頭に据えられた、

露分けし野べの篠原風さえて又霜こほる冬はきにけり　（新拾遺集・冬歌・五五七）

についても、見ておいてよいだろう。この歌では二句目の「野べの篠原」が本文上問題となる。歌枕としては志賀国の「野路の篠原」が歌われる。「うちしぐれふるさと思ふ袖濡れて行く先遠き野路の篠原」（十六夜日記）のような作品をはじめ歌枕として人口に膾炙した地名である。本来「野路」であるべき可能性は残るのだが「野べの篠原」という作例も、「秋来ればたが通ひ路と吹く風に乱れてなびく野辺の篠原」（為家千首・三五一）があり、後にも「露分けて先立つ人やなかるらん月こそ残れ野辺の篠原」（為尹千首・八一六）がある。いずれも「野」のイメージが生きる表現

であり、為世の作品も同様であろう。為家の先例を基に詠まれたと考えれば納得がゆくであろう。それをはじめ、この歌は過去の作品の歌語のコラージュのような作品である。「風さえて」は、『金葉和歌集』までも作例史は遡れるが、新古今時代に愛用された表現である。この語はあるいは、十三代集で愛用される中世的な歌句に入るかもしれない。「霜こほる」も印象的な表現だが、やはり『新古今和歌集』に「594霜こほる袖にも影はのこりけり露よりなれし有明の月」（冬歌・源通具）のような先例を見出すことができる。露から霜への季節の推移も、すでに通具の歌でなされた構想である。やはり、こうした作品も為世のみならず二条派を考える上では、その意義を開示させる必要があるのだが、そのための手がかりは掴みにくいというほかないだろう。

例えば、この百首でも、

葛城や高間の雲のいかにしてよそなる中の名には立つらん　（新続古今集・恋歌四・一三四六）

のような、「990よそにのみ見てややみなん葛城や高間の山の峰の白雲」（新古今集・恋歌一・読人不知）を本歌とした、ほとんどその本歌に寄り添っただけの展開や、

恨みわびただそのままに干しもせぬ我が袖のみや波の下草　（明題和歌全集・恋下・八九二三）

のように、「815恨みわびほさぬ袖だにあるものを恋にくちなむ名こそをしけれ」（後拾遺集・恋四・相模）を本歌に、「793我が恋は海士の刈る藻に乱れつつかはく時なき波の下草」（千載集・恋歌三・藤原俊忠）の五句目を取って付けてコラージュしたような、安易な古典模倣としか読めないような作品も見られる。無論、これらもこうして集成することが可能なように、読み棄てられた作品ではなく、中世の勅撰集や私撰集という評価のフィルターを通過している以上、やはり意義を開示する必要があるが、難しい作品だろう。

こうした作品はともかく、為世は、和歌の大きな枠組みでは、すでに古典世界に成立していたそれを動かし得ない

ことを自覚していた。したがって、彼のなすべきことは、微細な部分にあると考えていたことは今さら言うまでもない。良く知られるように、その歌論『和歌庭訓』では、和歌を人の顔に喩え、大きな造作は共通するが、細かな造作により人の「得分」があることを述べた(12)。それはすなわち、和歌に帰すならば、主題は当然のこと、主題を支える基本的な構想も、もう新たなものが生み出される可能性はないのだが、表現の微細な面での工夫は、十分に余地があり、それにより、独自な世界の形成がなしえると考えるのである。

そのことを、具体的な作品に即してみてみると、すでに見てきたように、詞続きの工夫により、伝統的な成果を慎重に再構成することによって工夫された歌句の力により、基本的には従来とは変わらない主題と構想の中に、微細な変化がもたらされるという構造であった。それが、二十代の為世にも十分可能になっていたことはすでに見てきた。少なくとも我々が歌句に注目することにより、そうした為世の詩法と達成を認識することが可能な作品が詠まれている様を見てきた。

残されたこの百首の作品の幾つかにも触れておこう。

さりともと思ふばかりに郭公きかぬに頼む夕暮れの空　（明題和歌全集・夏・二四一三）

は、「321さりともと思ひし人はおともせで荻の上葉に風ぞ吹くなる」（後拾遺集・秋上・三条小右近）と歌い出しを共通し、恋歌の雰囲気を持つ季節歌ということでも共通する。「きかぬに頼む」という四句目が勘所であろうが、この詞続きは、時鳥の声をあてにするとともに、恋人をもあてにする含意を含む詞続きとなろう。これなども、工夫された歌句と捉えられよう。

また、

長月の有明方の露の間に霜をかさぬる庭の白菊　（明題和歌全集・秋下・五四七七）

もまた、「441長月の有明の月はありながらはかなく秋は過ぎぬべらなり」（後撰集・秋下・紀貫之）を基本に、「霜をかさぬる」という歌句を「難波潟葦は枯れ葉になりにけり霜を重ぬる鶴の毛衣」（秋篠月清集）から取り、霜と白菊は「277心当てに折らばや折らん初霜のおきまどはせる白菊の花」（古今集・秋歌下・凡河内躬恒）を念頭にしたものであろう。これなどは、まさにコラージュ的な作品だと言うべきだろう。しかし、菊を中心とした晩秋の風景の提示としては、印象的であるといえよう。

さて、勅撰和歌集との関係を目安に「弘安百首」を見てきたが、この時の『続拾遺和歌集』には、ここで扱った三首と、すでに考えた文永七年八月十五夜の作品の他に、二首が収められている。それにも一言しておく必要があろう。

36立ちわたる霞に波はうづもれて磯部の松に残る浦風　（春歌上）

867今はまたあかずたのめし影も見ずそこともしらぬ山の井の水　（恋歌二）

前者は、一面に霞の立ちこめた平凡な景のようだが、五句目の「残る浦風」は、先例が見られず、やや分かりにくい表現である。孫の為定も「明けわたる入り江の波もしずかにて荻の末葉に残る浦風」（藤川五百首）と踏襲していると思われる。霞を吹き払ったり、波を立てたりする風ではなく、かすかに吹く浦風であろう。為世の歌の場合、そのような風により、霞の中で松だけが姿を顕わにしている様であろう。かすかな松籟なども想像され、工夫のある歌句であるといえよう。

後者は、「404むすぶ手の滴ににごる山の井のあかでも人にわかれぬるかな」（古今集・離別歌・紀貫之）の本歌取で、「あかずたのめし影」は、本歌を利用した巧みな歌句であるといえよう。この二首も、巧みに構成された歌句が眼目となる作品であると見ることができよう。

三　京極派の影と――弘安から正応へ――

為世の二十代の作品について見てきたが、為世の廷臣としての経歴を含めた、この間の伝記的な事柄は、すでに詳細に辿られている。[13] 建長二年（一二五〇）に生まれ、翌年には早くも従五位下に叙爵し、以後も順調に官界で出世し、「弘安百首」の詠まれた弘安元年（一二七八）には蔵人頭に至っている。その後弘安六年には参議そして従三位に昇進し、公卿となっている。亀山上皇・後宇多天皇の大覚寺統の統治下であり、二条家にとって順調な時代であった。

そうした為世三十代の作品で残る物は極めて少ない。[14] 三十代の初めには、鎌倉に下向した体験があったはずだが、その事についてもほとんど何も知られない。はっきりと年次が判明する作品としては、弘安九年九月九日亀山殿三首の

たのまじなうつろひぬべき白菊の霜まつほどの契ばかりは　（続千載集・恋歌三・一三八八）

があり、晩年に自らが勅撰和歌集に撰んだ一首である。うつろいやすいはかない契りを頼まないというのは常套的な発想であるが、ここでは、その契りを霜を待つ白菊に喩えている。この場合は、歌句というよりも、喩え自体が個性的であると思われ、花が咲くとともに、にわかに降りる霜を待つ間もなく色を変える白菊は、頼りない契りの比喩として面白いといえよう。

また、『新後撰和歌集』に自選した作品に

弘安七年秋の比、白河殿の御堂に、たれともなくて、人の秋の花をいひしらず結びたてりけるを、次の年の秋、又たてまつるべきよしの歌つかうまつれと御まへにめしておほせ事侍りしかば、よみてか

の花にむすびつけ侍りし
308今も又をりを忘れぬ花ならば今年も結べ秋の白露
（新後撰集・秋歌上）

という、宮廷での立花をめぐる一首があり、これも年次が確定できる。『新続古今集』には、弘安八年亀山院住吉御幸の

2131君がため緑かはらず年ふりて三代にあひぬる住吉の松
（新続古今集・神祇歌）

という作品も見られる。これら二首は、宮廷周辺の公私の晴儀の場に応じた作例と言うほかあるまい。いずれも、場に応じた破綻のない内容の作品となっている。為世のような立場の歌人には当然求められる力量である。

ところで、この弘安期は、京極派が力をつけてきた時期であった。この時期の東宮であった伏見院を中心とした京極為兼らの、いわば京極派和歌の揺籃期としての活動は、岩佐美代子によりすでに詳述されている(15)。為兼の『為兼卿和歌抄』の成立も、弘安八・九年のこととされている。為世の背後で、対立する京極派の和歌活動が始まっていたのである。

弘安九年（一二八六）には為氏が没するという出来事があり、為世は二条家の当主として一人立ちが求められる時期が到来した。が、翌年十月伏見天皇が即位し、持明院統による帝位の継承は、為世にとっては逆境であった。以後本稿の範囲である永仁元年までは、伏見天皇内裏において京極派が本格的に活動を開始する時期である。永仁勅撰の議のことも、その延長上にあると考えられている。そろそろ円熟期の入口となる四十代を迎えるが、環境も変化を生じる。が、為世も疎外されることなく伏見天皇の内裏の歌会に参加している。会自体の伝本の存在する『正応三年九月十三夜歌会』、『永仁元年八月十五夜内裏御会』の二つの歌会の作品を中心に見てみたい。

この時期の伏見天皇内裏での歌会につて岩佐は、「天皇の強力な支持のもとに、春宮時代からの近臣グループのみ

ならず、一般廷臣、為世ら専門歌人に至るまで、公的歌会では好む好まざるとにかかわらずある程度新風に追随せざるえなかった状況がうかがえる」とし、「説明的表面的な詠風であっても、少なくとも歌枕・縁語・懸詞にまつわれず、見たもの、思ったことをそのまま素直に詠出しようとする態度」がみられることを指摘する。(16) そのような例として為世の正応三年九月十三夜の作、

さしのぼる光も見せで出でにけりまだ暮れはてぬ山の端の月　（夕月）

があげられている。

暮れきらない中を昇る月を捉え、「さしのぼる光も見せで」というのは、素直な属目の風景のように思える。しかし、この歌と源兼氏の、その没年からしても明らかに先行して、為世が後に撰ぶことになる「337いでぬれど光は猶ぞ待たれけるまだ暮れはてぬ山の端の月」（新後撰集・秋歌上）との影響関係は考えなくてはならないだろう。基本的な構図はこの先行歌に寄っていよう。為世は暮れやらぬ月の出の構図は気に入っていたようで、後の「亀山殿七百首」でもまた「待たれじとまだ暮れ果てぬ山の端を光うすくて出る月影」と歌っている。この晩年の作品は、「待たれじと」という状況の設定や、「186あけぬるか木の間もりくる月影の光もうすき蟬の羽衣」（新勅撰集・夏歌・藤原秀能）などの先行例もかすめながら「光うすくて」という歌句で把握する方法など、やはり為世らしさが見られよう。そうした作例も勘案すれば、「光も見せで」という歌句は、確かに属目的な性格を見せているというべきで、異質な志向を持っていよう。

同じ歌会での

里遠き木末に影はかたぶきて霧にかすめる有明の月　（暁月）

も、京極派らしさのある構図であるが、何よりも「霧にかすめる」という歌句は伝統派としては大胆である。最もこ

の句は歌会伝本では「霧にあすめる」であるが、『夫木抄』では「霧にかすめる」とある。しかし、明らかに伝統主義からするとありえそうにない表現だけに、本文上の躊躇いが残る。それだけに、そのような表現を為世が取るとすれば、為世の詠作史上の問題として大きいものがあろう。やはり、伏見天皇内裏という場のもたらしめる、伝統から離脱する事も厭わない雰囲気によるものと考えるべきなのだろうか。

一方、永仁元年八月十五夜内裏御会の

月影のふくる雲井におとづれて一つら過ぐる秋のかりがね　（月前雁）

は、そもそも『玉葉和歌集』入集歌である。一列の雁を捉えるのは、玉葉・風雅（『風雅和歌集』では「ひとつらの雁」の歌句だけでも九首）の好むところだが、この歌では、そうした景物を捉えて叙景的な構図が実現している。しかし、「おとづれて」という歌句の伝統的な含意がこの歌の場合は生かされている事にも注目されよう。「173夕されば門田のいなばおとづれてあしのまろ屋に秋風ぞ吹く」（金葉集・秋部・源経信）を引くまでもなく、「おとづれて」は、あくまでも音のするものがやってくる時に使われる歌語である。そうした伝統の含意が、ここでも、雁の声や羽音を感じさせる働きをなしているのである。伝統主義的な詠作方法が生かされている面も見なくてはなるまい。かように、必ずしも一途に、伝統を突き破るような方法に依るものではないものの、京極派的な志向と親近する面も見られることはやはり確認されよう。

無論、この会でも

とへかしな涙は袖の露とのみおきゐてなげく夜半の心を　（夜恋）

のような作品も詠まれる。詠い出しを同じくする「1006とへかしないく夜もあらじ露のみをしばしや言の葉にやかかると」（後拾遺集・雑三・読人不知）を本歌として、「おきゐてなげく」に「置き」と「起き」を掛詞としてそれを要に一首が構成されるという、伝統主義的な作品である。

また、

夜とともにおのが住む野の露分けて月にはなれず鹿ぞ鳴くなる　（月前鹿）

のように、「233 妻恋ふる鹿ぞ鳴くなる女郎花おのが住む野の花としらずや」（古今集・秋歌上・凡河内躬恒）から詞を取り、「月にはなれず」という例を見ない語だが「月になる」という歌語の伝統を背景にした歌句を用いて、そこに、月が照りながらも孤独な鹿の様子を描く焦点を置くという、先に見てきた伝統を背景に歌句を巧みに作り上げ、そこに一首の眼目を置くというような作品も見られる。

伏見天皇の歌会に参加する時、京極派の人達に接近するような面は見せながらも、伝統主義者という点ではその核は変わらなかったと思われる。しかし、為世は意外に多く京極派の歌集に歌を採られている。『玉葉和歌集』に十首、『風雅和歌集』に八首である。前節でもこの問題を取りあげ、京極派の歌集の作品として矛盾のないような作品に内在する伝統主義的な側面に注意した。しかし、こうして円熟期の入口に京極派の創生期に触れたことも、為世の作品の幅を考える上では無視できないであろう。

おわりに

以上、永仁元年（一二九三）までの為世の作品を考察してきた。歌人として二十余年の期間を見てきたのだが、残された歌数が極めて少なかった。この少なさは初期の為世が意外に寡作であったことの反映とも考えられる。集成した作品以外での、為世の詠歌の痕跡もあまり見られない。

多くの歌人もそうであるように、作品の在り方は、必ずしも一つの特質では捉えられるものではない。しかし、為世の場合、基本的には伝統主義者であり、古典や先行する作品の学習に基づく作品が中核であった。そうした中から、巧みに歌句を形成して行く作例に注目し、そうした歌句を通して、作品の差異化を図る様子が少しは捉え得たと思う。二条派の詩法とそれにより実現される様式を、どの程度の個別性をまで包括し得る範囲で認識するかは一様な結論を得る問題ではないと思うが、こうした方法が、その詩法なりを考える一歩として機能し得るかは、さらなる検証が必要であろう。しかし、初期の為世が、単に平凡な歌人ではなかった所以は、多少は説明できたかと思う。

この後、永仁勅撰事件が起こり、京極派との対立が目に見えて行くのであるが、為兼は永仁四年に失脚し、伏見天皇の在位は永仁六年には終わる。再び大覚寺党の後二条天皇が即位し、後宇多院の院政が始まる。そうした中で、為世は単独撰による勅撰集の撰集の下命を受け、嘉元元年（一三〇三）に『新後撰和歌集』を編纂する。これからほぼ十年後の五四歳でのことである。京極派との対立も、それ以後いよいよ本格的になり、京極派も正和元年（一三一二）には『玉葉和歌集』を成立させる。その後、為世も再び正応二年（一三二〇）という晩年に『続千載和歌集』を編纂する。歌論『和歌庭訓』の執筆もそれ以後と考えられている。為世の場合は、円熟期・晩年と称すべき時期に、活動が活発になるが、作品も残されたものが多くなり、和歌活動の痕跡も多い。前節ではそのあたりにいわば素手で切り込むことを余儀なくされたが、本節では、そこに至るまでの為世の姿を見てきた。

注

（1）「初学期」という名称は定家が二十歳の年に詠じた「初学百首」からの連想による。定家が二十歳でこの百首を詠んだことは、為世の習作修学期を十代と想像させる根拠でもある。

（2）稲田利徳『和歌四天王の研究』（笠間書院・一九九九年）

（3）田村柳壹「和歌の消長」（『岩波講座日本文学史』五巻・岩波書店・一九九五年）、平田英夫「二条家和歌における古典の継承と発展―花を白雲に紛える詠み方について―」（『熊本大学国語国文学研究』三十号・一九九四年一二月）、同「二条派歌人の万葉語摂取について―「かひや」を中心に―」（『和歌文学研究』七三号・一九九六年十二月）、同「二条派和歌における古今和歌集句「衣かりがね」の享受について」（『熊本大学国語国文学研究』三二号・一九九七年二月）、酒井茂幸「二条派和歌の表現方法―「うづもれて」の詠作史から―」（『和歌文学研究』七八号・一九九九年六月）など。

（4）酒井茂幸「二条為世全歌集」（『研究と資料』四〇・四一・四二輯・一九九八年十二月・一九九九年七月・十二月）、なお酒井には「二条為世年譜」（『研究と資料』四九号・二〇〇三年七月）もある。

（5）金子磁「藤原為世の生涯―その前半生について―」（『立教大学日本文学研究』三六号・一九七六年七月）

（6）「コラージュ」は西洋美術の用語だが、本来の歴史的経緯を捨象し「貼り合わせ」という意味を借用する。田村柳壹の前掲論（注3）は、このような方法を、定家のそれとは異なる、「詞」の次元に分解され摂取された〈本歌取〉という術語で捉える。しかし、若干の変質はしながらも、定家的な詠歌内容を重層的に複雑化させる方法である「本歌取」は、この時代にも、方法として機能していたと考える。したがって、それと区別するために、あえて日本語に起源しない術語を仮に用いておく。無論歌学に起源のあるしかるべき術語が見出し得れば、ただちに撤回すべき術語である。

（7）井上宗雄『中世歌壇史の研究南北朝期　改訂新版』（明治書院・一九八七年）

（8）注（3）の平田（一九九四年）の論。

（9）島津忠夫「連歌の表現と和歌の表現―湯山三吟を中心として―」（『大阪大学　語文』十四輯・一九五五年三月）

（10）国歌大観番号を記しておく。『明題和歌全集』については三村晃功編『明題和歌全集』（福武書店・一九七六年）による。なお、この集成の結果は注（4）の酒井茂幸の論を基に集成したものだが、結果は注（5）の金子滋論に同じである。
続拾遺集（九四・二七四・三九三）続千載集（一二九五）新拾遺集（五五七）新後拾遺集（一三九八）
新続古今集（一五八・二三八・一三四六）明題和歌全集（二四一三・五三六五・五四七七・八七六〇・八九二三）

（11）注（3）の論で田村柳壹は、これも先の注で見たような〈本歌取〉の一例と見て、さらに「夕暮れは待たれしものを今はただ行くらむ方を思ひこそやれ」（詞花集・恋下・二七〇・相模）との言葉の摂取関係を指摘する。

(12) 引かれることの多い文言で、前節でも引いたが、念のためここでも引いておく。「世々の撰集、世々の歌仙、詠みのこせる風情あるべからず。されども人のおもてのごとくに、目は二つ横しまに、鼻は一つ縦さまなり。昔よりかはる事なけれども、しかも又同じ顔にあらず。されば歌もかくのごとし。花を白雲にまがへ、木の葉を時雨にあやまつ事は、もとより顔のごとくにかはらねども、さすがおのれおのれとある所あれば、作者の得分となる也。」

(13) 注（5）の金子論、注（4）の酒井論。

(14) 伏見天皇即位の弘安十年までで見ると、以下に触れる三首以外にこの時期の可能性があるのは、『閑月集』の四首（うち「覚源日吉社七首」「道洪十首」を含む）と、『長景集』の一首あたりであろう。無論、これらもそれ以前の可能性もあり、また、年次が全く推測できない為世歌も諸歌集にあるのでそれらのうち幾つかはこの時期のものである可能性もある。

(15) 岩佐美代子『京極派歌人の研究』（笠間書院・一九七四年）、岩佐美代子『京極派和歌の研究』（笠間書院・一九八七年）

(16) 前掲『京極派和歌の研究』（一八〇～一八三頁）

第三節　中世和歌における京極派的なるもの
――二条派和歌との接点からの試論――

はじめに

日本の中世和歌史において、二条派と京極派との対立は、よく知られた現象である。藤原定家の家系を嫡流として継承する二条家とその門弟からなる二条派と、庶流ということになる京極家とその門下からなる京極派との対立である。二条派の守旧的な古典主義に対して、自由清新な京極派の革新性が理念としても対立し、大覚寺統・持明院統の二統に分裂した皇室とも結び付き、明確な対立の構図を作り上げる。

中世の勅撰和歌集の中で、持明院統の至尊の手で下命され、京極派の理念で編まれた『玉葉和歌集』『風雅和歌集』の二集は、確かに異彩を放つ。二条派の勅撰和歌集とは大きく異なっているのは、誰もが一読で気付き得る。京極派的な様式の存在は明白であろう。しかしながら、前節まででも述べたように、そこに少なからぬ二条派歌人の歌が含まれているのも事実である。又逆に、二条派の勅撰和歌集の中にも京極派歌人の歌は含まれる。それは雑音ともいえる異分子なのであろうか。

もしそうでないとしたならば、そこには両者の接点が見えないだろうか。京極派歌人の活動は十三世紀後半から十四世紀にほぼ限定されるという事情から言えば、流派様式としての京極派的なものが、中世和歌の時代様式として広がりを持つのではないかという捉え方で、その接点を考察できないであろうか。本節で論じようとする目論見はそこにある。

一　京極派的なるもの

京極派について考える場合、岩佐美代子の二つの研究書(1)で開かれた認識を踏まえることが必要であろう。京極派和歌の独自性が明らかにされるとともに、その独自性の成立する過程と論理も明らかにされている。

そもそも京極派和歌の成立は、弘安三年（一二八〇）東宮である伏見のもとに、京極為兼が出仕したことに始まる。弘安十年に伏見が天皇として践祚する以前の東宮グループの中での伝統にとらわれない作品実験や、『為兼卿和歌抄』に結実する理論形成のもとで生まれる流派であることが明らかにされる。そこで重視されるのは、自らの感覚に由来する「心」であり、「心」の絶対的な優位が、場合によっては伝統を破壊する力学ともなるのである。

「心」の重視は、今までの和歌には発見されることのなかった美の存在を実現することにつながり、それが例えば清新な叙景歌を成立させる要因となる。それは、近代的な自然観察と同様な心の作用を想起させるが、岩佐は、伏見院の思考の核をも明らかにしようとする。院の仏教教学における唯識思想への親近であり、自らの「識」による認識作用以外に事物は存在しないとする思考に基づく「心」の重視であることを明らかにする。

京極派はかなりに限定された思想的・同志的なつながりの中で生じた流派であり、大覚寺統による持明院統の圧迫や、為兼の流罪といった外的な圧力も、この派の結合の親密さや排他性を強めることになる。以後の展開を考えても、むしろ歌道家としての流派というよりも、持明院統の皇室の人々、伏見院・永福門院・花園院・光厳院といった人達が中心であるともいえた。為兼没で、歌道家としての京極家が絶えた後にも『風雅和歌集』が貞和五年（一三四四）に成立し得た所以である。しかし、翌観応元年の擾乱を期とする持明院統の内部の変質は、流派の終焉に帰結した。

岩佐の論により見えてくる京極派の概略を私なりにたどってみたが、京極派という流派は、その派に属する人以外には本質的には共有し得ない閉じた流派であることが把握されることになる。持明院統周辺の高貴な感性を共有し得るごく限られた集団としての京極派である。

岩佐は京極派の二つの勅撰和歌集の全注釈もなし遂げている(2)。その解説中で、『玉葉和歌集』については京極派歌人は七、五％にすぎず、歌数にしても二〇、八％、『風雅和歌集』については、一八、三％、四一、九％となることを示している。しかし、両集の個性は歴然としており、全体が京極派的な理念を実現し得ている。古歌や同時代の派外の歌人達の作品の中から、自分達の理念に叶う作品が選択的に探し出されている所以としている。

具体的な集の内実を見るならば、その評釈作業においても明らかにされているように、二集ともに従来の勅撰和歌集の秩序から全く自由な編纂がなされているわけではない。例えば自派の理念では新たな展開を成し得ないと考えられる伝統的な主題も包括する必要はあり、配列の都合で、守旧的な発想を必要とする場合もある。そういう必要性から古歌や他派の作品が撰び採られている場合もある。しかしそうではなく、京極派の作品とほとんど同等に集の個性に関与する作品も見られる。それ等の作品に、例え同時代のものであったとしても、作品をそうたらしめている理念の共有を考えるわけにはいかないであろう。京極派の作品ではなく、あくまで「京極派的」な作品である。

そうした京極派的なるものが、古歌にも同時代にも生じてくる理由はどこに求められるのであろうか。古歌においては、京極派理念の持っている普遍性ということも考えられるであろうし、同時代においてはその影響ということも考えられよう。しかし、すでに見てきたように、理念に基づく派の形成が、緊密に閉じられた培養土に依っていると考えるならば、流派を越えた共有はかなりにイメージしにくいとも考えられよう。

そもそも京極派的であると我々が考えるのは、その歌が独自の理念を背景にしているからではないだろう。作品そのものが、京極派的であると思える独特の表現をなしているからである。特にそれは風景を詠う歌に顕著である。つまりは、京極派的であると思われる表現の様式があるからだと思われる。理念を越えたところでその様式が実現されるからである。和歌において、表現様式を捉えることは実は容易ではない。しかしながら、京極派的なる表現様式については、少なくとも近代における研究史上の言説史で見るならば、ほぼ異口同音ともいえるような共通した把握がなされてきた。それだけに目につく特性ある様式を有しているのである。

京極派和歌の表現様式の特色を、それが最も顕著に表われている四季歌を中心とする景の歌の特色として記述した論は多いのだが、それが京極派に代表されながらも、時代様式としての広がりを捉える論も早くから存在した。風巻景次郎の論である。『中世の文学伝統』(3)の中で風巻は、「吉野朝時代」に二条派・京極派双方に「両系をあわせて、自然観照の上に、他の時代とかなり異なる特色が出てきている」点を指摘する。阿仏尼の『夜の鶴』に実景に即する自然観照の態度の萌芽を認め、『玉葉和歌集』を経て『風雅和歌集』に開花し、さらには二条派の重鎮である頓阿にも共有される「これまで叙景的といえば陰影のない大和絵風の色彩感をそそる歌が多かったのに、ここで大気と外光との陰影を伴った自然を歌にしはじめた」ことを指摘する。

現在の眼から見るならば、特に岩佐の論を経由して見るならば、やや直感的すぎる認識ではあるが、まさに京極派的なるものを時代様式として捉えているのは注目されよう。本節では、頓阿を待つまでもなく二条派歌人にもそうしたものが共有されていたのではないかという所から論を進めるが、言うまでもなくこの風巻の指摘は貴重である。

風巻はさらに具体的に、「ありきたりの風物を、つねに天象の変化と結びつけて眺める」そして「昼間の景はおもに夕方どきの光線で見る。斜陽にありありと照し出されたり、ほのかに日のあたっていたりするものを見る」とその様式を記述している。彼の念頭にフランス絵画の印象派のイメージがあることを思わせずにはいられない分析ではあるが、京極派的なる景の歌の様式記述としては十分なものとなっていよう。研究史的にはやや先祖返りをするような形にはなるのだが、もう一度そこに戻った上で、具体的な現象に即する形で論を進めて行きたい。

無論、京極派的なるものは、恋歌をはじめとする人の心理に踏み込む作品にも見られるのだが、その自然詠に顕著な特色があることには相違はなく、ここでは、京極派勅撰和歌集に入った二条派の歌、二条派の勅撰和歌集に入った京極派の歌を四季部を主に観察することから始めて行きたい。

二　京極派勅撰和歌集における二条為世周辺の作品

二条為世は、匠家としての二条家の形成に大きく与り、二条家的なるものを代表する存在である。為兼とはほぼ同世代であり、直接的にライバル関係を構成する。伏見院時代の永仁元年（一二九三）の勅撰和歌集の企画をめぐる対立や、延慶三年（一三一〇）為兼が『玉葉和歌集』撰者になったことを訴した『延慶両卿訴陳状』など、対立を証する事例は少なくない。そもそもが『和歌庭訓』で示される歌論自体も、いわ守旧的であることの正当性を開示するものであり、為兼の歌論との相違は原理的な面でも大きい。

しかし、実際に為世の作品を見て行こうとする場合、対立のみでは済まされないことを前節までにすでに述べた。『玉葉和歌集』『風雅和歌集』にも少なからぬ歌が採られ、作品によっては京極派的とも言えるものが見られる。また、弘安九年（一二八六）父である為氏が没し、家の当主として独り立ちすべき時期に伏見天皇時代を迎え、宮廷も京極派的な色彩を濃くして行く。そのような宮廷の和歌会にも為世は出仕し、京極派の影響は不可避であったろうことを示す作品も残している。前節まではそれらの作品に、二条派的な古典主義的な方法の存在を見出だそうとすることにむしろ意はあった。その作品の持つ京極派的な面についての議論は、それが京極派的な環境に置かれているということ以上には吟味せずに来た。ここでは、むしろそうした側面に光を当てることから始めるべきであろう。

前節までは触れていない次の作品から見て行こう。『玉葉和歌集』夏歌の

420入日さす峯の梢に鳴く蟬の声を残して暮るる山本

夕陽の光に照し出された風景であり、やがてその光が消えてすっかりとあたりが暗くなった夕暮を迎える。夕陽とその変化ということで、先に見た風巻の言う京極派的な特質が満たされている。梢に鳴き続ける蟬の声を配することで、暗々とした風景の静寂さがより印象づけられる。視覚と聴覚との共存は和歌の構成ではめずらしくはないが、それがその場の実感の印象以外にはないかのように共存するのが、この派の様式であると言えよう。この歌などは描き得た風景としては、かなりに京極派的な性格が認められると思われる。同じ『玉葉和歌集』の冬歌

1006うき雲のひとむらすぐる山おろしに雪ふきまぜて霰降るなり

などの自然の動きの捉え方も、京極派の自然詠とほぼ同様な達成がなされていると考えてもよいであろう。

同じ冬歌でも

998空はなほまだ夜深くて降り積もる雪の光に白む山の端

となると、やや印象は異なる。雪の夜の光に注目しているということでは京極派的であり、明け方への時間の推移を想像させるということでも同様である。が、結局は雪明かりの印象に収斂してしまい、雪明かりと深夜との対比の機知というところに落ち着いてしまうであろう。また、『風雅和歌集』冬歌の

777冬さればさゆる嵐の山の端に氷をかけていづる月影

も、冷え冷えとした自然が、嵐に冴え渡った山の端から冷涼な月が昇る時間の中で、捉えられている。しかし、四句目の「氷をかけて」は、空に氷をかけたようにと、見立て的な趣向に向かってしまう。この表現は、為家五社百首の「冬の夜は氷をかけて衣手のたなかみ川にさゆるあじろ木」等の例もあり、「あじろ木」のような凍った冷々とした冬の景物の比喩的表現である。

このように見てくるならば、景の構成において、京極派の勅撰和歌集に入れられた歌でも、京極派そのものとの距離は等しなみではないことが知られるであろう。一見京極派的な風景の構図を描きながらも、その構成に、機知や見立て、さらには縁語的な発想なども見られる場合もある。しかし、景として実現するものには、小さくはない共通性はあるように思う。京極派的なる景の把握が、いわば時代様式として、十四世紀の歌人達に共有されていたと考えるべきかもしれない。

為世の子息達の作品も、二集には入集している。例えば、『玉葉和歌集』に見られる為道の

374五月雨の雲吹きすさぶ夕風に露さへかをる軒のたちばな

は、五月の橘という伝統的な素材である。しかしこれが、五月雨の嵐と複合して、自然の動的な側面が照射される。その根拠となったのが「雲吹きすさぶ夕風」であるが、これは『風雅和歌集』秋歌下に採られた順徳院の「644むら雨の雲吹きすさぶ夕風に一葉づつ散る玉のを柳」と一致する。為道歌の形成に古歌が介在していることを知らしめるの

だが、一方では京極派と本来無関係なところにあるはずの表現の連鎖が、その派らしさの共有という形で二集に採られているのは興味深い。

むしろ、為世の後継者は為藤であるが、『風雅和歌集』では、彼の作が秋歌上の巻軸に据えられている。

525を山田の庵もる床も夜寒にて稲葉の風に鹿ぞ鳴くなる

この歌の場合も、岩佐全注釈では、『新古今和歌集』秋歌下に源師忠の「449山里の稲葉の風に寝覚めして夜深く鹿の声をきくかな」という類似した作があることが指摘されている。しかし、師忠の場合は、何らかの人事的な理由で夜半に寝覚めた人の耳に聞こえる鹿鳴であり、そうした共感が不可避であり、それこそが魅力である。為藤の場合は、あくまで物理的な寒さに寝られずにいる人の耳に聞こえる鹿鳴であり、自然そのものの様態で景を形成しようとしている意思が読み取れよう（だからといって人事的な共感のようなものは排除されるわけではないが）。そのような面に京極派的なるものが認められようか。

もっとも、『風雅和歌集』冬歌には、為藤の歌として、

882乙女子が雲のかよひ路吹く風にめぐらす雪ぞ袖に乱るる

のような作品も載せられている。伝統的な五節の舞姫が歌われているが、有名な『古今和歌集』の「872天つ風雲の通ひ路吹きとぢよ乙女の姿しばしとどめむ」（雑歌上・良岑宗貞）を本歌に、下句はやはり定着した美意識である「廻雪」のイメージでまとめ上げるような作品である。これなどは多分に二条派的古典主義の作品だと言えよう。

為藤を継ぐ為定も『風雅和歌集』に十四首と多く採られているが、彼の場合、例えば春歌上の

152みよしのの吉野の桜咲きしよりひとひも雲のたたぬ日ぞなき

のような一見しただけで伝統主義的であるというよりも、むしろマンネリズムとも言うべき作品が採られている例が

少なくない。この歌も『古今和歌集』の「321ふるさとは吉野の山し近ければひとひもみ雪降らぬ日はなし」（冬歌・読人不知）を顕わに本歌取し、何度も繰り返された桜を白雲と見立てる手法を組み合わせている。

為定には春歌上に若菜摘みを詠む次のような作品が見られる。

19若菜摘むいく里人の跡ならむ雪間あまたに野はなりにけり

岩佐全注釈では、「（若菜十首は）すべて古歌、本詠のみ現代二条家歌人作である。京極派歌人には、現実体験のないこのような伝統歌題は詠みえなかった。それはむしろ彼等の誇でもあったと言えよう」と指摘する。『玉葉和歌集』でも同様であり、重要な指摘であろう。

だからといって、全く京極派的なるものと相容れがたい作品ではない。若菜摘の歌としては、為定自身撰者となった『続後拾遺和歌集』春歌上では定家の

19誰がためとまだ朝霜のけぬが上に袖ふりはへて若菜摘むらん

を載せている。『古今和歌集』の「333消ぬが上に又もふりしけ春霞たちなばみ雪まれにこそ見め」（冬歌・読人不知）、「22春日野の若菜摘みにや白妙の袖ふりはへて人の行くらむ」（春歌上・紀貫之）の二首を合成するようにして、王朝時代の幻想のような風景を作っている。中世におけるこの主題の歌の一つの方法である。しかし、ここではむしろ里人が摘む若菜を実事として捉えようとする志向の作品である。為定は『新千載和歌集』では、伏見院の若菜摘の歌

32春あさき雪げの水に袖ぬれて沢田の若菜今日ぞ摘みつる

を載せるが、やはり里人の若菜摘みである。里人を主体とするのも伝統的な発想と矛盾はしないが、より実景性を確保しやすい詠み方となろう。そうした方向は京極派的な方法とも共存し易いであろう。京極派的なるものとしての、実景性のこだわりがこのような面からも見えてこよう。これは、先に見た為藤や為定の歌についても同様であろう。

以上、京極派の本格的な活動と時期を同じくする二条派作家の作品について、京極派の勅撰和歌集に入れられた作品を見てきた。双方の詠作原理や、それに基づく根本的な態度の相違は当然であるが、表現され構築された自然の風景には、その濃淡は様々ではありながら、やはり共通する点は見えていると思う。京極派的なるものが、流派を越えて時代様式となっている一端は想像できるのではなかろうか。

三　京極派勅撰和歌集における二条為氏およびそれ以前

二条派という流派の始発は、為世の父為氏にたどることができよう。為氏の没年は弘安九年（一二八六）であり、京極派の本格的な活動にはほとんど触れていない。彼の作品も『玉葉和歌集』に十六首、『風雅和歌集』に八首と、為世以上に多くが収められている。

しかしながら、四季部について見るならば、例えば『玉葉和歌集』では次の歌が収められている。

788時雨もておるてふ秋のからにしきたちかさねたる衣手の森

京極派の勅撰和歌集からの書き抜きであることを忘れさせる作品とも言えよう。時雨で錦を織るという発想は、『古今和歌集』の「314竜田川錦おりかく神無月時雨の雨をたてぬきにして」（冬歌・読人不知）を引くまでもなく、平安時代的な発想であることは言うまでもない。その織物の縁語的発想で「たち」「かさね」「衣」と展開し、「衣手の森」という歌枕に至る。どこから見てもこの時代の伝統主義的な作品に他ならない。

歌枕的な展開というのであれば、

44雪のうちも春はしりけりふる郷のみかきが原のうぐひすの声

の「ふる郷のみかきが原」と「雪」と「降る」との発想、

930風寒きふけひの浦のさよ千鳥遠きしほひの潟に鳴くなり

も「ふけひの浦」と「更け」の掛詞等、歌枕・縁語・掛詞という伝統的な技法が骨格を作っている。

624ときは山かはる木末は見えねども月こそ秋の色にいでけれ

も「ときは山」の「常緑」が一首の核となっているが、『風雅和歌集』では秋歌中の巻軸歌である。岩佐全注釈では「写生的な月詠を主体として来たが、最後は勅撰集らしく、古人の歌枕詠四首で締めくくる」という位置付けを与えている。むしろ、為氏の作品の場合、勅撰和歌集という体制を構築する必要から、古歌の一環として採られているという側面も考えるべきかもしれない。

しかし、『玉葉和歌集』には次のような作品もある。

959暮れかかる夕べの空に雲さえて山の端ばかり降れる白雪

今まで見てきた夕光の中の自然の変化という京極派詠の特色を先ずは体現している作品といえよう。寒々とした雲が通り、一瞬の時雨の雪で山の端がうっすらと染まり、それを夕光が照らしている。縁語や掛詞での構成も見られず、自然の姿自体の動きの連鎖が構成されている。こうした構図も為兼の活動以前にも存在していたことを注意させる作例であろう。

456身にしみて吹きこそまされ日ぐらしの鳴く夕暮の秋の初風

768かた山のははその梢色づきて秋風寒み雁ぞ鳴くなる

などの素直な自然詠は、古くからの型ではあるが、京極派の勅撰和歌集に撰ばれてもよい傾向を示す作品ということになろう。

為氏の父為家も二条派では重い存在として意識される。彼の作品の場合も、

106浅みどり柳の枝のかた糸もてぬきたる玉の春の朝露

のような、柳・糸・玉・露という典型的な平安朝的な縁語関係による歌も『玉葉和歌集』に採られている。また、同集には京極派の典型的な構図を示しながらも、

584秋風に日影うつろふ村雲をわれそめ顔に雁ぞ鳴くなる

のように、雁の涙が秋の野山を染めるという平安朝以来の見立てが要となっている作品も見られる。しかし、『風雅和歌集』の

575夕闇に見えぬ雲間もあらはれて時々照らすよひの稲妻

のような、京極派そのものと言っても遜色がない作品も少数ではあるが見られる。

十四世紀の時代様式ということを越えて、決して太い糸ではないにしても、このように京極派的なるものを辿り得ることは、実は不思議なことではない。為兼自身にとって、歌道家の当主であることの根本は、定家の血筋にあり、その文学を継ぐ者であるという点にあることは言うまでもない。『玉葉和歌集』には、

407行きなやむ牛の歩みにたつ塵の風さへ暑き夏の小車

416夕立の雲間の日かげ晴れそめて山のこなたをわたる白鷺

417たちのぼり南のはてに雲はあれど照る日くまなきころの大空

また、『風雅和歌集』には、

261おもだかや下葉にまじるかきつばた花踏み分けてあさる白鷺

703もずのゐるまさきの末は秋たけてわら屋はげしき峯の松風

など、定家自身の持つ異風な一面として何度も取り上げられる作品が見られる。岩佐全注釈では『玉葉和歌集』の最初にあげた三首について、「為兼は新古今和歌集とは全く異る定家の一面を剔出して見せ、その後継者たる自己の歌風の正当性を主張する。秀抜な撰歌眼」と指摘する。為兼をはじめ京極派の歌人達は、自分達の様式起源は、定家に求められるという意識を持っていたと考えてよいであろう。

様式起源という意識はともかくも、京極派の和歌と新古今時代との関連は、すでに様々に論じられている。早くは風巻景次郎の「新古今的なるものの範囲」(4)による新古今的な叙景歌の真の実現を『玉葉和歌集』『風雅和歌集』に見るという論がある。現在から見れば、やや暗示的ではあるが、大きな歴史的な視野からするならば、鋭い本質性を見据えていよう。その後も、糸賀きみ江の京極派撰入の定家歌の分析があり(5)、谷知子(6)・中川博夫(7)等により具体的表現の分析が深められている。何れも新古今時代の歌人達が実現し、『新古今和歌集』には採り上げられなかった局面が京極派の中で重要な役割を果たしている面を実証的に示している。

新古今時代は二条派の歌人にとっても連続性でもって意識される時代であるとともに、表現形成の上では手本とし得る時代であった。京極派歌人がそこから獲得したものと近似なものを彼等が獲得し得たとしても不思議ではない。近似とは言え、歌論による方法的な裏付けによるものと、表現として実現させたものの総量は、その間に大きな差異を含むわけだが、その活動以前にも影響という形ではなく、二条派歌人にも京極派的なるものが実現され得る所以である。定家以後の歌人達が持ち得る、時間的にも流派的にも広がりを持った様式として、京極派的なるものを捉える視野を開いておくことも許されよう。

四　二条派勅撰和歌集における京極派歌人の作品

今度は観点を変えて、二条派勅撰和歌集における京極派歌人を考えてみたい。

京極派の勅撰和歌集にのみ名を記す歌人も少なからず見られるのだが、歌人としての社会圏を有する人々は、二条派の勅撰和歌集にも作品は採られている。為兼の場合は、政治的な失脚配流という事情が絡み、『続千載和歌集』『続後拾遺和歌集』には入集していないという事情はある。しかしながら、為世の『新後撰和歌集』には九首、為定の『新千載和歌集』では十六首と多くが採られ、以下入集が続く。

『新後撰和歌集』は為兼との対立が際立つ事情のもとで撰ばれたのであるが、四季歌について見るならば、比較的穏当な形で彼の個性が計られる作品が収められているように思える。

60山桜はや咲きにけりかづらきや霞をかけてにほふ春風

などは、二条派作品の中でも大きな違和を残さないと思われるが、白雲ではなく、「霞をかけてにほふ春風」という所に特性は見出せよう。だからといって「にほふ春風」自体、平安後期以来十分伝統的ではある。

138散る花をまた吹きさそふ春風に庭をさかりと見る程もなし

255秋来ぬと思ひもあへぬ荻の葉にいつしかかはる風の音かな

なども同様であろう。

一方、典型的な京極派の構図の作品も、

345すみのぼる月のあたりは空はれて山の端遠く残る浮雲

448山風にただよふ雲の晴れ曇りおなじ尾の上に降る時雨かな　（六条有房）

と採られている。特に「すみのぼる」の歌については、

344霧晴るる伏見のくれの秋風に月澄みのぼるを初瀬の山

346峰高き松の響きに空澄みて嵐のうへに月ぞなりゆく　（藤原家経）

とに囲まれる形で歌群をなしている。

月が「すみのぼる」という言葉は十分伝統化されたものであるが、勅撰和歌集の中だけで見ても、『金葉和歌集』秋部において、「188すみのぼる心や空をはらふらん雲の散りゐる秋の夜の月」という源俊頼の歌が見られる。「心や空をはらふ」という表現は、仏教を背景とした表現であることは、容易に想像がつこう。心的状態の比喩的な側面が強いのであるが、すでに俊頼の内部でも『千載和歌集』秋歌上に採られた「276こがらしの雲ふきはらふ高嶺よりさえても月のすみのぼるかな」のように、景の歌としての転化をとげている。

この表現は、二条派にも共有されるような伝統性を有した表現なのだが、京極派的な構図を作り得る表現である。『玉葉和歌集』には景として「すみのぼる」月が、少なくとも四首見えるのだが、秋歌下の京極派歌人、従三位宣子の

642すみのぼる高嶺の月は空晴れて山もと白き夜半の秋霧

が典型的であろう。集ではこの次に永福門院の

643空きよく月さしのぼる山の端にとまりてきゆる雲の一村

が配されている。流派を越えた二つの集で、平安朝以来の伝統的な表現が十四世紀的に再生されている状況とは言えまいか。

さすがに、ここにあげた範囲でも『玉葉和歌集』の二首は、個性を主張していよう。霧や雲の色彩や動きの差異を伝統の中に埋没させるわけにはいかないであろう。しかしながら、見てきたような構図というやや大まかではあるが、全体の印象を左右するレベルに立ち返って考えるならば、京極派的なるものの広がりは、意外に広い範囲で捉えることが可能なのではなかろうか。

為兼は復権後、『新千載和歌集』において、十六首の歌が採られている。冬歌の

642夜もすがら置きそふ霜の消えがてにこほりかさぬる庭の冬草

のような作品も見られるのだが、概して京極派的なるものからはずれるような作品が多く採られているようにも思える。例えば春歌上の

62風わたる岸の柳のかた糸にむすびもとめぬ春のあさ露

又、秋歌下の

568色かはるまさ木のかづらくり返しと山しぐるる秋の暮かな

など、柳―糸―むすぶ―露、かづら―くり、といった顕わな縁語により骨格が形成された二条派的な特色の濃厚な作品も採られていて、この歌人の特性が見据えられていないようにすら思える。

この集では、伏見院の作品も二十七首と多く収録されている。しかし例えば、

280ともしする端山のほぐし夜もすがら燃ゆるや鹿の思ひなるらん　（夏歌）

589さそひ行く佐保山あらしまてしばしはその紅葉秋ふかきころ　（秋歌下）

などのような、照射のような叙景性に乏しく伝統的な通念からはみ出すことが難しい歌材が従来のままに詠まれていたり、佐保山の柞のように、『古今和歌集』秋歌下の「266秋霧は今朝はな立ちそ佐保山のははその紅葉よそにても見

む」（読人不知）をはじめ繰り返し詠まれた歌枕的風景に、「まてしばし」という使い古された措辞が重ねられるような作品も採られている。おおよそ京極派的なるものからかけ離れた歌がことさらに撰ばれているようにも思える。

伏見院の場合、『新後撰和歌集』では、

9春やとき霞やおそきけふも猶昨日のままの峰の白雪

169人をわく初音ならじを時鳥我にはなどか猶もつれなき

のような、常識的な発想に対して疑を呈するような作品を収録し、『続千載和歌集』においては、

173うつろふも心づからの花ならばさそふ嵐をいかがうらみむ

のような同様な傾向の作品や

185月影をかすみにこめて山の端のまだ明けやらぬしののめの空　（春歌下）

367村雨に桐の葉落つる庭の面の夕べの秋をとふ人もがな　（秋歌上）

のような京極派的な作品も採られている。また、この集には永福門院の

58かへるさの道もやまよふ夕暮のかすむ雲井に消ゆるかりがね　（春歌上）

436うちむれて麓を下る山人の行く先暮るる野辺の夕霧　（秋歌上）

のような作品も印象的である。

二条家の勅撰和歌集においては、京極派歌人の採録について、ひとしなみには考えられないように思える。京極派歌人達も、守旧的な作品を詠まなかったわけではない。そうした本領からはずれた部分が取り込まれたと考えることもできるであろう。それだけに、改めて為世の姿勢は注目されて良いと思う。彼は流派的な対立と言うことでは最前線にいたのであるが、やはり創生期の京極派と同時代を共有しているのである。

為世が二つの勅撰和歌集に自撰した作品は、二条派的なるものの手本「正風体」として位置づけられる。おおよそが古典的な世界を連続性の上で再生産する作品であった。(8) しかしながら、京極派的なるものの影響は、やはり見られると思われる。例えば、『続千載和歌集』に自撰した秋歌上の

442くるる間の空にひかりはうつろひてまだ峰越えぬ秋の夜の月

は、なかなか出てこない秋の月を待つという伝統的なモチーフではあるが、上句で捉えられる日没から夜への空の光の動きは、やはり京極派的なるものの影響もしくは共有を考えてよいであろう。また、同じ巻の

413小山田の庵たちかくす秋霧に守る人なしと鹿ぞなくなる

についても、霧に囲まれたなかから鹿の鳴声が聞こえて来るという自然の把握の仕方は、やはり同様な京極派との関係を想像させよう。無論、こうした面が全体の比重でいかほどであるかは冷静に計るべきであるが、京極派的なるものの広がりを考えさせる作例だといえよう。

五　中世和歌の一様式としての京極派的なるもの

京極派的なるものを時代様式として捉えてきた。あえて研究史的には後退するような形で、表層的な表現構図に注目してきた。遠景として山があり空が広がっている。その空に霧や霞や雲がかかる。それらは動きをもって、移動したり消えたり現われたりする。場合によってはかりそめに何かを包み隠すこともある。朝日や夕陽といった、斜めからそれ自体変化をしながら照らす光が、それらをより印象的に際立たせる場合もある。描かれる自然はそれ相互の関係で動きやつながりが生じ、掛詞や縁語が文脈を作り景物の関連をまとめあげるわけではない。

為兼の歌論は、自然の触発を原点とした個性的な表現を要求するようにも読める。しかしながら、京極派の和歌には顕著な類型性があり、マンネリズムに陥ったとも見える点を早くから指摘したものに、大坪利絹の論がある。(9)大坪はそうした表現の類同性を指摘するとともに、その要因を探る。主流派である二条派への対抗から、その流派とは異なる共通性を持った表現を必要としたと、流派的な求心性を持った、そうした表現へ導く指導の存在を推測する。

大坪は類同性については、負の価値判断を行うが、中世文芸の「型の文芸」という性格のなかに普遍化しようとする。むしろ本論で述べてきたのは、その類同性が流派を越えたとして認識できまいかという点である。つまりは、京極派的なるものが流派を越えた時代様式として捉えられないだろうかということである。

やや原論的な考察をするならば、和歌は短詩形である上に、かなりに量産されるという特色を持つ。多作がおざなりであることは全く意味しないのだが、様々な試みが許されやすい創作環境にある文芸である。同時代に、或いは過去に行われた成果を試行的に採用することもあり得る。従って、京極派的なるものが二条派にも共有されることは、むしろ当然ということも言える。要はその影響の深度と言うことになろう。

すでに見て来たように、為世の場合は、京極派的なるものの影響は、小さな局面に過ぎないというわけにはいかないと思われる。そして、この論の始めに参照した風巻の論(10)では、為世の門下である二条派の重鎮頓阿にも京極派的なるものの共有を見ていた。京極派の撰集に入っても区別のつきにくい歌として風巻は『草庵集』の四首をあげるが、

山の端もうづもれはてて咲く花は空にたなびく雲かとぞみる

などは、むしろ二条派そのものという印象もある。が、

春の夜の明けゆくままに山の端の霞の奥ぞ花になりゆく

立ちこめて暮れぬる空に秋霧のたえ間も見えていづる月影

などは、先にも見て来たような京極派的なる構図をよく示している。

頓阿という存在に対する認識は、風巻以後、近年になりようやく深化されつつある。例えば、伝統に基づいた共感と了解を誘う問答的な性格をその作品構造のなかに析出し、二条派的な保守主義が必ずしも平和でない時代に支持される所以に迫ろうとする渡部泰明の論[11]のような達成も見られる。又、稲田利徳の手による為世門下の四天王すべてにわかって、基礎的な問題を中心とした大規模な論[12]もある。こうした状況は風巻の論の視野を継ぐことが、必ずしも無防備にはなし得ないことを示している。

しかしながら、頓阿の歌集を見て行くならば、風巻の指摘に立ち止まらされる事例にいくつも出会うのも事実である。例えば『草庵集』には、次のような作品が入る。

霞立つ空にはそれと見えわかで声のみあがる夕ひばりかな

景も京極派的に印象深いと言えるし、「夕ひばり」の歌語も目につく。そもそもこの言葉は、『風雅和歌集』春中に入れられた

133春深き野辺の霞のした風にふかれてあがる夕ひばりかな

にも見えている。新古今時代の慈円の作品であり『六百番歌合』を初出とする。この言葉は『新続古今和歌集』でも注目され、

182かすみつる空こそあらめ草の原落ちても見えぬ夕ひばりかな　（冷泉為尹）

183さそはれぬ友ぞとみてや夕ひばり野沢の水のかげに落つらん　（飛鳥井雅縁）

と二首が春歌下に並んでいる。二十番目の『新拾遺和歌集』でも同様な現象が見られる。さらにこの言葉は四天王の一人慶運も詠む。

そもそも「雲雀」という題自体が平安和歌ではおおよそ忘れられ、新古今時代の『六百番歌合』で歌題化され、『玉葉和歌集』『風雅和歌集』で歌群として取上げられている様子はすでに述べられている。[13]更に雲雀の歌は『新千載和歌集』以後『新続古今和歌集』まで採られ続ける。これなどは、かなりに広がりを持った影響関係、あるいは時代的な共有ということにはなるまいか。雲雀は素材の問題であるのだが、この鳥の特性は自然の動的な把握を必然的に要求しよう。京極派的な構図を構築させるにふさわしい素材である。

「夕ひばり」の共有者に正徹もいるが、彼の作品と京極派的なるものとの距離は、時に近いものを見せるようにも思われる。それは冷泉派との関わりの問題をも慎重に導くはずである。また、為世門下の四天王に戻っても、兼好の作品が京極派的なものとどう切り結ぶのかという問題もある。兼好を通した、先の正徹、さらには心敬・宗祇といった連関にも視野は広げられると思う。無論、ここでそれらまで言及する用意はない。しかし、京極派的なるものの広がりを考えさせる事例は、かなりの範囲に分布しているようにも思えるのである。

おわりに

以上、京極派和歌の持つ表現特性を、構図を中心とした研究史上はやや古い段階に一度立ち戻ることで、時代様式として捉えることを試みた。『新古今和歌集』以後の中世和歌の表現様式の一つとしてそれを位置づけることは、結局は風巻景次郎がすでに開いた地平の追認という形にもなるかもしれない。

研究史の流れとしては、真に京極派的なるものを、その背後の思惟をも含めて見据える方向にある。そうした状況下で、この地平に再び戻るのは、その様式規定自体にも曖昧さを再び許すことにもなる。だからこそ広がりを捉えることが可能になるのだが、必然的に新古今時代よりも前への遡逆も問題となろう。直ちに思い浮かぶ問題として、十一世紀後半からの田園趣味に基づく「叙景歌」の問題にも関わろう。具体的には源経信を思い浮かべるならば、田園の別業への一時的なものでもあれ、趣味的な隠遁の問題が見えてこよう。

隠遁の問題は風巻の論を念頭にした言及である。[14]風巻は時代様式として捉えた京極派的なるものの基層に、世捨人の数寄の生活を置く。風巻の言うそれは十四世紀を念頭にしたものだが、隠遁自体にも歴史がある。生の実体そのものを世捨人として投入する場合は別だろうが、主として精神の領域としてそうした態度が獲得されるのであれば、そこには趣味の様式があり、その上に開花する表現様式にも大きな影響を与えるであろう。それがそうした作品に漂う「閑寂」といった魅力につながるのだと思う。それは十一世紀にはある程度様式化されていたとも言える。

京極派的なるものをかなりゆるやかな枠組みの中で拡張して中世和歌の一様式として捉えようとしたのだが、その様式としてのまとまりを、外延との差異として認識する必要があるのは言うまでもない。残された課題の多さを自戒しつつ、ひとまず稿を閉じたい。

注

（1）岩佐美代子『京極派歌人の研究』（笠間書院・一九七四年）、岩佐美代子『京極派和歌の研究』（笠間書院・一九八七年）

（2）岩佐美代子『玉葉和歌集全注釈』（笠間書院・一九九六年）、岩佐美代子『風雅和歌集全注釈』（笠間書院・二〇〇二〜〇四年）。以後本節中では岩佐全注釈として言及する。

（3）風巻景次郎『中世の文学伝統』（岩波文庫・一九八五年）による。『風巻景次郎全集』では巻五に所収。

（4）風巻景次郎『新古今時代』（『風巻景次郎全集』巻六・桜楓社・一九七〇年）

（5）糸賀きみ江「玉葉和歌集における新古今歌人の位置」「風雅和歌集の新古今歌人」（『中世の抒情』笠間書院・一九七九年）
（6）谷知子「『六百番歌合』の歌ことば―新古今前夜から京極派へ―」（『中世和歌とその時代』笠間書院・二〇〇四年）
（7）中川博夫「京極派和歌の一面覚書―〈軒〉をとおして―」（『徳島大学国語国文学』五号・一九九二年三月）、「京極派和歌の一面覚書（二）―〈間〉の歌の考察―」（『徳島大学国語国文学』一〇号・一九九七年三月）など
（8）田村柳壹「和歌の消長」（『岩波講座日本文学史』巻五・岩波書店・一九九五年）では、為世の歌に対して、そのような観点から分析がなされている。
（9）大坪利絹「歌風について」（『風雅和歌集論考』桜楓社・一九七九年）、原題は「京極派歌風の問題点」。
（10）注（3）の論。
（11）渡部泰明「頓阿論」（『文学』七巻三号・二〇〇六年五月）
（12）稲田利徳『和歌四天王の研究』（笠間書院・一九九九年）
（13）『風雅和歌集』一三三番歌の岩佐全注釈で指摘されているが、そこでも、先行する指摘として鹿目俊彦『風雅和歌集の基礎的研究』（笠間書院・一九八六年）をあげている。
（14）注（3）の論。

第四章　勅撰和歌集の終焉期

第一節　新続古今和歌集

はじめに

和歌史の十五世紀は大きな節目となるのではないかと考える。その中での最大なできごとは、勅撰和歌集が終焉を迎えることであると言ってよいだろう。最初に、最後の勅撰和歌集となった『新続古今和歌集』の概要について論じておきたい。

一　最後の勅撰和歌集

『新続古今和歌集』は、後花園天皇の下命により飛鳥井雅世を撰者として、永享十一年（一四三八）に完成した第二十一番目の勅撰和歌集である。延喜五年（九〇五）の『古今和歌集』を最初とする勅撰和歌集の伝統は、本集をもって閉じられることになる。「二十一代集」という名で流布した中世や近世の写本・刊本は、日本における勅撰和歌集の全ての集約である。

雅世が、この勅撰和歌集の編纂という大任を果たした時、その伝統の掉尾を飾ることになろうなどとは考えもしなかったはずだ。むしろ彼にとっては、歌の家である飛鳥井家の「最初」の勅撰集であるという意識であったのであろう。この家にとっては、家祖である飛鳥井雅経が、『新古今和歌集』の撰者の一人となって以来、久しく恵まれなかったその機会であり、しかも、単独に雅世に勅命が下ってなされた事業であった。中世になると、例外もあるが、おおよそ藤原俊成・定家の子孫たち、「宗匠」を名乗る二条家の嫡流により勅撰撰者は継がれてきた。しかし、二条家の家系が途絶えた今、やはり定家の子孫である冷泉家をさしおいて巡ってきた機会であった。以後子孫たちが陸続と撰集の編纂に関わるのではないかという、いよいよ自分たちの家の出番が来たのだという得意な予感がしていたものと思われる。

事実、雅世の息である飛鳥井雅親は、寛正六年（一四六五）、二十二番目の勅撰和歌集を編纂すべく、後花園上皇の院宣を受けた。その編纂のための和歌所を置き、周囲の歌界もそれに向けて活発に動き出した。しかし、応仁元年（一四六七）六月十一日の京都市中に勃発した戦乱は、その業を頓挫させた。その日の火災が和歌所を焼き、撰集の続行は不可能となった。和歌所を構成する寄人の一人である姉小路基綱の家集『卑懐集』には、その無念の思いを語る歌が、やや長い詞書とともに載せられている。

文正元年、入道大納言雅親撰集の事うけたまはりて和歌所の寄人になされ侍りて百首などを奉りしに、ほどなく応仁元年五月より世の乱れいできて、その集功なり侍らぬ事など思ひなげき侍りし頃、

述懐といふ題にて

忘れずよ玉ひろふべき和歌の浦のよるべうかりし波のさわぎは

応仁の乱による京都文化の破壊は、勅撰和歌集の伝統の破壊にも及んだのである。その後、ついぞその伝統の復活

はないままに終わってしまった。外的な事件により、この集が勅撰和歌集の掉尾という位置を担うことになったのである。

が、実は、勅撰和歌集自体も変質を始めていた。「勅撰」とはいうまでもなく、天皇や上皇の意志による事業を意味する。天皇・上皇の命により撰者が任命されて編纂されるのが、その原則的なあり方であった。しかし、室町幕府が成立して以後、具体的には延文四年（一三五九）成立の第十八番目の集である『新千載和歌集』以後、その事業は、先ずは室町将軍の発議により行われることになった。すなわち、将軍が集の撰ばれるべき潮時を察して、天皇または上皇に、勅撰集の編纂を勧める武家執奏という制度が成立したのである。以後勅撰和歌集はそうした過程を経て撰ばれた。実態としては、何よりも将軍による治世の記念としての意味を持つように変質していたのである。『新続古今和歌集』は足利義教の執奏によるものであり、雅親の撰集も足利義政の執奏を経たものであった。

応仁の乱の最中とはいえ、文化的にも大きな力を発揮した足利義尚が将軍となったのは、文明五年（一四七三）のことであった。九歳の将軍ではあったが、十四歳になる文明十年にはすでに和歌活動が開始されたと思しく、その後、実に活発にその活動が展開される。彼の歌集『常徳院集』をはじめ諸資料から、天皇以下公家たちをも巻き込んだすこぶる活発な歌会の開催の跡を辿ることができる。すでに形成されていた室町将軍の伝統からすれば、やがて、再び二十二番目の勅撰和歌集の発議・執奏へと至って当然であろう。すでに文明九年には応仁の乱も終息した当時にあって、勅撰和歌集の存続する機会はあったのである。

しかし、義尚が選んだのは別の途であった。文明十二年あたりから彼は歌書や古典の収集に精力的になり、十九歳になった文明十五年には、打聞編纂に乗り出す。自らの手による撰集の編纂に乗り出すことになるのである。

未刊に終わったこの撰集については多くのことが知られるわけではない。しかしながら、公武の歌人たちを「お手伝衆」に召して、将軍が自らの手により和歌集の編纂を行う意味は重いであろう。すでに天皇の下命を必要としない新しい秩序による和歌集の編纂へと、「国家」の手による歌集の編纂の歴史を大きく変転させたのである。

しかし、この企画も、やはり応仁の乱後の現実の中で頓挫することになる。近江守護六角高頼の荘園横領に対抗する近江出陣の最中に、長享三年（一四八九）三月、義尚は二十五歳の生涯を閉じる。新しい「国家」の撰集は完成せずに終わったのである。実際には撰集の編纂は新たな秩序へと転身することはなかったが、勅撰和歌集が戻ってくることもなかった。

「二十一代集」という一括が、いつから行われるようになったのかは分からない。現存する一括書写の『二十一代集』の最古のものが吉田兼右書写の本であり、天文十四年（一五四五）から十年を費やして書写されたものであった。少なくとも、雅親勅撰集の頓挫から一世紀に満たない、義尚撰集の頓挫から半世紀余の時点では、二十一という数が、かつて撰ばれた勅撰和歌集の総体として意識されていたと思しい。もう加えられることのない（かもしれない）、文化遺産としての勅撰和歌集が意識されるのである。以来少なくとも四百年以上の歴史の中で、『新続古今和歌集』が勅撰和歌集の最後であることが、事実としてしっかりと定着するのである。

二　成立の経緯

先にも述べたように、室町幕府発足以後の勅撰和歌集は、将軍の発議・執奏をもってその編纂が始まる。足利尊氏・義詮・義満の三代に渡って、延文元年（一三五六）下命の『新千載和歌集』、貞治二年（一三六三）下命の『新拾遺和歌集』、永和元年（一三七五）下命の『新後拾遺和歌集』と、連続するようにそれは編まれた。しかし、その後、四代義持、五代義量の時代にはその事はなく、六代目の義教の代に至って、久々に編纂されたのが『新続古今和歌集』である。

勅撰集の半世紀近くの空白は短いものではなかった。先述したように勅撰撰者を担うべき二条家の血筋が絶えたのもこの間の出来事であった。為遠の死去により『新後拾遺和歌集』の編纂を継いだ為重の息である為右や、為遠の息為衡をもって、この家系は絶えることになる。義持将軍の応永年間（一三九四〜一四二八）の初め頃のことである。

しかし、宗匠家を失っても、和歌世界の伝統はやはり強固であり、応永年間にあっても、定家の血筋では冷泉家が冷泉為尹を中心に活躍し、その門下である今川了俊や正徹の活動も見られる。二条家の伝統も常光院尭尋を中心とする門弟により受け継がれる。そして何より、雅経以来の蹴鞠と和歌の家である飛鳥井家は、雅世の父である雅縁を中心に、幕府の支持を得て大いに勢力を拡張した。

僧籍にあった義教が還俗して将軍家を継いだのが、正長元年（一四二八）三月のことである。彼は和歌に熱心であり、早々に歌会を主催し、公武の和歌活動が活発化した。彼は、冷泉家に対しては冷淡であり、義教の歌会を中心になって支えたのは、飛鳥井雅縁・雅世の父子であった。雅縁（宋雅）は、その年の十月には没したので、雅世がその中心となる。また、尭尋を継いで二条派の要となった息尭孝も雅世と密接な関係を結び活躍した。その歌会に参集し、実際に詠作を積み重ねて行く公武の多くの歌人たちの存在があることもいうまでもない。

本集の序文では足利義教の治世が太平である様を、「立田山の白浪声静かにして、夜半の関の戸さす事を忘れ、春日野の飛火影絶えて、雪間の若菜摘むにさまたげなし」と讃美する。実際には義教は「万人恐怖」というような評判を取る専制的な傾向の強い人物であり、反抗者への殺戮がその経歴に陰を与える。しかも嘉吉元年（一四四一）六月二十四日、四十八歳で迎える最期も、幕臣である赤松満祐による暗殺という形であった。それだけに、幕府の権威には強い関心を持つ人物であり、和歌に熱心である彼が、初期三代の将軍たちの事跡に倣い、勅撰集の発議に向かうことは、当然であるともいえよう。

『満済准后日記』によれば、義教が具体的な形で勅撰集の企画を動かし始めたのは、永享五年（一四三三）八月あたりからのようである。まずは、雅世・堯孝への相談からはじまり、住吉・玉津島の神慮も伺い、その月二十五日には後花園天皇の撰集下命の綸旨が下った。撰者は飛鳥井雅世、和歌所の総括者、開闔には常光院堯孝が任命された。冷泉家をさしおいて、飛鳥井家が二条家以後の勅撰撰者の家となったのである。

勅撰集に先立ち応制の百首歌が召されるのが伝統化されて久しい。九月二十一日には百首の題と詠進者が決定した。春二十首、夏十五首、秋二十首、冬十五首、恋二十首、雑十首で、すべて、一題一首の百題からなる百首である。作者は後花園天皇以下四十一人、大きな規模の百首であった。現在その百首の全貌は知り得ないが、例えば、後小松院はその員数に入りながらも一ヶ月後には崩御しており詠出はなされなかったと思われる。それ以外にも全員の詠草が集まったかは不明だが、提出期限は十二月、実際には翌六年には一通り出そろったようである。

さて、撰歌の作業は、永享五年十二月十五日には、宮中に置かれた和歌所で撰歌始の儀が行われ、実際の仕事が始まった。その後、冷泉家の当主であり和歌所を代々預かる為之が、その根本文書を渡さないなど、はじめての自家の単独による撰集に雅世はとまどいながらも、精力的に撰集資料の収集にもつとめ、編纂の中心を自邸に移したりしながら、撰集の業は進められた。

足かけ六年の歳月を要して、ようやく永享十年（一四三八）八月二十三日、四季部を奏覧する。その際に年内に完成すべしという命をうけながらも、完成を見たのは、翌永享十一年六月二十七日のことである。この日、奏覧後下げ渡された未完の集を完成させ、内裏への返納が行われたのである。ここに、最後の勅撰和歌集となることになる『新続古今和歌集』が完成したのである。『古今和歌集』以来の五百年の積み重ねが成ったことになる。

完成後も、撰集の常として、補訂や切り出しなどが行われたらしい。それも一段落してか、嘉吉三年（一四四三）九月十三日には雅世が雅親らと共に、撰集完成の報告に住吉・玉津島の両社に詣でている。が、その二十三日、凶徒の乱入により宮中の清涼殿が放火されるという事件が起こり、宮中に納められた本集の正本が焼失するという事態に至った。その結果、幕府管領細川勝元を中心に、新たに奏覧本を作る計画が持ち上がり、撰者らは、堯孝が自筆した中書本を基に新たな正本を作成し、文安四年（一四四七）に再び奏覧した。

ところで、撰者の飛鳥井雅世であるが、雅縁（宋雅）の男として、明徳元年（一三九〇）に生まれた。飛鳥井家は何度も述べたように、『新古今和歌集』の撰者である雅経を祖とする蹴鞠と和歌の家である。雅経以後も有力な歌人が排出し、雅有のように、伏見院が勅撰集の撰を企図し永仁元年（一二九三）に下命した「永仁勅撰の儀」において、撰者の一人に任命されながらも、実際の撰集には至らなかったというような人物もいた。二条家とも縁が深く、例えば雅経の孫娘は、二条為氏の母というような姻族関係も結んでいた。父雅縁の代になると、室町幕府との関係が極めて密接となり、雅縁は、足利義満には絶大な信頼を置かれていた。雅縁が出家して宋雅を名乗るようになるのも、義満の出家を慕ってのようである。雅世が和歌活動を、応永十四年（一四〇七）の内裏九十番歌合への出詠という形で開始した時点では、すでに父は歌壇の大御所であり、この歌合にも重鎮として君臨していたと思われる。応永十五年の義満没後も、父の公武の歌壇での重鎮としての役割は勝るとも劣ることはなく、その後継として、将来を嘱望される存在として、雅世は和歌活動を積んでいったと思われる。

正長元年（一四二八）父が没して雅世が飛鳥井家を総領する時点で、三十九歳となり、官位においても、すでに正三位参議に至っていた。将軍義教の信頼もあつく、後小松院との関係もよく、歌壇の中心にいる人物として、飛鳥井家を引き継ぐことができた。したがって、五年後に勅撰撰者として任命されるのは、むしろ当然であったともいえよう。永享五年（一四三三）撰者拝命の時点で四十四歳、正三位のまま権中納言に至っている。撰集の過程では、永享九年五月に洪水見物に赴いた妻が橋から転落して死ぬという悲痛な事件を経験し、さらに、十年には子の一人の訃報に接するなど、その家族に関わる不幸を経験しながらも、五十歳で撰集の功を遂げたのである。

その後、永享十三年、正二位権中納言を極官に出家し祐雅を名乗る。享徳元年（一四五二）二月一日六十三歳で没するが、すでに正三位権中納言に至っていた息の雅親が、蹴鞠と和歌の家を継いだ。そして、雅親も勅撰集撰者として指名されるに至ったことはすでに述べた。

作品の評価を念頭とした歌人としての位置は、後にも少しく述べるつもりではあるが、現時点においては十分論定することはできない。しかし、中世和歌の主流をなした二条派の歌風から大きく出ることはなく、当時にあって、あるべき性格の和歌を秀逸に実現し得る人物であるということは言えるであろう。

三　組織・構成

かくして成立した『新続古今和歌集』は、半世紀ぶりの勅撰和歌集だけに、多くの歌を収録した規模の大きな歌集として完成した。兼右本で数えて二千百四十四首に及び、二十巻に収められている。

本集は久々に、真名・仮名の両序を有する歌集である。この両序は一条兼良の手によるものであり、質の高い漢文・和文により草されている。両序は基本的には下命者である後花園天皇の立場に立って書かれているが、例えば、仮名序における足利義教に対する待遇表現のあり方など、必ずしも天皇の立場で一貫しているとは言えず、前摂政太政大臣である権門としての兼良の立場も混在していることもすでに指摘されている。しかし、両序により、室町将軍義教の治世の記念であり、後花園天皇の太平の世を言祝ぐ性格の歌集である旨は、十分に伝えられている。

さて、二十巻の構成であるが、特に取り立てる点はないであろう。むしろ集の性格を語りやすい、各巻の巻頭巻軸の作者と共に示しておく。

		巻頭作者	巻軸作者
巻第一	春歌上	飛鳥井雅縁	足利義教
巻第二	春歌下	後花園天皇	小倉実遠
巻第三	夏歌	後小松院	藤原経通
巻第四	秋歌上	源実朝	足利義詮
巻第五	秋歌下	藤原定家	小倉実名
巻第六	冬歌	源道済	洞院公賢
巻第七	賀歌	後鳥羽院	柳原忠光
巻第八	釈教歌	日吉十禅師	足利義持
巻第九	離別歌	藤原顕綱	粛子内親王
巻第十	羇旅歌	二条為氏	藤原隆信
巻第十一	恋歌一	藤原清輔	洞院満季
巻第十二	恋歌二	藤原俊成	後醍醐院少将内侍
巻第十三	恋歌三	曾禰好忠	順徳院

巻第十四	恋歌四	西園寺実氏	藤原知家
巻第十五	恋歌五	紀貫之	万秋門院一条
巻第十六	哀傷歌	朱雀院	藤原頼業
巻第十七	雑歌上	藤原為家	藤原清輔
巻第十八	雑歌中	飛鳥井雅経	花園院
巻第十九	雑歌下	足利尊氏	大中臣能宣
巻第二十	神祇歌	住吉明神	二条良基

部立については、特に珍しい部を立てるということはしていない。おおよそ勅撰和歌集においては一般的な部立である。その配置については、四季歌と恋歌以外の配置に各集の個性が出るわけだが、特にどの集に倣ったということではなさそうである。最後が「神祇」部となっているということでは、『千載和歌集』に同じで、『続拾遺和歌集』『玉葉和歌集』『続後拾遺集』も同様である。『千載和歌集』については、真名序の中でその「偉観」を継ぐことが言明されているが、他の配置においては、必ずしもそれに倣うと言うことではない。

巻頭巻軸の作者については、はっきりと姿勢が見えている。全体の巻頭となる春上には、家父である飛鳥井雅縁が据えられていて、飛鳥井家による撰集であることが明白に示されている。家祖である雅経の歌も雑歌中の巻頭に置かれている。歌道家関係では、さすがに藤原俊成・定家・為家の三代がそれぞれ位置を占め、二条家の家祖である為氏に対しても配慮が見られる。他の歌道家では平安時代末期の六条藤家の清輔が二度にわたりその位置を占めているのも注目されよう。さらには紀貫之・大中臣能宣などが見られる。これらは、勅撰集の撰に関わった先人として思いを馳せても良い人々である。

足利将軍については、本集の執奏者である義教は当然ながら、初代・二代・四代の尊氏・義詮・義持がその位置を占める。しかし、三代目の義満が該当しないのはやや注目される。秋上巻頭を源実朝が占めているのも興味深いといえよう。天皇については、今上である後花園天皇と後小松院は当然その場を占め、後鳥羽院・順徳院・花園院・朱雀院がやはり巻頭巻軸の位置を占めている。公家では小倉家・西園寺家の人々の名が見え、洞院公賢のような文化的に優れた人物も取り上げられ、全体の巻末には二条良基が据えられている。さすがに幕臣達については、そうした位置には据えられていない。

しかしながら、これらの巻頭巻軸作者の中には、やや不思議な人物も見られる。例えば、哀傷の巻末が宇都宮頼業の歌であるのもそうであろう。鎌倉時代の武人であり、鎌倉幕府の幕臣であるが、勅撰集ではこの歌一首が取られたのみである。思うに、ここでは歌の内容に撰者の思い入れが反映したのではないだろうか。

あづまより友なひて宮こにのぼりける女身まかりにければひとり帰りけるに、宇津山にてよみ侍りける

藤原頼業

1605ともに来し道はさながら宇津の山うつつも夢も見るぞかなしき

『伊勢物語』第九段の「駿河なる宇津の山辺のうつつにも夢にも人に逢はぬなりけり」を中世の通念のようになぞる歌であるが、詞書に記された彼の体験は印象的であるといえよう。将軍頼経の上洛に供奉したという人物の、その宇津山という舞台に撰者雅世の目が注がれたのだと想像してみたい。

雅世にとって、宇津山は極めて強い思いの込められるべき場所であった。羇旅部に彼は

左大臣富士見侍らむとて東に下り侍し時、おなじくまかり下りしに、宇津山を越え侍とて、参議雅経、踏み分けし昔は夢か宇津の山とよみけることを思ひ出でて

権中納言雅経

952むかしだにむかしといひし宇津の山越えてぞ忍ぶ蔦の下道

をいう作品を自撰している。これは、撰者拝命の前年永享四年（一四三二）に将軍義教の富士遊覧に随行した折の歌であり、そこで家祖の歌を思い出しながら感慨に耽った記念碑的な作品である。雅経もこの山を越えて鎌倉から京都に召され『新古今和歌集』の撰者になったのだという来歴が雅世の頭にも過ぎったはずである。そうした宇津山への思いとこだわりが、歌人としてそれほど有名とは言えない頼業の歌をこのような位置に撰ばせたのだと想像してみるのである。自らの思いの代理だというのは言い過ぎであろうか。

さて、収録された歌人についても記しておく。歌人の総数は八百人弱に及び、万葉時代の歌人から当代までの七百年以上もの和歌の歴史を踏まえる。入集数の多い歌人を順に記すと、飛鳥井雅縁（二十九首）・藤原良経（二十八首）・後小松院（二十六首）・藤原俊成（二十二首）・藤原定家・頓阿（十九首）・飛鳥井雅経・飛鳥井雅世・後鳥羽院・足利義教（十八首）が上位十人と言うことになる。

家父雅縁が最多入数であり、家祖雅経への扱いの厚さも巻末巻軸での扱いと同様である。自身の入数も多く、飛鳥井家からは、他にも雅有が十四首、雅孝が十首、さらに、雅世の嗣子である雅親も五首と一族には当然ながら厚い扱いがなされている。

歌道家の関係では、為氏が十二首、為世が六首と二条家にも配慮されているが、前勅撰集の撰者であった為藤が十一首、為重が九首と、そこにも配慮がなされている。その流派を継ぐ頓阿には重く、さらに、常光院尭尋が十首、和歌所開闔である尭孝も七首と重い扱いになっている。冷泉家については、為尹と為秀が六首であり、為相は四首であるが、当代の当主である為之は二首にすぎない。さすがやや冷遇されているというべきであろう。なお、冷泉家関連では、今川了俊が一首であり、正徹に至っては入集がない。後世の評価からすれば不当といえるが、義教による忌避といった特別な問題の存在も考察されている。京極家については為兼が三首であり、為子も三首で、京極派では伏見院が四首、永福門院が一首、光厳院が二首というように、ごくわずかにすぎない。撰歌自体も流派の強烈な個性を示すようなものとはなっていない。

貴顕については、後小松院が目立つのは当然であり、義教にも重い。後花園天皇は下命時点で十五歳にすぎず、十二首というのは少ないとはいえないであろう。足利将軍については、尊氏が十二首、義詮・義満が七首、義持が六首と入集している（義量はなし）。序文を書いた一条兼良は九首でやや少なくも思えるが、公家にしても武家にしても、当時の権門達の作品も満遍なく入集していて、そうした面への配慮は行き届いているといえよう。

その他、入集数で目立つのは、藤原良経が、二位を占めているのをはじめ、俊成・定家・後鳥羽院をはじめとする新古今時代の歌人の入集数の多さである。十位以降でも、家隆が十三首、慈円が十一首、如願（秀能）が八首、寂蓮・俊成女・知家などが六首というように、その時代の歌人には重い撰歌がなされている。これは、本集の一つの特色をなすと言えるだろう。それは、この歌集の雰囲気の構成に少なからぬ影響を与えるとともに、この時代に至る中世和歌の様式起源が奈辺にあるかをも知らしめるであろう。

四　文学的な特質

『新続古今和歌集』の持つ文学史的な位置の最大なものは、先にも述べたような勅撰和歌集の最後に位置するということであるのは言うまでもない。しかしながら、この集が文学的にどのような特質を持ち、それが文学史の上でどのように評価し得るのかという問題については、現在の段階で何らかの言説を作り上げるのは容易ではない。早く本居宣長が『排蘆小船』で「(撰者が飛鳥井家となり) ここに至って歌道のありさま又一変せり。されども歌の風体はさのみ変はらず。あしくもなく二条家の正風のままにてあり」と、すなわち、撰者の家は変わったが、歌の「風体」はおおむね二条家の歌風のままで変化がない、と論定したことが、そのまま受け継がれているといってもよい。

この認識は基本的には間違いはないであろう。ここで、それに大きな修正を求めるような議論をする準備もないし、そのような成算はない。そもそも各勅撰集の文学的な特質という問題は、特別な場合を除いて必ずしも見えやすい問題なのではないが、その中核が、その集の撰ばれた当代の歌人達で担われるということは、確かであろう。そして、当代歌人の中でも、撰者に注目するのは常道であろう。二条家の勅撰和歌集では、撰者と家督(その後継者)の作品が「正風体」として特別な意味を持つことが意識されている。つまりは、その時代の規範的な作品という位置づけが与えられるのである。雅世の場合も、そのような意識とは無縁ではないであろう。ここでは、その作品を起点に、若干の見通しを述べておきたい。

雅世の作品を一読して、強烈な印象や、特別な個性の存在を感じるということはないといってよいだろう。その意味では、温雅で保守的な作風であるという一般的な理解はその通りであるが、しかし、埋没するだけの平凡な作品というのでもないであろう。十八首の作品を読み込んでいっても、少なくともその巧みさは十分感得できるのではないかと思う。ここでは、その中で二首の歌を取り上げ、その巧みさについて述べると共に、それらに見られるこの時代の和歌の持つ課題について記してみたい。

最初に取り上げるのは次の作品である。

633 木の葉のみ散りしく比の山河にくれなゐくゝる鳰の通ひ路

冬歌に載せられているこの作品の景は平凡ではなく、目にとまるものであると言えまいか。この歌は、「294ちはやぶる神世も聞かず竜田川唐紅に水くくるとは」（古今集・秋歌下・在原業平）を本歌としている。『百人一首』でも知られる著名な本歌ではあるが、五句目の「くくる」を、そのまま「括る」と読むか、「くぐる」として「潜る」と読むかという問題がある。この場合は、やはり、白赤の括り染めにする意の「括る」であると解釈したい。本歌では、水流が落ちた紅葉を流し、沈めたり浮かしたりしながら括り染めにするとするのだろうが、この歌では、川の情景は落葉で真っ赤に染まったとして、改めて括り染めにする理由を、水中を行く鳰が落葉をかき分ける故であるとする。やや機知的ではあるが、印象に残る景の発見であろう。

鳰鳥については「662冬の池に住む鳰鳥のつれもなくそこに通ふと人にしらすな」（古今集・恋歌三・凡河内躬恒）のようにその潜水の様に早くから注目され、主として恋歌の中で人知れず深く潜るという捉え方と、浅い水中を行き水面に航跡を残すという捉え方とがされてきた。ここでは後者の捉え方を引き継ぐ。さらに、その系譜の中には、「散るままに池の玉藻はうづもれて花をぞ分くる鳰の通ひ路」（草庵集）の頓阿の歌のように、水面一面に落ちたものを、鳰が分け行くという発想もすでにある。雅世もその発想を踏襲しているということになろうが、そうした所産を受け継いだ上で、本歌の括り染めに結びつけて、新たな情景の発見がなされたのがこの歌であると考えられよう。それは、古典や先行作品に基づきながらも新しいであろうし、その結びつけは非凡というべきだろう。

古典に基づく創作というのは、新古今時代以来の、中世和歌の公準的な方法である。本歌取についてもすでに伝統的な方法である。さらに、中世和歌内部での様々な試みの蓄積からも自由でないのが、この時代であろう。この作品ばかりではなく、中世の先行作品との類似を見せる作品が極めて多いのも、この時代の必然である。しかし、そうした古典と先例とを背景に、継承もしながら、さらに新たな世界を生みだして行くのが、この時代の和歌の宿命であり、特質ともなるのだろう。

やはり冬歌「初雪」題の

686白妙の真砂の上に降りそめて思ひしよりも積もる雪哉

は、意外にも降り積もった初雪への驚きが、白い砂の上に積もる繊細な情景とともに印象的な作品と言えようが、この作品にも「813降りけるも真砂の上はみえわかで落ち葉に白き庭の薄雪」（風雅集・冬歌・飛鳥井雅孝）という先行作品が考えられる。飛鳥井家の先人の作品であり、念頭にあったのは言うまでもない。雅孝歌の場合、落葉の色と、真砂の白と、白い雪との機知的なコントラストが眼目だろうが、そこから典雅とも言える白一色と、素直とも言える驚きの表現へと展開させた能力は、やはり瞠目すべきであろう。

雅世の巧みさをこうして追体験できたとしても、古典の本歌と、中世における先行作品を前提にしながら、場合によっては微細な変化でもって、新たな作品世界を展開させて行く方法は、先にも述べたように雅世独自の方法でもなく、この時代独自の方法でもない。むしろ、中世の和歌における普通の方法であろう。本集もそうした意味では中世の普通の和歌集であるが、そのための蓄積の財産が極めて大きく膨らんだ時代の所産であることは、雅世の作品のみならず、ここに集められた作品群が示すであろう。そうした方法の上に展開した作品世界の有様に個人や時代の特色を見いだすことが可能かも知れないが、それは、現時点では大いに手に余る課題である。しかし、それを生み出すこの時代の根幹的な方法がここにあることは、見ておかなくてはならないであろう。

五　伝本および研究史

『新続古今和歌集』の場合も、他の十三代集の多くがそうであるように、正保四年板本『二十一代集』所収本をもって流布本と考えてよいであろう。流布本の系統にあり、古写であり善本と思われるのが吉田兼右書写『二十一代集』所収本である。

兼右の書写は天文十四年（一五四五）から天文二十四年に至る十年間でなされた（『風雅和歌集』のみは、完璧を忌む当時の慣例で十年後の永禄七年（一五六四）に書写）。その中で本集は、天文十九年に書写された旨が次の奥書から知られる。

天文十九年二月十六日、以二青蓮院殿御本一遂二書功一、件御本、後崇光院御筆也、証本之段、見二御奥書一

左兵衛佐卜部兼右

同年二月十六日に書写を終えたが、青蓮院本を書写したもので、その本は後崇光院（後花園天皇の父）筆の本であったという。

ここで「御奥書」という、本奥書として書写されたものからも、そのあたりの事情は知られる。

奏覧以後、撰者少々切出直レ之云々、重申出書直之間、弥散々也、不レ可二外見一、可二秘蔵一也

嘉吉三年九月二日校合了

嘉吉三年九月廿三日、内裏回禄之時、此集正本炎上了、撰者重清二書之一、文安四年九月日令二奏覧一間申二出之一校合、仍散々直了、可二清書一者也

以二飛鳥井大納言入道栄雅自筆本一、重令三校合直二付之一訖

干時文明九年六月八日　　　邦―《高》

この本のそもそもは、本集奏覧後、おそらく奏覧本を後崇光院が書写したものであろう。それに、嘉吉三年九月二日に、その後の改訂部分について訂正を行い、さらに、内裏炎上後に作られ内裏に収められた再奏覧本をも校合して、後に、後崇光院の孫に当たる邦高親王の手により、雅世嗣子である雅親（栄雅）自筆本を校合してなったのが、兼右本の親本ということになる。由緒の正しい素性を持った本であるといってよいであろう。

本集の伝本は、宮内庁書陵部蔵『二十一代集』（五〇八―二〇八）本をはじめ、同様に流布本の系統に属するものがほんとんどである。しかし、天理図書館蔵『新続古今和歌集』は、上冊（巻一から十まで）のみの零本であるが室町期の書写で、流布本に見えない歌を持ち、詞書や作者名記載、そして本文にも若干の相違が見られる。兼右本の底本との関係について、その後崇光院筆本そのものであるのではないかという推測もなされているが、ともかくも永享十一年の第一次奏覧本の面影を伝える本ではないかとして注目されている。また、道隆寺蔵『新続古今集』も室町期の写本であるが、内裏が炎上した折に正本を再奏覧するのに原拠とした尭孝の中書本の系統にあるものと推測されている。流布本との間にかなりの異同があるが、特に流布本で「読人しらず」とされる歌について、作者名が注記されている例が見られる点も注目される。

以上、伝本について述べたが、『新続古今和歌集』に関する研究は、伝本に関する調査研究をはじめ、十分なされているとはいえない。偶然ではあれ、勅撰和歌集の掉尾を飾ることになった集でありながらも、文学史の概説的な記述の中でも、ほとんど顧慮されないままであるというのが現状であろう。しかし、いくつかの重要な研究は蓄積されている。特に稲田利徳の研究は顕著であり、先に述べた天理本・道隆寺本については、その論により紹介されたもの

であった。稲田には、永享百首との関係を論じた論もある。また、井上宗雄『中世歌壇史の研究　室町前期編』は、本集の成立過程やその時代背景などの基盤的な研究であり、第一に参照すべき文献である。以下、それらを含めて、主要な研究文献について一覧を付しておく。

［参考文献］

▽**翻刻・注釈**

斉藤松太郎・大和田五月・藤倉喜代丸『二十一代集　巻十』（大洋社・一九二五年）

『校注国歌大系　第八巻　十三代集四』（国民図書・一九二九年）

『国歌大観』（改訂二冊本、角川書店・一九五一年）

『新編国歌大観　第一巻　勅撰集編』（角川書店・一九八三年）

村尾誠一校注『和歌文学大系　新続古今和歌集』（明治書院・二〇〇一年）

▽**研究書**

井上宗雄『中世歌壇史の研究　室町時代前期編』（改訂新版、明治書院・一九八四年）

伊藤敬『室町時代和歌史論』（新典社・二〇〇五年）

深津睦夫『中世勅撰和歌史の構想』（笠間書院・二〇〇五年）

▽**主要研究論文**

井上宗雄「新続古今集の撰集をめぐって―中世における飛鳥井家の歌壇的地位―」（『和歌文学研究』五号・一九五八年一月）

井上宗雄「常光院尭孝について」（『言語と文芸』一八号・一九六一年九月）

後藤重郎「新続古今和歌集序に関する一考察」（『中世文学』七号・一九六二年六月）

伊地知鉄男「新続古今集」（『国文学解釈と鑑賞』三三巻四号・一九六八年三月）

稲田利徳「道隆寺本「新続古今集」の新出資料について—作者注付中書本系統本—」（『文学語学』五三号・一九六九年九月）
稲田利徳「「新続古今集」の「読人しらず歌」をめぐって」（中四国中世文学研究会『中世文学研究』二号・一九七六年七月）
田中新一「「新続古今集」撰定に関わる飛鳥井雅世の歌一首—「雅世集」より—」（『和歌史研究会会報』六二・六三号・一九七七年五月）
深津睦夫「応制百首和歌に関する一考察—百首が召された際の勅撰集における役割の変遷を中心に—」（名古屋大学『国語国文学』五三号・一九八三年一一月）
稲田利徳「「新続古今集」の第一次奏覧本について—精撰の熱意—」（『国語国文』四〇巻一〇号・一九七一年十月）
伊藤敬「一条兼良の和歌—永享・嘉吉期—」（『国語と国文学』六〇巻一一号・一九八三年一一月）
菊地明範「『新続古今和歌集』小考—入集作者を中心にして—」（『白門文学』六号・一九八五年二月）
稲田利徳「「新続古今和歌集」と「永享百首」」（『国語と国文学』六四巻一二号・一九八七年一二月）
高田信敬「足利義教百首—永享百首の新資料—」（『鶴見大学紀要』一一二号・一九九二年三月）
千艘秋男「「飛鳥井雅世集」伝本考」（『研究と資料』三六号・一九九六年一二月）
上条彰次「誹諧歌史断面『新続古今集』をめぐって」（『文林』三二号・一九九八年三月）
三角範子「足利義教とその和歌会」（『日本歴史』六四九号・二〇〇二年・六月）
辻勝美他「〈資料紹介〉冷泉為之「永享百首」について—翻刻紹介　付初句索引」（『（日大）語文』一二〇号・二〇〇四年十二月）

第二節　新続古今和歌集のなかの文学史
――ふたつの宇津山――

はじめに

『新続古今和歌集』の撰集は、室町幕府六代将軍足利義教の発企・執奏を経て、後花園天皇の倫旨により、永享五年（一四三三）八月飛鳥井雅世に下命された。七年の年月を要して、永享十一年（一四三九）六月に第二十一番目の勅撰和歌集として完成した。『古今和歌集』以来の勅撰和歌集の掉尾ということになる。

この集が完成した時点でも、最後の集という位置付けが与えられることは、予想だにされなかったと思われる。事実、寛正六年（一四六五）二月、足利義政の発企・執奏を経て、後花園上皇の院宣により、雅世の息雅親に撰集の下命がなされた。しかし、この業は、やがて起こる応仁の乱の戦火により応永元年（一四六七）六月に挫折し、再開されることはなかった。(1)その後いつの時点であるかは特定できないが、勅撰和歌集はもう編まれることはないのだという意識が人々に定着した時、この集は結果論として最後の勅撰和歌集となったのである。

むしろ撰者雅世にとっては、最初の集だと意識されていた。中世の勅撰和歌集は例外はあれ、藤原俊成・定家の家系、主にその嫡系である歌道家二条家により担われてきた。その家が途絶え、唯一残る血筋の冷泉家をさしおいて、雅世の飛鳥井家がつとめる単独撰者の任である。新たな撰者の家の伝統の開始は、二条家が八代集の上に「新」か「続」かを付して命名していた先例を、受け継ぎながらも改める意図で「新続」と付した所にも顕われていよう。事実、雅親への継承はなされたのだから、その意図は実現したことになる。

飛鳥井家の最初の撰集としての意図と、最後の勅撰和歌集という結果論。このことを問うことで『新続古今和歌集』の持つ文学史上の位相を浮かび上がらすことはできないか。本節ではその課題に挑んでみたい。

一　二つの宇津山の記憶

『新続古今和歌集』は雅世の家父雅縁の歌を巻頭に据えてはじまる。撰者の父の歌を巻頭に置くことは二条家の撰集にも見られ、自分の家による撰集だということが強く意識された所為だが、家の最初の撰集という問題を考える上では、やはり二つの宇津山の記憶が詠まれた次の羇旅歌の作品を発端としてみたい。(2)

左大臣富士見侍らむとて東に下り侍りし時、おなじくまかり下りしに、宇津の山を越え侍るとて、参議雅経、踏み分けし昔は夢か宇津の山とよみけることを思ひいでて

権中納言雅世

952昔だに昔といひし宇津の山越えてぞしのぶ蔦の下道

左大臣は足利義教であり、永享四年（一四三二）富士御覧の旅に出ている。撰集下命の前年であり、後に和歌所開闔となる堯孝も同行し、撰集下命と無関係な旅ではない。(3)というよりも、この旅こそが自らが撰者となる勅撰和歌集企画への滑り出しと記憶されてもよい機会であったと思われる。そして、詞書では歌道家飛鳥井家の祖となる雅経の

歌、下句は「跡とも見えぬ蔦の下道」を想起して成った一首であることを記している。

そもそも、この家が勅撰和歌集を担うことになる根拠は雅経の存在にある。彼は蹴鞠で知られる公家であり鎌倉幕府に仕えていたが、後鳥羽院に見出だされる形で上京して、遂には『新古今和歌集』撰者の一人に至っている。東海道の要所であるこの峠を越えて家祖が上京したことが、そもそも歌の家の原点であることに思いを致している。「昔だに」は雅経の歌を指すことは言うまでもなく、「昔といひし」は、雅経の歌で「踏み分けし昔」と歌うことに他ならない。承元四年（一二一〇）最勝四天王院障子和歌での作品であるが、後鳥羽院に仕え勅撰撰者にまでなった、自らの経歴の原点の記憶が詠み込まれている。宇津山はこの二つの記憶が交錯する場所であった。この歌の収録は、まさに、飛鳥井家の記念碑を残す行為であると言ってよいだろう。

神祇歌には次のような作品も入れられている。

　　春日社にたてまつりける歌の中に、そのかみ参議雅経この社にたてまつれる長歌の心を思ひて

　　　　　　　　　　　　　　　　　権中納言雅縁

2109 春日山ふりさけあふぐ言の葉の昔の跡をなほたのみつつ

これは雅世の父雅縁の歌だが、『新千載和歌集』にも入る雅経の長歌に思いを致している作品であり、その歌い出し「天の原　ふりさけあふぐ　春の日の」が踏まえられている。雅経の歌は『明日香井集』によれば、元久二年（一二〇五）の「春日百首」の中で詠まれた歌である。この百首の意図については稲葉美樹の論[4]による考察がある。述懐歌の内容から官位の昇進（建仁二年（一二〇二）以来滞っていた）を祈願したものと考えられている。おそらくその通りであり、指摘の通り翌建永元年には従四位下に昇任している。さらに、この祈願には、『新古今和歌集』竟宴の年という時期から考えて、勅撰撰者となったこととの関わりも考えてよいだろう。まさに、勅撰撰者の家の歴史の原点がこ

の集には記録されているのである。

二　家の歴史を辿る

このことのみならず、雅世はこの集に、自らの家の歴史[5]をしっかりと刻印しようと意図していたと思われる。例えば、三代目の雅有については哀傷歌の中で、父教定が釈迦生誕の四月八日に没したことを思う歌を載せた上で、さらに、

参議になりての比、父の墓所にまかりてよみ侍りける　　前参議雅有

1599 うれしさの身にあまりぬる涙こそ苔の下にも露と置くらめ

を記録している。雅経は参議であったが、教定は非参議で終わった。しかし雅有が再び参議に至ったことはこの家の歴史としては重要であろう。

雅有を継いだ雅顕は早世したが、その作品も五首載せられる。猶子となり飛鳥井家を継いだ雅孝については、雑歌中に次のような作品を載せている。

貞和の比、新後撰集よりこのかた風雅集にいたりて、五代の撰集に逢ひて名をかけ侍りぬることを思ひてよみける　　前中納言雅孝

1903 和歌の浦に身は七十《ななそぢ》の老いの浪五《いつ》たびおなじ名をぞかけつる

長寿を保ち五度の勅撰和歌集に入集し得た喜びは何よりの記念であるが、さらに次に

これも新拾遺集えらびはじめられける時、続千載集より五たびの集に逢ひぬることを思ひて

頓阿法師

1904玉津島入江こぎいづるいづて舟五《いつ》たびあひぬ神やうくらん

という自信に満ちた頓阿の歌を並べている。頓阿は二条派の重鎮であるが、すでに流派を越えた巨匠としての位置を和歌史の上で確立している存在である。あたかも雅孝はそれと並ぶ存在のように印象付けられる配置である。雅孝の後、兄雅宗らの没を受けて雅家が継ぎ、その子が雅世の父雅縁である。この父の代では権門との関係が密接となり、社会的な人間関係の中からも勅撰撰者としての途が開けてくる。哀傷歌には、

鹿苑院入道前太政大臣十三回の遠忌に、彼の墓所の寺にまかりて侍りしに、同じ齢にて年比なれむつび侍りけることなど思ひいでられ侍りて

権《ママ》中納言雅縁

1601あひおひのかげの朽ち木とおくれゐて十年《ととせ》あまりは何残るらん

と、鹿苑院足利義満との同年の生まれの上に年少の比から親しく交わったことが記録される。関東との関係がむしろ重いこの家にとって、中央の歌壇において突出した存在としてせり上がる契機が、将軍家との親密さに求められよう。

皇室との関係の格別さも雑歌上には見られる。

日比重くわづらひ侍りけるを、後小松院玉津島へ御立願などありて後、いささか心をおこたりてのころ、月もはややや出でぬべき光かな晴れゆく霧の空にまかせて、と仰せられける御返事に

権中納言雅縁

1732今ぞ知る君の光に霧晴れてまた身をてらす月を見んとは

和歌の神「玉津島」への祈願は雅縁の病気平癒の格別の配慮のものと読ませるであろう。お互いに「月」と詠み合う君臣の相和も印象付けられよう。

こうして見てくるならば、雅世自身の作品中の、例えば夏歌、

百首歌たてまつりし時　　権中納言雅世

281ことの葉の花たちばなにしのぶぞよ代々の昔の風のにほひを

の「ことの葉」で詠い出し「風のにほひを」と終わる中に、自家の歌道継承の思いを読みこむことも許されるであろう。さらに雑歌中の、

百首歌たてまつりし時、述懐　　権中納言雅世

1896かけてだにおよばずながら代々の跡かへるもうれし和歌の浦波

のような表現にも、勅撰撰者を家祖として、長い時間を経て単独の撰者にまで至ったこの家の伝統を読ませることになるだろう。また、雑歌下には、

百首歌たてまつりし時、浦鶴　　権中納言雅世

1989いかにせん我が世ふけひのうらみても子を思ふ鶴のおろかなる身を

の歌を置き、子への継承の思いも抜かしてはいない。嫡子雅親は、完成の時点で二十三歳に過ぎないが、五首の歌が入集している。

こうして見てくるならば、『新続古今和歌集』が飛鳥井の家の歴史を辿る側面を強く有している様が知られるであろう。この家が撰ぶ最初の勅撰和歌集としての特性は明らかに刻まれているのである。

三　再び宇津山

あらためて最初に言及した雅世の歌を引いてみたい。

952昔だに昔といひし宇津の山越えてぞしのぶ蔦の下道

詞書をはずして引くならば、先に見てきた家の歴史とは異なった文脈で理解されるのが、この時代の歌としては当然であろう。宇津山は、彼等の記憶の中の現実の土地以上に、歌枕として知られた土地であり、ほとんど他の選択がないほどに求心的なイメージを持っている。『伊勢物語』第九段での昔男が蔦・楓の茂る細道を不安に越え、都の知人と偶々に出会うという展開にほぼ収束させられる地名である。(6) そうであれば二句目の「昔」は業平の昔であり、一句目の「昔」は、その昔を偲び続けてきた歴史ということになろう。

むしろ雅世の配置はそうした文脈を中心としてなされている。この歌に引き続き、

家にて歌合し侍りける時、蔦を　　後京極摂政太政大臣

953宇津の山越えし昔のあとふりて蔦の枯れ葉に秋風ぞ吹く

が載せられている。藤原良経の六百番歌合の作品であるが、二句目の宇津山の体験を「き」という助動詞で叙述する様は同じである。だからといって、雅世の歌と同様な実体験の記憶を良経歌に読むのは無理である。秋歌として詠まれた歌は、上句の物語への懐古を下句の風景の背後に置くことに主眼があるのであろう。六百番歌合の判詞で藤原俊成は「宇津の山の昔の跡を思ひ出でて、蔦の枯れ葉に秋風ぞ吹くといへる心、殊に艶に侍るべし」（秋下六番）と評しているのもその作意であろう。

さらに、

題しらず　　　法印宋親

954都にやことづてやらむ旅衣日も夕暮の宇津の山越え

と、南北朝時代の僧侶歌人の作品を並べている。四句目の「日も夕暮の」の句は『古今和歌集』恋歌一・読人不知の「515唐衣日も夕暮になるときは返す返すぞ人は恋しき」に拠るものであり、このことは歌に奥行きを与えるとともに九段の「唐衣着つつなれにしつましあればはるばる来ぬる旅をしぞ思ふ」の歌とも関連を生じさせ、かなりに巧みな効果を実現させていると言えよう。

こういう中に置かれるからこそ、詞書にも明らかにされる家の格別の記憶が際立つのだと言えるのであるが、やはり作品を包み込む、場合によっては飲み込む、連鎖は強固であろう。その連鎖は古典の蓄積の世界の中から自らの作品を構成する要素を引き出してくる方法の連続であり、古典主義的な方法の連鎖であると言ってよいであろう。それだからこそ、個々の思いを、その上に載せることにより、共感を得ることが可能な表現となるのである。そもそもが、雅世の思いを致した雅経の作品もそうであった。

踏み分けし昔は夢か宇津の山跡とも見えぬ蔦の下道

も、「宇津山」題で

日暮るればあふ人もなし宇津の山うつつもつらし夢は見えぬに　（後鳥羽院）

蔦の色昔を今に分けなしてこころぼそきは宇津の山道　（慈円）

以下一首の例外もなく『伊勢物語』の影響下にある障子和歌の一首であった。

表現の骨格にあるのは、『新古今和歌集』以来三百年以上に渡って続いてきた古典主義の伝統の連鎖である。

四　古典主義の連鎖の中で

『新続古今和歌集』に収められた作品は、おおよそ古典主義に基づく作品である。先に見た家の歴史を辿るような作品にしても、大方は宇津山の作品と同じような構造を持っている。家の歴史という固有な問題が表現されているのであるが、必ずしもそれが個性的な方法で表現されているわけではなく、古典との関わりの中で形成された表現の上に載せられるという構造を持っている。そもそも、この家の歌人達が作り上げ積み上げてきた作品も、中世の普遍的な古典主義的な作品であったことは言うまでもない。そのあたりを雅世を軸に前後の世代の歌で確認しておきたい。

雅世の父雅縁の作品としては、巻頭の歌を取り上げたい。

立つ春の心をよみ侍りける　権中納言雅縁

1春来ぬといふより雪のふる年を四方にへだてて立つ霞かな

何より立春の巻頭歌としてふさわしい安定感を持った作品である。全体の骨格は『拾遺和歌集』の巻頭歌、壬生忠岑の「1春立つといふばかりにやみ吉野の山もかすみて今朝は見ゆらむ」の系譜に従い、穏当な構図をなしている。技法の上での要である霞が旧年と新年とを隔てるという発想も、やはり『続拾遺和歌集』の藤原為家の手になる巻頭歌「1あら玉の年は一夜の隔てにてけふより春と立つ霞かな」と共通している。まるで巻頭歌になるべく伝統の蓄積の中で詠まれた作品である。さらに「ふる年」の掛詞にしても『風雅和歌集』冬歌の後鳥羽院歌「889今日までは雪ふる年の空ながら夕暮方はうち霞みつつ」などに先蹤がある。構成の巧みさは非凡とすべきであろうが、ここに飛鳥井家なりの特質や雅縁という個人の個性を見つけ出すのは困難であろう。

雅世の作品としては、恋歌一での次の作品を見ておこう。

百首歌たてまつりし時、おなじ心を　権中納言雅世

1082知られじとひろはば袖にはかなくも落つる涙の玉や乱れん

この歌は恋の思いの深さ故に、ふと流した涙の玉を拾おうとしても、袖をさらに涙が濡らしてしまうという忍恋の心を「寄玉恋」題で詠む歌である。『古今和歌集』物名・在原滋春の「424浪のうつせ見れば玉ぞみだれける拾はば袖にはかなからむや」という「空蟬」の語を隠した歌を、恋歌として展開するところに生命があると言えよう。雅世の作品の中では古歌への依存度が突出して高い作品ではあるが、自撰するに足りる規範性のある作品と考えていたのであろう。まさに古典との関連性の中に意義を見出だし得る作品である。

二条家では、撰者と家督（後継者）の作品を「正風体」として規範とするが、若年の子雅親の作品の入集についてもそのような意識があったであろう。

藤原雅親

1397ながらへて今さらなげく命こそ逢ふにかへたるつらさなりけれ

この歌は『古今和歌集』恋歌二・紀友則の「615命やは何ぞは露のあだものを逢ふにしかへば惜しからなくに」を本歌とし、詞の上でも依存度は高く、発想の上でも本歌の後日譚という展開になっている。さらに興味深いのは、『新続古今和歌集』では、この歌の前に南北朝時代の顕僧杲守の同じ本歌による

遇不逢恋の心を　前大僧正杲守

1396立ち帰りさて恋死なば逢ふことにかへし命と思ひこそせめ

と、やはり初めての逢瀬に替え命を終わらせなかった故の後日譚の発想がなされている。和歌史の中ではささやかな

断面かもしれないが、雅親の歌が古典主義的な方法の連鎖の中にあることを印象付けるであろう。それは家督として未来を向いているのだとも言えよう。

おわりに

古典主義の連鎖というのは、何も飛鳥井家の特質でもなければ、『新続古今和歌集』の特徴でもない。中世における勅撰和歌集の恒数的な性格である。連鎖の中での生産が繰り返されているとイメージしてよい。撰者としての家の最初の集も、そうした繰り返しの中に組み込まれている。

史実としては、その連鎖は応仁の乱により強引に断たれたことになる。繰り返しは永久運動を指向しながらも、その存続の条件が無くなってしまえば、いつでも終息し、その段階で連鎖の秩序を閉じることになるであろう。応仁の乱で焼かれた京都は再生されても、勅撰和歌集の繰り返しを許し必要とする土壌は帰ってこなかったのである。『新続古今和歌集』に戻って見るならば、新たな撰者の家によるはじまりは、連鎖の繰り返しの中に、すでに兆していたはずの土壌の変化を予測させるものに[7]、耐性を持つような何かを植え付けることはなかったのである。結局は勅撰和歌集は、古典主義の連鎖の中にその秩序を閉じることになるのである。

注

（1）　このあたりの経緯は次節で詳述する。

（2）本集からの引用は村尾誠一校注『新続古今和歌集』（和歌文学大系・明治書院・二〇〇一年）により、読みやすい形の本文で示す。なお、この歌をめぐっては同書の「解説」を基にした前節でも言及している。

（3）この旅の記録として、雅世の『富士紀行』（この歌の出典でもある）、堯孝の『覧富士記』がある。また、このあたりの歌壇史的な経緯については井上宗雄『中世歌壇史の研究　室町前期』（風間書房・一九八四年改訂新版）参照。

（4）稲葉美樹「飛鳥井雅経の『春日社百首』詠」（『十文字学園短大研究紀要』三六号・二〇〇五年十二月）

（5）飛鳥井家の歴史については佐々木孝浩による「鞠聖藤原成通影供と飛鳥井家の歌鞠二道」（『国文学資料館紀要』二十号・一九九四年三月）他の詳細な研究がある。なお、飛鳥井家の略系図を示しておく。

雅経―教定―雅有―┬雅顕
　　　　　　　　└雅孝―┬雅宗
　　　　　　　　　　　└雅家―雅縁―雅世―雅親

（6）このことはすでに、田尻嘉信「名所歌「宇津の山」考」（『跡見学園国語科紀要』一九号・一九七一年三月）などにより論じられている。

（7）このことについても次節で言及する。

第三節　勅撰和歌集の終焉

はじめに

勅撰和歌集とはいったい何であったのだろうか。それはどのような歴史を辿り、どのように変質して、消えていったのだろうか。その終末期に視野を置くことで、この大きな問題の一端に、少しでも迫ってみたいというのが本節での課題である。

勅撰和歌集の終末を捉えようとする場合、十五世紀における三つの出来事を考える必要があるだろう。すなわち、二十一番目の集で最後の勅撰和歌集となった『新続古今和歌集』、撰者に命が下りながら完成することなく終わった二十二番目の勅撰和歌集、そして、将軍足利義尚の手によりながらも勅撰の形態をとらない未完に終わった『撰藻抄』、この三つ歌集の編纂事業である。そして、この出来事すべてに深く関わった人物が、遂げ得なかった勅撰和歌集の撰者、すなわち、最後の勅撰和歌集撰者である飛鳥井雅親であった。

雅親は、飛鳥井雅世の子として応永二十四年（一四一七）に生まれた。十七歳の永享五年（一四三三）には、父に勅撰和歌集の撰集の下命があり、六年後に完成した『新続古今和歌集』には五首の歌が入集した。その後、寛正六年（一四六五）には二十二番目の勅撰和歌集の撰者に下命され、応仁元年（一四六七）の応仁の乱によりその業は挫折する。そして、義尚の撰集では、彼の作品（未完の勅撰集のための百首歌の巻頭歌）が巻頭に据えられる予定であったらしい。その業が義尚の不慮の死により頓挫した翌年、延徳二年（一四九〇）に七十四歳の生涯を閉じている。

この人物、飛鳥井雅親に焦点を当て、できるだけその作品にも言及しながら、最初にあげた問題を考えるというのが、この論の目論見である。

一　最後の勅撰和歌集撰者とその挫折

飛鳥井雅親の生涯にとって、最も大きな出来事は、前にあげた三つのうち、勅撰撰者拝命とその挫折に他ならない。そこから考えを進めて行こうとする場合、やはり高松宮蔵『御手鑑』所収の「述懐十首和歌」を発端にしてみたい。(1)大乱により撰集が頓挫した様を嘆くこの資料は重要な問題を含むと思われる。

1老いぬればつひにおさまることわりもたのまれぬ世に残るかなしさ
2月も日もさらぬうらみや天の下の人の心のくもりなるらん
3うかりける限りはこれぞ今の世にまさる歎きのあらんものかは
4君もさぞ君のためにはか丶る世をみるにつけつ丶歎きそふらむ
5たが心さみだれそめてうたて猶世もみなづきの袖ぬらすらん
6ねをぞなく蟬の羽衣たちわかれなれにし中もうとくなる世に
7和歌の浦にかつ拾ひおく玉の緒もたえね乱る丶世にはかひなし
8もしほ火のいづくはあれど和歌の浦のけぶりを見てや君も歎きし

9かくにごる世にすみの江の神なれば守りも道にとほれとぞ思ふ
10もの丶ふの心ぞ知らぬあづさ弓やまと言の葉道はのこれど

この作品については、夙に橋本不美男により紹介と考察がなされている(2)。そこで明らかにされているように、雅親が後花園上皇に対して詠進した述懐歌であり、その内容から、応仁元年（一四六七）六月十二日の戦火により、雅親邸とそこに置かれた和歌所が焼失した事件が背景にある作品である。まさに、二十二番目の勅撰和歌集が中絶した時の、最後の勅撰撰者としての業が挫折したその時の感慨である。

老いれば道理として死すべきはずの我が身が、このような世に生きながらえてしまったことを嘆く、悲痛が極まるような一首で始まり、天下の乱れをいい、今までにない絶望に至っていることを歌う。上皇の心中も思い、5や6の歌では、六月の戦乱や応仁の乱の性格にも言及する。7では撰集の焼失による挫折が明らかに歌われ、集めた詠草を「玉の緒」に喩え、彼にとってそれが命にも等しい事業であったことも暗示される。そして再び上皇の嘆きを思い、最後には住吉の神に和歌の道が曲がらないことを祈り、内乱にも関わらず歌道が残ることを希求して終わる。

まさに、その痛切な事件にふさわしい内容だが、ここから問題を展開させる前に、この事件に至るまでの二十二番目の勅撰和歌集の撰進の過程を概説的に整理しておく必要があるだろう(3)。

そもそも、雅親の父雅世が『新続古今和歌集』の撰者となったのは、その集の発企者であり、執奏という形で後花園天皇の綸旨を仰いだ室町幕府六代将軍足利義教との親密な関係に由来するものであった。さらには、代々勅撰撰者を担ってきた二条家の血筋が絶えたことが、それに先行する原因であった。したがって、雅世にとって、この撰集は飛鳥井家の単独による最初の勅撰和歌集という意識であったと思われる。今まで重ねて付されることのなかった「新」「続」の両字を「古今集」という名称に冠する命名にその意識を見ることも可能ではないかと考える。若年の雅親の五首の入集も、二条家的な家督継承を意識したものであろう。その雅世も、嘉吉元年（一四四一）七月、前月に惨殺された義教に殉じる形で出家し、雅親に家督が移る。雅親は将軍家の和歌師範として地歩を堅め、享徳元年（一四五二）二月一日雅世が没すると、時の将軍義成（義政）から幕府鞠師範の書状を受けたが、歌道師範も同様に継承したと考えられている。

足利義政のもとでの幕府歌壇と後花園天皇のもとでの宮廷歌壇とに重きをなし、やがて、寛正六年（一四六五）三十歳になった義政は、勅撰和歌集の発企に至り、上皇となった後花園の院宣を執奏して、二月二十二日に雅親はその命を下されることになる。時に、四十九歳の雅親は正二位前権中納言という父の極官に至っていたが、翌文正元年閏二月五日には権大納言に任ぜられている。この任官について橋本不美男は「飛鳥井家にとっては画期的なこと」として、二条家の家格と並ぶ大納言家に至ったのは、公式の和歌師範家としての認知に他ならないとして、重視している。(4) まさに、代々勅撰集を撰ぶ歌道師範家としての飛鳥井家が実現しようとしたのである。

さて、雅親は、和歌所を自邸に置き、堯尋を開闔とし、冷泉為富・甘露寺親長・姉小路基綱などが寄人に任ぜられ体制が整えられた。文正元年二月には応制百首が下命され、夏以後に歌が集まり、「文正百首」と称される。雅親のをはじめ、何人かの百首が知られる。公武の歌壇も活発に活動し、撰集に向けて作業が進められたものと思われるが、その翌年の文正二年、すなわち応仁元年の五月に応仁の乱が勃発する。その戦火の中で、和歌所が焼け、その業は頓挫する。これが、この資料の背景に他ならないことは前述した。

応仁の乱はたやすくは終息せず、それを引き継ぐように長い乱世が始まり、戦国時代に至るのだが、乱が一応の終息を見た後も、撰集は再開されることはなく、結局二十二番目の勅撰和歌集は日の目を見ることがなく終わってしまう。その一端も残されることなく歴史の中に消滅してしまうのである。そして、文化的な能力と意志を持った次の若い将軍足利義尚が選択したのは、勅命を介さない撰集の編纂であった。

その後、勅撰集は撰ばれることはなく、『新続古今和歌集』が完成を見た最後の勅撰和歌集に、そして、二十二番目の勅撰和歌集の飛鳥井雅親が、実際に任命された最後の勅撰撰者となったのである。

二　「君」の位相——相対化される「勅」——

さて、再び「述懐十首和歌」に戻り、問題を展開させたい。発端としたいのは四首目の歌

4君もさぞ君のためにはかゝる世をみるにつけつゝ歎きそふらむ

である。ここでは二人の「君」が歌われるが、最初の「君」は後花園上皇であり、後の「君」は後土御門天皇であると理解されよう。院政という政治体制である以上、上皇が幼い天皇のために時勢を嘆くというのは、奇とする発想ではないが、必ずしも院政時代の和歌で、このように「君」を重ねるような発想の作品は多くはない。むしろ稀であると言っても差し支えないと思われる。

和歌に詠まれる「君」は様々な意味で詠まれる。その指すものや位相は広範である。しかし、天皇や上皇に関わる作品では、その至尊を指し、唯一絶対的な発想で「君」が詠まれるのが一般的であると言ってよいだろう。

ところが、雅親は、「文正百首」(5)でも次のように詠んでいる。

神もまた神にや祈るいやつぎに君の君をし守る世なれば

これは巻軸に置かれた「祝」題の一首である。この百首は先述のように勅撰和歌集を前提にした応制百首であり、後花園院に詠進されたものである。だから上皇の治世を言祝げばよいのだが、ここでもやはり、上皇が天皇を守るとい

う発想がすでに詠み込まれている。さらに、そうした関係の永続が強調されている。それは、至尊の立場の一種の相対化であるとともに、その系統の継続ということが強く意識されていると見て取れよう。(6)

さらに雅親は、文明十一年（一四七九）の住吉詣でで詠まれた「住吉社法楽百首」においても、巻軸の前に位置する「祝」題で

君君は百とせすぐるよはひにて世はみな人もすなほなるべし

と詠んでいる。ここでも「君」ではなく「君君」が詠まれている。すでに後花園上皇はなく、至尊は後土御門天皇一人であるが、その皇子勝仁親王（後の後柏原天皇）が意識されていると考えられるだろう。

中世において皇室は大覚寺統・持明院統に分かれ、やがて南北朝の分裂時代を経過することは改めて述べるまでもなかろう。南北朝合一後に、持明院統は、崇光院の系統と後光厳院の系統とにさらに分かれる。後光厳院の系統の後小松天皇の子である称光天皇の早世によって即位したのが、崇光院孫の貞成親王の皇子であった後花園天皇である。天皇家自体もが家々に分かれたが如き様相が呈されているといってよい。(7)

こうした天皇家の在り方を、歴史学の立場から、家記である日記の継承の関係で分析しようとしたのが、松薗斉である。(8)その論では、貴族の家と同様に天皇家も「日記の家」として分化し形成される様が明らかにされる。天皇を出せる「家」がいくつも存在するという中世的な様相を捉える。その家々の問題として顕在化した例として、後花園天皇の即位の問題が取り上げられる。崇光院流の「家記」と後光厳院流の「家記」のどちらの伝流の上に後花園は立つべきなのかをめぐり、「家」と「家」との軋轢の存在する様を明らかにする。すなわち、天皇の継承も家と家との問題であり、どの家の系譜が天皇を継ぐかという、相対化と継承の問題が後花園天皇という存在には顕現する。

雅親の「君」を重ねる表現も、そうした状況によく共振するといえまいか。

そもそも勅撰集の下命者としての後花園院はどのような存在なのだろうか。天皇時代と上皇時代にそれぞれ一集ずつ二集に渡る下命者になるのだが、これは、主体的な下命者としての姿を見せるものではない。『新続古今和歌集』の下命の事情については、『満済日記』『看聞御記』等に基づいて、すでに井上宗雄により明らかにされている。[9] 将軍足利義教の発企により、撰者も和歌所開闔の職も内定を見た上で、朝廷に奏聞するものであった。しかも、院宣か綸旨かも定まらないままで後小松院の仙洞へ奏聞し、後花園天皇の下命が実現したという事態であった。極言すれば、下命者は交換可能であったという状況なのである。

雅親への勅撰集の下命は寛正六年（一四六五）であったが、これは後花園が上皇になった翌年であった。この集の下命の経緯は明らかではないのだが、やはり井上の指摘のように「恐らくは後花園天皇在位中の再度撰集を遠慮したのではなかろうか」という配慮による時期取りであったと思われる。発企や撰者選定も将軍足利義政の手によりなされたと推測するのが妥当であろう。

室町幕府の出現により、すでに勅撰和歌集の成立過程に大きな変化がもたらされている。あくまで朝廷の内部による発企から幕府の諒解のもとで撰集されるのが鎌倉時代の在り方であったが、室町幕府下の最初の集となった『新千載和歌集』は、将軍足利尊氏による発企になるものであり、撰者も決した上で勅命が下されることを願う武家執奏という制度のもとでなされた。勅撰集のイニシャチブは武家が持つように変質し、あたかも将軍の治世を記念するかのように、三代の将軍の治世に合わせて撰集がなされた。

そもそも武家執奏という制度は、朝廷と幕府との間の権力関係を顕在化させる制度として、歴史学の上でも様々に議論がなされている。本来執奏は、天皇の意向や決断を伺うものであった。しかし、室町幕府下では、三代将軍足利義満においてそれが最も顕著であったように、幕府側の決断を追認させるという性格の強いものであった。[10] 勅撰和歌集の撰集ということでは、ほぼその基本体制は、幕府の意向によって固められるという状況なのである。それ故、二代目の将軍足利義詮の発企による『新拾遺和歌集』は、同じ後光厳上皇の命によりなされるのである。

こうした体制下での勅撰和歌集で『新後拾遺和歌集』『新続古今和歌集』の二集は序文を持つ。仮名序では下命者の天皇を言祝ぎその治世の記念に勅撰集が撰ばれ、その治世の実現に将軍の文武にわたる指導力が与るのだという表現に留まるが、後者にのみ有する真字序では、(11)

征夷大将軍源丞相稟《ケ》二左文右武資《ノヲ》一、懋《ム》二南征北伐績《ノヲ》一。不《ズ》下啻《ニ》股二肱《タリテ》元首《ニ》一父中母《タルノミナラ》黎民《ニ》上、回《グラシ》二又能《ク》筆海之倒瀾《ヲ》一、挙《グ》二芸苑之墜緒《ヲ》一。爰《ニ》奏《シテ》二于朝《ニ》一言《ハク》、夫《レ》撰集者文緒思之標幟《ニシテ》、今不《ルハ》レ作《ラ》者已《ニ》久《シ》矣。寧《ロ》非《ズヤト》二明時《ノ》欠典《ニ》一乎。

というように、発企執奏の実態に即した明言もなされている。

更にこの集では、「賀」部に

永享九年十月左大臣の家に行幸ありて、松色映池といへることを講ぜられしついでに、よませ給うける

今上御製

753影うつすみぎはの松のおなじ枝に八千代をかくる池のさざ波

のような、天皇が詠んだ義教の足利家の永遠を寿ぐ歌を収録させるなど、天皇と将軍との力関係の在り方を具現させる。

そもそも、勅撰和歌集の前提となるのは宮廷における旺盛な和歌活動のはずであった。しかし、この時代ともなれば、幕府における活動も重要な基盤となる。二十二番目の集においても、月次化した内裏・幕府での活動の積み重ねがその基盤となる。雅親の私家集『亜槐集』『続亜槐集』に徴しても、内裏に勝るとも劣らない室町殿での和歌活動の跡を知るのである。

そうした会の中でも、内裏のそれと見まがうような祝言も歌われる。例えば『続亜槐集』の次のような作品、

長禄二年正月廿二日、室町殿月次御会に、梅万春友

末とほき君がかざしや万代を香ごめにちぎる宿の梅が枝

享徳二年七月廿日、室町殿月次三首御会におなじ心（星）を

ながらへて見まくぞほしの数々は君が八千代の行く末の空

の「君」は主催者を超えて至尊に届くことはないであろう。

発端とした「君」の問題からやや拡散したが、最末期の勅撰和歌集において「勅」の変質した様相をたどって来た。もはや勅撰和歌集は天皇の治世の記念としての本来の性格からは遠い地平に変質しているのである。

三　和歌の永続――歌道家という制度のもとに――

論じてきた「述懐十首和歌」は、絶望感溢れる作品であるが、最後の二首では、

9かくにごる世にすみの江の神なれば守りも道にとほれとぞ思ふ

10もの丶ふの心ぞ知らぬあづさ弓やまと言の葉道はのこれど

と、決して力強い歌い方ではないが、和歌への住吉明神の加護と、武力衝突の時代を越えて和歌が残ることを歌う。こうした事態にありながらも和歌が加護され存続するとはどのような根拠に拠るのだろうか。無論、それに対しては様々な解答が用意できるであろうが、雅親に則して考えれば、和歌は歌道家が担うという意識を取り上げてみてもよいだろう。

雅親は「文正百首」において、勅撰和歌集撰者となり得た喜びを

代々の跡もその名ばかりの身ひとつにうけてかしこきみことのりかな

と歌っている。そもそもが「述懐」題であり、歌道家の代に連なりながらの我が身の卑小を嘆く謙辞は歌いながらも、逆に歌道家であるからこそ勅撰撰者となり得たという自覚を顕在化させる。

繰り返すまでもないことだが、飛鳥井家が単独で撰者の任を担うのは、父雅世による『新続古今和歌集』が最初であった。その仮名序ではそのあたりの経緯を

おほよそ一人に勅する事、石上古き跡をたづぬるに、皆時にのぞみてそのうつは者を撰ぶといへども、代々に伝へてその家をさだむる事なし。いはゆる後拾遺・金葉・詞花・千載これなり。しかるに、前中納言定家卿、はじめてたらちねの後を継ぎて新勅撰をしるしたてまつり、前大納言為家卿、又三代に伝へて続後撰を撰びつかうまつりしよりこの方、葦垣の間近き世に至るまで、藤河のひとつ流れにあひうけて家の風声絶えず、言葉の花にほひ残れりしかば、これをおきて外にももとめざりけらし。そもそも参議雅経卿は新古今五人の撰びに加はれる上、この道にたづさひてもすでに七代に過ぎ、その心をさとれる事も又一筋ならざるにより、ことさらに御詔するむねは、まことに時至り理かなへる事なるべし。

と説明している。中世には二条家をはじめとする定家の家系が単独撰者を独占することは、その蓄積と継承故に合理としながらも、それが失われた以上、やはり代を重ねた飛鳥井家が替わり得るのだと説明する。それは当然、さらに何代かのその家の撰者が続くことが期待されるであろう。代々の歌道家が勅撰和歌集を支えるのであり、その家は交換可能なのである。

もっとも、その前に、八代集時代には天皇（上皇）による一回的な偉業であることの直截的な反映として、撰者の

任命もその意志により行われていたことも注意される。その素直な論理に従えば、勅撰撰者は「うつは者」であればよいのだが、ここでは、あくまでも代を重ねた歌道家であることに重きを置く。歌道家が勅撰和歌集を支えるという制度は動かないものとして確立を見ているという認識なのであろう。八代集的な天皇との関係性にはすでに戻れないのである。そうした性格は疾うに変質してしまい、歌道家が撰ぶという制度が残されるのである。

ところで、この二十二番目の勅撰集は撰集の基盤である和歌所焼失という事件で、ほとんど壊滅的な打撃を受けたわけだが、その業の再開の可能性まで閉じられたのはいつであろうか。そのことに関しては明証は得られない。再開の議論についても徴を得られるわけではないが、全くの自然消滅ということではないであろう。

可能性として考えられる節目は、当然下命者後花園院の文明二年（一四七〇）十二月二十七日の崩である。『亜槐集』では、

色香知る君もなき世に咲く梅の花の上まであはれなるかな

他二首の歌でその死をいたんでいる。「色香知る」という初句は直接は「梅の花」に関わるが、後花園院の撰集下命者としての立場にも及ぶであろう。しかし、ここにはより直接的に撰集の去就に関わる内容に至る作品は見られない。

こうした問題を考えるに、『亜槐集』においてより注目されるのは、次の歌群ではないだろうか。先行の詞書から「述懐」題であることが知られる「おなじこころを」という十二首である。詞書や配置はこの歌々が同じ時期のものであることを必ずしも示すわけではないが、内容から一連の歌群として読んでみたい。

a おろかなる心はわかずよそにても我をや人のうき身ともみる

b 誰なりと後知らるべき言の葉のなき水茎もあとや残らん(12)

c心なくてながめこしをも誰か惜しむ六十あまりのあたら春秋
d世の中はさのみこそあれおろかにてうからぬうさを歎きつるかな
e苦しきに苦しき事はかへたくてなどかかたみに人をうらやむ
f言の葉の一花もがな家の風ひろく世に散るほどはなくとも
g世のうさも人のつらさも深からず春花をめで秋月を見て
h請けがたきあたらこの身を捨てずして捨てはてんこそ悲しかりけり
i教へおき聞きもおきつるかひぞなき君に仕へん道のさまざま
j我よりもなほ数ならぬ人はよもさのみ心のなきもなげかじ
k物にそひ心の色やなげくとて墨の袖にも涙落ちけり
l せめて身を知るとやいはん愚かにて世にありふるを歎く心は

全体に暗い絶望的な作品だが、bの歌の「水茎」は、消滅してしまったままの勅撰和歌集、そして、fの歌も、勅撰和歌集の撰集の廃絶により、我が家の歌風が広まらなかったことを嘆く歌と読めないだろうか。

そもそもこの歌群の時期だが、cの「六十あまり」がその時期を示すが、実年齢は前後に幅があることは注意されよう。そして、hの歌では出家をしない我が身を嘆き、kの歌では「墨の袖」が歌われるのだから、雅親が出家して間もない頃の歌だという推測も許されよう。彼が出家し栄雅となったのは文明五年（一四七三）十二月十七日のことである。それは、足利義政が義尚に将軍を譲り引退した十九日の二日前に当たる。雅親の出家の理由は知られないが、父の雅世が将軍義教の死により出家したことと重ねれば、その時期から、将軍の引退に合わせた出家という推測も成り立とう。時に五十八歳であり、年齢的にもcの表現とも矛盾しないであろう。

すなわち、雅親にとって下命者ではなく、その発企執奏者である足利将軍の引退を、その勅撰和歌集の再開の見込みをなくさしめた契機、彼を撰者とした勅撰和歌集が完全に潰えてしまった契機と捉えたと考えるのである。そのように考えれば、応仁の乱における混乱が続く中でも、aの歌のように自分が他人から際立って「うき身」であると見られなくてはならない理由も、dやjの歌のような、他の人とは違った嘆きを持たなくてはならない理由も説明できるではあるまいか。これは、雅親にとって勅撰和歌集は誰によるものであると理解されていたかをよく示していることにもなろう。

そして、bの歌やfの歌の先に述べた感触も確かめられるのである。fの「家の風」とは勅撰撰者の家としての飛鳥井家の歌道なのである。さらに、iの歌では歌道家としての絶望がはっきりとした形で詠まれている。「道のさざま」は、蹴鞠をも念頭にした廷臣としての様々だろうが、その中核として歌道、歌道にまつわる様々を読むことができるだろう。「聞きもおきつる」とは、雅世を通じた飛鳥井家の、そして勅撰撰者としての歌道の伝来だろうし、「教へおき」は子息雅康へ伝えることであった。こうした歌道家として仕える「君」は天皇であり上皇であることは本来のはずだが、ここでは将軍家としての「君」が意識されているという読みも不当ではないであろう。

応仁の乱が小康を得て、若い将軍足利義尚は文明十年（一四七八）頃から和歌活動を始める。栄雅となった雅親は、そこでも指導者としてふるまい、歌合の判者もつとめ、歌論書『筆のまよひ』を献じたりもしている。その義尚が実現させようとした撰集は、結局は勅撰集にほとんど相似の型を志向したようだ。しかし、もはや綸旨や院宣を仰ぐという手段は用いなかった。自らの手による打聞として編纂が行われた。公家からも姉小路基綱らがお手伝衆として参加したが、撰者ではなく、勅撰を重ねる歌道家の参画も必要とはしなかった。自らの意志により、自らの治世下の歌を集めようとしたのである。天皇との結びつきが切られて、歌道家とのそれも切られた形での権力者による撰集であった。事態は変化したのである。

だが、歌道家のしたたかさは、瞠目されよう。『実隆公記』の文明十六年（一四八四）十月十八日の条によれば、『撰藻抄』と仮称された義尚の集の巻頭歌には雅親の次の歌が推挙されたという。

氷とく池のさざ波みえそめて水なき空に春風ぞ吹く

これはまぎれもなく、二十二番目の勅撰集のために詠まれた「文正百首」の巻頭である。天皇の撰集のための歌が、新たな将軍による撰集の巻頭を飾ったかもしれないのである。

四　歌の型――宗匠雅親の和歌――

こうした時代を、歌道の宗匠として、したたかに生き抜いていった飛鳥井雅親の和歌はどのようなものであっただろうか。最後にこの問題についても触れておきたい。

今まで言及してきた作品は、心情の吐露としての性格を強く持った作品であった。この時代の歌人の特質を考えるには適当ではないであろう。雅親の場合、比較的多くの作品が家集などに残されているが、最初期の作品にその骨格がすでに見えていると思われる。特に、『新続古今和歌集』に、完成時点でも二十三歳に過ぎないものの、五首入集した作品は、後の彼の作品の骨格をなしていると思われる。[13]

i池水のいひ出でがたき思ひとや身をのみこがす蛍なるらん　（夏歌・三〇四）

ii群れて立つ羽音ぞ寒きあし鴨のさわぐ入江はさぞ氷るらん　（冬歌・六七七）

iiiぬれつつもとふべき人の心かはそをだに曇れむら雨の空　（恋歌三・一二三三）

ivながらへて今さらなげく命こそ逢ふにかへたるつらさなりけり　（恋歌四・一三九七）

v長月の有明の月に秋ふけて打つ音さむしあさのさ衣　（雑歌上・一七四三）

何れの歌も、古典や先行する作品との深い関係から成り立っている。(14) 例えば、iの歌であれば、「890池水のいひ出づる事のかたければみごもりながら年ぞへにける」（後撰集・恋四・藤原敦忠）を本歌として、水門である「樋」に「言ひ」を言い掛ける手法もそのまま取り入れている。もともと「水辺蛍」の題による作品であり、「216音もせで思ひにもゆる蛍こそ鳴く虫よりもあはれなりけれ」（後拾遺集・夏歌・源重之）のような蛍の在り方と「池」という「水辺」が掛詞「いひ」により結ばれている。弱年の作でありながらも、古歌の発想を十分学び、その世界をよく再構成しているのだが、それはまた、古歌の発想や言葉続きに依拠しながら自動化されるように作品が構成されているということにもなろう。

vの歌では「691今来むと言ひしばかりに長月の有明の月を待ちいでつるかな」（古今集・恋歌四・素性）を本歌に、その世界に砧の音を付加した作品である。「秋ふけて」は、秋の季節の進行とともに夜の更ける様を歌う目に立つ言葉だが、「月残る生田の森に秋更けて夜寒の衣夜半にうつなり」（後鳥羽院御集）など新古今時代に何度も詠まれた言葉である。さらに、「あさのさ衣」という言葉もその時代以後に好まれた言葉であり、前の勅撰集である『新後拾遺和歌集』に「425さよ衣うつ音さむし秋風のふけ行く袖に霜や置くらん」（秋歌下・藤原長綱）のような作例も見られる。

おおよそ、これらの作品は、古歌や先行和歌との関係が密接で、特にそれが見えやすい具体的な影響の形で見えているといえよう。古歌との間に、言葉のやりとりを介して、微妙な関係を形成するというものではなく、もっとあからさまな、型として見えるような摂取と、場合によってはその形成を自動化する再構成の様が目につこう。それは、基本的には、中世和歌における一般的な傾向からはみ出すものではないであろう。

弱年時代の成果としては、十七歳の時点での『新続古今和歌集』のための百首である「永享百首」も『雅親百首』[15]として伝わり、まとまった作例を知り得る。この作品を見ても、例えば、「夜をこめて古巣や出でし朝戸明けの軒端の竹に鶯のなく」（春「鶯」）では、「朝戸あけ」「軒端の竹」などの目に付く表現を構える。前者は万葉語だが家祖雅経の「朝戸あけの軒端の岡の時鳥おのがね山も今や出づらん」（朝日香井集）などの摂取も考えられよう。後者は「明けぬるかまがきの竹の鶯の軒端の竹にうつる一声」（拾玉集）の先蹤があり、歌自体の影響も大きい。

また、「1091御さぶらひ御笠と申せ宮城野の木の下露は雨にまされり」（古今集・東歌）を本歌とした「宮城野の木の下かけて色そひぬ露おきあまる萩の錦に」（秋・萩）と、「木の下かけて」という語に関する「宮城野の木の下かけて咲く萩を草にもあらぬ花とこそ見れ」（為理集）、「萩の錦」を介した「397秋の野は花の色々多かれど萩の錦にしく物ぞなき」（新続古今集・秋歌上・藤原頼輔）との関連など、煩雑なほどに、古歌や先行作品と顕在化した関係を持つ。特にこの若き日の百首の場合、歌語の摂取において衒学的ともいえる広範な学習の跡が見られるのだが、こうした傾向は、成熟による変化はあるものの生涯を通じて保持されるものと思われる。

さらに、晩年では、違った形で衒学的な傾向も顕在化する。栄雅となった晩年の活動の場であった足利義尚の歌壇の特質について、題をはじめとする「珍奇な趣向」が指摘されている。[16]例えば、栄雅が判者をつとめた「文明十四年閏七月将軍家歌合」[17]でも「貴賤夏祓」「都鄙歳暮」「松風入琴」「遠村煙織」「草庵胎夢」など、野放図ではないものの、やや変わった設題が見られる。また、その難陳や判詞などでは、特に歌病をめぐった具体的なやりとりが頻出する。歌病のようなすでに衒学的な遺制に過ぎないものの、具体的な型をもったものが好んで取り上げられるのは、その時代の雰囲気をよく示していよう。

型として目に見える衒学性は、勅撰集の最末期を生きる宗匠の方法として、時代の要請に応えたものではないのか。勅撰和歌集の最末期は、結局は和歌を支える土台の大きな変動期ではなかったか。その中にあって、和歌らしさを端的に実現させる方法として、こうした型を伴うものの有効性は増すのだろう。

おわりに

雅親に視座を当てて、勅撰和歌集を支えるものが変化してきた様を見てきた。思えば、この十五世紀という時代は、和歌自体をめぐる環境もすでに大きく変質を見せている。宮廷和歌が所与の知の体系として伝えられ、宮廷貴族からは大きな距離を持つような人々の手により、その中核に近い部分が担われるようにもなっているのである。そうした中で、勅撰和歌集の伝統は終焉を迎えるしかなかったのである。

注

（1）『高松宮蔵御手鑑』（日本古典文学会・一九七九年十二月）により、仮に番号を付す。なお、表記は読みやすい形にして示した。
（2）橋本不美男「雅親と室町期の飛鳥井家」（『日本古典文学会会報』七九号・一九八〇年四月）
（3）以下の概説はおおむね井上宗雄『中世歌壇史の研究室町前期』（改定新版・風間書房・一九八四年六月）による。
（4）橋本前掲論文による。
（5）「文正百首」は『亜槐集』所収。以下『亜槐集』『続亜槐集』からの引用は『新編国歌大観』所収本文によるが、必要に応じて『私家集大成』所収本文その他との相違を注記する。
（6）「住吉法楽百首」は『亜槐集』所収。

（7）略系図を付しておく。

光厳天皇─┬─崇光天皇─栄仁親王─貞成親王─┬─後花園天皇─後土御門天皇
　　　　│　　　　　　　　　　　　　　　　└─貞常親王─邦高親王
　　　　└─後光厳天皇─後円融天皇─後小松天皇─称光天皇

（8）松薗斉『日記の家　中世国家の記録組織』（吉川弘文館・一九九七年）など。

（9）井上前掲書による。引用部分は一九〇頁。

（10）伊藤喜良「伝奏と天皇―嘉吉の乱後における室町幕府と王朝権力について―」（『中世日本の政治と文化』吉川弘文館・一九八〇年六月）などの専論も少なくないが、公武権力の把握については今谷明の『室町時代政治史論』（塙書房・二〇〇〇年五月）など一連の論考での視野が鮮やかである。

（11）以下、本集からの引用は村尾誠一校注『新続古今和歌集』（和歌文学大系・明治書院・二〇〇一年十二月）による。

（12）『私家集大成』所収本文では「のこさん」。

（13）撰者の後継者の作品は「家督」の作品として重視されるということは二条家による勅撰集に見られ、『水蛙眼目』などでも語られる。それを受けて田村柳壹「和歌の消長」（『岩波講座日本文学史　巻五』岩波書店・一九九五年十一月）での分析がある。二条家の作品を対象に、そこで田村が論じる〈本歌取〉という方法も、大枠では合致する。

（14）他の作品について詳述する紙幅がないので、本歌・密接な先行作のみ示す。ii「437あし鴨のすだく入江の月影は氷ぞ波の数にくだくる」（千載・冬・公光）iv「615命やは何ぞは露のあだものを逢ふにしかへば惜しからなくに」（古今・恋二・友則）。なお、ivについては、前節で述べた。

（15）『続群書類従』所収本文による。

（16）井上前掲書による。二八二～三頁。

（17）『群書類従』所収

第四節　正徹と新続古今和歌集

はじめに

『新続古今和歌集』には、正徹の歌は一首も撰入されずに終わった。和歌史的展望からすれば、これは不思議な結果であると言ってよいであろう。撰集開始の永享五年（一四三三）の時点で五十三歳であるこの歌人は、宮廷との関わりは全くといってよいほどないにせよ、市井にありながらも名声はすでに得られていたと思われる。幕府重臣の開く多くの月次歌会にも定期的に参加し、彼等とも格別の交誼も得ていると思われる。その歌の質の高さは改めて述べるまでもなかろう。

正徹自身に即しても、歌論書『正徹物語』にはそのあたりの事情を明確に語ることはないが、家集『草根集』や、残された年次の詠草からは、撰入されなかったことを大きく悲嘆し、絶望的ともいえる姿を見せている様を見て取ることができる。また、撰集作業が進められている時期には、撰入への期待も示されている。このことは、すでに拙著(1)においても述べたことではあるが、もとより、井上宗雄による簡潔だが周到な論述(2)と、稲田利徳による広範に資料を博捜した成果(3)に基づいたものであった。そうした研究史的な継承関係を含めて、論文の形で改めて論じることを試みたい。

なお、早くから正徹が撰入されなかった原因に、実質的な撰集の主体である室町幕府六代将軍足利義教からの忌避が言われてきた。江戸時代の随筆類には正徹の洛外謫居も語られている。そのあたりの検討も行い、正徹が『新続古今和歌集』に入集しなかった背景に少しでも迫れればと考えている。

一　絶望の情景

永享十一年（一四三九）六月二十七日、『新続古今和歌集』は完成した。撰者飛鳥井雅世は、前年八月に四季部を奏上し、年内完成の命を受け下げ渡された未完の集をようやく完成させ、内裏へ返納したのである。下命から足かけ六年でこの勅撰和歌集は完成した(4)。

この撰集を正徹がいつどのような形で目にできたかは明らかではない。そもそもどのような形で、いつ彼が自らの歌が一首も撰入されていないことを知り得たのかも明らかではない。しかし、『草根集』によれば、その年八月二十二日に弟子達を引き連れて旅立った玉津島明神への旅は、明らかにそのことを知り、それ故の傷心と絶望とも言える情景を示す旅であることは明らかである。家集に記録されたその旅を検討することから始めたい(5)。

言うまでもなく玉津島明神は和歌の神として尊崇される存在であり、そもそも『新続古今和歌集』撰進を前にして、その可否を住吉明神との両社に籤占で神意を問うた経緯が存した(6)。完成した集でも神祇巻はこの神に対する七首の歌で閉じられている。撰者雅世も嘉吉三年（一四四三）九月には一族を引き連れて住吉とともにこの明神に詣で、勅撰和歌集の撰を成し遂げた報告と、神の加護への返礼の華やかな参詣を行っている(7)。正徹の参詣は、結果としてはその先回りとなったのだが、そこで繰り広げられる情景は対蹠的である。

正徹一行の旅は思わぬ冷遇から始まる。『草根集』巻三では、次の詞書から始まる。

永享十一年八月二十一日、人々ともなひて玉津島へまゐりて、紀三井寺に宿を借り侍りしを、貸さざりければ、磯のあま人の家にとどまりて、夜鹿を聞きはべりて

というものである。紀三井寺に宿を借りられなかった理由は強いて推測するには当たらないであろうが、この時の処遇は彼にとっては身に沁みるものだったと思われる。この詞書のかかる歌は次の二首である。

あはれしる峰のを鹿も心せよ宿だにかさぬ寺のあたりぞ

寝覚めする磯山かけてなく鹿も世を海わたる声かとぞきく

であるが、一首目の諧謔的な表現には、寺の仕打ちに対してのかなりの怒りと失望が込められている。二首目は寝覚めの鹿と海人の家で寝付かれない自分とが重ねられ、「海」には「憂み」が掛けられ、勅撰に漏れた者として世を渡る我が身の思いが示されている。

が、何といっても、正徹の心境が吐露されているのは「玉津島社にて十首法楽に」と題する明神に捧げられた十首歌であろう。

この十首歌は意外に明るい三首から始まる。

うれしくも六十のしほの満ちぬまにさやかに見つる玉津島かな

名に高きその神松をあふぎきて心しらるる玉津島山

玉津島老いの空目はかすむともみずとはいはじ秋の浦波

都からやや離れた土地にある和歌の神に、ともかくも命あるうちに参詣した喜びから始まる。

おそらくこれを読んだ誰もが、一首目三首目の歌は『続後撰和歌集』春歌上に入る二条為氏の

41人問はば見ずとやいはむ玉津島かすむ入江の春のあけぼの

を踏まえているのに気付くであろう。この歌は『万葉集』巻七の作者未詳歌「1205玉津島よく見ていませあをによし奈良なる人の待ち問はばいかに」を本歌とした一首である。為氏歌については、詩歌合出詠に際して為氏は二句目を「みつとやいはん」としたのを、父為家がこう直したという説話を伝える。正徹は、『正徹物語』では、為家が撰集に際して「みつとやいはむ」という実体験に即した言い方に直すべきかと問うたのに対して、為氏はこれも「一興の体」であるからと言って、そのまま入れることを提案したという話と理解している。「是にて勅撰の風体をば存知すべきこと也」という議論であり、勅撰集は「実」を重視するのが本来だが、適度な「興」をも許容するという微妙な機微の、父子間の伝承の様に注目しているのであろう。

正徹の勅撰和歌集への並々ではない関心と、彼なりの認識を示す。さらには歌道家の継承の有様への関心が見られるのだが、二条家のこのようなあるべき麗しき伝承の様の記載は、今回初めて勅撰和歌集撰者となった飛鳥井家へのややシニカルな逆恨みと取ることも可能かもしれない。そうであれば、正徹の作品は、かなりの含意のある喜びの表現ということになる。

次の歌からやや暗転する。

浪を我しらずかけつる言の葉はあさかりけりな和歌の浦松

「浪」にどこまでの含意を読み取るべきかはやや戸惑うが、勅撰集に入る難しさが意識されていよう。それに期待した自分のあさはかさが歌われ、謙辞とは言え、自分の歌の至らなさをも歌っている。

和歌の浦を漕ぎはなれなば五手舟いつの世にかは又もあひみむ

五首目のこの歌では、上句では、勅撰集に漏れてしまった我が身を「五手舟」に喩えている。下句では、年齢的にも好機であったこの度を逃した以上、生きては二度と勅撰には遭えないであろう危惧を歌っている。「五手舟」は万葉語だが、『新続古今和歌集』雑歌中には、『新拾遺和歌集』が撰ばれた折に、五代の勅撰集に逢えた喜びを歌う頓阿の「1904玉津島入江こぎいづる五手舟五たびあひぬ神やうくらん」が載せられている。二つの「五手舟」はあまりにも対照的であるが、正徹はこの頓阿の歌を知っていた可能性は十分あるだろう。

さらに次は柿本人麻呂の有名な一首、歌壇と歌人の関係の比喩として捉えられるようになった伝統も久しい「924和歌の浦に潮満ちくれば潟をなみ葦辺をさして鶴鳴きわたる」（万葉集・巻六）を踏まえて、和歌の世界に拠り所を失った我が身を、

さして行く鶴も葦辺もなかりけり潟を浪こす潮はあれども

と歌っている。そのような我が身ではあるが、さらなる神の加護を祈る

へだつなよ道にぞまよふいたづらに老とはならぬ和歌の浦浪

が続く。下句はやや難解だが、老いて行く我が身に対照的に、老いることのない和歌浦の神、衣通姫を歌うのであろう。さらに次の

松うづむ真砂の山もさだまらずたえず吹上の風にまかせて

の「真砂」は自らの詠草、作品を喩しているのであろう。多くの作品を詠み重ねて来たのではあるが、それが吹上の浜の風に吹かれて舞うイメージは悲しい自己認識である。このイメージは後にも繰り返される。

そして、九首目の歌で、この場にいる理由が説明を要しないほど明らかにされる。

ことのはをえらぶ数には入らずともただかばかりをあはれとも見よ

あまりにも明白な表現であり、この旅の立場も明かであろう。上句で勅撰和歌集に漏れたことがはっきりと言葉にさ

れている。

閉じ目となるのが次の一首である。

雨そよぎ空行く雲のふるまひもふらずは見えじ神やしるらん

雲行きの怪しい中、雨が降るという結果に至るということ、後に詳述することになるが、正徹の入集を待つ事情もそのようなものだったと思われる。「雲のふるまひ」は『古今和歌集』仮名序の小野小町評に衣通姫の歌として引かれる「我が背子が来べき宵なりささがにのくものふるまひかねてしるしも」に拠っており、衣通姫を祭神とする社にふさわしいことは言うまでもない。

この十首歌は、見てきたようにかなりに手の込んだ形で、様々な想念が詠み込まれていると考えてよさそうだが、主旨は明らかである。また、ここから、正徹が『新続古今和歌集』の編纂過程のほとんど最後の段階まで入集を期待していたと考えてよいであろう。それは自身の期待であり、周囲からの目であったとも想像されるであろう。それを支えた正徹の作品が入集しても不思議ではない客観情勢の存在を想定することも許されるかもしれない。

翌永享十二年（一四四〇）正徹は住吉社にも詣で、三月と十一月にも奉納百首を献じている。この二つの百首も暗い心境を反映したものだが、そのあたりの事情が、三月の百首に見られる次のような表現からも想像される。

早秋

たえずうき老いの心はこぞよりもよわるにまさる秋の初風

歳暮

我が心さのみしたはじ惜しみてもかくこそこぞの年も行きしか

老いた身をさらに弱らせ、一年の経過などどうでもよくなってしまった原点として、「こぞ」が指定されている。言うまでもなく勅撰和歌集の結果が示された十一年であり、その結果が明白になったのがその年なので、逆に言えば、それまでは何ほどかの期待はあったのかとも想像させよう。

さて、玉津島社参詣を終えた一行は和歌浦の天神に詣で、吹上浜に至る。そこで正徹は一人真砂に杖で歌を書き付けるという何とも悲しい行為をしている。先に見た八首目のイメージを自身で演じているかのようだ。

吹上の真砂に杖の先にて書き付け侍る

山となる真砂をさへやうらとみむ風に浪よる吹上の浜

吹く風も形見あだなる真砂ぢに我かく鳥の跡や消えなん

当然、風に砂が舞い、筆跡はまたたく間に消えるであろう。絶望の情景という他はない。

二　撰集を待つ日々

『新続古今和歌集』の撰集が行われていた時期の正徹の動向は、『草根集』巻三をはじめ、『永享五年詠草』『永享六年詠草』『永享九年詠草』により、空白期間はあるものの、比較的詳しく辿ることができる。おおよそ入集に対する期待と、叶わないのではないかという不安とが交錯する日々だったように思える。以下日時を追うような形で見てゆきたい。(8)

撰集のことが具体化するのは永享五年（一四三三）八月である。正徹もその情報は比較的よく伝わる立場にあったらしく、『草根集』巻三には、下命の翌日の八月二十六日畠山義忠家での月次会での次の歌が収められている。

寄道祝

敷島の道行く人も玉ほこの玉みがくべきたのみある世ぞ

勅撰の事、必定ありし比也

左注のように、勅撰集下命のまさにその翌日である。「たのみある世ぞ」は決して一般論ではなく、自身に関わることとして捉えていたと考えてよかろう。なお、会の行われた家の当主である義忠は、室町幕府の幕臣の一人であり、幕府の月次和歌会のメンバーの一人でもあった。中心から決して遠くないところに位置する家の和歌会であることも注意すべきであろう。

翌二十七日は、山名熙貴家のはじめての月次会であったが、同じく『草根集』巻三に、

寄世祝

家々の風はあれども君が代のちりおさまれる時ぞかしこき

の作が見られる。何かと様々な勢力の争いが絶えない中で、将軍家の手によって、場合によっては強引な手法ででも統一が保たれるというのは、室町時代の一般的な政治情勢であるとも言えるが、時期が時期だけに、「ちりおさまれる」という感想と勅撰下命は大きな関連を持つであろう。さらに当日の当座会では、

初春

玉津島や春立つ浜の真砂山つきせず遠くかすむ浪かな

先に見たように玉津島の吹上浜の真砂は正徹の絶望を印象づける情景であった。ここでは逆に「つきせず遠くかすむ浪」は、尽きることなく歌が詠み続けられる様が歌われていると解し得よう。勅撰集を機会にますます隆盛するであろう和歌の道が祝されている。真砂の持つ吹けば飛んで行ってしまうイメージは、ここでは付加される余地はないであろう。

勅撰和歌集が下命された直後の正徹の期待の様は、翌日、翌々日のこれ等の歌からも明らかなものと想像してよいであろう。しかし、事態は必ずしも正徹の視野の中で進められている訳ではない。九月二十一日には、応制百首である永享百首が下命されている。この百首については、冷泉家の当主為之は加わるものの、武家は足利義教と管領であった細川持之の二人にすぎず、『看門御記』に見える下命の記事でも、義教は左大臣であり、持之も殿上人の一人としての出詠である。正徹とは全く無縁と言うべきであり、員数に入らないことは問題にはならない。『満済准后日録』では、九月十一日の幕府月次会は「不参不可」というものであり、撰集との関わりでこうした命が出たものと思われるが、先にも述べたように、この月次会のメンバーの家の歌会には正徹も参加するが、幕府の会自体はやはり遠いところにある存在である。正徹の位置取りは、勅撰和歌集に直接関わる世界の一つ外縁にあることは確かであろう。

九月二十六日には百首のメンバーの一人である持之家の続歌で、

　祝言

世をおさめ民をめぐむも君と臣身をあはせたる時ぞかしこき

と詠む。ここでの「君」は天皇、「臣」は将軍と読んでよかろう。勅撰集が実現するような時代へのやや背伸びをするような祝言は、やはり自身の入集の期待とも無縁ではないはずである。

『永享五年詠草』に見られる十月二十五日の作品も注目してよいだろう。

　十月廿五日、いにしへ住み侍りし春日西洞院なる草庵に、またしる所になりて、帰り住みてよめる

契りありて立ちかへり住む庵ならば昔を今の我が身ともがな

わが庵の道の名におふ春の日の影をぞたのむ草をもらすな

春日西洞院はかつてから正徹の生活の拠点としていた場所の一つであり、今熊野の火災以後転々としていた正徹の生活拠点が洛中の中で安定したことを示している。彼の生活を考える上で重要であり、また、後にも述べる謫居問題とも関わる事柄であろう。また、二首目の歌は、勅撰集をめぐる和歌世界の中心からは外縁にいる民草である自分に、入集という恵みが春の光のようにやってくるという、自身の身の丈にあった願望がよく示された一首だと言えるであろう。

手放しに楽観が許せる位置取りに歌人としての自分はいない自覚はあったと思うが、撰集への期待は大きなものがあったと思われる。しかし、『草根集』巻三のこの年の末尾には早くも入集に対する不安が歌われているようにも思える。十二月二十七日の自庵での続歌の次の作品である。

述懐

和歌の浦は家にもあらず人なみに名をかけずともよしやうらみじ

「名をかけずとも」は、結局勅撰和歌集に入らないという事態を予想する言葉であろう。上句では、歌人としてしかるべき家柄ではなく、中心となる歌壇からは遠いところにいる、まさに自身の位置取りへの自己認識が示されていよう。それが、撰入されない予感としてはっきりと言葉にされている。さらに、その歌の後には、

年の暮れに思ひ続け侍る

つれなしやはかなき人の数にだにもれて今年も暮らしはてぬる

無論、これには撰集のことは明示されていない。しかし、正徹の関心事からすればそのように考えることが順当にも思える。撰集の進行からすれば、やや先走ったような感想であるが、宮廷や幕府の歌会にも連ならない「はかなき人」でも、すでに入集の確定した噂などがあったのであろうか。まだ入集の見込みもない自分への焦りなのかもしれ

ない。

こうした不安は兆しながらも、『草根集』巻三と『永享六年詠草』から、次の年も正徹の期待は健在であることが知られる。

一月十二日の自庵でのこの年最初の歌会では、

浦松

和歌の浦の松の落ち葉のちりの世にうづもれはてし名をだにもたて

と歌う。市井に埋もれるように、とはいっても驚くほど頻繁に幕臣達の家の月次会に出入りしているのであるが、歌を詠み続ける自分が、勅撰作者として認められることへの期待と読めるであろう。同二十八日の東素明家の続歌では、

神祇

言の葉の玉をみがきて大内の神の鏡も照らしそふらし

と歌う。『草根集』では「撰歌ある比にてかくよめる也」と左注し、『詠草』では「内裏和歌所にて撰歌あること侍り」とより具体的である。撰歌始は前年十二月十五日のことであるが、『満済准后日記』には、一月十九日に、撰ばれた詠草の警護のために、和歌所に番衆が置かれることになり、撰歌がいよいよ具体的に進められていることが知られる。正徹は撰集の動向にかなり敏感であることも知られる。

二月には、後小松院の諒闇で鈍色に調度された内裏の様を見物している。あくまでも外部からの見物者であり、『詠草』にも『草根集』にも宮中見物記とでもいうべき詳細さでその時の様子が活写されている。このことについては改めて第七節で述べるが、結局は宮廷との決定的な距離を読む者には印象づけることになると言えよう。九月二十

八日の自庵での歌合では、(9)

神祇

神となり人とむまれてこの国にきたればまなぶ敷島の道

という市井にありながら、かなり大上段からの歌も詠んでいる。

無論、正徹が社会的に歌人としての立場が無視されていたとは言えない。『詠草』では、十一月二十八日、幕府の要人である斯波義有と次のような贈答をしている。

同日初雪のふりしに左金吾の申しおくられし

言の葉も猶やつもらむ君がやど今朝ふりそむる庭のうす雪

返し

とはれずは何をかもせん雪ふりて言の葉かるる宿の光に

何のことはない贈答だが、このように市井の師範として重視されていたことを示すやり取りは多く見られると思う。

この年末には、畠山義忠(10)と次の贈答をしている。

その日白川よりふみに

雲の上に君が言葉の玉待つも春にあふべき年やくるらん

返し

我にうせし言葉の玉のみがかれば春の光をよもにてらさん

義忠の歌は、その立場からしても、入集への期待をいや増しにするであろう。それに対して正徹の答えは謙辞でありながらも、自らの歌が勅撰集の中で輝くことをはっきりと期待していよう。

翌永享七年は年次が確実な作品を一首も見いだせず、正徹の動向自体も全く不明である。永享八年には『草根集』巻三により九月二十六日に、畠山持純・同義有・松房覚空・正広などと水無瀬を訪ね、後鳥羽院の水無瀬殿で、院の水無瀬川の歌の各句を冠に詠歌を試みている。無論『新古今和歌集』という勅撰和歌集に縁の深い場所であるが、後鳥羽院の生涯を思いやることが表に出てくる作品から、今進行しているはずの勅撰集への思いを読み込むのは困難に思われる。

次の永享九年には『永享九年詠草』が残る。正月に始まり六月から七月にかけての長い近江旅行までの日々をそれにより辿ることができる。しかし、今まで何首も見てきたような容易に勅撰集との関わりを読み取れる作品は見られないように思える。春、おそらくは一月に自庵での三十首歌では、

述懐

書きとめむ数ならずとも行く水の玉なすほどの歌かたもがな

と詠む。自分が詠み重ねようとする作品を「うたかた」というはかない水泡に喩えるところに、自らの和歌の社会的な位置づけを想像したくなるが、引用書での稲田の脚注では「秀歌を詠み残したい切なる願望」と解しており、忖度に幅を許そう。この年の作品はこうしたものが多いようで、近江旅行も、途上の石山寺で自らの詠歌活動の原点である今川了俊への師事時代に、師とともに扉に書き付けた歌が色あせるのを注目する所など、様々な想像を許すが、作品群の主題としては稚児との恋に大きく傾き、勅撰集への思いを忖度しにくいものとなっている。

永享九年後半から十年にかけての生活もほとんど知ることができない。雅世ら撰者の側では、ようやく勅撰和歌集の形を整えつつあり、永享十年八月二十三日には四季部の奏覧に漕ぎつけ、年内完成の命を受けている。それにやや先立つ時期となる六月七日に正徹は祇園社に百首和歌を奉じている。「祇園社法楽詠百首和歌」として『草根集』巻

一に収められ、次の左注を持つ。

永享十年六月七日、謹《ミ》以《テ》奉《リ》二祇園社《ニ》一畢《ヌ》。右百首、更《ニ》不レ返《サ》二初一念《ヲ》一、任《カセテ》レ浮《ブニ》二心中《ニ》一率爾《ニ》書《キ》付《ケ》了《ヌ》。然《ル》間一首《トイヘドモ》無《シ》二一節《モ》一。不レ可《カラ》二外見《ス》一。

奉納歌の謙辞の範囲に収まる文言であり、特別なことはないであろう。

しかし、この作品全体の色調は明るくなく、次のような作品には注目させられる。

路卯花

これやこのあな卯の花と思へどもたちかへり見る敷島の道

卯の花からの掛詞で「憂」が引き出されるのは常套であるが、そのことが自らの歌業の回想と繋がるのは常とは言えないであろう。

遠初雁

玉づさを待つとはなしの初雁もまた遠かたの秋の音信

は、やや忖度の度が過ぎるかもしれないが、入集の報と雁の玉章はひき重ねたくなる。

松作友

命をもいかがのばへん住吉の松のことの葉友とならずは

は、かなりの絶望感の表明のように読めないだろうか。「松」に掛けられた「待つ」は入集の報と関わるであろう。住吉は言うまでもなく和歌の神であり、それと友にならない事態は、入集のことと重ねたくなる。何より、友とならないのは「ことの葉」とも明示されている。

名所鶴

和歌の浦に身は老い鶴のひなの子もかくやはしらぬ道にまどはむ

老いた自分も弟子達とともに歌壇の外側の道に迷うことになるというのは、かなり具体的に勅撰和歌集作者となれなかった後の自分とその流派の行く末を嘆いた表現と読むことができまいか。

やや忖度の度合いは大きくなるのだが、すでに永享十年までの段階に至ると、正徹は自らの作品の入集にはあまり期待が持てない心境に至っていると考えられよう。しかし、彼が最後まで希望を抱いていたのではないかというのは、先にすでに見てきた通りである。そして、永享十一年、何らかの形で最終的な結果がもたらされ、正徹は完全に望みが繋げなかったことを知るのである。

三　足利義教との関係

正徹という歌人は歴然とした個性の持ち主であり、十五世紀の中でも他とは異なる存在であることは確かである。それだけに、勅撰和歌集という秩序からは超然としていた存在と考えることも可能に思える。しかし、それは全くの空論であることは、すでに見てきたことからも明白であろう。正徹は切実に勅撰和歌集に採られることを期待し、周囲も同様であったことははっきりと言えよう。

そのような期待を裏切り、入集がならなかった理由として、早くから問題にされるのは、足利義教による忌避の問題である。何度も述べたように、『新続古今和歌集』の実質的なイニシャチブは天皇にはなく、将軍である義教にあった。その義教に冷泉派である正徹は忌避されたという問題である。

義教による忌避の具体的な現れとしては、近世の随筆類で語られる正徹の洛外謫居のことがある。現代の研究においては洛外謫居自体は後世の創作であることはおおよそ認められているといってよい。しかしながらむしろ、愛弟子正広の『松下集』における師正徹没の四十九日を過ぎたころに、細川勝元家の月次会で「田家」題で詠まれた次の作品、

床の上にもる露消えじ程もなく余所になるこの小田の秋風

とその左注

この歌は、備中国小田庄とて庵領あり。普広院殿の御時ゆゑなくめしはなされ侍り。御代の後やがて安堵ありしを、愚身に相続ありて、老僧の死去の後、人の訴訟ありて知行せざり、述懐の心なり

に注目している。井上の論、稲田の論でも、これを大きな根拠として正徹に閑居を余儀なくされた時期のあったことを想像している。

江戸時代の謫居説については、稲田論による徹底した資料の博捜と整理以上に付け加えることはほとんどない。謫居については、文安五年（一四四八）頃成立した「畠山匠作家詩歌合」における正徹の作品、

ちらせ猶みぬもろこしの鳥も寝ず桐の葉分くる秋の三日月

というやや特異な作品の、鳳凰の来鳥しない乱世への風諭によって、流謫されたとし、盂蘭盆会の正徹作とされる

なかなかになき玉ならばふるさとに帰らん物をけふの夕暮

という、亡者の魂は帰れるのに自分は帰れないという内容の歌によって帰京を許されたというのが、最も多いパターンである。

あえて付言すれば、『梅村載筆』[11]の次の文言の次の一節に注目すべきであろう。

普光院の時の人なり、屏風の絵賛梧桐と三日月の歌、七月十五日歌など世に名高し。

正徹の歌として、説話の核となる作品が世上に名高かったという文言である。この有名な歌を核に説話が形成されたと考えるとわかりやすかろう。しかし、歌の有名さと説話とは卵と鶏の関係にあることは言うまでもない。また、説話では謫居を命じ赦免をしたのを帝であるとする展開が多く、宮廷と正徹との関連を考えるのはやはり荒唐無稽とすべきであろう。

そもそもが、すでに見てきたように、正徹は洛中に庵を構え続けており、撰集の期間に洛外追放の事実は見えてこない。永享七年の一年の資料的な空白は確かに見られるのだが、永享八年の行動からも、それが、資料的な空白に過ぎないと考えるのが順当ではないかと思える。義教時代の初期、永享四年（一四三三）の詠草を焼いてしまった火災は洛外にあった今熊野の草庵での出来事であるが、洛外とはいえ洛中に隣接し、そもそもが、火災の報を聞いたのが洛中の畠山義忠での家の歌会の折であったことは『草根集』からも明らかであり、洛外の居住の実績はあるにしても謫居とは全く異なったものであることは明白である。焼け出された後は洛中に居を求めている。

現代の研究で重視される『松下集』に見られる「庵領」の没収は、やはり事実として捉えるべきであろう。すでに、井上・稲田の両論でも注目されるように、その日次詠草の最初の部分には、正広からみた師正徹のプロフィールが述べられている。そこには、

普広院殿の御代になりて、清岩閑居の身になり給ひて、その草庵も住みはなれて一条室町上武者小路に小庵の侍るに一年住み給ひて、次の年の夏のころ、今熊野の南の鳥居の西の脇に小庵を結びて居給ふ。

とあり義教時代の「閑居」が語られている。

正徹と室町将軍の関係ということでは、義持とはやや親しい関係があったことが知られる。また、若き日の義政には親しく『源氏物語』の進講を行っている。こうした二人に比べれば、義教とは直接の関係を示す事績が見えず、相

対的にも「閑居」と意識しても不思議ではない。とは言え、何度も述べているように、幕臣達とはおどろくほど頻繁に交渉が見られることが知られる。正徹の日々は市井の草庵にいて、ほとんど毎日のように、そうした人々の家の歌会に出ることだったことは資料から見えてくる姿である。「閑居」と言っても「謫居」というような性格とは異なると考えてよいであろう。

「庵領」の問題は、私には、その性格をめぐっても十分な理解は得られていない。しかし当然ながら経済的な基盤として重要であることは想像がつく。稲田の論がすでに明らかにしているように、「庵領」の備中小田が再び正徹の手に戻ったのは、『草根集』巻二から、康正二年（一四五六）の九月頃のことと知られる。稲田の指摘のように、義政への『源氏物語』進講の褒美と考えるのが順当であろう。この領地がどの程度の規模のものであるかも明らかではないが、こうした領地は褒美として安堵される性格の物とも推定できると思う。逆に言えばそういう領地を持たない場合が常態であるとも考えられよう。

先に撰集期の正徹を見てきた中で、永享五年の十月二十五日に、かつて住んでいた西洞院の草庵取得のことが見えていた。「庵領」とは関わりなくそれなりの日常生活が、経済上でも成り立っていることを示すよい例とも考えられよう。また『永享六年詠草』に夥しく記載された代作歌も、経済生活と無縁な物ではないと想像することも可能であろう。ともかくも、撰集期の正徹の姿を見ると、洛中において、それなりの地位の幕臣達の周りで、市井の歌人として、きちんとした生活が営まれていた様が想像できよう。

そもそもが、正徹の場合、幕府で何らかの地位を得ている存在ではない。一介の僧侶であり、地位のある顕僧というわけでもない。むしろ将軍から「庵領」が安堵されるのが特別な事態であるとも想像されよう。そうであれば、義教の正徹への態度も、冷遇と言うよりもむしろ眼中に入らないままであるという考えも成り立つかもしれない。ともかくも、義教からはかなり距離を持ったところに正徹はいたと考えられる。それが「忌避」というほど積極的な視線であったのかは再考を要すだろうと考える。

四　正徹の作品と勅撰和歌集

正徹の自讃歌であり、その独自な存在を印象づけるような作品、例えば、

渡りかね雲も夕をなほたどる跡なき雪の峯のかけはし

咲けば散る夜の間の花の夢のうちにやがてまぎれぬ峯の白雲

こうした作品が、あくまで印象ではあるが、勅撰和歌集に、『新続古今和歌集』に入集するにふさわしいかは疑問であろう。集全体の印象の中でやはり浮き上がるであろう。では、一体どのような点がそうなのかとなると、『正徹物語』でそれぞれの表現の形成過程が詳細に語られ、その計算された知的な戦略は瞠目させられるが、それ故であるとするのはやや早計であろう。

正徹の作品については、十八世紀における烏丸光栄の『聴玉集』の次の文言がよく知られている。

徹書記歌は上手也、風体はあし、撰集に入れられぬ也。

つまりは、勅撰集からは「異風」であるとするのである。公家の目から見れば、正徹の作品には「異風」と見られる側面があるのではないかと想像される。そのあたりの問題はあらためて次節において考えてみたい。

本節では最後に、彼自身の歌論が語られる『正徹物語』を通して、彼の作品と勅撰和歌集との関連について、彼はどのように考えていたのかに、僅かでも迫ってみたい。

『正徹物語』の成立は最晩年のことであると考えられるが、そこには勅撰和歌集に採られなかったことに関するあからさまな不満や、その事情を暴露すると言った姿勢の文言は見られない。しかし、次の章段は注意を要するであろう。

雅経は、新古今の五人の撰者の内に入り侍りしかども、そのころ堅固の若輩にてありしかば、撰者の人数に入りたるばかりにて家に記録などもあるまじき也。

飛鳥井家が勅撰和歌集撰者となり得た根拠に、家祖雅経が勅撰集撰者であったことは重大である。それだけに正徹のこの記述は随分と意地の悪い書き方だと言えよう。事実雅世はこの問題に悩まされ、撰集に予想以上に時間を要した所以ともなっている。

さらに、

雅経は定家の門弟たりしほどに、代々みな二条家の門弟の分也。公宴などにて、懐紙を三行五字にかかる計ぞ、雅経の家のかはりめにてあれ、その外は何にてもただ二条家と同じ者也。

飛鳥井家を二条家の門弟として位置付け、懐紙書様以外は二条家と変わるところがないとする。先に本章第二節で見たように、飛鳥井家にはそれなりに家門の意識を強く発揮した撰集だったと思われ、二条家の代役に過ぎないというような言い分は、愉快ではない記述であろう。すでに稲田の論でも、『草根集』巻五の

飛鳥井の上飛ぶとりの影もみず古きやどりとこほる冬かな

を飛鳥井雅世の古風な歌への風刺と読んでいるが、こうした記事と読み合わせれば、その蓋然性は増すものと思われる。だからと言って、撰者の資質故に入集しなかったとは考えていなかったと思われる。

『正徹物語』には次の記事がある。

途中契恋に

やどりかる一村雨を契りにてゆくへもしぼる袖のわかれ路

と読み侍りしを、飛鳥井殿なども褒美ありしなり

引かれた歌は『草根集』等の資料には見えず年次も確定できない。撰集以後である可能性も残る。「飛鳥井殿」についても、雅世を考えるのが順当だが、時代がもし下れば息である雅親の可能性も生じてくる。こうした曖昧さは残るが、雅世、もしくは飛鳥井家の当主からの「褒美」というのは、入集の可能性と期待と無縁ではないであろう。

題の「途中契恋」は藤川百首題であり難題というべきであろう。そもそもが定家の作品が、

道の辺の井出のしがらみ引き結びわすればつらし初草の露

というものであり、かなり難解である。『藤川五百首抄』[12]では、「井出の下帯の物語」なるものを引き、春日へ下る官人と井出の女との悲恋と解している。この後人の解にどこまで従えるかは問題だが、「途中」は旅路の途中であると解すべきなのであろう。同書所載の為家の歌は

めぐりあはむ末をぞたのむ道の辺の行きわかれぬるあだの契りを

と、旅路でのかりそめの恋であることが明白な一首となっている。正徹の作品もこの為家歌の延長上にあることが知られよう。

「一村雨」による雨宿りでの契りと構成する所に正徹の作意がある。「一村雨」は平安末期の俊恵にも見られ、新古今時代に流行した言葉であり、正徹の時点では特異な言葉ではない。下句への連続も、「しぼる」「袖」と縁語的にスムーズである。全体に保守的な枠組みからも矛盾しない形で難題が読みこなされた作品であると評価してよいであろう。

すでに井上の論では、正徹の飛鳥井家との交流とともに、その作風についても特異な面を認めつつも、二条派や飛鳥井派と矛盾することない作風の存在を指摘している。「正徹ほど多くの詠があれば、最も正徹風でない一首位拾い上げるのが撰集の故実というものである。[13]」とも述べる。ともかくも正徹は多作家であり、その作品にも幅があることは確かである。例えば、本節で今まで言及してきた作品の多くは、自身の生活や心境をかなりに素直に詠んだ作品が大方であった。

井上の論は、正徹が定家に傾斜し、妖艶美を思考する特異な歌風を形成させていったのは六十代になってからだとする細谷直樹の論[14]も受けている。細谷の指摘は興味深く、自身も晩熟であることをむしろ誇りとする正徹にはふさわしくも感じられるが、五十二歳の今熊野での詠草消失のことがあり、さらに、現存作品でも詠作年次の確定の難しい作品が多い。また、先から述べているように、日常詠もおびただしく、作風の変遷をたどる条件にはないとするのが現状であろう。しかも、何よりも多作であることは晩年までも継続し、その時点においても歌風の幅は大きなものがあることは不変であることも考えなくてはならないであろう。

『正徹物語』には次のような記事も見られる。

中比、素月とて禅僧の歌よみ侍りし。これが歌只一首、新後撰に入りたり。一首なれどもうらやましき歌也。

思ひ出のなき身といはば春ごとになれし六十年の花や恨みむ

といへる。ついでに思ひ出し侍る也。

直前に載せられた慶孝の「花や恨みむ」をやはり結句とした歌からの連想であり、入集は『新後拾遺和歌集』の誤りであるが、「うらやましき歌也」は素直な言葉であろう。素月は現在から見れば正徹に比すべくもない存在であるが、二条派の歌僧であり、勅撰和歌集には四首入集し、『新続古今和歌集』にも、

931鈴鹿山むま屋づたひに関こえていくかになりぬ故郷の空

が入集している。勅撰入集歌の他の二首はこなれた題詠による恋歌であり、必ずしも実情歌としてたまたま秀作を得て撰に入ったという存在ではない。しかし、正徹の取り上げた歌は、誰もが納得できるしみじみとした生活上の感動が素直に歌われている。句の共通性の連想からとはいえ、このような事を書く正徹の意識には注目しておきたい。

『草根集』巻三には、永享八年と九年の作品の間に、やや唐突に義持に長谷寺参詣の後に、寺で詠んだ歌を下問された時の作品が載せられている。

なげくぞよ夢の四十年もはつせ山尾上の鐘の声をかぞへて

祈りこし法のしるしもこのたびぞ見つとも思ふふたもとの杉

である。「同じ秋の比」とする次の歌の草庵転居のことから応永三十三年（一四二六）のことと知られる。『草根集』では、むしろこの歌をめぐって耕雲が「て」で終わる歌に秀歌はないと批判したことに展開し、それを業平の名歌を引き反駁したというエピソードとして載せている。しかし、ここで注目したいのは、義持に示した秀歌の性格である。二首ともに定家の「年も経ぬ祈る契りは初瀬山尾上の鐘のよその夕暮」を意識した作品であり、手放しに実情歌とは言えないにせよ、当時四十六歳の彼にとっては「四十年」ははっきりと自身の実情につながる表現である。先の素月の歌とも近いところにある。

やや忖度の度が過ぎるかもしれないが、正徹のような中枢の歌壇から遠い存在にあって、期待されるのはこうした作品の入集だったのかもしれない。正徹が自ら「幽玄」の実現として自負するような作品の入集とは、彼自身がイメージしているものは異なっていた可能性もあるであろう。そうであれば、幕臣達の間で毎日のように詠む歌は、入集を期待してもよい性格の作例の宝庫だったことは、現存する『草根集』の作品にも示されていよう。

おわりに

こうして、正徹と『新続古今和歌集』との関係を、主として彼が言葉にしたものに即して見てきたが、義教からの忌避というある程度明白さを持った理由では説明しきれない点があるように思える。繰り返すまでもないが、正徹は最後まで入集の期待を棄てていなかったと思う。永享十一年（一四三九）のどの段階でそれが明らかになったかは分明ではないが、この最後の段階まで期するところはあったものと思われる。残念ながら、どのような理由で入集が叶わなかったのかは、解決されないまま疑問として残ることになる。

嘉吉元年（一四四一）正月は、正徹は重病の床で迎える。かなりの重篤に至ったようだが、軽々に勅撰和歌集のこととは結びつけられないものの、無関係とするのも早計であろう。彼にとっては、それだけのショックであり、それは逆に期待される状況も大きかったことになろうか。

が、この年足利義教が暗殺され、義政の治世へと時代は動いて行くことになる。冷泉家をはじめ義教の怒りによる忌避を確かに被った人々も復活し、新しい時代となる。病から復活した勅撰和歌集作者とならなかった正徹を待っていたのは意外な厚遇だった。例えば具体的には、宝徳二年（一四五〇）、二十歳の若年ではありながら前管領という肩書きを持つ細川勝元が正式な弟子入りに及んでいる。こうした状況はやはり義教時代の重石を考えないわけないはいかない。正徹の処遇についても手放しに義教とは無関係だとするわけにはいかない。

確かに、正徹と将軍との関係も大きく変わる。享徳元年（一四五三）から足かけ四年にわたり若き将軍に『源氏物語』を進講することになる。これは先に述べた「庵領」安堵のみならず正徹の社会的な立場を大きく変えることになる。『草根集』巻十以降には、そうした歌人として大きな社会圏を得られた正徹の日々を印象づける作品が多く見られる。さらに、注目しておかなくてはならないのは、『源氏物語』の進講は、『草根集』巻十の享徳元年八月の「去十五日より、将軍家にて光源氏の物語読進談申すべきよし、飛鳥井中納言雅親卿承にて、この日開白し侍りて、」という詞書の一節である。他ならぬ『新続古今和歌集』撰者の嗣子である飛鳥井雅親の「承」によるものであった。

　本章第三節でも述べたように、雅親は第二十二番目の勅撰和歌集の撰者となった人物であった。義政の発企により後花園上皇の院宣を受けたのが寛正六年（一四六五）であった。正徹没後すでに六年が経過しているが、正徹の歌が撰ばれた可能性は高いと考えてよいであろう。しかし、撰集作業を進め整えられた資料は、すべて応永元年（一四六七）六月十二日の戦火で灰と化してしまう。

　結局は正徹は勅撰和歌集には入らない歌人として和歌史に刻まれることになる。彼のような個性的な存在が勅撰和歌集に入るということは、どのようなことなのかという問いも、閉ざされてしまうことになる。

注

（1）村尾誠一『残照の中の巨樹　正徹』（日本の作家・新典社・二〇〇六年）。本文中でも述べたように、その主として第五章で述べたことを論文の形にしたものが本節である。一般書としての性格から盛り込まなかった内容の増補を行い、若干論述の仕方に相違が見える箇所もあるが、基本的な論旨には変更はないつもりである。

（2）井上宗雄『中世歌壇史の研究　室町前期』（改訂新版・風間書房・一九八四年）。以後頻繁に言及するが「井上論」という形で示す。

（3）稲田利徳『正徹の研究』（笠間書院・一九七八年）。以後頻繁に言及するが「稲田論」という形で示す。

（4）『新続古今和歌集』の成立の事情については、本章第一節参照。
（5）以下『草根集』からの引用は『私家集大成　中世Ⅲ』（明治書院・一九七四年）所収本文により、私に清濁を分かち、歴史的仮名遣いで統一し、漢字を適宜にあてる。
（6）『満済准后日記』（続群書類従本による。以下この日記からの引用も同様）永享五年八月十七日条によれば、可・不可各三枚の籤を入れ、玉津島社では可三枚の神意を得た。
（7）『看聞御記』（続群書類従本による。以下この日記からの引用も同様）嘉吉三年九月十一日の記事に「撰集立願果遂云々」のため、住吉・玉津島両社へ参詣したとする。撰集完成後四年が経ているが、義教の横死などもあり、また井上論での指摘（二一七～八頁）のように、集の切り接ぎなども行われたことと関係しよう。
（8）『永享五年詠草』は天理図書館所蔵、『永享九年詠草』は大東急記念文庫所蔵で正徹自筆と目される。両詠草は『中世和歌集　室町篇』（新日本古典文学大系・稲田利徳校注・岩波書店・一九九〇年）による。『永享六年詠草』は香川県常徳寺所蔵で、国文学研究資料館所蔵のマイクロフィルムによる。
（9）『草根集』では二十六日とする。
（10）「白川」の人を義忠とするのは稲田論による推測であるが、妥当だと考える。
（11）『日本随筆大成』第一期第一巻（新装版・吉川弘文館・二〇〇七年）所収本文による。
（12）『新編国歌大観巻四』所収の藤川百首の集成で、定家の歌には詳細な注が付せられる。十五世紀以後の所為と考えられている。ここでは、第二句目が「井出の下帯」となっており、問題はある。
（13）前掲井上書の一三一～二頁。
（14）細谷直樹「『正徹物語』の著作過程について」（『中世歌論の研究』笠間書院・一九七六年）

第五節　正徹和歌の特質

――『前摂政家歌合』を視座に――

はじめに

中世和歌において正徹の作品は際立った特質を持つ。その特質は、他の歌人達とは異質な歌風、個人様式の存在故であると考えてよいであろう。それは現代の眼からのものだけではなく、当時においても認識されていた異質さではなかったか。

前節で見てきたように、正徹の歌人生活において、五十代に撰集が進められていた勅撰和歌集『新続古今和歌集』に入集し得なかったことは大きな挫折であった。挫折の様相については十分述べたつもりだが、そもそもの入集しない原因については疑問として残った。原因は一つではないにせよ、正徹の作品自体の中に見られる宮廷和歌からの異質性については、やはり問題にしてなくてはならないであろう(1)。このことが、正徹和歌の特質と無関係ではないことも当然であろう。

前節でも触れたが、十八世紀というかなり後世のからの評であるものの、正徹について言及する場合引かれることが多いのが、烏丸光栄の『聴玉集』の文言である。

徹書記歌は上手也、風体はあし、撰集に入れられぬ也。

正徹の作品の魅力を認めた上で、勅撰和歌集から逸脱する「風体」の存在を指摘する。その伝統には相容れない正徹の特質を語るものとして、広く知られている。そこには、異質な個人様式の存在が認識されているといってよい。

正徹の同時代においても、光栄の文言にほぼ近い立場から、その作品を具体的に論じたものとして、早くから注目されているのが『前摂政家歌合』である。衆議判を経た上での公家中の公家と言える一条兼良の執筆による判詞は、ほぼ光栄の捉えたのに相似した正徹像を語っていると思われる。現在知り得るものとしては、正徹の出詠した歌合の判詞としては唯一のものであり、注目され言及されて来たのは当然であるといえよう。大きな見通しとしては光栄の文言近くに収束するにせよ、そこから引き出される正徹の歌風、個人様式の持つ特質を認識する上での問題はまだ豊かに残されていると思われる。

本稿では専ら『前摂政家歌合』の作品と判詞の読みを通して、その時代の認識に寄り添うような形で、正徹の個人様式とその特質を把握し記述する方向を探ることを試みてみようと思う。もとより多作である正徹の作品全体を覆うことは不可能だと思われるが、和歌史の上で正徹を正徹たらしめているものを考える道筋には、少しは迫れるのではないかと考える。(2)

一　前摂政家歌合

先ずは論及の対象となる『前摂政家歌合』の概要を示すとともに、研究史も振り返っておきたい。

この歌合は、嘉吉三年（一四四三）二月十日に、一条兼良が自邸で開催したものである。兼良は四十二歳であるが、不遇の時期であり、「前摂政」という肩書の時代である。歌題は二十題であり、作者が二十八人、全体で二百八十番に及ぶ規模の大きな歌合である。『看聞御記』にも記事が見え、三十人、三百番を当初の予定にしていたことも知られる。番は左右も含めて適宜入れ替わる乱番であり、隠名で組み合わされたらしい。歌合伝本が存し、判詞も詳細である。判は衆議によるものであったが、判詞は兼良が執筆し、彼自身の学識も開陳されている。『続群書類従』に収められ流布し、『新編国歌大観』巻五にも入る。諸解題の他、井上宗雄・伊藤敬の論(3)によりその輪郭は明らかにされている。

開催された嘉吉三年は、『新続古今和歌集』が完成した永享十一年（一四三九）から四年ということで、この勅撰和歌集直後の歌界の動きの一環である。さらに、嘉吉元年の嘉吉の乱による足利義教の謀殺という事件が大きな機となっている。義教の冷遇は正徹のみならず、冷泉派をはじめとするかなりの数の歌人達にも及んでいたが、そうした人々が復活した時期であった。兼良自身の立場は、身分・学識において卓越したものがあり、軽々に論ずるわけにはいかない。『新続古今和歌集』では序文の執筆者である。しかしながら、作風や論の傾向として、冷泉派に接近しており、冷泉為持を家司に置くなど、人的な親近関係も見られる。

伊藤敬の論では、兼良の和歌を論ずる中でこの歌合に言及し、兼良の歌とそれに対する判を検討している。七十七番右（後夏）

　みな月のてる日の汗《あせ》のながれ出てかへらぬは身のよはひ成けり

と、その自注的な判である「かへりて耳なれぬ僻字をもとめ、目をおどろかす綺語をえらばれ侍らば」に代表されるような、言葉や発想の新奇さへの指向が認められ、字余りなど冷泉派的ともいえる自由自在な詠みぶりが指摘されている。井上宗雄の論では、この歌合に飛鳥井雅世・雅親の出詠がなく、その家の雅永も出詠のみであることから、この歌合への不協力を想像する。兼良の作風や判詞の傾向、また、保守派を代表する形での堯孝との対論から、兼良を庇護者とする冷泉派と、飛鳥井家及び二条派との対立傾向を見いだす。

主催者・判者との関係からすれば、比較的この時代における正徹を理解しやすい環境での歌合であり、批評であることにも注意すべきであろう。しかしながら、二十八人の作者構成は必ずしも流派的な対比に焦点を結ぶとは限らず、歌人としての実績上も、伝記的な側面すらも不明とすべき存在も少なくなく、兼良の子教房、兄弟である良済、近衛局など家女房と推測される存在、丹波盛長など家に仕える地下と覚しき人物など、一条家関係者の割合も少なくなく、家の歌合という側面も見られる。力量の高い者だけからなる歌合ではないことも、井上論での指摘の通りであろう。

とはいえ、正徹にとっては、公家中の公家である摂関家の歌合であり、常日頃の詠歌環境とは大きく異にしていると言うべきであろう。正徹が宮廷の和歌会に列席した痕跡はなく、冷泉家関係以外の公家歌会へのそれも見られない。正徹は基本的には市井の人であり、毎日のように出向く他の歌人主催の歌会についても、上級武士の家でのことが多かった。それだけに、この歌合は貴重な機であり、宮廷的な視野からの批判に直面する得がたい機会だったと言えよう。

二十題からなる題は、かなりユニークな設題である。春から冬まで四季は三題ずつで、それぞれ「初春・中春・後春」のように三期に分けられている。恋題は四題で、「春待恋・夏逢恋・秋別恋・冬恨恋」と、恋の段階と季節を絡める。雑も四題で「春述懐・夏懐旧・秋神祇・冬釈教」と同様である。こうした一連の設題の先例は未見であり、そもそも「秋別恋」などを除けば、題自体が珍しい。しかしながら、題による状況の絞り込みはさほど厳しいものではなく、幅を持った可能性が開けている設題である。

講師等の諸役は明示されていない。伝本の目録では判者も衆議とされている。しかしながら、前述のように判詞内容からすれば、衆議も加味しながらも、執筆者は兼良自身であり、彼の思考を通してまとめたものであり、かなり饒舌なものとなっている。

伝本については、伊藤論により十三本の存在が明らかにされている。いずれも近世以後の書写によるものと思われ、大きな異同は見られないようである。上下二冊とされる場合が多い。永青文庫蔵本が善本であり、上下巻末に「以勅本奉書写校合訖　慶長五年仲夏中澣　玄旨（花押）」の奥書がある。『新編国歌大観』の底本もこの本による。本論においてもこの本により論じたい。(4)

さて、こうした歌合であるだけに、正徹論の観点からも早くから注目され論じられていたことは、すでに述べた。それは荒木良雄の論(5)まで辿れるであろう。荒木論では、正徹の歌風を冷泉派から一歩進めた新風であると捉え、それは「異様な風体」であったが、当代の理解を得られなかったものではなかった証がこの歌合の判であったとする。それを具体的な評語で検証する。その上で、正徹の歌の観念性を論じ「写意」の歌であると規定する。それは作者の主観をそのまま再生しようとして無理に言葉を駆使し、心象が結ばれることを焦慮しながらも、終には捉え得なかったものとする。「写意」という概念がそのまま継承し得るかは問題だが、正徹を論ずる上での、本歌合の基本的な理解としては、すでに十分熟したものであると言えよう。残された課題としては、個々の判詞の分析の精度をあげることと、和歌史的視野からの相対的な検討ということになろう。

その相対的な検討に当たるのが島津忠夫の論(6)である。その論では判詞の具体的な検討を通して、冷泉持為（持和）に対する判が正徹への評に近いことを論じ、正徹の歌風は独自性を持つが広い意味では冷泉派であることを論定しようとするものである。

判詞の分析の精緻化は、小恒貞夫の論(7)でなされている。この歌合を、正徹の定家的妖艶美を指向する歌風を「天下に示す好機」であったとしながらも、判詞の分析から、当代からは正徹は「艶」な作家としては捉えられておろず、むしろ言葉のつながりに疑問があり、表現が適切ではないなど、行き過ぎた傾向を持つ人とされ、忌避され敬遠されていた存在と見られていた点を強調しようとしている。特に二条派の重鎮堯孝の存在を公家的な世界とし、そうした世界に受け入れられない作風であるとする。そうした世界を形成させる背景に将軍義教時代の格別に暗い体験や、連歌的な発想や秀句を好むなどの地下的な階級意識なども考える。小恒の論では判詞の分析に文証が豊富に明らかにされ、分析が詳細で納得の行くものとなっている。しかし、義教時代の正徹の在り方や、連歌的な発想や秀句というものを直ちに階級性に結びつけることなど疑問点は少なくない。また、正徹の定家的な妖艶美の形成の上でこの歌合が劃期となり得るかも、正徹の作品史上問題がないとはいえないと思う。というよりは、彼の作品は膨大に残されていながらも、詠作史を編年的に辿り得る条件にはないと言うべきだろう。また、判詞の読み取りをめぐっても、問題点は残されているように思える。しかし、公家的な眼からの正徹像の把握という視野は、本稿でも受け継ぐことになる。

以上のような研究を踏まえた上で、本稿では、できるだけ作品と判詞に即した形で、正徹の歌風、個人様式を同時代の文言との対話の中で考えてみたい。兼良執筆の判詞は、宮廷和歌からの逸脱を確かに批判的に記述していると思われる。が、正徹の独自性への共感のまなざしも確かに持ち合わせていると言うべきだろう。本稿ではその両者の交点にも注目できればと考えている。なお、兼良自身の作品と自判と他に対する判の三者の間の位相はかなり複雑であり、ここでは特に深入りしない。しかし、兼良の判は衆議も承けた物であり、当時の宮廷人としてはかなりに公平な立場でなされているものと考えておきたい。

二　「風雅の正しき道」からの逸脱

今までの論でも何度も指摘されるように、この歌合での正徹評には、詞の不適切さ、詞続きの不適切さが問題にされる場合が多い。必ずしもその理由が明らかにされているわけではないが、前例のない表現というのが当代的な大きな根拠となると考えてよいだろう。そのあたりの総括的な文言を含む判詞として注目されているのが、一六四番右（後冬）のものである。評される正徹の歌は、

山寒《さむ》み散《ち》るとも消《き》えじ白《しら》雪の花さくら戸のあけん年《とし》まで

であり、評は、

右、花さくら戸のあけん年《とし》までなどは、めずらかなる姿《すがた》たくみなる心とはみえ侍れど、風雅の正《ただ》しき道《みち》には心もとなくや侍らん。

というものである。

「花さくら戸のあけん年」という表現が問題にされている。先ず問題となるのが「花さくら戸」という詞であろう。すでに小谷論でも考証されるように、この詞には先例が見いだせない。「山桜戸」であれば、『万葉集』にも見え、以後その影響下で作例がある。「花さくら戸」は連歌に細々と踏襲されたにすぎない詞である。したがって、当時の歌壇にはその詞は容認されなかったことになる。「風雅の正しき道」に「心もとな」いという判断の基本はここにあることは確かであろう。

しかし、同時にここで注目しておかなくてはならないのは、この表現が「めづらかなる姿たくみなる心」と評価されている点である。そもそもこの歌は、「後冬」題であり、年末の山里の地に降り散っても消えることのない白雪を花に見立てた上で、山小屋の戸である「桜戸」に結び、その縁語「あけ」から、年明けの春の桜のイメージを、まさに戸を開け放つかのように一気に呼び起こす作品である。様々な意味で観念的であり、現実味からは距離がある。しかし、詞の組み立ては緊密であり、イメージはしっかりと結び得る意欲作である。「花さくら戸」の「花」は、上句の寒さ故に降り残る白雪を「花」と見立てる要であり、下句の一気に春へと開かれる表現を形作るものであり、他には代用のきかない一語である。兼良の評語は、この正徹ならではの言語操作の卓越性を十分認めた上でのことなのである。

それにしても「風雅の正しき道」とは何であろうか。そもそも「風雅」は芭蕉をはじめとする近世の文芸理念用語とは異なり、この時代においては、詩歌一般、特に格の正しい詩歌を指すのが普通であり、ここでもその範囲での文言である。したがって、兼良の言う「風雅の正しき道」とは、当代としての和歌のあるべき姿から逸脱しない和歌の在り方と考えてよいであろう。さらに、宮廷和歌という範囲付けをすることも許されるであろう。正徹のこの作品は、作意は認められながらも、やはり逸脱したものであると考えられていたのである。

この時代において「正しき道」という場合、第一に想起されるのが「正風体」と呼ばれる二条家の宗家と家督により代々継承されてきた詠歌の在り方である。例えば二条為世の『和歌庭訓』などに見られるような、「心」の新しさを志向しつつも、すでにあるものからの微細な変化にそれを認め、詞は専ら三代集中の優美なものを用いるという、守旧的な在り方である。この時代二条家は絶えながらも二条派として、また、飛鳥井家へもほぼ継承された形で、規範は作られていた。

兼良の立場は、先述したように、むしろ柔軟な歌語観を持った冷泉派歌学に近く、正徹とも近い立場にある。正徹の師である今川了俊の、三代集とその周辺の「歌詞」以外の「只詞」も、作品形成の上での必然性があるならば、用いることが許されるという立場は、兼良も共有していたと思われる。さらに「同類」という概念がこの歌合では否定的な評語として頻繁に使われている。これは先行する歌や古歌と発想や詞・詞続きにおいて、ほとんど新味の見られない様である。こうした志向を持った兼良によっても「心もとな」しと批評されるのが正徹の表現であった。

この歌の番については、左方の持房の歌が、まさに「同類」とほぼ同様な「心詞おなじ」と評される歌であった。

ことし又くれて身にそふ数《かず》なるをよそになしても惜《お》しみける哉

であり、兼良は『新古今和歌集』・冬歌に入る上西門院兵衛の

692かへりては身にそふ物としりながら暮れ行く年をなに惜しむらむ(8)

とほとんど変わりないことを指摘する。おそらく議論なくそのことが認められる一首であろう。判の結果は明示されていないが、同等の咎による持と判断できるであろう。相方の作品の出来を考えるならば、現に作意は評価されながらも、正徹の詞に対する危惧は相当大きなものであるといえよう。

それにしても、正徹の作品については、頻々とその詞や詞続きに対する批判がなされている。確かに見てきたように先例のない表現ということで考えられる例も少なくない。しかし、必ずしもそうではない場合も見られる。

次に七番右（初春）を考えてみよう。

春のきるみのしろ衣打かすみ山風吹ばあは雪ぞ降《ふ》る

であるが、判詞では二首の本歌を指摘する。

23春の着る霞の衣ぬきをうすみ山風にこそ乱るべらなれ　（古今集・春歌上・在原行平）

1降る雪のみのしろ衣うちきつつ春来にけりとおどろかれぬる
（後撰集・春上・藤原敏行）

おそらく妥当な指摘であろう。行平歌を骨格に、敏行歌を合わせることで、霞みながらも雪の散ることのある早春の情景を描いている。兼良は、春霞を雪具・雨具である「みのしろ衣」で喩えることに疑義を持ちながらも、敏行歌の存在で、まだ雪の降ることもあるためである故にと了解しようとしている。しかしながら、敏行歌でこれが詠まれる理由を、詞書に言及し、二条后から大桂を賜っている故であるとしている。さらに、『俊頼髄脳』等に引かれる

せながためみのしろ衣うつ時ぞ空行く雁のねもまがひける

を引き、「みのしろ衣」と擣衣との関連も考え、春霞への見立てに疑を持ち「いささかをぼつかなきやうなれど」としている。

このあたりは、両者の姿勢の違いがはっきりと現れるであろう。この歌の表現形成のために二首の本歌の存在にほとんど絶対的な根拠を置こうとする正徹と、さらにその周辺までをも考察し、一つ一つの歌語の妥当性を考えようとする兼良という形で。つまりは、兼良の歌語認識はかなりに学的であって、正徹の歌語認識は、よりその場の表現形成に即したレベルでの妥当性に安住できるというように。学者的な認識と創作者的な認識ということも出来るし、歌語の持つ背景までに近い立場にある宮廷人と、そうではない市井人との差違という形で認識することも可能であろう。

しかしながら、春の「みのしろ衣」に先例がないわけではない。定家には目立つところではないが『拾遺愚草員外』に

雪のうちに春を来たりとしらするはみのしろ衣梅の花笠

のような作例がある。さらに『洞院摂政家百首』では藤原信実の

春のきるみのしろ衣たちぬれて薄き霞にあは雪ぞ降る

もある。信実歌は驚くほどの類似の作品だが、「ぬれる」ということと、山風に吹かれる様の差は決定的で、正徹の歌のイメージの上での展開とふくらみは明白であろう。

ともかく、この作品の場合は、二首の本歌から、まだまだ浅い春の霞の印象に残る独特なイメージを作り出すところにあり、それは成功していると思われる。それだけに、判詞の難は、兼良と正徹との齟齬を示すものだと言うべきであろう。繰り返しになるが、兼良は歌語の詠作状況や他の作例との対比まで眼を及ぼそうとする。宮廷人の学者として妥当な態度であろう。正徹の場合は、そこまでの細やかな態度とは異なると考えるべきなのかもしれない。兼良のような宮廷に身を置く人にとって、やはり正徹の作品は「風雅の正しき道には心もとなくや侍らん」という感想は持たずにおれなかったのであろう。しかしながら、詞を核としてそこからのイメージの広がりを作品の要とする方法にも十分な理解はあったものと考える。とは言いながら、宮廷人からすれば、正徹の野放図とも言える言葉の使い手の側面は無視できないのであろう。

三　流派様式との関連

すでに、島津論などでも指摘されるように、正徹の在り様は独自性はあるものの、冷泉派の範囲にあるものであるとも考えられてきた。先にも述べたように、正徹の詞に関する自由な態度は、まさに冷泉派的な方法論を明言した今川了俊を継ぐものであり、自身にも終生冷泉派であるという自覚はあった。しかし、見てきたような正徹の特質は、やはり冷泉派の範囲で考えるべきものなのだろうか。ここではそのあたりのことを考えてみたい。

この歌合には冷泉持和が参加している。後に持為と改名し下冷泉家の祖となる人物であるが、為尹の子であり、その信任も篤い。応永八年（一四〇一）の生まれであり、四十三歳となっている。没年は享徳三年（一四五一）であり、個人史としても成熟した段階である。義教時代には排された最たる一人であり、『新続古今和歌集』の撰にも漏れた一人であった。(9) 正徹との交渉も無論あり、その草庵を訪ねて来たりもしている。この時代の冷泉家を代表する人物であると言うことの許される存在である。

彼の作品としては、例えば二一三番左（冬恨恋）の

人ぞうきかけし契のあさ川もこほればたゆる水の煙に

については、判詞では「左は朝河万葉集より出たりと申しながらいたく好《この》ましからぬにや」と、「朝河」という万葉語の使用を難じている。この言葉はあまり詠まれた痕跡を残さないが、正徹はすこぶる好んだ詞であり『草根集』には二十例以上の作例が窺われる。これなどは、流派的な好みということになるだろう。さらに判詞での指摘はないが、「水の煙」も古典には証されない詞（ただし漢詩文には「水煙」はある）だが、同様に正徹には好み詠まれた詞である。こうした例は流派的な問題への正徹の吸収を示唆するのだが、むしろこの歌合では、持和と正徹との相違を示している例が多いように思われる。

七三番（後夏）は両者が番となっている。

左　　　　　　　　　　　　　　持和朝臣

消もあへずやがて降《ふ》りこん富士のねの雪や時しるもち月の空

右　　　　　　　　　　　　　　正徹

みな月の風《かぜ》の上《うへ》なる雲やこれ夏の外なるあまのは衣

そもそも、富士の万年雪を詠むということと、天空を風に流される雲を天の羽衣に喩えるということとの根本的な相違はある。さらに判詞での評価の在り方もかなりに異なる。正徹の歌については「三句も耳《みみ》にたちて聞《き》こへ侍り」と「雲やこれ」という個性的な表現が問題にされている。さらに「上なる」「外なる」の同心病の疑義（必ずしも先例で悪いとはされないが）が示されている。この歌の場合も、やはり逸脱が指摘されているわけだが、対して持和歌は、赤人の「富士の嶺に降り置く雪はみな月のもちに消ぬればその夜降りけり」との類似が「心詞いくばくの相違も侍らぬにや」と評されている。確かに持和歌はほぼ万葉歌に依存している。「雪や時しる」という疑問を構える趣向も答えは明白に過ぎるだろう。これなどは、やや極端に対比がなされるが、こうした例が意外に多いように思える。

正徹との相違が顕著だと思われるのは『源氏物語』からの摂取であろう。一二八番右（初冬）の持和歌は、

うちしぐれ袖かへす日の入あやにかざしのきくは露こぼれつゝ

というものである。判詞で『源氏物語』紅葉賀巻を踏まえることを指摘する。判詞は極めて長く饒舌であるが、「神無月十日あまり」の朱雀院の行幸を「秋」とする物語の行文をめぐる分析が主であり、この歌に関しては「初冬」にそれを詠むことは妥当であるとの結論に至っている。しかし、評価としては「右の歌の姿《すがた》ことに艶には聞《き》こえ侍れど、ふる事をありのまゝにくさりつゞけ侍るは、我ちからを入れたるところの侍らぬや、無念に侍らん」とされている。『源氏物語』との関連で「艶」が実現するというのは中世的な詩法であり、正徹も好むところであるが、世界の構成の仕方は異なるように思える。正徹の詩法については改めて考察するが、持和の場合は、ほとんどを物語に拠っている。青海波を舞う源氏の姿が描かれた場面は以下のようである。

御前なる菊を折りて、左大将さしかへたまふ。日暮れかかるほどに、けしきばかりうちしぐれて、空のけしきさへ見知り顔なるに、さるいみじき姿に、菊の色々うつろひ、えならぬをかざして、今日はまたなき手を尽くした

る、入り綾のほどぞ、そぞろ寒く、この世の事ともおぼえず。

持和の作品が、この行文をほとんどなぞるように構成されているのが知られるであろう。歌語としては珍しい「入あや」も物語中の語であり、付加された要素は五句目の「露」だけである。「露こぼれ」は様々な忖度を可能にするが、ここまで物語に密着するならば、想像の範囲は自ずから限定されよう。

『源氏物語』については、九六番の判詞では、持和の次のような発言が記されている。

抑源氏物語の歌本歌にとる事、持和朝臣は源氏は詞をばとり歌をばとるべからざるにや、おほよそ三代集のほかうちまかせて本歌にとるべき事いかがと申たり。

そこでは、二条派の尭孝の、物語歌をとることは問題がなく、『後拾遺和歌集』や『堀川百首』などのような三代集以外からの本歌も認める発言とが対比されている。判詞では、さらに、源氏の詞をとるか歌をとるかに関して、兼良による新古今時代の言説の検証に及んでいる。中世初頭以来何度も問題にされた事ではあるが、意外にも持和の主張は二条派以上に保守的にすら見える。持和の言う「詞」をとるは、散文で語られる物語世界の再現に力点が置かれているようであり、先に見た紅葉賀を踏まえた一首もそうであった。

さらに、彼が二一番左（中春）で詠んだ一首もそうであった。

二月やおぼろ月夜のかげまでも霞《かす》める花のえにこそ有けれ

全体をぼんやりと霞む花のイメージでつつむかのような幽玄的な様式の志向が見えているが、花宴巻の源氏と朧月夜との出会いの場面が、ほぼたどられる内容である。判詞でも、

かの南殿の桜《さくら》の宴《えん》はて〳〵、人々あかれ侍るに、例《れい》のみすぐしがたき酔《え》ひ心ちに弘徽殿《こきでん》のかたにたちより給へるは、まことにおぼろげならぬえにこそはありけめ、二月やとさだかにうちいでずとも、その事とはたがふまじく

きこえ侍るを、などてかおぼめかずありけん、かの人の御ためいよくつみのがれがたくも侍るものかな。

と、物語の内容に添うことを、それもややあからさまに即しすぎることを、源氏等当事者達の罪がいよいよ逃れがたいではないかと、諧謔的な口調も交えた形で批判している。このあたりも、後に見る正徹の方法とはかなりに異なろう。

持和と古歌との関係に戻ると、五九番左（中春）の

あやめ草花たち花もおりからや軒端にかほる妻と成けん

は勝歌であるが、判詞は、

左歌、大中臣能宣はあやめを妻とおもひ、花山の上皇は花橘《はな》を妻と読給へる。此二のうちいづれをもゝらさず、妻《つま》とみ侍る宿《やど》のあるじの心おほさは中〳〵おかしく覚侍

と、やはり諧謔を交えて、『拾遺和歌集』夏・大中臣能宣

109昨日までよそに思ひし菖蒲草今日我が宿の妻とみるかな

『詞花和歌集』夏・花山院

70宿近く花たちばなはほり植ゑじむかしをしのぶつまとなりけり

の二首を合成するような手法を見抜いている。古歌や物語にすでにあるものを、ほとんどそのまま切り貼るように再構成する手法が、この歌合の持和の歌には目立っている。このあたりまで見てくると、自らの世界をやや強引にも構成しながら、「風雅の正しき道」からの逸脱が言われる正徹とは、かなり異なる手法が見えてこよう。

持和も力ずくに世界を構成しないわけではない。二〇五番右（秋別恋）の

きぬ〴〵の袖行水を沢辺とやうき道芝に鳴も鳴らん

である。判詞では「結構にしてすぎたり。過ぎたるは猶不及がごとし」と評されている。「袖行水」と涙を捉え、それを沢辺として、鴫が鳴くという構成は、やや説得力がないが、さらに後朝の帰り道の「道芝」のイメージはまとまりを欠いたものとなっている。これなどは、成功例ではないものの、構成の方法が正徹と似ていなくはない。しかし、必ずしもこの歌合での持和歌の特質とは言えないであろう。

このように見てくると、冷泉派の様式と正徹との関係は、必ずしも自明のものとはならないであろう。持和という一人の作者の、この歌合での作品の比較だけでその流派様式は判断できないことは確かだが、先述したように、持和の冷泉家における地位は重い。また、不遇時代のあった彼にとって、この歌合は軽くはない好機である。この時期の冷泉派の在り方は反映されていると考えてよいであろう[10]。

流派ということで言えば、二条派の堯孝とは、やはりかなり異なる作品世界であり、判詞での言及もそうであると思われる。本歌や前例に大きく依拠した作品世界であり、その中での小さな変化に意義が認められて行くのであろう。例えば、一五七番右（後冬）では、

春たゝばめかれぬ花にすさみなん年のひかりはくるとあくとも

判詞では『古今和歌集』春歌上・紀貫之の

45暮ると明くと目かれぬものを梅の花いつの人まにうつろひぬらん

に拠ることを指摘する。このような春の惜しまれる時間の経過を年末の感慨に変奏したわけだが、判詞で、「終句、貫之は、暮《く》るゝと明《あ》くるとよめるを、今《いま》の歌《うた》には、暮《く》るゝとも明《あ》くるともと、とりなされ侍にや、さも侍りなんや」と、助詞の「と」を「とも」とすることにより生じる、小さいながらも目の行き届いた変化に注目している。おおよそこうした微細さに拘る配慮は、我々の考える二条派的な世界であると言えよう。

堯孝にも『源氏物語』摂取も見られる。二〇番左（中春）の

青柳もわづかになびく比よりやうす花ざくら匂ひそむらん

は『源氏物語』若菜下巻の女楽の場面の女三宮を喩えた

二月の中の十日ばかりの青柳の、わづかにしだりはじめたらむ心地して、鶯の羽風にも乱れぬべくあえかに見えたまふ。

を引き、「此事を思て読るにや、いとをかしくこそ侍れ」と判詞で指摘するが、そのような作品であろう。散文で描かれた物語の場面をそのまま再現するような方法は、すでに見た持和の作品にもほとんど近いものがあると言えよう。

さらに、飛鳥井家の雅永についても言及するならば、彼の作品は判詞では「優」などと肯定的に評価されることが少なくない。やはり本歌や先行作品に依拠する所の大きいことも指摘される。基本的には二条派とも共通する作品世界と捉えてよいのだろう。例えば一四二右（初冬）では、

天つ風《かぜ》あられみだれて乙女子が是やかざしの玉しきの庭

と、『古今和歌集』雑歌上・遍照の

872天つ風雲の通ひ路ふきとぢよ乙女の姿しばしとどめむ

を本歌とし、初冬の霰を天女の挿頭しの玉に見立てた歌だが、判詞では、『古今和歌集』雑歌上の「五節の朝に、簪の玉の落ちたりけるを見て、誰がならむと訪ひて、よめる」という詞書きを持つ源融の

873主やたれ問へどしらたまいはなくにさらばなべてやあはれと思はむ

による展開であることを指摘している。古歌の伝統の中だけで発想が展開する有様であるが、「ことばのひかり光み

がきまし侍るに」ということで勝となっている。こうした古歌の伝統の中ですでになされた事を徹底して利用する展開は、当時としては一般的な方法であり、評価に値するものであった。正徹にもこれが合わせ持たれていなかったわけではないのだが、やはり、より飛躍が認められるところに特質を見るべきなのであろう。

ここで明らかにしておきたかったのは、正徹と冷泉派との関係なのであるが、二条派や飛鳥井家とも対比が可能なように思える。この歌合は、十五世紀における和歌様式の縮図としての要素を持つことを改めて思うのである。

四　『源氏物語』から個人様式の径路へ

正徹について詞の上での宮廷和歌からの逸脱について見た後、冷泉派をはじめとする他の歌人達の様式に話が進んだ。なかでも『源氏物語』からの摂取についてかなり具体的に見てきた。物語の場面を再現するような摂取は正徹のそれとは異なることを述べた。では、正徹は『源氏物語』をどのように摂取するのか、ここでは、そこから考えて行きたい。

最初に、二五〇番右（夏懐旧）の

247夕されば香をしめをかぬ橘も昔の雲の袖や恋しき

を見てみたい。この歌は、判詞で定家の

夕暮れはいづれの雲のなごりとて花たちばなに風の吹くらん

との親近を「面影《かげ》思出られ侍るいかゞ」と評されている。定家の歌は『新古今和歌集』夏歌の所収歌であるが、『源氏物語』夕顔巻の

見し人の煙を雲とながむれば夕の空もむつましきかな

を本歌としている。正徹の作品が定家の歌の影響下にあることは言うまでもないが、正徹の作品の表現に即して言えば「昔の雲」は唐突であり、『源氏物語』の歌を踏まえるならば、それは説得的な表現となる。その意味では夕顔巻の場面の再現がなされているようだが、それを『古今和歌集』以来の橘の花に託された懐旧の主題の深化という形で、一度抽象化を経ていることは言うまでもない。物語を抽象化して重ね合わせる、一種の飛躍を含んだ力業ともいえよう。先に見た歌人達の、場面をそのまま再現する摂取の在り方とはやはり異なると言うべきだろう。和歌を作り上げる思考の自在さとも言うべきだろうか。『源氏物語』の正徹の摂取には、そうした特質があると思われる。

二〇九番左（秋別恋）の正徹歌は、さらに彼の特質に迫るであろう。

かへりみぬためしぞ残《のこ》る別《わか》れ路《ぢ》にそふるをぐしの有明の月

は、判詞では次のように評されている。

源氏絵合《あはせ》の巻に、別路にそへしをぐしをかごとにてはるけき中と神やいさめし、と侍るを、思てよめるにや。いとおかしくきこえ侍れど、そふるをぐしの有明の月とつゞき侍るや、すこし心もとなきかたや侍らん。さしぐしのあかつきなど申侍るには、いさゝかかはり侍るべきにや。

絵合巻で、冷泉帝に入内する前斎宮への贈り物に添えた朱雀院の歌を本歌としている。だからといって、正徹の歌はその場面の再現を意図したわけではない。

判詞では「そふるをぐしの有明の月」という表現を「心もとなし」と問題にする。『堀川百首』以後作例を追うことが出来る「さしぐしのあかつき」という表現とは異なり、伝統的な根拠がないことを指摘するのはすでに見た通りである。兼良にとってはこの差は大きいであろうが、正徹にとっては、この連想こそが重要なのである。後朝の別れで目にする有明の月の形から小櫛を連想し、そこから『源氏物語』のこの歌に連想が及ぶ所に正徹歌の特質がある。その上で『源氏物語』の内部で正徹の思考は展開する。本歌の入内の場面は物語作中でも賢木巻における、六条御息所とともに斎宮が伊勢に下向する場面が回想されている。正徹の思考もそれに寄り添い、伊勢下向の場面に至る。すなわち、正徹の詠もうとした歌の世界は、後朝の有明月から小櫛を通して斎宮の別れの儀式に連想が及び、そこで再び都を顧みることが戒められるように、自分たちの恋も終わりになるかもしれないと予感するものである。さらに題意である「秋」も、物語での斎宮の下向があはれ深い秋であったことにかかっている。物語との関係は複雑だが古典の中の思考の展開と言うことでは、他の宮廷歌人達と同様であろう。しかし、そもそもの入り口である有明月と小櫛との形の連想というのが、やはり特質的であろう。

必ずしも体験的な実感というわけにはいかないにせよ、ある種の実感的な感触から、したたかに言葉の構築世界へ入ってゆくというのは、正徹にとっては特質的な表現方法と言ってよいかもしれない。その構築の複雑さが、現実的な小さな実感をとてつもなく複雑で言葉を越えた世界に飛躍させ、「幽玄」とも言える表現世界を現出させるという手法である。

このように考える所以は、『正徹物語』で自讃歌とされる次の一首との相似性からでもある。

渡りかね雲も夕べをなほたどる跡なき雪の峯の梯

この歌も自注に拠れば、夕方の雪山の稜線を、雲がただようようにゆっくりと移動して行くという実感、あるいは実感的な想像を言葉による構築で、「飄白としてなにともいはれぬ所のある」複雑な世界に組み上げた作品である。この歌についての深入りにはさけるが、問題にした歌合の作品との入り口の相似性と、言語操作で複雑な世界が得られる相似性を見ることができるであろう。このあたりに、正徹の個人様式への径路の一つがあるように思えるのである。

三四番（後春）は『源氏物語』との関係はかなりに間接的だが、正徹の手法をさらに考えるためには、ここで見ておいてよい作品だと思われる。相手は尭孝であり、その対比も際やかなので、そのまま引くことにする。

左　　正徹

行春の闇《やみ》のうつゝの遅桜夢ぢさだかにあらしをぞきく

右　　法印尭孝

さほ河や千代の藤波にほふなりながれ久しき春のとまりに

であり、歌自体の全体的な印象も、鮮明な尭孝歌と、夢幻的とも言える縹渺感がある正徹歌と対比的である。判詞は以下のようである。

左歌、闇《やみ》のうつゝの遅桜《をそざくら》、詞《ことば》の続《つゞ》きいかにぞやきこえ侍る。たゞしやみのうつゝの鵜かひ舟など続《つゞ》けよめる事も侍れば、おなじ事にや。右歌、千代の藤波《ふぢなみ》も、をさへたる造語にやと侍りしを、千代の詞は事によりてかくのごとくも続《つゞ》け侍り、千代の古道《ふるみち》、千代の呉《くれ》竹などもよみ侍るうへ、藤氏はじまりて累葉に及侍れば、祝詞によせてもなどかよみ侍らざらんと申す人々も侍しにや、これによりて持とはさだめられ侍り。

と、「闇のうつゝの遅桜」、「千代の藤波」が先例を見ない表現であることに疑を呈している。しかし、類例はあり大きな逸脱ではないと許容している。「千代の藤波」の場合、結び付きは穏当であり、判詞の指摘のように、藤原氏への祝意と言うことでも合理性がある。

「闇のうつゝの遅桜」の場合、先例の「闇のうつゝの鵜かひ舟」は、もともと闇の中に篝火をたく鵜飼いと「闇」自体が切れない関係を持つなど、必然性が強い措辞である。が、「遅桜」の場合は、闇に白く輝くイメージも美学的であり、飛躍を伴う。さらに、この歌の場合、単に夜目にも鮮やかな桜ではなく、闇の中を散るイメージである。それが夢と現実とのあわいのような不確実な存在感を持つのだが、それが、確かなものであることを証するように、夢の中ではっきりと嵐の音を聞くという、複雑な位相を形作っている。

実はこの作品も『正徹物語』と結ぶことができると思われる。それを通して『源氏物語』とも接触する。夢と現の境界の中で桜の花が散ってゆくというイメージは、正徹が好んだもののようである。「幽玄」の実現を自負する作例として引かれている有名な一首、

咲けば散る夜の間の花の夢のうちにやがてまぎれぬ峯の白雲

夢と現との境界の中で、しかしまぎれもなく桜が散ってしまうというイメージの在り方は相似であろう。自注に拠れば、この作品は『源氏物語』若紫巻における、源氏と藤壺との逢瀬の場面の

見てもまた逢夜まれなる夢のうちにやがてまぎるゝ我が身ともがな

を本歌としている。この本歌の「夢の中にやがてまぎるゝ」の「心を能請取りて」詠んだ作品だと言うことになる。[11]それは、物語の世界の再現ではなく、切実で狂おしい恋愛世界の情感を花を惜しむ心に重ね、その周りに渦巻く、妖艶なイメージにより、夢と現との境界の世界に、何ともいわれぬ美的な連想世界を形作ろうとしている。このあたりは、やや強引な力業であるともいえるかもしれない。[12]

相似な世界とは言え、この歌合歌とそのまま『源氏物語』との結び合いを考えるにはやや距離はあるであろう。むしろ『古今和歌集』恋歌三・読人不知の、

647むばたまの闇のうつつはさだかなる夢にいくかもまさらざりけり

の本歌取りだと考えなくてはならないであろう。この場合も恋愛世界が落花への感情に転化されているわけで、本歌

の内容との関係の在り方は相似であると言えるであろう。

この二首の正徹の作品は様々な意味で相似関係が認められそうだが、『正徹物語』で引かれる歌の詠作年次は明らかではない。しかし、正徹と古典世界の在り方を考える上では示唆的であることは相違ない。先に見た歌と同様に、この相似な二首の入り口は単純な実感的な出来事に還元される。すなわち、夜の間に桜が散ってしまうという事態である。それを言葉の構築の中で複雑化し、そのきっかけとなるのが、夢と現実とのあわいという観念であり、それをさらに複雑化する径路として古典が選ばれる。つまり、正徹の世界は古典をもとに構築されるのではなく、古典を材料として構築されるのである。だから、同じ観念を構築するのに、その過程で用いる古典は異なってもよいのである。極論すれば、正徹の発想の原点は宮廷的な伝統ではなく、より、現実的な実感的世界にあるのである(13)。だから、観念を複雑化させてゆく古典世界との繋がりは必ずしも必然的な滑らかさによるものではない。その点でも、宮廷的な世界にいる公家の目からすれば、彼の世界は違和感をもたらすのではあるまいか。

おわりに

正徹は、現存するだけでも優に一万首を越える作品を残している。それだけに、正徹の個人様式はむしろ多様さを特色に持つというのが正しかろう。この歌合の二十首の吟味のみで尽くし得ないことはいうまでもない。しかし、最初に述べたように、彼の出席した現存する唯一の歌合であることは貴重である。公家の会での詠歌と評としても貴重である。

見てきたように、この歌合において、正徹の作品の自由さ、場合によっては奔放さが目についた。それに対して、判者である兼良は、衆議判の流れを受けながら、やや遠慮しながらも違和感を表明するというのがおおよその流れであった。その違和感は、決して否定的に拒否してゆくというのではなく、正徹の特質を認めた上でのものであった。従来このあたりを、冷泉派という枠組みの中で見て行こうとする傾向もあったが、やはり必ずしもそうではないであろう。

正徹の立場を、ただちに庶民的な立場であると言うのは誤りだと思われる。しかしながら、正徹という歌人は、ほとんど宮廷とその歌壇とは無縁であったとは言ってよい。宮廷はあくまでも外側の世界であり、生活的な交渉もほとんど見られない。こうした存在が珍しい時代はすでに過ぎてしまい、歌人層の広がりは実に大きなものがある。むしろ正徹は表現世界的には宮廷文化に近い存在と目されるかもしれない。

そもそも、和歌史の中世は古典主義の時代であった。古典に証された詞と発想に従うことが基本であった。しかし、正徹にはそこからの逸脱がある。先ずは詞の自由さが問題として指摘されるのだが、実は、より問題なのは、それを支える発想ではなかったか。むしろ根底となる発想の違和が大きかったのではなかろうか。彼はその意味では中世的な世界からすでに抜け出ている面を持つというべきかもしれない。しかし、その発想を和歌の表現として複雑化し、言語を越えた形象の構築に向かうとき、めぐらす展開は古典主義的であった。それが、彼の格別な古典主義者としても目される外貌を形作らせたのではないか。しかし、同時代の公家の目を通して見た場合、彼の作品世界は違和感を持つものとして映ったということになるのだろう。

正徹は『新続古今和歌集』の入集へ強く期する所があったと思われる。しかし、その撰に漏れたことは、単に外的な要因による結果ではなかったとも思われる。この歌合はそのあたりをも示唆しているように思えるのである。

注

（1）前節では、日常の実情歌などの入集の可能性も示したが、それは現実的な可能性としての問題であり、より本質的には正徹の本領の作品がどのように評価されるかが問題となろう。

（2）村尾誠一『残照の中の巨樹　正徹』（新典社・二〇〇六年）でもこの歌合について節を立てて触れたが、本論は、研究史などを明記した上で、論のさらなる展開を試みようとするものである。

（3）井上宗雄『中世歌壇史の研究　室町前期』（風間書房・改訂新版一九八四年）・伊藤敬『室町時代和歌史論』（新典社・二〇〇五年）。なお、辞典等でも立項解説される場合が多い。

（4）国文学研究資料館所蔵のマイクロフィルムからの写真版による。引用する場合、適宜漢字を宛てるが、原表記をルビの形で残す。また仮名遣いはもとのままとする。

（5）荒木良雄「正徹の歌風について」（『中世文学の形象と精神』昭森社・一九四一年）

（6）島津忠夫「冷泉歌風のゆくへ」（『国語国文』二二巻六号・一九五三年六月）

（7）小恒貞夫「正徹の妖艶美についての覚書―『前摂政家歌合』から―」（『古典遺産』二九号・一九七八年十月）

（8）兼良引用の形で示す。『新古今和歌集』では五句目「したふらん」。

（9）持和については、小川剛生「下冷泉家の成立―持為をめぐって―」（『ぐんしょ』七三号・二〇〇六年七月）により、継母の比丘尼に密通し、懐妊させ、外聞を憚れて毒殺したという過去が明らかにされている。

（10）実のところ冷泉派の様式自体必ずしも自明ではないと言えよう。本論で述べたことも含めて、了俊の一連の歌論からその様式の基本的な認識がなされるわけだが、了俊という存在の冷泉派における位置も必ずしも明らかではないであろう。彼自身が宮廷の外の人であり、この時代の宮廷における冷泉派との位置関係の測定は難しかろう。また、二条家なきあとの唯一の定家の家系となった冷泉家と、かつての、非主流としてのそれとは、変化も考えるべきかもしれない。冷泉派ということをめぐる問題も、多く残されていると思う。

（11）このあたりの事情については第七節でも述べる。

（12）こうした本歌との関係の在り方は、定家が『詠歌大概』などで述べていた、主題を異にする本歌を取る、例えば四季の歌では恋の歌を取るというような、本歌取の作法論にも繋がるわけだが、ここではその問題については論じない。

（13）夢の中の落花といえば、『古今和歌集』春歌下・紀貫之の「117宿りして春の山辺に寝たる夜は夢のうちにも花ぞ散りける」がある。この歌の影響も考えられなくはないが、正徹の観念の世界は、このような穏和の世界とは異なると考える。

第六節　正徹と新古今和歌集

一　『正徹物語』と『新古今和歌集』

正徹という歌人は、歌論書である『正徹物語』によって、鮮明な印象を残している。その冒頭に「此の道にて定家をなみせん輩は、冥加もあるべからず、罰をかふむるべき事也。」の一文が置かれ、以後何度も定家への讃仰が繰り返される。「寝覚めなどに定家の歌を思ひ出しぬれば、物狂ひになる心地し侍るなり」などの文言に接すれば、定家が彼の身体の奥深くまで染みついている様が知られる。『東野州聞書』に残る「我は定家宗にてはつべきうへは」という発言もよく知られている。

同書にはしばしば自歌が引かれているが、

渡りかね雲も夕べをなほたどる跡なき雪の峰のかけはし
ゆふしでも我になびかぬ露ぞ散るたがねぎごとの末の秋風
夕まぐれそれかと見えし面影の霞むぞかたみ有明の月

等々の作品自体はもとより、意識的に言葉を操作しながら、あえて難解になることも厭わずに複雑な表現世界を構築し、「幽玄」と名付ける縹渺とした世界を作り上げてゆく過程を語る自解をあわせ読めば、彼がまさに「定家宗」であり、「新古今的」な歌人であることが印象付けられるであろう。

「新古今的」などという言い方をしたが、不思議なことに、正徹はこの書物では『新古今和歌集』についてほとんど何も語っていない。ただ一度だけ、藤原雅経がその撰者となったが、若輩であったために、家に記録などは留めていないだろうという箇所（飛鳥井家の『新続古今和歌集』の撰を念頭に置いた発言だろうが）だけに、その歌集の名前が出てくる。むしろ、その時代の定家・家隆といった歌人の個々の名前や、千五百番歌合などの歌会の名称が何度も語られる。何首も引かれる定家の歌にしても、必ずしも『新古今和歌集』に入集したものとは限らない。

正徹は冷泉派の歌人である。師である今川了俊には、例えば『了俊一子伝』の、冷泉為相、為秀は、「心を高くかけ給ひて、新古今の風体をまなび給ふめれば、詠み給ひたる歌はわろくとも、手本をば道風、行成を心にかけられたるか。」などと、『新勅撰和歌集』を重視する二条派との流派的な対比を前提に、『新古今和歌集』を重視する言説も見られる。しかし、正徹にはそのような発言も見られない。だからといって『新古今和歌集』を重視しなかったなどとは言えないが、この事実は念頭に置いておいてよいだろう。

二　正徹の作品と『新古今和歌集』・定家・「新古今時代」

正徹は多くの作品を残している。『草根集』だけでも一万余首にのぼる。容易に踏み込むことの叶わない密林のようだが、拾い読みをしてみても、『正徹物語』に引かれた歌だけで考えるよりも、はるかに多様な世界が展開している様に気付くであろう。『新古今和歌集』の歌からの影響という視点での観測も容易ではないが、試みに、稲田利徳による詳細な注の指摘に従い『岩波新日本古典文学大系　中世和歌集　室町篇』所収の正徹の詠草、『永享五年正徹詠草』『永享九年正徹詠草』を辿っても、例えば、

旅人のさきだつ袖はかつ消えて夕日もわたる嶺のかけはし

が「953旅人の袖ふきかへす秋風に夕日さびしき山のかけはし」（羇旅歌）の影響が見られるというように、定家の『新古今和歌集』の歌の影響下にある作例も当然散見する。しかし、定家の歌からの影響の場合、『新古今和歌集』に入らない歌からの影響がより多いように思える。同じように、定家以外の歌人についても、「新古今時代」の歌からの影響はさすがに顕著なのであるが、『新古今和歌集』からの影響が必ずしも大きいとは言えないようである。

そんな印象をもとに『草根集』に戻ってみても、同様なことが言えるように思える。

正徹には次のような作品がある。

風あつく照る日の道にゆるぎくる車の牛のあよむゆたけさ

これは定家の「行きなやむ牛のあゆみにたつ塵の風さへ暑き夏の小車」（拾遺愚草）の影響を考えるべきだろう。言うまでもなくこの歌は『新古今和歌集』には入集していない。おそらくその集の歌としては全体の均整を欠くことになるであろう。勅撰和歌集としては京極派の『玉葉和歌集』に入集することになるが、正徹もこうした夏の景物としての牛の歌は好んだようで、

足よわき牛のやり蝿ゆるぎくる車ぞ夏も見るはくるしき

やすむまも夏の重荷を引く牛のいきの小車はやめずもがな

などの作品も展開している。(1)　彼の摂取する定家が必ずしも『新古今和歌集』と一致していない例であろう。

ここでは、定家という正徹にとって特別な存在が介在したが、彼の「新古今時代」からの影響は、以後の中世の普

遍的なあり方を共有する例も少なくないように思える。「新古今時代」には新たな言葉続きによる歌句が多く見られる。それらの中には、『新古今和歌集』には採られることがなかったが、後の時代に流行を見せるものがある。八代集には見えないが、十三代集には多く見える歌句という形で認識されるそれらだが、正徹が好んで使う歌句にもそのような例が見られる。

花の香に翅をしめて白雲の嶺こえやらぬ春の雁がね
天つ空漕ぎ行く舟の白波は散りかふ花に春の雁がね

などの「春の雁がね」もそのような言葉である。(2) この言葉は定家の「里のあまの塩焼き衣立ちわかれなれしもしらぬ春の雁がね」をはじめ藤原家隆・慈円・藤原雅経・後鳥羽院などに作例がある。『新古今和歌集』には採られないが、十三代集では『続後撰和歌集』以下、二条派の集を中心に二十六例を数えることができる歌句である。こうした「中世的な歌句(3)」とでもいうべき表現を正徹も分かち持つ場合が少なくない。中世の一般的な歌人と同様に、『新古今和歌集』という歌集ではなく、「新古今時代」の歌人たちの具体的な活動の成果の総和ともいうべき世界に依拠している例も少なくない。当然のことながら、正徹は『拾遺愚草』以下、この時代の重要な家集の書写を体験している。(4)

三　幽玄論

正徹は比較的にはっきりと、自分の目指す美的世界を言葉にした歌人と言えよう。それは「幽玄」という言葉であったが、それはまた彼が定家の、そして「新古今時代」の作品をも評価する言葉であった。正徹の思考に即して言えば、その「幽玄」を継承したと言うことなのだろう。

『正徹物語』では「極まれる幽玄の歌也」として俊成卿女の

あはれなる心長さのゆくへともみし世の夢をたれかさだめん

を引いている。この歌は出典未詳であるが、風巻景次郎の論(5)がすでに指摘するように、『新古今和歌集』恋歌四の藤原公経歌「1300あはれなる心の闇のゆかりとも見し夜の夢をたれかさだめん」の記憶違いだとするのが妥当だろう。だとすれば、逆に正徹が『新古今和歌集』を脳裏に染みこませた様を想像させる。が、一方では定家の

やすらひに出でにしままの月の影我が涙のみ袖にまてども

の歌を引き「白妙の袖の別れなど極まれる幽玄の体なり。これらも楚忽に人の心得難き歌也」と述べる。「袖の別れ」は『新古今和歌集』恋歌五冒頭の「1336白妙の袖の別れに露落ちて身にしむ色の秋風ぞ吹く」を指すのだが、「やすらひに」の歌は『新古今和歌集』の歌ではない。風巻もすでに論ずるように、その時代（六百番歌合）の評価も芳しくない。正徹は必ずしも『新古今和歌集』という篩いの結果を意識しているのではなく、自らの目により「幽玄」という美の実現を測り捉えているのだろう。その基準となるのが、正徹の捉えた「定家的」なるものであることは言うまでもない。

先の風巻の論でもすでに指摘されるように、正徹の幽玄論は、定家のいわゆる鵜鷺系偽書『三五記』『愚見抄』『愚秘抄』などに近似である。このこと自体は正徹の中でこれらが定家の物であるという確信が存在すれば、その伝来の不純を詮議する必要はない。それよりも風巻論では、正徹の幽玄論が鴨長明『無名抄』にも近似しているとの指摘が興味深い。

正徹は「幽玄」を「行雲廻雪」とも言い換えて、「飄白として何ともいはれぬ所のあるが、無上の歌にて侍る也」といい、物言わず悩む女や、幼き子供の片言などに喩える。この比喩はそのまま長明の幽玄論の比喩とほぼ合致す

る。長明の「秋の夕暮れの空の景色は、色もなく声もなし。いづくにいかなる故あるべしとも覚えねど、すずろに涙こぼるるごとし」という比喩や「詮はただ詞にあらはれぬ余情、姿に見えぬ景気なるべし」などという分析にも近い文言だろう。

俊成・定家、さらには『新古今和歌集』の理念を「幽玄」として捉えることは、すでに克服されて久しい。(6)むしろ、長明の幽玄論は、その歌壇を外から捉えた眼差しで記述された物である。彼の認識は、「御所の御会につかふまつりしには、ふつと思ひもよらぬことのみ人毎によまれしかば」という驚きを背景としている。むしろ、長明という歌人には俊恵から受け継いだ背骨の部分があると思われる。俊恵も一筋縄ではいかない歌人だが、『無名抄』には「よき歌の本」として「白き色のことなるにほひもなけれど、諸々の色にすぐれたるがごとし」であるとか「万のこと極まりてかしこきは、あはくすさまじきなり」などの文言も伝えられている。俊恵から長明へと流れる、基本的には歌は「理をさきとした耳近き道」であると考える、中世の「素朴派」とでもいうべき和歌観の流れの存在も考えてみてよいだろう。(7)無論、正徹は「素朴」ではなく、むしろ難解さをもあえて厭わない理知的で複雑な詩法を持つのだが、そうした流れと、正徹の「幽玄」論が連なる部分を持つことは注意してよかろう。

四　おわりに

正徹が書写した『新古今和歌集』の存在は管見の限りでは聞かない。が、彼がそれを書写したであろう痕跡は残されている。(8)しかし、正徹に一瞥を加えてみると、彼に向かって流れてくる中世初期からの中世的な和歌伝統はそれ以外にも様々な流れがあると想像するべきだろう。『新古今和歌集』はその流れの中で何らかの形で相対化されなくてはならないであろう。和歌史の流れの中で『新古今和歌集』とは何であったのかを、改めて問いただす契機がここにもあるであろう。

『正徹物語』で彼は「歌は極信に詠まば、道は違ふまじき也。されどもそれは只勅撰の一体にてこそ侍れ」という。「極信」とは二条派の歌風を指す言葉であり、「勅撰」も二条派のそれを指すのだろう。その上で、正徹は京極派への批判も加えた後に、「流に別れざりし已前は、三代共に何の体をも詠まれけるにや。」とも述べている。二条・京極の両派を批判して俊成・定家・為家へ帰ろうとする冷泉派的な文言ではある。しかし、彼にとって「勅撰」とは、ついにその中に組み込まれることがなく終わらざるえなかった、自分の外の秩序である。結果論ではあれ、勅撰和歌集以後の歌人になってしまった正徹にとって勅撰和歌集『新古今和歌集』とはどのような位置になるのか、これも併せて問われてもよいであろう。

注

（1）『草根集』（類題本。『新編国歌大観』所収）には、少なくとも他に八例「牛」の歌がある。
（2）『草根集』（前掲本）には、他に少なくとも十二例が見られる。
（3）「中世的な歌句」については、本書第二章参照のこと。
（4）正徹の古典書写については、稲田利徳『正徹の研究』（笠間書院・一九七八年）に「書写活動」として述べられている。
（5）風巻景次郎「正徹の幽玄」（『風巻景次郎全集七　中世和歌の世界』桜楓社・一九七〇年・所収）初出は一九三六年。
（6）例えば、田中裕『中世文学論研究』（塙書房・一九六九年）、藤平春男『新古今歌風の形成』（明治書院・一九六九年）の幽玄論批判など。
（7）このことについては、村尾誠一「中世和歌における「理」の一考察」（『東京外国語大学論集』四〇号・一九九〇年三月）

で論じたことがある。

（8）注（3）に同じ。

第七節　残照の中の王朝的世界

一

日本古典詩歌史の概観として、古代は和歌、中世は連歌、近世は俳諧という図式がよく行われる。それぞれのジャンルがその時代に本格的に生まれ、成熟し、完成を遂げたということではそうだろう。しかし、例えば和歌について言えば、中世・近世にも存続し続けるどころか、詩歌の中核としての位置も失ってはいない。

和歌がほぼ十一世紀初めまでの宮廷社会、王朝世界の中で、一つの完成をもたらしたことは確かであろう。『万葉集』と三代集により、和歌という詩歌のジャンルは完成した。しかし、それは和歌史の終点ではなく、展開史の起点である。十二世紀から十三世紀にかけて、社会が変動し、武家政権が誕生し、唯一の政治や文化の中心であった宮廷が相対化された時、一度完成された世界を規範として、古典として捉え、その上に立つことで王朝世界との連続性を保とうと和歌史が展開しはじめ、中世和歌は始まる。

中世において和歌とは、失われて行こうとする王朝世界への絆であった。しかし、そこで繋がろうとする世界は、段々に本来そうであったものからは変質して行く。そのあたりの事を、十四世紀・十五世紀を視野に考えてみたい。

兼好という作家が、二条為世門下の四天王として、十四世紀を代表する中世歌人であることは衆知の事であろう。その『徒然草』第二十八段から話を進めよう。

諒闇の年ばかりあはれなることはあらじ。倚廬《いろ》の御所のさまなど、板敷を下げ、葦の御簾を掛けて、布の帽額《もかう》あらあらしく、御調度どものおろそかに、みな人の装束、太刀、平緒まで、異様なるぞゆゆしき。

諒闇が天皇が父母の喪に服する期間であることは改めて言うまでもなかろう。本来華やかに彩られる宮廷が鈍色一色に沈む期間である。「あはれなることはあらじ」の「あはれ」は多義語であり、もとより託し得る情感は様々であるが、ここでは美的に捉えられていると読んでよかろう。美の在り方としては、第百三十七段の「花はさかりに、月はくまなきをのみ見る物かは。雨に向かひて月を恋ひ、垂れこめて春の行方も知らぬも、猶あはれになさけ深し」という美意識と共通すると言ってもよいだろう。

しかし、考えてみれば「失礼」な話なのかもしれない。天皇にとっては父母という肉親中の肉親の死を悲しむ時期であり、宮廷の人達にとっては前天皇・前后といったよく知る人の崩を悼む時期に他ならない。三代集の世界で言えば、『古今集』哀傷部の僧正遍昭の歌が直ちに想起されるであろう。

847みな人は花の衣になりぬなり苔の袂よかわきだにせよ

やや長い詞書が付されているが、『徒然草』との差は際立つ。

深草帝御時に、蔵人頭にて、夜昼、なれつかうまつりけるを、諒闇になりにければ、さらに世にも交じらずし

て、比叡山に登りて、頭おろしてけり。その又の年、皆人御服脱ぎて、或は冠り賜はりなど、喜びけるを聞きて、よめる

王朝の生活において本来諒闇とはこのようなものであろう。追悼の思いは深く痛烈なものであり、人間関係も絡む。単なる感情の関係のみではなく、蔵人頭の出家の理由に政治的な権力闘争のようなものを想像してもよいかもしれない。いずれにしても、宮廷という場における生々しい人間関係の時間なのである。

実は、兼好についても、後宇多院の崩御の悲しみに出家をしたという説が早くから行われている。しかし、それは史実的年次の上から成り立たない。兼好は貴族階級の出自であろうが、宮廷から離れた期間は長い。

三

今知られる『徒然草』の最も早い読者は十五世紀の歌人正徹である。『正徹物語』の中で兼好への共感を語っている。

花はさかりに、月はくまなきをのみ見る物かはと、兼好が書きたるやうなる心根を持ちたる者は、ただ一人ならでは無きなり。

さらに、静嘉堂文庫には彼の書写になる『徒然草』がこの作品の現存最古の写本として伝わっている。その奥書によれば、正徹は少なくとも二度この作品を書き写している。それだけに、兼好からの影響はその行動にまで及んでいる。

先の兼好出家の事情も正徹は記しており、院の崩に殉じる様を「やさしき発心の因縁なり」と称讃している。しか

しながら、諒闇の宮中を美的なものと捉える目は兼好から引き継いでいる。正徹は貴族の子ではなく、出自がはっきりとはしない。通説では備中国小田の出身とするが確証はない。主として京都市中に庵を結び、宮廷は生活圏に属さない。そんな彼も、兼好の目に促されるようにして、後小松院が崩じた翌年の永享六年（一四三四）春に諒闇の内裏を見学に出かけている。後小松院の崩には哀惜の歌を詠む正徹だが、美的な関心からの、何よりも外部の者としての眼での見学である。

正徹の家集『草根集』巻三には、その時の様子が長い詞書に活写されている。

二月上旬のころ、ある人にともなひて、内裏の諒闇のけしき見参らせたくて、南殿の方より見めぐりしに、いづくもおろしこめられたり。（中略）清涼殿にめぐりて侍れば、殿上の障子よりはじめて墨染めにて、葦の御簾はしもひとつ色にて、母屋の廂もうちおろされて、人影も見えず。時の札、年中行事の衝立障子などぞ、たちど変はらず侍りし

というものであった。歌は次のようである。

今ぞ見るうす墨染めの葦すだれ雲の上にもかかりける世を

「かかりける」には簾が掛かると共に、悲しみにつつまれた空間への感慨もあるが、「今ぞ見る」こそが彼の主意であり、あの独特な宮廷風俗を我が眼にできた喜びですらある。さらに宮廷見学を続け、大床に立ち上達部に梅の枝を取らせている十六歳の後花園天皇の姿を見ている。

正徹と天皇は、偶々目を見合わせているが、おそらく主上は彼が何人であるかは知らないであろう。正徹にとっても主上は画中の人物と変わらない。彼は外部からの見学者に過ぎないのである。歌人と、王朝時代どころか、現存する宮廷との距離も極めて遠いところまで来ているのである。

だからと言って正徹が王朝的な世界や宮廷的な世界と無縁な所で和歌を成立させているわけではない。むしろ彼の実現しようとする美的な世界の拠り所は、そこにあると言わなくてはならない。王朝的な美の世界を希求することで彼の文学世界は成り立っている。

正徹は自ら実現させたい美的世界を「幽玄」と名付けている。この言葉は中世芸術の美的理念として遍在するが、作家ごとにその志向には差が見られる。正徹の主張は『正徹物語』で繰り返されるが「空に雲のたなびき、雪の風にただよふ」ような「飄白」とした様子を重視する。そして次のようにも語る。

ただ飄白としたる体を幽玄体と申すべきか。南殿の花の盛りに咲き乱れたるを、きぬばかま着たる女房四五人ながめたらん風情を幽玄体と云ふべきか。

ほとんど無彩色に近い飄白としたものと、極彩色の華麗さを持ったような紫宸殿の左近の桜の満開を眺める女房達の姿とを並列させる。この並列の関係については何も語っていないが、飄白としたものの向こうに華麗なものが隠されている、飄白としたものの背後を華麗なものが支えていて、それが奥行きの根拠となるような構造関係を考えればよいのだろう。だから、正徹の美の世界は王朝的な世界により支えられているのである。そうではあっても、ここで語られる宮廷女房の姿は、あまりにも様式的である。現実の風景と言うよりも絵巻の画中世界の中のような印象である。生身の生活をそぎ落としたかのような観念化された世界にも見えるのである。

四

『正徹物語』は、しばしば自らの歌について語っている。「幽玄」を実現させ得た歌として語られる作品に、次の一首がある。

咲けば散る夜の間の花の夢のうちにやがてまぎれぬ峰の白雲

一読して不思議な雰囲気は伝わるが、意味が取りやすい歌ではない。さだかには分別しがたいが、何かが潜んでいそうだということで、「飄白」「幽玄」ということを理解するかもしれない。正徹の自解によれば、咲いたかと思うと夢を見ている中に桜の花は散ってしまう。夜が明けると、花はすっかり枝になく、花と紛れることがない白雲が峰に見えるという主意である。その上に、桜の花が夢の中に紛れこんで行くイメージが重なり、内容も印象も複雑化する。

さらに、自注は、この歌が依拠した本歌の存在を示す。「夢の中にやがてまぎれぬ」の詞を通して、『源氏物語』若紫巻の

見ても又逢ふ夜まれなる夢のうちにやがてまぎるる我が身ともがな

である。継母である藤壺と源氏との逢瀬の有名な場面での歌である。もう逢えないのかもしれないから、逢瀬の夢のような時間の中に紛れこんで、夢が覚めるとともに死んでしまいたいという切実な心情である。藤壺の返歌、

世がたりに人や伝へんたぐひなく憂き身をさめぬ夢になしても

の、たとえ身が夢の中に消えたとしても、後にこの出来事は語られるだろうという、冷静な状況への危惧を含めて、物語中とは言え、実に生々しい人間関係である。

飄白とした落花の歌の背景に、こうした濃厚な世界があるのだとも言えるのだが、いかにも唐突である。むしろ、「夢の中にやがてまぎるる」という事態が、物語中の事件としての個別的な切実さから抽象化され、観念的な美の在り方の様態ともなっている。だから比喩でも何でもない落花の様子をそのままに重ね合わせることができるのである。

同じように「幽玄」の実現を語っている作品に次のような歌もある。

夕まぐれそれかと見えし面影の霞むぞ形見ありあけの月

これもわかりやすい作品ではないが、自解を頼りに読めば、霞んだ夕暮にふと見かけた人を我が恋人かと思い、面影を抱きしめるように一夜を明かし、暁の霞む月を見ながらその面影の形見を反芻するという歌意である。「春恋」題の恋歌であるが、恋に関わる思いの存在は極めて希薄である。正徹自身表現し得た世界を次のように語っている。

月のうす雲のおほひ、花に霞のかかりたる風情は、詞心にとかく云ふ所にあらず、幽玄にもやさしくもある也。詞の外なる事なり。

恋の思いが、ほとんど花月の風情に同化している。

この歌も『源氏物語』を背景にしている。手習巻で、入水から助けられた浮舟が往事を回想する

袖ふれし人こそ見えね花の香のそれかとにほふ春の曙

夕顔巻で、光源氏をかつての恋人頭中将と見まがった夕顔の

心あてにそれかとぞ見る白露の光そへたる夕顔の花

の二首である。どちらの「それかと」も具体的であり、かなりの狂おしさをともなった恋愛劇の終わりであり始まりである。人間関係が絡み合うずいぶんに生臭い世界である。正徹の歌では、そうした生身の世界は、ほとんど美的な世界に抽象化されてしまっている。むしろそれが魅力なのだと言えよう。

五

「雅び」ということが王朝文化に言われるが、その内実はかなりに人間的である。現実に宮廷に生息する人々の営みが間近に反映するからである。恋する男女の息づかいでもよいし、政治をめぐる密談のさざめき合いでもよい。そうした営みが、王朝の文学をどうしても人間臭いものとしている。

言うまでもないことだが、例えば『とはず語り』のような作品を見るならば、宮廷生活における人間臭さは、中世においても健在であるどころか、いや増しにすらなる。しかし、和歌が立脚しようとする宮廷は、王朝時代の文学・文化として動きを固定させ、時代の経過により具体的な生活の営みから段々に切り離されて行き、抽象化され観念化された宮廷文化である。それを現実に存続する宮廷からも段々と距離を広げて行こうとする隠者とされる歌人達の手により、担われ変質させられ行く一端を、諒闇を切り口に浮かび上がらせることを試みた。

残照の中に残り続けた現実の文化の場としての宮廷を壊滅させることになる応仁の乱は、正徹没後八年で来る。彼の弟子達は渦中に巻き込まれる。「氷ばかり艶なるはなし」と冷え寂びた世界にまで王朝文化の継承を変質させて行こうとする心敬もその一人である。今まで見て来たこととその地平は、それほど遠くないところにあるのも確かである。

終章

和歌史における中世——その終焉をめぐって

勅撰和歌集の終焉までを本論において論じて来た。和歌史上の重要な劃期となる出来事であることは論を俟たないが、これをもって和歌史における中世が終わると論定するわけにはいかない。それでは何をもってそれを認識したらよいのか。その明確な対象・事象の特定は無論のこと、その目論見を付けることも現在の私には手に余る課題である。ここではスケッチ風に、課題となりそうな点をいくつかあげることで、終章に替えたい。

応仁の乱以後

応仁元年（一四六七）の応仁の乱が、歴史の上でも一つの大きな断層を作り上げることは言うまでもない。勅撰和歌集の終焉もこの戦乱が主因であった。内裏をはじめとした京都市中を大方焼き尽くすこの戦火は、京都文化に取り返しのつかない打撃となったことは繰り返すまでもない。京都は乱の後やや時間を要しながらもしたたかに復興する。まがりなりにも碁盤の目の東側に適度な分布で形成されていた都市が、上京と下京の二つの密集地帯を持つ都市に変貌した様もよく知られている。火事と復興が常態であった京都でも乱の前後の変化は極めて大きなものがあったと想像してよかろう。

乱が文化人達の生活に大きな影響を及ぼしたこともよく知られている。戦火により居所を失った文化人達が地方へと生活の基盤を求めて下向していった。正徹の愛弟子である正広[1]もそのような一人であった。正広は乱により居所を失い南都にそれを求めている。その後、長谷寺に移り、駿河へ富士山一見の旅を行い、さらに越前朝倉に下向している。乱の一応の終息後、文明十一年（一四七九）拠点を堺に移し、能登・若狭などにも長く滞在している。乱後の放浪する文化人の一人として生涯を過ごし、明応二年（一四九三）頃にその生涯を閉じている。

正徹に比して圧倒的に多くの地方での生活を彼は経験することになる。一世代の違いで、その生活体験には大きな差が生じることになる。応仁の乱の影響なのだが、一つ注意すべきは、彼は乱以前にも山口へ下向しており、さらに山口の大内氏は実現は見なかったが正徹を招請したこともあったことである。文化人の地方への離散は乱が原因であることは確かなのだが、それに先行するように地方が文化人達を受け入れることが始められていたことにも注意をしておく必要があるだろう。

正広については正徹の後継者として、あの独自性をどのように継承し得たのかという問題もあるが、当面問題としたいのは、応仁の乱以後の和歌の推移である。とは言え、このことも容易に測れる問題ではない。やや見えやすい課題として、乱以後の地方体験が何をもたらしたかは、一端くらいのスケッチは可能だと思われる。

『松下集』巻二に当たる巻には、地方での歌会の作品が見られ、その土地を詠んだ歌も含まれる。その中で、文明十二年（一四八〇）能登での作品を見てみたい。九月四日津向という海岸での作品である。

古寺残灯

この浦の南の小島補陀羅具のはじめはこれか残るともし火

小島の観音とてましますをよめり

この歌は初句で在地の風景の属目であることを明らかにしている。左注の言う「小島の観音」なのであるが、「補陀羅具」という観音浄土の一般観念の中に回収されてしまう。

また、九月十七日には「磯づたひに舟をこがせ給ひて、続歌ありしに、各浦の心を詠じ侍る」というまさに、地方の風景の中でそれを詠むという歌会である。が、彼は

早秋海

から人にあらぬこと葉の花かづら舟を浮かべて秋も来ぬらん

と、『万葉集』に原歌があり、『新古今和歌集』春歌下の家持の「151から人の舟をうかべてあそぶてふ今日ぞ我が背子花かづらせよ」を基に、どこにでも汎用できそうな作品を詠んでいる。『松下集』は三二〇〇首を越える大きな家集であり一瞥を加えたにすぎないが、地方体験が何らかの新しい物をもたらすというよりも、都人としての既知の世界の中に地方の世界を回収して行くような例が多いように思われる。

そもそも正広は、やや出典に覚束ない所があるが、「日比の正広」の異名があり、(2)その拠とされる作品が『松下集』の自歌合中の逢恋の

こすの外にひとりや月のふけぬらん日比の袖の涙たづねて

である。ややわかりにくい詠みぶりも正徹の弟子にふさわしいと言えようか。常日頃は一人涙を流しそこを訪ねて月が宿るのだが、今夜はたまさかに逢瀬が叶い、御簾の中に居る。だから月は独り夜を過ごすのであろうという作品である。この歌は月の夜に御簾の中で睦ぶ男女の姿をしっかりと想像させるエロチックな達成度を持った作品であると考えてよかろう。(3)さらに、その男女は「こす」という道具立てもあり、現実の恋人同士であるよりも、正広の想像力によって捉えられた、物語世界の人物とも思える宮廷貴族の男女の姿を描き出しているのであろう。美的な指向も正

徹に近い物があると言えないであろうか。美的な世界の典型としての宮廷への外からの憧れは大きく健在である。

正広の生活は、何度も地方へ出かけて行くということでは正徹と全く異なっている。しかし、都においては、ほとんど正徹に倣うような日々を過ごしている。すなわち、市中の草庵を拠点にして様々な家の歌会で詠み、場合によっては人麻呂や定家の画讃を託されるといった日々である。むしろ、上級武家との交渉は変らないが、将軍家との交渉もあり、さらに飛鳥井家や冷泉家などの公家達との交流が正徹以上に見られる。乱をはさみながらも師弟の連続性は切れていないようにも思える。

そして、僅かながらも覗いた作品世界にも、断絶と言うことはあまり見えないようにも思える。むしろ乱を前後にしても和歌の世界そのものには大きな変化が生じていないのではないかとすら思える。正徹という個性はやや例外的な視野を求めさせそうだが、十五世紀の市井の歌人として、中世の一つの時代的な性格は示すものと考える。その正徹と正広との間の継承と変質はやはり興味深い問題である。時代の相で考えるべき面については、むしろ連続性が示されるのではないのかという読後感を基にして、正広についてはしっかりと考えなくてはならないであろう。

勅撰和歌集の伝統を和歌史の中で失うという大きな節目を持ちながらも、たいていの文学史記述においては、この大乱を史的な区分のメルクマールとしては捉えない。それは例えば軍記物としては、この大乱が『応仁記』といった作品を生み出すというように、『保元物語』以来、乱世という現実に起因した作品が生成し続けるというような、他ジャンルでの連続性に配慮しただけのことではないであろう。いわゆる三玉集時代という十六世紀への、むしろ和歌史における連続性も考えるからに他なるまい。

和歌史の十六世紀

十六世紀の、というより、前世紀から活動を続け、十六世紀の初期に没という形で活動を終息させた三人の歌人が三玉集の歌人である。大永六年（一五二六）没の『柏玉集』の後柏原院、天文六年（一五三七）没の『雪玉集』の三条西実隆、大永三年（一五二三）没の『碧玉集』の冷泉為政である。そもそも三玉集の編纂・刊行は十七世紀の後水尾院時代であり、近世の眼からの総括である。

その近世における三玉集の享受を、明快な形で捉えてみせたのが鈴木健一の論(4)である。鈴木は、応仁の乱による勅撰和歌集終焉以前を、近世からは〈彼岸〉と捉え、それ以後を〈此岸〉と捉える。自分達は〈彼岸〉に至ることはできないが、〈此岸〉にあって〈彼岸〉に近い位置を占めたのが三玉集であったとする。したがって、自分達の時代の〈当流〉の最初期が三玉集時代であり、自分達の重要な基盤として捉えられていたとする。無論、鈴木は三玉集と近世和歌の間にある異質性も強調し、むしろそこに文学史的な節目としての重要性を見いだす。しかし、言うまでもなくその連続性は重い。さらに鈴木の論を受ける形で、その連続性の中に、実隆から後水尾院（霊元院）までの連続、十六世紀から十七世紀までの連続に、二条流の和歌の時代に即した有様・広がりを見据えようとする示唆的な論が林達也の論(5)である。

三玉集時代は為政者で言えば後柏原天皇による一つの時代である。そのあたりは、両論でも言及される武者小路実陰『初学考鑑』においても、すでにみごとに位置付けられていると思う。

中にも応仁の前後世静かならざりしかば、此の道を学ぶともがらも、旧き文を見習ふいとまもなかりしかば、おのづから古のかしこき詞心もとり失へる時になむ侍りしを、後柏原天皇、此の道の堪能にわたらせ給ふうへ、逍遙内府、いにしへにもおとらず、末の世にも有りがたき程の堪能、先達達者を兼ね備へて、道をわが任と心得給うて、みちびき給ひしより、又、中興の功をほどこし侍りしなり。

応仁の乱後の中興の時代として後柏原天皇時代を捉えるが、井上宗雄による歌壇史研究においても、特に十六世紀を迎えた二十年ほどの時期の宮廷は、それにふさわしい活気を示していることが具体的に明らかにされている。井上は、後柏原天皇の指導力を重視し、作られた作品も「即ち殆どは伝統的な美的世界を、優美な詞で安らかに構築したものである。従って量産主義である。殆んど失われた王朝的世界を、せめて堂上において、和歌の量産によって確保しようとしたのであろうか。」と総括を行っている。[6]

勅撰和歌集をはじめ、応仁の乱の破壊からついぞ戻ることのなかった物は、数多く存在するのであるが、三玉集の時代はむしろしたたかな宮廷の復活力を印象付けることになる。それにしても十六世紀も半ばともなれば、社会の動きは激烈になる。そもそも一般的に言われる戦国時代は応仁の乱が原点であり、すでに中世初頭に意識された「ムサノ世」[7]とは全く異なった武士の時代はすでに現出しているのである。年表をながめてみると、弘治元年（一五五五）にはあの川中島の合戦が戦われている。或いは天文十八年（一五四九）にはフランシスコ・ザビエルが鹿児島に現われている。天正元年（一五七三）の室町幕府の終焉は直ちにやって来て、安土桃山時代と切り出される時代が始まる。

この時代から、江戸幕府成立後の慶長十五年（一六一〇）までを生きた歌人が細川幽斎である。幽斎は、元々は戦国武将であり、天正十年（一五八二）本能寺の変での出家後は、息忠興の後見人となり文学の人という印象が強いが、関ヶ原合戦をはさみしたたかに生き抜いている。近世を開いて行く武士の一員であるが、幽斎の文学世界は中世の連続、あるいは最後の中世歌人として捉えられることが多い。彼の死を以て中世が終わるという文学史の時代区分がなされることもある。

幽斎は二条派の歌人であり、三条西実枝からその学統を受け継いでいる。幽斎の歌論書『聞書全集』[8]は原論的言述ではじまる。

歌は心の及ぶ所にかなはんとすべしと申し侍る。げにも不堪のものの上手のやうをうらやみて、秀逸の姿を心にかくれば、道とほくなりて、詠み至ることなかるべし。

この冒頭の一節は、為家以来とも言える二条派の分を得た創作態度を受け継ぐ様子がよく示されていよう。さらには、「達者の詠めるをためしに引きて、面白き歌を好み詠まむとすること、ゆめゆめ有るべからず」、また、「歌の本には代々の勅撰にて体を見したためて学ぶべし。」などの文言を辿って行くと、中世保守派としての歌論が健在に受け継がれている様が知り得よう。

具体的な幽斎の作品について論評し得る準備はないが、例えば土田将雄の論[9]では、伝統に従いながらもそこからはみ出す側面に注目し、その力学として狂歌的発想に注目している。時代の波として、和歌世界を動かして行く狂歌の力学に注目する論は多いが、土田論でも述べるように、主となるのは伝統の継承であり、おおよそは彼の作品はそこに集約されるであろう。それは『衆妙集』などを覗いた読後感とも一致する。

幽斎は、古今伝授の要としてもよく知られているが、これも三条西実枝から伝授されたものであった。幽斎はさらに、智仁親王に伝授している。歌論についても同様であり、烏丸光広をはじめ弟子達にも伝えられている。つまりは、幽斎は終着点に置かれた人物ではなく、注釈や古典書写をも含めて、次に引き継がれて行く位置にあることは注意しておいてよいであろう。

古典主義の行方

そもそも本書では、中世和歌を古典主義に基づく文学世界であると既定して、その展開の諸相を論じて来た。端的に言えば、その古典主義が終焉を迎えて、新たなる原理の基に和歌が託されるならば、和歌史における中世は明確に閉じられるであろう。今まで見てきた正広にしろ三玉集の歌人にしろ幽斎にしろ、古典主義を閉じる人ではなかった。むしろ次へと繋げる存在でもあった。

明確に古典主義を否定すること、それも粗暴とも言える位に強い言説でということになると、どうしても明治期の言説、正岡子規のそれに思いを致すことは禁じ得ない。「再び歌よみに与ふる書」のあまりに有名な冒頭である。(10)

貫之は下手な歌よみにて古今集はくだらぬ集に有之候。

『歌よみに与ふる書』全体を見れば、ここだけを取り上げることに問題が残らないわけではない。さらに書かれた内実の繊細さをも無視してはならない。が、鮮やかな伝統破壊の宣言であり、これが書かれた明治三十一年（一八九八）は和歌史の転換点として十分意識してよい。

『古今和歌集』の否定は、そのまま古典主義の否定となるのだが、一方で子規の主張は、『万葉集』と万葉調の歌人達の称揚でもあり、新たな古典主義の宣言であるとも言える。「古典」と意識する対象が異なるだけであり、「古典主義」という思考の根本的な枠組みは変らないのだとも言える。しかし、そもそもが「古典」を認識する人の側の意識は中世とは大きく変っていよう。「文学」に関わる人の意識も変わり、使い古された言葉であるが「自我」の意識が先ずは優先されるという見方は、人々の意識のあり方の説明としてまだ有効であろう。我々の鑑賞の方向も近代短歌については私小説に向かうのと遠くはないのではないか。

ではあれ、ともかくも五七五七七の詩型を保ち続ける以上、近代短歌とは言え、『万葉集』以来のどこかの伝統と無関係にはあり得ない。古典との響き合いは現代においても残る。無論、本質的な問題は拠って立とうとする広い意味での「主義」であり、そうである以上「主体」の問題なのではあるが、古典の上に立つという中世和歌の在り方は、近代においても終焉は迎えないという言い方もできないわけではない。

文学の場合、芸術一般でもそうであるが、一度生まれた様式は、意識的にも、無意識のうちでも、再生は可能である。というより、良き作品に表現された様式は常に現在たり得る。多くの傑作を生んだ中世和歌の様式も例外ではない。中世においても、それ以前の古代和歌の様式が、完全に克服されたというのでは全くない。古代的な作品も作り続けられ、それはそれなりに輝きもある。しかし、時代の課題に十分答えたものが、武士の力により宮廷的な世界が相対化されて行く時代に応えたものが、古典主義であり、古代の様式に付加されたそれが主流になったと言ってもよい。だから、古典主義も終焉を迎えるのではなく、その上に新たなものが加わり、それこそが時代の様式だと言えるようになれば、中世は終わったとするべきだろう。

中世の終わり

慶長八年（一六〇三）徳川家康が将軍となり江戸時代が始まる。序章の比喩で言えば、政治的な二つの焦点が、今度は武家の手に絞られ、楕円は再び円となる。元和元年（一六一五）には禁中並公家諸法度が制定され、法の上でもそれが明示される。政治史における中世は終わる。

政治史における中世の終りが、そのまま文学史における中世の終焉でないことは当然である。和歌の場合、他ならぬ禁中並公家諸法度が、天皇は学問和歌に励むべしと規定し、その和歌は中世以来の伝統世界であることを意識したと考えてよいであろう。天皇や公家の立場からは、先に鈴木健一の論に言及したように、三玉集世界との連続は意識されるであろう。むしろ勅撰和歌集時代との断絶は大きかったのかもしれない。そのあたりに時代の断層を求めてもよいのだが、むしろ鈴木の論では、漢詩的な世界の力学により、彼らの和歌世界にも新たなる要素がもたらされることを、和歌の近世的展開として重視する(11)。

先に述べたように、細川幽斎を以て、中世和歌の終着とする見方は根強い(12)。幽斎の学説は、智仁親王から宮廷に伝えられて行くとともに、松永貞徳にも伝えられて行く。貞徳は言うまでもなく松尾芭蕉からの遡逆を行うならば、その起点的源流となる存在である。芭蕉についても、中世的な側面を見出だすことは勿論不可能ではない(13)。例えば『三冊子』の伝える

本歌を用ふる事、新式に云はく「新古今已来の作者を用ふべからず」と也。八代集は、古今・後撰・拾遺・後拾遺・金葉・詞花・千載・新古今、是也。後土御門の院、依勅、新勅撰・続後撰二代を加へて、十代集を本歌に取る。又、堀河の院両度の作者までの歌は、十代の外の集たりとも、たとひ集にいらぬ歌也とも、作者の吟味有之かと云ふ也。

などを引けば、本歌取として方法化された古典主義も健在であることを端的に知ることができる。

しかし、芭蕉の生きた十七世紀の後半、特に晩年である元禄という時代に、社会を吹いていた風、人々の生活の様相、そして文化を成り立たせる基盤も、中世とは大きく違っていたと考える方が、想像力の在り方としても正しいであろう。それは俳諧だけではなく、和歌をも覆い、新しいものを付加して行かずにはおれないであろう(14)。

ある文化の起源を求めるという行為は、しばしば深追いを不可避とする。しかし、中世和歌のように、連続性を持ち得る方法に支えられた世界の終焉は、やはり近世的なものが、その比重を大きくして、もはや時代が異なるのだという節目を、遡逆的に求めるしかないように思える。それが貞徳に求められるのか、それとも貞徳同様に幽斎に師事した木下長嘯子に求められるのか、あるいは、幽斎自身なのか、それともそれ以前なのか。今の私にはスケッチ的な提示も難しい。

しかし、江戸時代の始まりは、歴史の節目であることは確かである。すでに注目されている徳川家康の和歌に対する態度はやはり興味深い。『故老諸談』に見られる話だが、駿府城を訪ねた今川氏真の、和歌は師伝がなければ詠めないという言談に対して、家康は真っ向から否定し、心に思うことや眼前に見たことを、そのまま口にすればよいことだと論じたという。さらに、武家にとって和歌はなぐさみに過ぎず、さして重要なものではないと言ったという。(15)源頼朝、足利尊氏と比しても、全くその態度は異なる。説話をもとに家康の態度を確定するわけにはいかないが、やはり江戸時代は和歌にとって新しい時代であることの印象は鮮烈である。中世和歌は為政者との関わりは不可避であった。それだけに、江戸時代の始まりが中世和歌の終焉を求めるに、第一に念頭に置くのにふさわしい時期であることは確かである。

注

（1）正広の伝については稲田利徳『正徹の研究』（笠間書院・一九七八年）第一編第三章中の「正広について」で詳細に辿られている。井上宗雄『中世歌壇史の研究　室町後期』（改訂新版・明治書院・一九八七年）でも「延徳・明応期の歌壇」の章でその活躍が描かれている。

(2) 出典として例えば『歌林尾花末』など江戸時代の書名はあげられるが、それ以前へたどる手だてはない。
(3) この歌については、林達也・廣木一人・鈴木健一『室町和歌への招待』(笠間書院・二〇〇七年)に、廣木による詳細な読解が示されている。廣木は明日からはまた一人という「切ない予感」に焦点を絞る。
(4) 鈴木健一「近世における三玉集享受の諸相」(『近世堂上歌壇の研究』汲古書院・一九九六年)
(5) 林達也「実隆・幽斎・後水尾院―和歌史の十六・十七世紀―」(『国語と国文学』七三巻十一号・一九九六年十一月)
(6) 井上宗雄前掲書の主として「第二章　文亀・永正期の歌壇」の部分。引用は一一七頁。
(7) 保元の乱以後をいう慈円の『愚管抄』の言葉だが、本書でも中世の始発を象徴する言葉として重視した。序章参照。
(8) 「細川幽斎聞書」と書名はされるべきかもしれないが、ここでは引用した『日本歌学大系』巻六の書名に従った。
(9) 土田将雄『細川幽斎の研究』(笠間書院・一九七六年)
(10) 『子規全集　第七巻』(講談社・一九七五年)による。
(11) 鈴木健一前掲書。
(12) 久保田淳「中世文学史論」(『久保田淳著作選集　第三巻』岩波書店・二〇〇四年)でも、その見方を保持している。
(13) 西尾実『日本文芸史における中世的なものとその展開』(岩波書店・一九六一年)では、芭蕉を中世的なものの完成者と位置付け、この位置付けは唐木順三『中世の文学』(筑摩書房・一九五五年)にも受け継がれ、「すき」から「すさび」を経て「さび」へ展開する中世美意識の集約点として論じられている。
(14) 伝統的世界を引き継ぎ、場合によっては呪縛もされながらも、近世的な生活文化の反映が和歌世界に加えられて行く様は、鈴木健一『江戸詩歌史の構想』(岩波書店・二〇〇四年)にも示されている。
(15) 井上宗雄『中世歌壇史の研究　室町後期』(改訂新版・明治書院・一九八七年)、また、小川剛生『武士はなぜ歌を詠むか』(角川学芸出版・二〇〇八年)でも「終章」をこのエピソードで終える。

和歌索引

一　本書において引用した和歌の索引である。
二　歴史的仮名遣いに統一した初句を五十音順に配列し、引用頁を示した。初句が同一の場合は第二句以下を掲げた。

あ行

な行

は行

人名索引

一　本書において言及した主な人名の索引である。論の性格上、同一の人名に関して、同じ節で頁にまたがり言及する場合も多いが、煩を避けるために重要だと思われる箇所の頁を示すにとどめた。なお、章または節にわたり主にその人名に言及する場合は、章または節を示した。

二　近世以前の人名については原則として名を、近代以後の人名については姓名を、通行の読みに従い。発音の五十音順に配列し、当該頁を示した。

三　（　）内に姓氏・家名などを示した。

書名・事項索引

一　本書において言及した主な書名および事項の索引である。論の性格上、同一の書名・事項に関して、同じ節で頁にまたがり言及する場合も多いが、煩を避けるために重要だと思われる箇所の頁を示すにとどめた。なお、章または節にわたり主にその書名や事項に言及する場合は、章または節を示した。

二　通行の読みに従い、発音の五十音順に配列し、当該頁を示した。

三　（　）内に必要に応じて年次その他の注を加えた。

あ行

か行

さ行

あとがき

本書は、今まで書いてきた中世和歌史に関する論考を、中世和歌史論という主題の基に再構成し、新たな論を書き加えて一書としたものである。初出稿に対して、一書としての纏りを重視し、かなりの加筆を行った場合もある。とはいえ、それぞれ原則として論文として発表した論なので、再構成するにあたっても、基本的な論旨については変更を行っていない。ただし、再構成することにより、初出時に自ら考えていた論の意義が、新たに他の方向で見えてきた場合もある。それに際しては、論の方向をそこに導くような加筆はあえて行っている。それぞれの初出稿の議論は、この書の中で完成したと御理解いただければ幸いである。

以下初出一覧を付しておく。

序章　書き下ろし

第一章

第一節　「後鳥羽院正治初度百首と勅撰和歌集への意志—『正治和字奏状』の再検討を発端に—」（『国語と国文学』八十五巻四号・二〇〇八年四月）

第二節　「建仁二年の後鳥羽院―歌風形成から中世和歌へ―」（『東京外国語大学論集』七一号・二〇〇五年十二月）
第三節　「建保期の後鳥羽院―藤原定家の本歌取方法論とのかかわりにおいて―」（『国語と国文学』六〇巻十一号・一九八三年十一月）
第四節　「後鳥羽院と本歌取」（『学習院大学国語国文学会誌』四五号・二〇〇二年三月）
第五節　「後鳥羽院御口伝の執筆時期再考」（『和歌文学研究』八九号・二〇〇四年十二月）
第六節　「隠岐の後鳥羽院―遠島百首雑部の検討を通して―」（伊東祐子・宇佐美昭徳・神田龍身・福留温子・村尾誠一編『平安文学研究　生成』笠間書院・二〇〇五年十一月）

第二章

第一節　「建保期の歌壇と定家」（和歌文学会編『論集　藤原定家』笠間書院・一九八八年九月）
第二節　「新古今直後の表現の一側面―土御門院百首を中心に―」（『東京外国語大学論集』四三号・一九九一年十一月）
第三節　「新古今直後の和歌　試論」（久保田淳編『論集　中世の文学　韻文編』明治書院・一九九四年七月）
第四節　書き下ろし（ただし、東京大学中世文学研究会第三〇八回例会・二〇〇七年十一月での口頭発表を基にしている）

第三章

第一節　「二条為世試論」（『国語と国文学』七四巻十一号・一九九七年十一月）
第二節　「初期二条為世論」（『東京外国語大学論集』六〇号・二〇〇〇年十一月）
第三節　「中世和歌における京極派的なるもの―二条派和歌との接点からの試論―」（『東京外国語大学論集』七五号・二〇〇八年三月）

第四章

第一節　「解説」（『和歌文学大系　新続古今和歌集』明治書院・二〇〇一年十二月）
第二節　「『新続古今和歌集』―勅撰和歌集の終焉」（『解釈と鑑賞』七二巻五号・二〇〇七年五月）
第三節　「勅撰和歌集という歴史から―終末期からの視野―」（兼築信行・田渕句美子編『和歌を歴史から読む』笠間書院・二〇〇二年十月）
第四節　書き下ろし（ただし、村尾誠一『残照の中の巨樹　正徹』新典社・二〇〇六年六月の第五章を基にしている）
第五節　「正徹和歌の特質―『前摂政家歌合』を視座に―」（『東京外国語大学論集』七三号・二〇〇七年三月）
第六節　「正徹と新古今集」（『国文学』四二巻十三号・一九九七年十一月）
第七節　「残照の中の王朝的世界―中世和歌の中から―」（『数研国語通信つれづれ』六号・二〇〇五年十二月）
終章　書き下ろし

本書の構想が目次という形で確立した二〇〇七年三月、シャルトルを訪ねる機会を得た。大聖堂の塔に登り、はるかパリ郊外から広がるボース平原を見渡しながら、やっとここまで来られたことを実感した。

中世なるものへの憧れは十代の頃からあった。もとはと言えば、ヨーロッパへの強い憧れだった。しかし、自分の物学びの対象として考えた時、もともとが堀辰雄に学んだ文学的な憧れからのものだったので、それをそのまま歴史として学ぶ事への躊躇は大きかった。むしろ自分の母語である日本語の文学の世界へと自分を向かわせ、日本語の中世文学として新古今和歌集が見えてくるのは比較的容易だった。

研究者としては、後鳥羽院の研究から歩みはじめた。そこから建保期へ、為世へ、新続古今和歌集へ、正徹へと範囲を広げて行ったことに逃げの姿勢が全くなかったとは言わない。しかし、それが中世における和歌という文学の文学史的な把握の体系を作っているのだとはっきり意識できた時、本書の構想は生まれた。丁度その構想が確立した時点で、あまりにもまぶしく私の頭の中で屹立し続けていた大聖堂を訪ね、自分が学んでいる時代の、異なる文化圏の産物としてそれを眺められるのは嬉しかった。

ここまで来られたとはいえ、自分の文学の学びにとっては、ようやく出発点なのだとの自覚はある。それにしても、ここに至るまでに、学問の上で御世話になった方々は、海外の仲間も含めて、あまりにも多い。その中でも、大学院時代の指導教官であり、研究をはじめてから現在に至るまで師事させていただいている久保田淳先生の御名前は襟を正して特記しておきたい。それからもう一人、学習院での学部時代の恩師吉岡曠先生の御名前も。卒業論文で新古今研究史の今の部分に腰掛けられたつもりでいた私に、文学的な探求の不十分さを鉄槌のような厳しさで示していただいて以来、常に研究の上での文学へのこだわりを示しておられた。先生の存在がなければ、今の私は全く違ったタイプの研究者になっていたと思う。本書の謹呈先が墓前となってしまったのは、何とも淋しい。

あわせて、私的な言及となるが、やはり墓前に報告するしかない父となつかしい生家を一人守る母にも。十代から二十代の勝手な物学びを許してくれた感謝を。現在の家族である妻と娘にも。これはあまりにも感謝すべきことが多すぎるか。

最後に、本書の出版を引き受けて下さった、青簡舎の大貫祥子さんにも。フレッシュな出版社から素敵な本として世に出してくださり本当にありがとうございます。

二〇〇九年の晩夏に

村尾誠一

本書は、独立行政法人日本学術振興会より、平成二十一年度科学研究費補助金（研究成果公開促進費）の交付を受けた。

村尾誠一（むらお　せいいち）

一九五五年、東京都武蔵野市生まれ。

一九七九年、学習院大学文学部卒業。一九八七年、東京大学大学院人文科学研究科博士課程満期退学。

現在、東京外国語大学大学院総合国際学研究院教授。

著書に『和歌文学大系　新続古今和歌集』（明治書院・二〇〇一年）、『残照の中の巨樹　正徹』（新典社・二〇〇六年）など。

中世和歌史論　新古今和歌集以後

二〇〇九年一一月一日　初版第一刷発行

著　者　村尾誠一
発行者　大貫祥子
発行所　株式会社青簡舎
〒一〇一-〇〇五一
東京都千代田区神田神保町一-二七
電　話　〇三-五二八三-二二六七
振　替　〇〇一七〇-九-四六五四五二
印刷・製本　株式会社太平印刷社

ISBN978-4-903996-20-2 C3092